Par Marie Force

Traduit de l'anglais par Richard Renault
Marie Force
Droits d'auteur 2011 par Marie Force
Publié par HTJB, Inc.

Couverture de Courtney Lopes
Mise en forme du livre électronique par E-book Formatting Fairies

Tous les caractères de ce livre sont imaginaires et inventés par l'imagination de l'auteur.
marieforce.com

La meilleure façon de garder le contact, c'est de vous abonner à ma newsletter. Rendez-vous sur marieforce.com et souscrivez dans la boîte en haut de l'écran qui demande votre nom et adresse mail. Si vous n'avez pas régulièrement de mes nouvelles, merci de vérifier que votre filtre anti-spam ne bloque pas mes messages et configurez votre boîte mail pour recevoir mes messages et ne jamais rater un nouveau livre, une opportunité de gagner des prix fabuleux ou une de mes visites dans votre région.

Abonnez-vous à mon blog pour recevoir les toutes dernières et meilleures nouvelles, y compris sur les cadeaux et prix fabuleux. Rendez-vous sur le blog et ajoutez votre adresse mail en haut à droite.

RESTER À FLOT

LA SÉRIE RESTER À FLOT, LIVRE 1

MARIE FORCE

DÉVOUEMENT

À mes chères amies Julie Cupp, Chris Camara et Lisa Ridder, qui ont aimé ce livre depuis le début et ne m'ont jamais laissée l'abandonner. À Jack Harrington également et à l'édifice que nous avons bâti ensemble — tu étais le premier et le meilleur.

NOTE DE L'AUTEUR

Une mère n'est pas supposée avoir de préféré parmi ses enfants, n'est-ce pas ? Un auteur non plus, mais je parie que nous en avons tous un. Celui-ci est le mien — mon premier livre, le livre suprême si cher à mon cœur et le premier personnage qui ait vécu dans mon esprit comme une personne réelle et vivante. C'est aussi le seul de mes livres que ma défunte mère ait pu lire, quoiqu'une version antérieure et plus ébauchée. Ce livre a été une véritable odyssée de près de huit ans du début jusqu'à sa publication. Je suis enchantée d'apporter maintenant Treading Water (Rester à flot) à mes lecteurs francophones.

Un remerciement particulier aux nombreux amis qui ont lu ce livre, ont aimé ce livre, ont cru en ce livre — et ont demandé l'histoire qui est devenue « Marquer le pas », suivie de « Tout Recommencer » et « Le Retour ». Lisez davantage sur « La Maison Que Jack a Construite » en vous rendant sur mon site web.

Comme toujours, j'aime avoir l'avis de mes lecteurs, alors s'il vous plaît dites-moi ce que vous pensez de l'histoire de Jack.

Vous pouvez me contacter à marie@marieforce.com

1ÈRE PARTIE

Rester à flot : utiliser les pieds et les mains pour garder la tête hors de l'eau.

CHAPITRE 1

*J*ack jaugea l'impossible putt de quatre mètres.

Jamie Booth, son meilleur ami et associé, soupira d'exaspération. « T'as *aucune* chance, Jack, alors putte, tu veux bien ?

— Arrête de me presser. » Jack prit une profonde inspiration pour se calmer puis aligna son putter alors qu'une douce brise printanière se mit à souffler de la Baie de Narragansett dans le Rhodes Island. Il frappa la balle, la regarda tomber dans le trou avec stupéfaction et plia son bras en signe de victoire comme le font les golfeurs professionnels.

Tandis que leurs clients félicitèrent Jack, Jamie râla. « Je ne vais *jamais* en entendre la fin.

— Prends-en de la graine, mon pote, dit Jack en souriant jusqu'aux oreilles. De. La. Graine. »

Les quatre golfeurs se dirigeaient vers le quinzième trou quand le portable de Jack vibra. Il consulta l'appel et vit qu'il venait de Clare, sa femme. Après la grosse dispute qu'ils avaient eue ce matin-là, il était soulagé d'avoir de ses nouvelles.

« *Papa ?* »

Son cœur s'emballa au ton paniqué de sa fille aînée. « Qu'est-ce qui ne va pas ?

— C'est Maman.

— Quoi ? *Quoi, Jill ?*

— Elle a été renversée par une voiture. Jill pleurait si fort qu'il avait du mal à la comprendre. Ils l'emmènent à l'Hôpital de Newport. »

Ses mots lui glacèrent immédiatement le sang. « Je viens ma chérie, s'efforça-t-il de dire. J'arrive. »

Abandonnant ses clubs et ses clients il partit, traversant le terrain de golf en courant.

Sur le parking, Jamie lui arracha les clefs des mains. « Qu'est-ce qui ne va pas, Jack ?

— C'est Clare. » Jack lui annonça la nouvelle d'une voix plate et choquée pendant qu'ils sortaient du parking sur les chapeaux de roue.

« Oh mon Dieu, » murmura Jamie.

Durant le court trajet, des images défilèrent dans l'esprit de Jack, lui rappelant les vingt ans ou presque qu'il avait passés avec Clare. Son estomac se tordit lorsqu'il pensa à leurs mots de ce matin. *Il faut qu'elle s'en sorte. Il le faut.*

« Parle-moi, dit Jamie.

— Nous nous sommes disputés. Jack se sentait détaché du moment présent, comme s'il regardait le film de la vie d'un autre.

— Quand ?

— Ce matin.

— Je pensais que vous ne vous disputiez jamais, vous deux.

— Avant, non, mais dernièrement… On dirait qu'on ne fait que ça. »

Jack ne l'avait même pas réalisé jusque là, jusqu'à ce qu'il puisse la perdre.

« Que s'est-il passé ce matin ?

— Elle… m'a repoussé. Au lit. Encore une fois. Je ne me souviens pas de la dernière fois qu'elle ne m'a *pas* repoussé. Ça fait des mois que ça dure.

— Tu n'as jamais dit que quelque chose n'allait pas.

— J'avais peur de le dire à voix haute jusqu'à ce que j'apprenne qu'elle pourrait être blessée. Ou pire. L'inquiétude et la crainte l'accablèrent lorsqu'il pensa à ce qu'il pourrait trouver à l'hôpital. S'efforçant de respirer il ajouta, Dieu, et si elle est morte ? Et si la dernière chose que je lui ai dite était : si tu veux mettre fin à ce mariage, dis-le-moi ?

— Vous allez arranger ça. Vous êtes solides tous les deux, mon pote. Peu importe ce qui ne va pas, vous allez le surmonter. »

Du moment qu'elle n'est pas morte, pensa Jack. *Je vous en supplie, faites qu'elle ne meure pas.*

~

Ils arrivèrent devant l'entrée des urgences et Jack sauta de la voiture. À l'intérieur il trouva ses filles accompagnées d'une infirmière et d'un policier. Jill, Kate et Maggie se jetèrent, en larmes, dans les bras de leur père.

Jack les blottit longtemps contre lui, son cœur battant plus vite à mesure que leurs sanglots déchirants augmentaient son inquiétude déjà incontrôlable.

« Pouvez-vous me dire ce qui est arrivé ? »

Jamie passa un bras autour de Maggie et l'éloigna afin que ses grandes sœurs puissent parler à leur père.

« On quittait le centre commercial, dit Jill, en essuyant ses larmes. Et cette voiture nous a foncé dessus ; on a bondi pour l'éviter, mais elle, elle est restée plantée là et la voiture l'a heurtée. Un sanglot la secoua. Elle est passée par-dessus et a atterri sur la chaussée.

— D'accord, ma chérie, dit-il, réconfortant sa fille pendant qu'il tentait d'analyser ce qu'elle venait de dire. Imaginant la scène, sa poitrine se serra. Peut-être qu'elle n'a pas pu l'éviter à temps, » ajouta-t-il.

Kate secoua la tête. « Elle n'a pas bougé. C'était comme si elle *voulait* que la voiture la renverse ou quelque chose comme ça.

— Je suis sûr que cela a été très effrayant, mais vous devez avoir mal interprété, insista Jack. Maman ne ferait jamais ça. »

Un jeune médecin entra par les portes battantes de la salle d'attente. « M. Harrington ? Je suis le docteur Rooney. » Il emmena Jack à l'écart des filles.

Jamie laissa les sœurs s'occuper de Maggie et se rapprocha pour écouter ce que le docteur avait à dire.

« L'état de votre femme est extrêmement critique avec un traumatisme crânien important, dit le docteur Rooney. Elle a également de nombreuses fractures et des lésions au foie. Lorsque son état se sera stabilisé nous la monterons en chirurgie pour lui enlever la rate et réparer son foie. »

Sous le choc, Jack dit, « Mais elle va s'en sortir, n'est-ce pas ?

— Le traumatisme crânien est une grosse préoccupation. Nous l'avons mise dans un coma artificiel pour permettre à son cerveau de désenfler. Les prochaines vingt-quatre à quarante-huit heures seront décisives. »

Les mains de Jack tremblaient et il les enfouit dans ses poches. « Combien de temps allez-vous la garder dans le coma ?

— Seulement quelques jours, j'espère, dit le docteur Rooney. Il va nous falloir attendre de voir ce qui se passe lorsqu'elle ne sera plus sous tranquillisant.

— Que pourrait-il arriver ? Jack n'avait jamais ressenti une peur aussi brutale. Elle se réveillera à ce moment-là, n'est-ce pas ?

— Je ne peux le dire avec certitude. La blessure à la tête est grave. J'aimerais pouvoir vous en dire davantage, mais il nous faut patienter à ce stade. Je suis désolé.

— Je veux être avec elle.

— Je viendrai vous chercher quand nous l'aurons ramenée après l'opération, dit le docteur en partant.

— Le coma, » dit Jack incrédule.

Jamie serra l'épaule de son ami. « Pourquoi n'appelles-tu pas ta mère pour lui demander de venir t'aider avec les filles ?

— J'ai du mal à le croire. Elle n'a jamais été malade un seul jour de sa vie. Tu te souviens de comment elle était après avoir eu les filles ?

— Je m'en souviens. Elle est superwoman, alors il ne t'inquiète pas. Je suis sûr qu'elle demandera à te voir dans peu de temps.

« — Ouais, dit Jack. Sûrement. »

Les chirurgiens retirèrent la rate de Clare, recousirent son foie et plâtrèrent son bras et sa jambe cassés.

Au bout d'une semaine, les médecins furent soulagés de voir qu'elle était capable de respirer par elle-même une fois qu'ils lui avaient retiré son respirateur.

Encouragés, ils réduisirent progressivement les sédatifs. Jack, les filles, la sœur de Jack, et la mère, le frère et la sœur de Clare, veillèrent à tour de rôle près de son lit vingt-quatre heures sur vingt-quatre.

Ils chantèrent pour elle, lui jouèrent sa musique préférée, pleurèrent, l'implorèrent et plaidèrent à en perdre la voix, mais elle ne reprit pas conscience.

À la fin de la troisième semaine, le docteur Blake, son neurologue, demanda à parler à Jack. Inquiet de ce qu'on pourrait lui dire, Jack demanda à sa sœur Frannie de venir avec lui.

« J'ai bien peur qu'il n'y ait rien de plus que nous puissions faire pour votre femme. Le coup à la tête a été violent et nous pensons que son coma est irréversible. »

Jack et Frannie poussèrent un cri, le docteur leur ôtant leur moindre espoir.

« Mais qu'est-ce que cela signifie ? demanda Jack. Qu'est-ce que vous voulez dire ?

— Vous avez des choix à faire, des choix difficiles.

— Tels que ?

— Comme elle n'a pas laissé de testament, vous pouvez prendre les décisions pour elle en tant que son parent le plus proche.

— Suggérez-vous que je mette fin à ses jours ?

— C'est une des options que vous pourrez être amené à considérer ultérieurement.

— Je veux entendre les autres alors, parce que celle-là est hors de question.

— M. Harrington, elle a quarante-trois ans. Elle pourrait vivre dans ces conditions pendant des décennies. »

Jack leva sa main pour interrompre le docteur. « Est-ce qu'elle est en état de mort cérébrale ?

— Pas techniquement—

— Alors je ne veux pas entendre un mot de plus au sujet de la fin de vie. Tant qu'elle a une activité cérébrale je veux qu'elle soit traitée comme si elle allait guérir.

— Nous ne pensons pas qu'elle se remette.

— Tant qu'il y a la moindre chance—

— Il y a moins d'un pour cent de chance.

— Ce n'est pas zéro, » dit Jack avec un regard qui fit comprendre au docteur de ne pas se risquer à débattre avec lui.

Le docteur sembla réaliser que la conversation était inutile. « Nous organiserons sa sortie d'hôpital dans quelques jours. Je vous suggère de trouver un centre de soins de longue durée. Je peux vous donner les noms de quelques endroits, si cela peut vous être utile. »

Quand on le laissa seul avec sa sœur, Jack essaya d'absorber ce qu'avait dit le docteur.

« Je viendrai vivre ici, Jack, dit Frannie d'un ton décidé. Elle habitait à New York, où elle travaillait comme artiste et avait récemment mis fin à un deuxième mariage plutôt bref. J'aiderai avec les filles et tout ce dont tu auras besoin.

— Je ne peux pas te demander de faire ça.

— Tu n'as pas à me le demander. Je veux le faire. Elle prit sa main, ses yeux noisette se remplissant d'émotion. Qu'y a-t-il de plus important que de s'assurer que l'on s'occupe bien des filles pour le moment ?

— Rien, dit Jack, résigné au fait qu'il avait besoin de ce que sa sœur lui offrait. De plus, il était trop épuisé pour se disputer avec elle. Merci, Fran. »

Quand Frannie partit pour aller chercher Maggie chez une amie, Jack retourna dans la chambre de Clare, où il avait passé la plupart des trois dernières semaines. Malgré l'intraveineuse, les bleus jaunissants et les plâtres sur son bras et sa jambe, elle était tellement semblable à elle-même qu'il souffrait terriblement du besoin de l'avoir à nouveau, de la voir tourner ses yeux bleus étincelants dans sa direction et lui faire ce sourire unique qu'elle ne gardait que pour lui, du temps où les choses allaient bien entre eux.

Prenant sa main, il la tint contre son visage et dégagea les cheveux blonds de son front avec son autre main. « Je sais que tu peux m'entendre, dit-il doucement. Les choses que j'ai dites ce jour-là… je ne les pensais pas. Tu sais que je ne les pensais pas. On peut changer tout ce qui te dérange. J'ai besoin que tu me reviennes. S'il te plaît, Clare. N'abandonne pas. »

Comment cela avait t-il pu lui arriver ? À elle. À en croire les filles, elle aurait laissé la voiture la renverser. Mais pourquoi ? Les questions le torturaient pendant les nuits sans sommeil et les jours d'agonie. Depuis son accident, il avait analysé chaque minute de ces derniers mois dont il se souvenait.

Quelque chose n'avait pas été entre eux, c'était sûr. De longs silences et des cauchemars qu'elle pensait qu'il ignorait avaient remplacé sa disposition habituelle, rayonnante et optimiste. Mais à chaque fois qu'il avait essayé d'aborder le sujet avec elle, il avait été rebuté.

Leur vie sexuelle, habituellement passionnée et satisfaisante, avait pratiquement disparu. Etait-il possible que Clare ait rencontré quelqu'un d'autre ? Avait-elle décidé de mettre fin à un mariage qui pour lui était une des plus belles réussites de sa vie ? Attendait-elle le moment propice pour le lui dire ? Non. Pas Clare. Elle l'aimait. Ils s'aimaient depuis le début et avaient un mariage et une famille que les autres enviaient. Elle ne l'aurait jamais quitté. Mais lorsqu'il regarda la femme meurtrie dans le lit d'hôpital et se souvint de comment elle était arrivée là, tout à coup il n'était plus si sûr.

Jill entra dans la chambre et Jack s'efforça de sourire à sa fille aînée.

« Bonjour ma grande.

— Ça va ? Elle regarda sa mère avec des yeux gris-bleus semblables aux siens. Pas de changement ? »

Comme il ne pouvait supporter de lui répéter les mots du neurologue, il secoua simplement la tête. « Puis-je te demander quelque chose ? »

Jill fit le tour du lit et posa sa main sur le bras de sa mère. À quinze ans elle se déplaçait avec l'aplomb d'une femme deux fois son âge. « Bien sûr.

— Avant que tout cela arrive, avais-tu remarqué quoi que ce soit, tu sais, de différent à propos de Maman ?

— Ben, *ouais.* »

Le sarcasme de sa réponse le surprit.

« Comme quoi ?

— Comme le fait qu'elle était complètement distraite, désorganisée, éparpillée ? Et elle oubliait toujours des trucs, comme d'aller prendre Maggie à l'école. C'est arrivé plus d'une fois. Ils ont appelé à la maison et il a fallu que j'aille la chercher parce qu'on n'arrivait pas à joindre Maman. »

Stupéfait, Jack la fixa du regard. « Pourquoi ne m'as-tu rien dit ? »

Son haussement d'épaule était rempli de cette insolence qu'ont les adolescents. « On pensait que tu t'en ficherais.

— Mais pourquoi penseriez-vous une chose pareille ?

— Parce que ! La seule chose qui compte pour toi c'est le travail ! Et gagner de l'argent ! Tu ne t'intéresses pas à nous. »

Jack la fixait du regard, son cœur brisé. « Tout ce que je fais, c'est pour toi et tes sœurs. Il jeta un coup d'œil sur Clare. Et pour ta mère.

— C'est quand la dernière fois que tu es venu à un de mes matchs de lacrosse ou regarder Maggie jouer au foot ? Tu sais au moins qu'elle joue au foot maintenant ? »

D'où est-ce que ça sortait, tout ça ? Depuis quand avait-elle envie de le lui dire? « Je suis désolé que tu penses que je ne m'intéresse pas à toi. Je t'aime plus que tout. J'ai toujours essayé de te le montrer. »

Le regard froid et dur qu'elle lui jeta lui fit savoir qu'il venait d'échouer misérablement.

« J'ai essayé de parler avec elle de ce qui la dérangeait, mais elle a refusé de me le dire, dit-il.

— Je me demande si on le saura un jour. »

Jack ne put se résoudre à lui dire que le docteur avait mentionné que sa mère ne guérirait sûrement jamais.

Frannie retint ses larmes jusqu'à ce qu'elle arrive au parking et ne put les contenir davantage.

« Fran, » appela Jamie de la rangée voisine. Pendant qu'il courait vers elle, blond et tellement séduisant, elle essuya frénétiquement son visage.

Il s'arrêta net devant elle. « Bah alors ! dit-il, prenant son visage dans sa main pour la forcer à croiser son regard. Qu'est-ce qui ne va pas ? »

Lui répétant les mots du docteur, ses yeux se remplirent à nouveau de larmes.

« Merde, » murmura-t-il la serrant dans ses bras.

Frannie se blottit contre sa poitrine musclée, voulant y rester pour toujours. « Pourquoi est-ce que c'est arrivé à elle ? À eux ?

— Si je le savais. » Son soupir déchirant lui indiqua qu'il était bouleversé, lui aussi. En tant que meilleur ami et associé de Jack, ainsi que le parrain des filles, il avait toujours été très proche de Clare. Se disant que cet enlacement n'était que pour trouver le réconfort, Frannie mit son bras autour de sa taille.

« Ça va aller ? » demanda-t-il après une longue étreinte.

— Ai-je le choix ? À contre cœur elle le relâcha et fit un pas en arrière. Mon frère a besoin de moi. »

Il attrapa sa main. « Je suis là si tu as besoin de moi. Tu le sais, non ? »

Elle aurait voulu avoir le courage de lui dire toutes les façons dont elle avait besoin de lui, mais elle ne l'avait jamais eu auparavant, et maintenant ce n'était certainement pas le moment. « Merci. Je ne manquerai pas de te prendre au mot. Je vais venir vivre avec Jack et les filles.

— Vraiment ? Il sembla s'illuminer à cette nouvelle.

— Je ne peux pas continuer à faire l'aller-retour entre ici et New York, et les filles ont besoin de quelqu'un sur qui compter.

— Elles ont de la chance de t'avoir. Replaçant une mèche de ses cheveux derrière son oreille, il la surprit quand il déposa un long baiser sur son front. Si tu as besoin de quoi que ce soit, à n'importe quel moment, je suis là. »

Il prononça ces mots avec une telle douceur qu'elle en fut presque réduite à nouveau en larmes. « Je ferai mieux d'y aller. Maggie m'attend.

— Prends soin de toi, Fran. » Il lui tint la porte de la voiture pour qu'elle y monte.

Elle lui fit signe de la main en passant à son niveau. Quand elle jeta un coup d'œil dans le rétroviseur, elle vit qu'il la regardait toujours. Qu'est-ce que cela pouvait bien signifier ?

Frannie emménagea toutes ses affaires pour s'occuper des filles pendant que Jack passait des coups de fil, faisait des recherches sur internet et consultait des docteurs dans tout le pays. Ils disaient tous la même chose — le plus de temps que Clare serait dans le coma, moins elle aurait de chance de guérir.

Puisqu'il refusait de la mettre dans un centre de soins, Jack l'amena à la maison, dans la grande demeure contemporaine qu'il avait dessinée et construite pour lui en faire la surprise cinq ans plus tôt. Il avait fait transformer la salle à manger du rez-de-chaussée pour pouvoir accueillir un lit d'hôpital et l'équipement nécessaire à l'équipe d'infirmières qui s'occupait d'elle vingt-quatre heures sur vingt-quatre. La plupart des nuits il dormait sur un divan qu'il avait traîné dans la pièce afin qu'elle ne soit pas seule.

Une semaine après le retour de Clare de l'hôpital, Jack reçut un appel du sergent Curtis, l'officier de police de Newport, qui avait enquêté sur l'accident. Le conducteur avait eu une crise cardiaque, ce qui expliquait pourquoi la voiture avait perdu le contrôle sur le parking du centre commercial. Jack avait pensé que, en ce qui concernait la police, l'affaire était classée.

« Je me demandais si je pouvais passer quelques minutes, dit Curtis.

—Y a-t-il du nouveau dans l'affaire ?

— J'ai quelque chose qu'il vous faut voir. »

Un quart d'heure plus tard, Jack ouvrit la porte au grand policier blond et ils se serrèrent la main.

« Qu'avez-vous la ? Il hocha la tête vers le disque dans la main de Curtis.

— J'ai finalement réussi à me procurer une copie de la vidéo de surveillance du parking du centre commercial. Je crois que vous avez besoin de la voir, mais je dois vous prévenir, c'est dur à regarder. »

Jack avala sa salive et fit signe à Curtis de le suivre dans le salon. Il inséra le disque dans le lecteur de DVD, ajusta la télévision, et regarda en silence, abasourdi, ses filles s'écarter du chemin de la voiture qui allait à grande vitesse et puis se retourner en hurlant à leur mère de faire de même.

Elles avaient eu le temps de se retourner et d'hurler. Clare aurait eu le temps de se pousser, mais n'avait pas bougé. Elle était restée là, immobile et avait laissé la voiture la heurter alors que ses filles regardaient avec horreur.

« Je ne comprends vraiment pas, murmura Jack en regardant la vidéo une deuxième fois. Pourquoi aurait-elle fait cela ?

— Pouvez-vous, euh… penser à une raison pour laquelle elle aurait voulu mettre fin à ses jours ?

— Bien sûr que non, mais après sa conversation avec Jill il n'était plus trop sûr. Elle n'aurait jamais fait ça, surtout devant les enfants. Elles étaient tout pour elle.

— Je suis désolé. Je ne veux pas insinuer…

— Que ma femme était suicidaire ?

— C'est juste, eh bien… Pourquoi n'a-t-elle pas bougé ? »

Anéanti et désemparé par une nouvelle vague de désespoir, Jack secoua la tête. « Je ne sais pas. »

CHAPITRE 2

*L*a vidéo de l'accident de Clare hanta Jack pendant des mois. Il se réveillait au milieu de la nuit, trempé de sueur et respirant difficilement parce qu'il avait une fois de plus revécu son horreur dans un cauchemar. C'était la même chose à chaque fois — il voyait la voiture venir vers elle et ne pouvait arriver à temps pour la pousser hors de sa trajectoire. Pourquoi n'avait-elle pas bougé, et à quoi avait-elle pensé à cet instant fatal où sa vie avait basculée, avant qu'elle soit heurtée, étaient des questions qui le torturaient.

Après plus d'un an d'attente à espérer quelque changement sur l'état de Clare, Frannie lui fit comprendre que les filles n'amenaient plus leurs amies à la maison parce que celle-ci était devenue un hôpital dont le personnel se relayait vingt-quatre heures sur vingt-quatre. Eclairé par cette révélation, il prit l'insupportable décision de transporter Clare dans un endroit à elle non loin de là, supervisée par la même équipe d'infirmières.

Jack avait pris la journée après le déménagement pour se repaître de son chagrin, mais maintenant il ne lui restait plus qu'un choix, celui de se ressaisir. Depuis plus d'un an Jamie dirigeait tout seul l'étude d'architecture dont ils étaient les propriétaires, les filles avaient besoin de leur père, et il lui fallait décider quoi faire avec le restant de ses jours. Alors qu'il aurait préféré, de loin, ignorer toutes ces décisions urgentes, il ne pouvait plus le faire. Debout devant le miroir, il fit glisser un rasoir sur son visage pour la première fois depuis plusieurs jours. Il faisait ces gestes machinalement, comme il faisait tout dernièrement — par pure nécessité. Son visage lui sembla un peu plus mince que la dernière fois qu'il s'était regardé de près. Intérieurement, il était totalement engourdi. En serait-il toujours ainsi ? À partir de maintenant, passerait-il sa vie sans rien ressentir ? Sans connaître la joie ? Était-ce son sort ?

En ouvrant l'eau de la douche, ses pensées se tournèrent une fois de plus vers Clare. Parce qu'il ne lui restait d'elle que des souvenirs, il se permettait de les revisiter souvent.

Il se rappelait clairement la première fois qu'il l'avait vue. Elle s'occupait à l'époque du bar à l'Hôtel National sur Block Island.

Constamment en mouvement, elle avait ressemblé à une danseuse tournoyante débordante de vie, de plaisanteries et d'esprit pendant qu'elle préparait les boissons, lavait les verres, parlait aux clients, faisait les additions et se livrait à une joute verbale pleine de bonhomie avec les deux autres barmans.

Elle avait été semblable alors à ce qu'elle était encore vingt ans plus tard : petite avec des cheveux blonds rebelles et les yeux bleus les plus incroyables qu'il ait jamais vus.

Depuis l'autre bout du bar, elle lui avait lancé un regard. « Tu as un problème, mon pote ?

— Je suis désolé, je n'avais pas l'intention de vous fixer du regard. C'est juste que je n'ai jamais vu personne faire autant de choses que vous en si peu de temps. »

Ramassant les verres qui traînaient, elle s'était retrouvée à son bout du bar. « Je ne laisse rien au hasard. C'est pour ça qu'ils me demandent de revenir chaque année.

— Vous avez travaillé ici avant ? Je ne me souviens pas de vous.

— C'est ma cinquième saison. Je travaillais en salle jusqu'à ce que je sois assez âgée pour le bar. Prêt pour une autre tournée ? »

Il avait poussé son bock en avant. « Heineken, s'il vous plaît. C'est marrant, je suis sûr que je me serais souvenu de vous.

— Je parie que vous dites ça à toutes les filles. » Elle lui avait fait un clin d'œil et s'en était allée s'occuper d'autres clients.

Jack avait continué de la regarder — sans la fixer — pendant qu'il avait mangé son dîner et avait bu une autre bière. Le bar s'était rempli davantage, et malgré son intention de descendre dans d'autre endroits populaires de l'île, il s'était encore retrouvé là à la fermeture.

« Un pour la route ? » avait-elle demandé en récoltant quelques verres sales et des assiettes.

Il ne conduisait pas, alors il avait répondu, « D'accord, merci. »

Lorsqu'elle lui avait apporté la bière, il lui avait demandé ce qu'elle faisait le restant de l'année.

« J'enseigne des classes de seconde à Mystic.

— Je vous aurais crue encore à l'université. »

Elle se mit à rire. « Tout le monde pense toujours que je suis trop jeune pour être enseignante, mais c'est ma troisième année. Et vous ? Pendant qu'ils avaient parlé, elle avait débarrassé le bar, lavé des assiettes et enregistré des paiements par carte de crédit.

— Je suis architecte. Je viens de terminer mes études la semaine dernière. Je prends des congés avant de retourner au travail.

— J'adore l'architecture. J'ai toujours été intéressée par la façon dont les immeubles sont dessinés et assemblés. Cela a l'air très divertissant.

— Ça l'est. » Il avait siroté sa bière, s'efforçant de la faire durer afin qu'elle continue de lui parler. J'ai eu la possibilité de travailler sur quelques projets importants, et j'en ai quelques autres qui m'attendent quand je rentre. »

Elle avait levé un sourcil septique. « Si vous venez de terminer vos études comment cela se fait-il que vous ayez déjà travaillé sur des projets importants ? Cela ne vient pas *après* les études ?

— Je travaillais pour un cabinet à Boston pendant que je faisais mes études d'architecture.

— Où êtes-vous allé ?

— À Berkeley et Harvard. »

Elle avait sifflé doucement. « Ah, bon, excusez-moi de vous avoir adressé la parole ! Harvard, rien que ça. Oh la la.

— C'est juste une université.

— Ouais, bien sûr. Juste une université où nous simples mortels n'osons même pas rêver d'aller. Et sur quoi avez-vous travaillé ? Quelque chose dont j'aurais pu entendre parler ? Elle prit davantage son temps au fur et à mesure que les clients partirent s'amuser dans d'autres endroits ouverts tard dans la nuit.

— La nouvelle salle symphonique à Boston, pour en citer un.

— Ce n'est pas Neil Booth qui a dessiné ça ? »

Impressionné, il l'avait regardée d'un autre œil. « Vous êtes bien informée. J'ai travaillé pour Neil. Mon ami Jamie est son fils. Il ne savait pas pourquoi il lui avait dit cela. Il n'en parlait habituellement pas parce que Jamie n'aimait pas parler des avantages à être le fils de Neil dans leur profession.

— Eh, ben. Cette conversation devient de plus en plus intéressante.

— Neil est un gars très bien. Tout à fait normal malgré sa célébrité.

— J'ai suivi un cours d'architecture à l'université. J'ai beaucoup lu sur son travail. » Elle ramassa le verre vide de Jack.

Comme il se levait pour partir, il essaya de se souvenir de la dernière fois où il avait autant apprécié une conversation avec une femme. La plupart de celles qu'il rencontrait étaient soit pas du tout intéressées par son travail, soit complètement imbues d'elles-mêmes. La petite dynamo blonde aux yeux bleus fascinants était différente.

« Puis-je vous raccompagner jusque chez vous, ou avez-vous autre chose de prévu ? »

Elle l'étudia longuement avant de répondre. « Je n'ai rien d'autre de prévu mais comment puis-je savoir que vous n'êtes pas barjot ? On a beaucoup de dingues par ici l'été, dit-elle d'un air taquin. En plus, je ne connais même pas votre nom.

— C'est Jack Harrington. »

Elle le laissa souffrir pendant une minute qui parut interminable avant de dire, « J'irai avec vous, Jack Harrington, mais il me reste encore au moins une demi-heure à faire ici.

— J'attendrai. » Son cœur s'était emballé, et il avait compris que, d'une façon ou d'une autre, tout était sur le point de changer.

Le picotement du shampoing dans ses yeux interrompit les souvenirs de Jack. Rinçant le savon, il réalisa qu'il avait été là un long moment et ferma l'eau de la douche.

Il s'habilla et rangea la chambre en désordre. Enlevant les draps du lit, il les jeta dans la machine à laver avec les vêtements qui s'étaient entassés ces derniers jours. Après avoir refait le lit il sortit sur la terrasse. Avec le grondement incessant de l'océan en bas pour seule compagnie, Jack resta assis là jusqu'à ce que le soleil commence à descendre vers l'horizon, pensant à ses filles, à l'immense contrat que sa compagnie avait décroché pour la construction d'un hôtel à Newport pour le groupe Infinity, et à la liste impressionnante des choses qu'il lui fallait faire afin de mettre sa vie en ordre. En premier sur la liste il y avait sa relation avec ses enfants.

Il descendit finalement au rez-de-chaussée, où Frannie et les filles allaient s'attabler pour dîner.

Frannie lui fit un sourire chaleureux. « Cela fait plaisir de te voir.

— Je suis désolé d'avoir été si distant hier. J'avais juste besoin d'un peu de temps.

— Je comprends. Nous sommes contentes de te voir, n'est-ce pas les filles ? »

Leurs réponses furent plutôt des marmonnages : hm hm, mouais, je suppose.

« Est-ce que tu as faim ? lui demanda Frannie.

— Je mangerais bien quelque chose.

— C'est bien. Maggie, mets un autre couvert, s'il te plaît. »

Jack se sentit comme un invité dans la demeure qu'il avait, pour la plus grande partie, bâtie de ses propres mains. Puisque les filles semblaient ne rien avoir à lui dire, il prit l'opportunité de les étudier, de vraiment les *regarder*. Il ne se souvenait pas de la dernière fois qu'il les avait regardées comme ça.

Elles avaient toutes un beau bronzage grâce aux longues journées passées à la plage. Pendant qu'il n'y avait pas prêté attention, Jill et Kate étaient devenues des jeunes femmes et Maggie avait perdu ses joues de bébé.

Jill avait seize ans et était son portrait craché — grande aux cheveux bruns et des yeux gris-bleus. Kate, à quinze ans, avait les cheveux blonds de Clare et ses yeux bleus saisissants, mais était aussi grande que lui. Maggie, à dix ans était un mélange des deux : les cheveux foncés de Jack et les yeux de Clare. Lui et Clare plaisantaient toujours que chacun avait son « mini-moi » et puis, surprise, voici qu'était arrivée une « mini-nous deux. »

Il n'avait pas pensé à cela depuis longtemps et au souvenir Clare lui manqua terriblement.

Ses tentatives de lier conversation avec les filles se soldaient par un seul mot comme réponse. Il n'y avait que Frannie qui semblait contente de l'avoir là. Il était évident qu'il avait du pain sur la planche.

« J'aimerais aller sur l'île ce weekend, dit-il alors qu'elles finissaient de manger.

— Amuse-toi bien, répondit Jill.

— Je veux que vous veniez avec moi, les filles. »

Elles répondirent toutes d'un coup.

« J'ai des projets.

— C'est ce weekend que Meghan dort chez une amie.

— Je fais du babysitting.

— Je veux que vous veniez avec moi. » Les regardant tour à tour dans les yeux, il ajouta, C'est important. » Il n'avait aucune idée de ce qu'il ferait si elles refusaient.

Sa mère était la propriétaire de Haven Hill, une maison sur l'île et ils y avaient passé certains de leurs moments de plus grand bonheur, ensemble en famille. Jack comptait sur la maison pour exercer sa magie et l'aider à renouer avec ses filles.

« Je pense que c'est une bonne idée, Jack, dit Frannie jetant un regard déterminé sur chacune des filles. Un peu de temps ensemble, loin d'ici, vous fera le plus grand bien à tous. »

Elles ne dirent pas clairement qu'elles iraient, mais elles arrêtèrent de protester après l'intervention de Frannie.

Jack lui sourit avec gratitude.

Après le dîner les filles se dispersèrent. Jack aida Frannie à nettoyer la cuisine et puis alla se promener sur la plage. Habituellement il faisait un jogging à cette heure de la journée, mais aujourd'hui il n'en avait pas envie. Respirant l'air doux de la fin du printemps, et soulagé d'avoir quitté la maison, il marcha pendant des kilomètres et rendit une courte visite à Clare. Il retourna à la maison bien après le crépuscule et prit un moment pour regarder dans la salle à manger, où se dressait à nouveau une table entourée de chaises là où s'était trouvé un lit d'hôpital pendant plus d'un an. Même s'il savait qu'il avait fait la meilleure chose pour ses enfants, cela allait prendre du temps pour qu'il s'habitue à ne pas avoir Clare à proximité.

Il se traîna jusqu'à l'étage, s'arrêtant quand il entendit un reniflement venant de la chambre de Maggie.

Il y jeta un coup d'œil et la trouva nichée dans son lit avec Grenouille, sa peluche préférée pour dormir. Elle était si mignonne dans son pyjama jaune avec ses joues encore roses de sa journée à la plage et ses cheveux bruns qui brillaient.

« Maggie ? Est-ce que ça va ? Quand elle se dépêcha d'essuyer son visage sur le drap, le cœur de Jack commença à se serrer.

— Oui, oui. »

Entrant dans la chambre il s'approcha avec hésitation du lit, n'étant pas sûr d'être le bienvenu. « Est-ce que je peux t'apporter quelque chose ? Un peu d'eau, peut-être ?

— Non, merci. Ça va.

— D'accord. Alors qu'il se tournait pour sortir, quelque chose l'arrêta. Il n'était pas sûr si c'était Clare qui le regardait d'où elle pouvait bien être ou autre chose, mais il ne put se résoudre à laisser son enfant pleurer dans son lit. Rassemblant son courage, il s'assit à côté d'elle. Tu veux en parler ? »

Elle se mordit la lèvre et son cœur se brisa à nouveau lorsque les yeux de sa fille se remplirent d'autres larmes.

« Est-ce que Maman reviendra un jour ? La petite voix était tellement différente. Apparemment il n'était pas le seul à devoir s'habituer à un autre changement dans leur vie.

— Oh, chérie, je ne pense pas. »

Elle se redressa et tendit ses bras vers lui. « Pourquoi est-ce que Maman a laissé cette voiture la renverser ? » demanda-t-elle dans un sanglot, s'agrippant à lui.

Combien de temps avait-elle attendu pour lui poser cette question ? « Mon bébé, elle ne l'a pas fait exprès. Elle a été paralysée parce qu'elle a eu peur. L'accident a endommagé quelque chose dans son cerveau, c'est pourquoi elle ne peut pas être avec nous. Mais à l'intérieur, là où est son cœur, elle t'aime encore, toi, Kate, Jill et moi, très, très fort. Il faut que tu le croies. Il l'installa sur son oreiller et la borda à nouveau.

— Je le crois, dit-elle en essuyant son visage.

— C'est bien, parce que tant que tu le croiras, tu sentiras l'amour de Maman, où qu'elle soit. Il aurait bien voulu le croire, lui aussi.

— Est-ce que tu seras là quand je me réveillerai ? »

La question vint s'ajouter au poids de ses émotions déjà à fleur de peau.

« Bien sûr. Je ferai même mes fameuses crêpes au chocolat. C'était la seule chose qu'elles l'autorisaient à cuisiner.

— Chouette, dit-elle, sa voix revenant à la normale.

— À demain. »

Il sortit pour trouver Frannie qui l'attendait dans le couloir. Elle avait attaché ses longs cheveux auburn en une queue de cheval et s'était habillée pour la nuit avec un t-shirt et un pantalon de jogging.

Épuisé, il se frotta la nuque. « Qu'est-ce que tu as entendu ?

— Assez pour savoir que tu as dit exactement ce qu'il fallait.

— Je suis crevé, dit-il, impatient d'aller en haut où il pouvait être seul.

— Va te coucher. J'attendrai que Jill rentre.

— Où est-elle ?

— À un rendez-vous—

— Avec qui ?

— Un garçon de sa classe qui s'appelle Kyle. Je l'ai rencontré. Il a l'air bien. »

Jack réalisa que c'était lui qui aurait dû rencontrer le garçon avec qui sa fille était sortie. La prochaine fois il s'en chargerait. « Bon, si ça ne te dérange pas d'attendre…

— J'ai un film à regarder. Va te coucher.

— Merci, Frannie. Pour tout.

— Avec plaisir. » Elle l'embrassa sur la joue et retourna en bas.

Jack monta l'escalier en colimaçon qui menait à sa chambre et se dirigea vers la terrasse qui surplombait la piscine et l'océan un peu plus loin. Il attendit, pour grimper dans son lit, jusqu'à ce qu'il soit certain d'être assez fatigué pour s'endormir sans être torturé par des pensées déplaisantes. Au moment même où il s'endormit, le téléphone sonna, le réveillant en sursaut.

Il attendit, espérant que Frannie répondrait. À la troisième sonnerie il décrocha.

« Papa ? Jill semblait un peu paniquée. Peux-tu appeler Frannie ?

— Elle a dû s'endormir en bas. Elle n'a pas répondu au téléphone.

— J'ai besoin de lui parler. »

Quelque chose dans l'intonation de Jill et une légère difficulté à parler attirèrent son attention. « Qu'est-ce qui ne va pas ?

— J'ai besoin qu'on vienne me chercher.

— Qu'est-il arrivé à ton copain ?

— Est-ce que tu peux juste appeler Frannie ? S'il te plaît ?

— Je viens te chercher. Où est-ce que tu es ?

— C'est bon. Quelqu'un me ramènera.

— Jill. Dis-moi où tu es. Tout de suite. »

À contrecœur, où c'est du moins ce qu'il lui sembla, elle lui donna l'adresse.

« J'arrive. Ne bouge pas. »

Il enfila quelques habits, attrapa ses clefs et son portable puis alla en bas où Frannie était en boule sur le canapé, complètement endormie. Pas tout à fait sûr de ce qu'il trouverait en arrivant là-bas, il conduisit jusqu'au centre de Newport. À l'adresse que Jill lui avait donnée, plusieurs policiers tentaient d'arrêter une fête qui avait dégénéré. La gorge serrée, il appela le portable de Jill. « Dépêche-toi de sortir de là. C'est plein de flics ici. »

Jack regarda la police emmener un adolescent avec les menottes tandis qu'un autre vomit dans le terrain vide de l'autre côté de la rue avant que Jill ne sorte de l'obscurité.

Elle se glissa dans la voiture et claqua la portière.

« Qu'est-ce que tu as fabriqué ? Est-ce que tu as bu ?

— Épargne-moi la morale paternelle, tu veux bien ?

— Bien, alors laisse-moi appeler un des policiers pour qu'il t'emmène passer une nuit au commissariat. Il attrapa la poignée de la portière.

— Oui ! J'ai bu deux bières. Et alors ? »

Il appuya sur l'accélérateur pour sortir de là, n'en croyant pas ses oreilles. « *Et alors ?* Tu as seize ans, Jill !

— Je sais quel âge j'ai. »

Sous la lumière des réverbères il pouvait voir que ses yeux étaient vitreux et en déduit qu'elle avait bu plus que deux bières. Les choses qu'il voulait lui dire se bousculaient dans sa tête, mais il resta silencieux pour trouver plutôt ce qu'il devrait dire.

Jill resta silencieuse sur le chemin du retour.

« Qu'est-il arrivé au type avec qui tu étais ? demanda finalement Jack.

— Je ne sais pas. On a été séparés.

— Qu'est-ce que tu faisais là, pour commencer ?

— Ce sont des amis à lui. On est juste venus passer un moment.

— Tu as bu combien de verres ? »

Elle haussa les épaules. « Je te l'ai dit. Deux.

— Vraiment, Jill. Je ne peux pas croire que tu—

— Mais arrête, Papa ! Ce n'est pas un problème. Tout le monde le fait. »

Jack se retint de hausser le ton. « Tu n'es pas tout le monde, et ne me dis pas d'arrêter.

— Ouais, ouais. Son téléphone sonna alors qu'ils entraient dans l'allée. Où t'étais ? Elle jeta un coup d'œil à son père. Je me suis fait ramener. D'accord. Ouais, je te parle demain. »

Jack l'attendit et la regarda tituber vers la maison.

Frannie se leva quand ils entrèrent. « Mais qu'est-ce qui se passe ?

— Quelqu'un a trop bu à une fête et a perdu la trace de son copain. »

Frannie fronça les sourcils en regardant sa nièce. « Jill…

— Est-ce qu'on peut réserver cette célébration à demain ? Je suis fatiguée.

— Assieds-toi, » lui dit Jack.

Poussant un soupir théâtral, elle se laissa tomber sur une chaise.

« C'est ça que tu fais avec ton ami Kyle ? demanda Jack. Aller à des soirées qui dégénèrent et vous saouler ?

— Je ne suis jamais allée à des soirées qui avaient dégénéré ou été saoule avec Kyle avant ce soir.

— Tu ferais bien de laisser tomber le sarcasme, Jill, l'avertit Frannie.

— Tu n'es pas ma mère ! Tu ne peux pas me dire ce que je dois faire.

— Ça suffit, Jill ! Tu ne vas pas parler ni à ta tante, ni à moi comme ça, tu m'entends ? »

Juste quand Jill allait répondre, elle changea de couleur. Portant sa main à sa bouche elle fit un bond vers la salle de bains.

Jack lança un regard à Frannie avant de se lever pour suivre sa fille. Debout devant la porte ouverte de la salle de bains, il l'observa, impuissant, quand elle se mit à vomir.

Frannie s'approcha de lui. « Va, murmura-t-elle. Va près d'elle. »

Il hésita une seconde avant de s'aventurer dans la salle de bains et rassembler les longs cheveux bruns de Jill en une queue de cheval.

« Va-t'en, marmonna-t-elle. Laisse-moi tranquille.

— Tu ne vas pas te débarrasser de moi comme ça. Il resta avec elle pendant une autre crise vicieuse de vomissements et les contractions de son estomac qui suivirent. La crise passée, il essuya son visage avec un gant de toilette froid et s'assit près d'elle sur le sol de la salle de bains.

— Je ne boirai plus jamais. »

Riant tendrement, Jack se souvint d'avoir fait le même vœu après un incident similaire. « C'est bien. »

Il passa son bras autour d'elle, la blottit contre lui et fut soulagé qu'elle ne résistât pas. « Tu crois que c'est fini ?

— Pour l'instant, mais ça pourrait recommencer.

— Alors on va attendre.

— Pourquoi t'es si gentil avec moi ?

— Parce que tu es malade.

— Alors je ne suis pas punie ?

— Je n'ai jamais dit ça. »

Elle y réfléchit pendant quelques minutes. « Combien de temps ? »

Il n'en avait pas la moindre idée. « Que dirait Maman ?

— Euh, pour toujours ?

— Ça me paraît approprié. »

Jill gémit. « Sérieux. Combien de temps ?

— Qu'est-ce que tu penses d'un mois ?

— Que c'est pour toujours.

— Mais mérité, vu la faute.

— Je suppose. »

Il tendit sa main. « Je vais prendre ton téléphone et le garder en lieu sûr jusqu'au mois prochain.

— Ah non, arrête !

— Autant que je me souvienne la confiscation du téléphone était un élément primordial du plan de punition de Maman.

— Pourquoi doit-elle faire partie du tien ?

— Allez, balance. »

Elle l'extirpa de sa poche arrière et le fit claquer dans la main de son père.

Ils restèrent assis sur le sol jusqu'à ce qu'elle s'écroule contre lui, endormie. Tant bien que mal il parvint à la soulever et la porta jusqu'au canapé du salon. La recouvrant d'une couverture, il l'embrassa sur le front. Puis il s'installa confortablement sur l'autre canapé.

Juste au cas où elle aurait encore besoin de lui durant la nuit.

Quittant le port de la Pointe de Judith sur le ferry du vendredi soir, Jack se tint debout contre la rambarde avant et regarda le bateau couper l'eau écumeuse. Il prit une gorgée de son café, regrettant que ce ne soit pas un shot de whisky. « Allez, on se lance, » murmura-t-il en s'éloignant de la main-courante pour rejoindre ses filles à l'intérieur.

Comme d'habitude Kate était assise toute seule, grattant la guitare qui la suivait partout lorsqu'elle quittait la maison ces temps-ci. Maggie était obnubilée par son iPod et Jill était recroquevillée sur un des bancs avec un livre. Une pile ridiculement grande de sacs de voyage s'étendait près d'eux sur le plancher. Jack était tellement content qu'elles viennent avec lui qu'il avait décidé de ne faire aucune objection à la quantité d'affaires qu'elles apportaient pour un weekend.

Il n'avait rien prévu, per se, pour quand ils seraient sur l'île. Tout ce qu'il savait c'était qu'il lui fallait faire *quelque chose* pour attirer leur attention, pour reconnecter avec les filles qu'il avait d'une manière ou d'une autre réussies à aliéner alors qu'ils vivaient sous le même toit.

Le ferry accosta dans le Vieux Port de Block Island juste après dix-huit heures. Débarquant avec leurs deux tonnes de bagages, Jack et les filles s'entassèrent dans le vieux break qu'il gardait sur l'île. Leur silence pendant le court trajet vers le sud exacerba encore ses nerfs déjà à vifs.

« Un autre weekend bien occupé sur l'île, » dit-il, se sentant stupide et désespéré lorsque les mots sortirent de sa bouche.

Encore du silence.

« Qu'est-ce que vous voulez manger ce soir, les filles ?

— Une pizza de chez Aldo, dit Maggie.

— Va pour chez Aldo, » dit Jack, lui souriant dans le rétroviseur.

C'était juste une pizza, mais c'était un début.

Arrivé au samedi après-midi, Jack était prêt à se mettre une balle dans la tête. Complètement absorbées par une forme ou une autre de technologie — iPods, ordinateurs, portables, télévisions — ses filles faisaient tout leur possible pour l'ignorer. Son côté lâche voulait qu'il monte dans sa chambre et tue le temps jusqu'à ce qu'il puisse rentrer le lendemain. Cependant, le lâche fut supplanté par la voix intérieure qui lui disait qu'il avait déjà gaspillé trop de temps avec elles.

Se préparant à des insultes, il entra dans l'immense salon qui surplombait l'océan.

« Hé, les filles. Il fit un signe de la main à Kate pour attirer son attention car elle portait ses écouteurs. Allons faire une balade en voiture.

— Je regarde quelque chose, dit Maggie.

— J'allais juste prendre une douche, ajouta Jill. Elle avait été à peine un peu plus gentille avec lui depuis leur interlude sur le sol de la salle de bains. Mais tout progrès était bon à prendre.

— Nous allons faire une balade, dit-il avec un peu plus de fermeté cette fois ci. Et Kate, apporte ta guitare, tu veux bien ? »

Lui lançant un regard perplexe, Kate fit ce qu'il demandait. Malgré leurs protestations constantes, elles trouvèrent des chaussures et des vestes et s'attroupèrent à la voiture.

En conduisant vers le promontoire sur la partie nord de l'île, Jack espéra vraiment qu'il était en train de faire ce qu'il fallait. Il les rapprocha le plus possible du but en voiture. Ils allaient devoir marcher le reste du chemin.

« Est-ce que j'apporte la guitare ? demanda Kate jetant un regard méfiant sur le sentier accidenté.

— Oui, s'il te plaît. »

Alors que Jack les regardait échanger des regards confus, il eut un nœud à l'estomac. « Écoutez les filles, je sais que je ne vous ai pas donné beaucoup de raisons de me faire confiance ou de croire en moi, mais je vous demande trente minutes. »

Silence.

« J'ai besoin d'une demi-heure sans attitude négative, sans colère, sans mauvaise volonté. Vous pouvez me donner ça ?

— Qu'est-ce qu'on va faire ? » demanda Maggie, son expression ouverte et conciliante.

Jack sourit et tira sa queue de cheval. « Viens avec moi et je te montrerai. »

Il les mena sur le sentier rocheux jusqu'à l'endroit où lui et Clare avaient fait l'amour pour la première fois, où ils avaient parlé mariage pour la première fois et où ils étaient venus pour prendre la plus importante décision de leur vie de couple. Ici, il l'avait persuadée que le temps était venu pour lui et Jamie de quitter l'étude de Neil Booth et de démarrer leur propre affaire, de déménager de Boston à Newport leur famille qui grandissait, et de commencer une nouvelle vie. Plus tard, c'était ici qu'elle l'avait amené pour lui annoncer sa troisième grossesse inattendue, qui s'était avérée une des meilleures surprises de sa vie.

En haut du chemin, l'Atlantique s'étendait devant eux. Jack ne pouvait pas penser à un meilleur endroit pour que les filles de Clare disent au revoir à leur mère.

« C'était votre endroit avec Maman, dit Jill calmement, en admirant la vue de l'océan.

— Oui.

— Je me rappelle être venue ici une fois avec vous, quand j'étais toute petite, dit Jill. Maman m'avait expliqué que c'était votre endroit à vous. »

Jack désigna de la main un coin d'herbe. « Asseyez-vous avec moi ? Il attendit qu'elles soient installées et s'assit près de Kate. Chaque fois qu'on était sur l'île, votre mère et moi, on faisait l'effort de monter ici pour discuter. Parfois on parlait de choses sérieuses ; parfois on se reposait tout simplement et on regardait l'eau pendant un moment. Bien souvent on parlait de vous. » Il releva les yeux et trouva ses filles suspendues à ses lèvres, et il pouvait voir l'imploration sur leurs visages. Elles étaient avides du moindre détail sur leur mère auquel elles pouvaient se raccrocher.

Se forçant à continuer, Jack prit une grande bouffée d'air et essaya de se ressaisir. Il n'était pas préparé à la vague d'émotions que le retour à cet endroit suscitait en lui. « Avant l'accident, quand j'ai compris que quelque chose n'allait pas, j'aurais dû l'amener ici. Elle refusait de m'en parler à la maison, mais peut-être… si nous étions venus ici…

— C'était peut-être quelque chose qu'elle avait besoin de résoudre toute seule, dit Kate.

— C'est possible, admit Jack, voulant y croire à tout prix. Mais j'ai besoin que vous sachiez que j'aurais voulu avoir essayé bien plus fort de savoir ce qui la dérangeait.

— On aurait voulu avoir essayé plus fort, nous aussi, » dit Jill.

Ses sœurs hochèrent la tête en signe d'approbation.

Touché par leur confession, il se tourna vers Kate. « Tu veux nous jouer quelque chose ? Quelque chose qui te rappelle Maman.

— Je sais quoi jouer. Elle commença un morceau familier qui fit sourire son père et ses sœurs.

— Vous vous souvenez comme elle chantait fort ?

— Et si mal ! » ajoutèrent les autres, riant de ce souvenir.

Kate joua « Landslide », et Jack eut du mal à croire à quel point elle s'était améliorée depuis la dernière fois qu'il l'avait entendue. Clare aimait la chanson de Stevie Nicks, et il aurait tant voulu qu'elle puisse entendre leur fille la chanter. Kate avait choisi la chanson parfaite. L'année dernière avait été exactement comme s'ils s'étaient trouvés devant un glissement de terrain.

Elle joua la dernière note et lui jeta un regard, un petit sourire ornant son joli visage.

« C'était très beau ma chérie. Tu as une si belle voix.

— Merci.

— Est-ce que je peux dire quelque chose ? demanda Jill.

— Bien sûr, dit-il, heureux qu'elles aient compris la raison de leur venue ici.

— Il a fallu que j'apprenne un poème par cœur pour l'école récemment. On pouvait choisir ce qu'on voulait, alors j'ai choisi le préféré de Maman.

— De Tennyson, » dit Jack.

Elle hocha la tête. « Il me fait penser à elle et à ce que notre famille a vécu l'année dernière :

Bien que beaucoup soit pris, beaucoup demeure ; et cependant
Nous ne sommes plus à présent cette force qui autrefois
Déplaçait ciel et terre, ce que nous sommes, nous sommes—
Le battement unique de cœurs héroïques,
Rendu faible par le temps et le destin, mais fort dans la volonté
De s'acharner, de chercher, de trouver et de ne pas céder.» [1]*

Regardant sa fille, si belle et si brave, réciter avec autant d'éloquence les mots que sa mère avait aimés, émut Jack jusqu'aux larmes. Il s'éclaircit la voix et espéra être capable de dire ce qu'elles avaient besoin d'entendre.

« C'est exactement ce qu'il nous faut faire, vous savez ? Nous devons continuer à être une famille.

— Tout est différent maintenant, dit Maggie tristement.

— Oui, ça l'est. Et même si nous souhaiterions que ce ne soit pas le cas, il nous faut trouver un moyen d'aller de l'avant sans Maman.

— Je voudrais vraiment qu'on ne soit pas obligés de le faire, dit Maggie.

— Moi aussi, ma chérie. Mais voilà… Maman s'est toujours occupée de vous toutes, et je l'ai laissée faire. C'était plus facile pour moi de prendre du recul et de la laisser porter le fardeau plutôt que de mettre la main à la pâte avec vous. »

Elles rigolèrent des mots qu'il utilisait, mais il avait leur attention. « Ce n'est plus le genre de père que je veux être. Je sais que c'est un gros changement qui vient s'ajouter à tant d'autres, mais à partir de maintenant, je suis en charge à la maison. Frannie est là pour nous aider, mais elle n'est pas responsable de vous. Je le suis. Si vous voulez aller quelque part ou faire quelque chose, vous me le demandez. Quand je suis au travail ou en voyage, bien sûr vous pouvez voir avec elle, mais je veux toujours savoir où vous êtes et avec qui. Entendu ? »

Leurs réponses marmonnées indiquèrent leur consentement.

« Je sais que je n'ai pas été le meilleur père du monde, mais je veux vraiment rectifier cela. J'espère que vous me laisserez essayer. »

Maggie se rapprocha de lui et posa sa tête sur son épaule.

Il glissa son bras autour d'elle.

« Est-ce que je peux chanter une chanson qui me rappelle Maman ? demanda-t-elle.

— Absolument. »

Dans une petite voix, elle chanta la chanson de Barney.

Les autres sourirent, se rappelant Clare chantant cette chanson de famille parfaite pour panser les cœurs après les bagarres entre sœurs.

« On était une famille heureuse, dit Maggie, la voix pleine d'émotion.

— On le sera encore. Jack déposa un baiser sur ses cheveux bruns soyeux. Je vous le promets. On le redeviendra. »

Pour la première fois depuis longtemps il avait une raison d'espérer. Elles avaient fait le premier et le plus important pas vers ce qui serait, sans doute, un long périple. Mais elles avaient fait ce pas, et il en était soulagé.

---

1. *Though much is taken, much abides; and though*
    We are not now that strength which in old days
    Moved heaven and earth, that which we are, we are—
    One equal temper of heroic hearts,
    Made weak by time and fate, but strong in will
    To strive, to seek, to find, and not to yield.

CHAPITRE 3

Lorsque Jack entra dans les bureaux bien agencés de Harrington Booth Associés pour la première fois depuis quatorze mois, il fut rempli d'un sentiment de fierté.

Jamie et lui avaient démarré HBA après avoir appris tout ce qu'ils pouvaient de Neil Booth durant leurs sept années avec lui. Neil avait été déçu lorsqu'ils avaient décliné son offre de reprendre son cabinet alors qu'il songeait à prendre sa retraite. Ils avaient eu envie de quelque chose de plus simple que les postes de haut niveau au rythme effréné qu'ils tenaient dans le cabinet de Neil. Avec le temps, cependant, HBA s'était fait une réputation qui rivalisait même avec celle de Neil.

Remarquant le dollar en argent dans son cadre, sous le nom du cabinet sur le mur interne, Jack sourit au souvenir du pile ou face pour lequel ils l'avaient utilisé afin de déterminer lequel viendrait en premier dans le nom de l'entreprise. Il avait fallu que Jack gagne trois fois pour que Jamie concède sa défaite.

Avant l'accident de Clare, Jack n'aurait pu imaginer prendre plus d'une semaine de vacances à la fois. *La preuve que personne n'est indispensable*, pensa-t-il avec un petit sourire tandis que plusieurs de ses employés lui souhaitèrent un bon retour.

Sa secrétaire de longue date, Quinn Jeffries, l'accueillit d'une étreinte puissante. Embauchée comme sa secrétaire plus de douze ans auparavant, elle était depuis longtemps devenue son bras droit et une amie personnelle.

« C'est si bon de te voir ici, dit-elle en le libérant de son embrassade chaleureuse.

— Ça fait du bien d'être de retour. Son bureau en coin exhibait deux murs entiers de verre avec une vue superbe sur la plage et le rivage rocheux. Le bureau de Jamie occupait l'autre coin du même côté avec des toilettes au milieu qu'ils partageaient. Entre, » Jack dit à Quinn.

Il laissa tomber sa sacoche en cuir sur son bureau où le manque de désordre était un rappel brutal de la longueur de son absence.

« Bon, faisons le point, dit-il après avoir trouvé ses marques. Où en sommes-nous ?

— Jamie a dit que tu prendrais le contrôle de la prochaine phase du projet Infinity.

— C'est exact.

— Tu as une téléconférence avec leur équipe à onze heures pour faire connaissance et fixer la planification pour les prochains mois. Elle récita la liste des membres d'HBA que Jamie avait désignés pour travailler avec Jack sur l'hôtel.

— Sur quoi travaillent les autres ?

— Quatre maisons, un centre commercial, un nouveau concessionnaire automobile et la rénovation du musée de la voile.

— Waouh.

— Ouais, tout le monde est assez surchargé. Jamie et toi, vous devriez discuter d'embaucher quelques personnes de plus. »

Jack appréciait que Quinn partageait sans hésiter ses opinions qui étaient le plus souvent judicieuses et pertinentes.

« Est-ce que Jamie t'a dit qu'on lui a demandé de travailler comme consultant sur un projet à Tokyo ? demanda-t-elle.

— Non, mais je suis sûr qu'il m'en parlera quand il aura un moment.

— Voici les dossiers préliminaires sur l'hôtel. Tu peux les parcourir avant l'appel. Oh, et Jamie a demandé une réunion du personnel à dix heures.

— Très bien. J'ai rendez-vous pour dîner avec les filles chaque soir à dix-huit heures à partir de maintenant. J'aurais sûrement besoin de ton aide pour arriver à partir à l'heure.

— Pas de problème.

— Merci pour tout, Quinn. Je sais que tu as eu plus que ton propre travail à gérer ici cette dernière année. J'apprécie tout ce que tu as fait pour aider Jamie.

— Nous sommes juste contents que tu sois de retour. » Elle le quitta avec un sourire et ferma la porte.

Il se tourna sur sa chaise pour examiner le rivage qui émergeait du brouillard matinal pour trouver le genre de journée glorieuse d'été que Clare aimait tant. La plage était animée de joggeurs, de chiens en laisse et de maîtres-nageurs se dirigeant vers leurs promontoires. Tout était tellement normal, une scène qu'il avait observée bien des fois auparavant, et pourtant rien n'était normal maintenant parce que Clare ne serait pas là à l'attendre à la fin de la journée.

Depuis la journée sur la falaise avec les filles, les émotions qui avaient sommeillé en lui pendant de longs mois d'engourdissement, étaient à nouveau à vif. Pensant à Clare et à tout ce qu'ils avaient perdu lui fit monter les larmes aux yeux. Dernièrement, il n'avait pas cessé de pleurer, comme si les sentiments, qu'il avait lutté si fort pour supprimer durant la longue année depuis l'accident, essayaient soudainement de s'échapper. Et puis il se souvint avoir promis aux filles qu'il remettrait leur vie en ordre. Il essuya ses yeux sur le revers de sa manche et porta son attention sur les dossiers que Quinn avait laissés.

« Je peux y arriver, murmura-t-il. Je *vais* y arriver. »

À dix heures, il était à jour sur le projet qui allait contrôler sa vie pendant un an et demi. S'arrêtant pour attraper une autre tasse de café, il se dirigea vers la salle de conférence pour la réunion.

« Surprise ! crièrent tous les employés pour l'accueillir, et une immense bannière qui disait *Bienvenue chez toi, Jack* était accrochée sur le mur du fond. Ils lui offrirent leurs embrassades tandis qu'il absorbait les effusions émotionnelles de ses collègues.

— Waouh, dit-il une fois le brouhaha retombé. Vous m'avez vraiment surpris. Merci pour cet accueil chaleureux. Cela fait du bien d'être de retour.

— Un discours ! » demanda quelqu'un.

Coincé, Jack ne savait pas quoi dire. « Je…euh…Merci de votre soutien très touchant durant cette année et de tout ce que vous avez fait pour aider Jamie. Il s'arrêta pour rassembler ses idées. C'était réconfortant de savoir que vous preniez bien soin d'HBA afin que je puisse m'occuper de ma famille. Je suppose qu'aujourd'hui est le premier jour du reste de ma vie. Je suis heureux de le passer ici. »

Les applaudissements de ses collègues l'embarrassèrent.

« Bienvenue, mon pote, dit Jamie avec un grand sourire, et il donna à Jack une tape dans le dos.

— Merci, dit-il alors que le groupe excité se ruait sur le café et les viennoiseries entassées sur la table de conférence. J'avais oublié à quel point c'était amusant d'être ici.

— Il va falloir que je te rafraîchisse la mémoire sur *toutes* les façons dont tu t'amusais avant. »

Jack leva un sourcil. « En parlant de s'amuser, qu'est-ce que c'est que j'entends à propos de toi et de Tokyo ?

— Les nouvelles vont vite. C'est un bureau qui va être conçu sur la base de l'un des immeubles de mon père à New-York. Ils lui ont demandé d'être consultant, mais puisqu'il préfère jouer au golf, il les a dirigés vers moi.

— Ça t'intéresse ?

— Plus ou moins. Je ne suis jamais allé au Japon, alors cet aspect m'intrigue. Mais je ne suis pas sûr que ce soit le bon moment de commencer quelque chose à l'étranger.

— Quinn pense que nous avons besoin d'embaucher. Peut-être que si on s'agrandit tu pourrais le faire.

— Même avec l'hôtel ?

— Je ne vois pas le problème. Et si nous faisions de Quinn notre tout premier vice-président et lui donnions la responsabilité de diriger l'étude ? Elle le fait déjà plus ou moins. Nous pourrions le rendre officiel pour que je n'aie plus à m'en occuper.

— Cela me permettrait de partir une ou deux semaines de temps à autre si j'ai besoin d'être à Tokyo. Jamie se frotta le menton et y réfléchit. Combien devrions nous lui donner en plus ?

— Vingt cinq mille ?

— Adjugé.

— Super, je lui en parlerai aujourd'hui. Contactons l'université Crimson pour quelques récents lauréats, dit Jack, faisant référence à l'école où ils avaient été formés.

— Je m'en occupe, dit Jamie comme ils rejoignaient la fête. Je te ferai savoir ce qui arrive avec Tokyo. J'attendais que tu sois revenu pour décider. »

Le reste de la journée passa à la vitesse de l'éclair pendant que Jack consulta divers projets en cours, participa à une téléconférence avec l'équipe du siège du groupe Infinity à Chicago, et commença la planification préliminaire pour la prochaine phase du projet hôtelier.

Infinity avait choisi le concept d'HBA parmi sept autres études de Nouvelle Angleterre. Dessinant l'hôtel de cent cinquante chambres, le challenge avait été de créer un cottage de plage rustique, typique de la Nouvelle Angleterre, mais avec tous les équipements modernes. En première phase de la construction de l'hôtel, Jack travaillerait avec les décorateurs d'intérieur pour s'assurer que leurs choix du décor reflèteraient bien le concept d'HBA.

Il se leva, s'étira et inspecta la plage qui était quasiment désertée. Un brouillard était suspendu à distance de la côte, à attendre que le soleil finisse sa journée, et lui rappelant son rendez-vous avec les filles pour dîner. Il appela Quinn et lui demanda de venir le voir.

Elle passa la porte une minute plus tard et la scène qui se trouvait sur son bureau la fit rire. « J'aime beaucoup ce que tu as fait de l'endroit. Le désordre de Jack et la netteté excessive de Quinn étaient un sujet de plaisanterie coutumier entre eux. Comment ça va ?

— J'ai accompli plus aujourd'hui que je ne m'y attendais. J'ai fait une liste d'idées pour le voyage de recherches que feront les designers la dernière semaine d'août. Cela t'ennuierait de prendre la suite et de mettre en place l'hébergement ?

— Pas de problème.

— Aucun d'entre eux n'est jamais venu ici, alors nous les enverrons à Cape Cod, à Martha's Vineyard, à Nantucket et à Boston la première semaine, puis ils feront une deuxième semaine entièrement consacrée à Newport. Choisissons des bed and breakfast puisque nous visons une ambiance de petite auberge pour l'hôtel de Newport. Prenons des billets pour un match des Red Sox également. Ils ne peuvent pas venir à Boston et ne pas aller à Fenway.

— Eux ou toi ?

— Eux, bien sûr, dit-il en souriant.

— Je m'y mets dès demain matin. Elle survola sa liste. Tu ne les amènes pas à Block Island?

— Pas cette fois-ci. Nantucket couvrira le thème de « l'île station balnéaire. »

Après sa virée émotionnelle avec les filles, il ne se sentait pas encore prêt à retourner sur Block Island.

Elle regarda sa montre. « Tu ferais mieux de penser à ranger. Tu ne veux pas faire attendre tes dames.

— Il y a autre chose avant que j'y aille.

— Quoi donc ?

— Jamie et moi voudrions t'offrir une promotion. »

Ses sourcils se froncèrent de confusion. « Quel genre de promotion ?

— Que penses-tu de vice-président, en charge de la gestion du bureau. Es-tu intéressée ?

— Cela a toujours été ton truc à toi.

— J'ai besoin de me concentrer sur l'hôtel, et Jamie a le boulot à Tokyo qui se concrétise.

— Dans ce cas, avec grand plaisir, et j'apprécie le nouveau titre.

— Excellent. Merci.

— Je devrais probablement mentionner que je vais me marier. »

Surpris, Jack répondit, « Vraiment ? »

Les chaleureux yeux verts de Quinn dansèrent d'amusement. « Ça fait un *bail* que t'es parti, Jack. Il s'en est passé, des choses.

— Qui est l'heureux veinard ?

— Brian. Tu l'as rencontré il y a longtemps.

— Ah, notre ami d'Australie ? »

Elle sourit. « Lui-même. Nous avons prévu un petit mariage cet automne. »

Il se leva pour l'embrasser et la féliciter. « Je suis très heureux pour vous. Et je suis sûr que vous serez tous les deux contents d'apprendre que ta promotion s'accompagne d'une augmentation de vingt-cinq mille dollars. »

Elle suffoqua. « T'es pas sérieux ? »

Riant de sa réaction, il dit, « Tu as beaucoup de valeur pour nous et tu nous as encore montré ce dont tu es capable cette dernière année. Nous l'apprécions et nous voulons t'en récompenser. »

Elle jeta ses bras autour de lui. « Merci, Jack ! J'aime travailler pour vous deux et j'apprécie votre vote de confiance.

— Nous ne pourrions pas faire tourner cette boîte sans toi, dit-il alors qu'une autre pensée lui vint à l'esprit. Si tu veux Haven Hills pour le mariage, c'est à toi.

— Oh, mon Dieu ! Ce serait merveilleux !

— Ce n'est rien, dit Jack en haussant les épaules. Fais-moi juste savoir la date et je dirai à la famille que tu l'as pris ce weekend-là.

— J'ai hâte de dire tout cela à Brian. Je suis tellement contente que tu sois de retour. Ce n'était pas pareil sans toi.

— Allez, file. Je te verrai demain matin. »

Elle se pressa de sortir alors que Jamie entra par la porte qui reliait leurs bureaux.

« Pourquoi est-elle si excitée ? »

Jack mit des dossiers dans sa sacoche et éteignit son ordinateur. « Je lui ai parlé de la promotion et de l'augmentation. Est-ce que tu sais qu'elle va se marier ?

— J'ai entendu des rumeurs à ce propos. Brian est un type sympa. Ils ont fait quelques sorties sur le bateau.

— C'est marrant comment la vie a continué sans moi. Je pensais que tout s'était arrêté il y a quatorze mois. Il fit une pause et se ressaisit, ne voulant pas que ses pensées négatives viennent empiéter sur la meilleure journée qu'il ait eue depuis aussi longtemps qu'il se souvienne. Je lui ai proposé Haven Hills pour le mariage.

— C'est gentil de ta part.

— J'ai eu une discussion réellement intéressante avec la dessinatrice en chef d'Infinity aujourd'hui. Andréa Walsh ?

— On l'appelle Andi, dit Jamie. Attends de la rencontrer. Incroyablement douée.

— Elle m'a semblé très futée au téléphone. Elle a de très bonnes idées. Ils ont hâte de nous rencontrer.

— Tu es sûr que tu es prêt à être si chargé dès ton retour ?

— Ça me fera du bien de penser à autre chose qu'à mes problèmes personnels pour changer.

— Comment ça se passe avec les filles ?

— Beaucoup mieux. Elles semblent avoir accepté que leur vieux est en charge et leur prête attention. Il faut que je dise, par contre, que leurs vies sociales m'épuisent. J'ai besoin d'un tableau à code couleur pour traquer leurs allées et venues. Je n'ai aucune idée de comment Clare se débrouillait en le faisant paraître si facile.

— Elle était une mère exceptionnelle, dit Jamie.

— Ça oui alors, et maintenant c'est moi que les filles ont. Une pâle imitation.

— Quand elles seront adultes avec leurs propres enfants, elles se souviendront de ce que tu as fait pour elles et elles l'apprécieront. »

Jack le dévisagea sceptiquement pendant qu'ils marchaient ensemble vers le parking. « Tu es sûr de cela, oh Grand Sage ?

— Sûr et certain.

— La première journée s'est déroulée mieux que je ne l'aurais pensé. Merci encore pour la fête.

— Nous sommes contents de t'avoir à nouveau au bureau. Passe le bonjour aux filles pour moi.

— Je n'y manquerai pas. À plus. »

Jack déverrouilla sa BMW décapotable, y monta et resta assis un long moment avant de se décider à faire le moindre geste. *Clare ne sera pas là.* « Mais les filles y seront, » dit-il en démarrant la voiture et il roula vers la maison. Vers elles.

IIÈME PARTIE

Nage libre : utiliser une nage au choix au lieu d'une nage imposée.

CHAPITRE 4

Le dernier dimanche d'août, Jack monta l'escalier mécanique de l'aéroport et se demanda comment il reconnaîtrait Andréa Walsh dans la foule qui arrivait sur le vol de Chicago. Alors qu'il s'approchait du haut de l'escalateur, il remarqua une splendide brune aux longues boucles marchant vers lui. D'après la description de Jamie, Jack réalisa que c'était elle. *Eh bien, c'était plus facile que prévu.*

Lorsque ses yeux marrons balayèrent la foule et rencontrèrent les siens, son magnifique sourire le fit chanceler et il fut frappé par la sensation étrange de la connaître. S'étaient-ils déjà rencontrés ? Pas qu'il s'en souvienne.

« Andréa ?

— Bonjour, Jack. Elle changea sa sacoche de bras afin de pouvoir lui serrer la main. Appelez-moi Andi. Merci encore de venir me chercher.

— Pas de problème. Il prit son sac et la guida en bas de l'escalier mécanique pour aller récupérer ses bagages.

— Vous avez bien choisi votre journée pour arriver. Le Rhode Island dans toute sa splendeur.

— La vue de l'avion était incroyable.

— Je ne m'en lasse jamais.

— Je suis désolée de vous arracher à votre famille par une journée pareille, dit-elle alors qu'ils arrivaient dans le hall de livraison des bagages.

— J'ai réservé deux semaines pour la visite de votre équipe, afin qu'ils comprennent le projet. Il se peut qu'ils nous rejoignent plus tard pour une balade en voilier, si cela vous intéresse.

— J'aimerais beaucoup. »

Lorsqu'elle leva son regard et le trouva en train de la dévisager, ses joues prirent des couleurs. « Qu'est-ce qu'il y a ?

— Je n'arrête pas d'avoir l'impression que je vous ai déjà rencontrée, mais je suis sûr que non. Vous me paraissez tellement familière.

— Je pense que je me souviendrais de vous, dit-elle, puis elle regarda ailleurs comme embarrassée par la franchise de sa réponse.

— Euh, » dit-il, troublé. Il attrapa ses deux sacs du tapis roulant et la guida vers la porte.

Elle mit une paire de lunettes de soleil du style de Jackie Onassis et le suivit à sa voiture.

« Oh une décapotable ! Peut-on baisser le toit ?

— Bien sûr, » dit-il, soulagé que le moment de gêne près du carrousel soit passé.

Elle attacha ses longs cheveux en une queue de cheval pour le trajet.

« J'ai apprécié vos collègues, » dit-il une fois sur l'autoroute 95 en direction du sud.

Il avait accompagné son équipe à Cape Cod, Martha's Vineyard et Nantucket avant de les envoyer seuls à Boston. Ils devaient être de retour à Newport tard le jour suivant.

« Contente de l'entendre.

— Votre collègue Michael est un sacré numéro, dit Jack, en souriant jusqu'aux oreilles.

— C'est sûr, mais il connaît son boulot, alors je fais avec ses excentricités. J'espère qu'il ne vous a pas rendu fou.

— Non, il m'a bien amusé. Ils m'ont fait vadrouiller jusqu'à une heure du matin et puis ils étaient debout à sept heures, prêts à arpenter le bitume à nouveau. Cela faisait des années que je n'avais pas fait une chose semblable et c'est officiel : je deviens bien trop vieux pour ça. J'étais crevé le jour d'après.

— Il faut leur dire non. Ils savent qu'il ne faut pas me demander ça à moi, mais je suis sûre qu'ils ont profité de vous. »

Il rit et lui jeta un bref regard. Son visage était incliné vers la chaleur du soleil et une fois de plus, il fut frappé par combien cette femme était splendide. Jamie s'était bien gardé de le lui mentionner. Jack se demanda si l'oubli avait été intentionnel.

« Bon, quel est votre programme pour aujourd'hui ? demanda-t-elle.

— Je pensais que nous pourrions déposer vos bagages à l'hôtel et passer à HBA où j'ai préparé un bureau pour vous. Après cela je vous emmènerai voir le chantier.

— Merci pour le bureau. Je déteste travailler dans les chambres d'hôtel.

— Moi aussi. Ils montèrent la colline qui menait au pont de Jamestown. C'est ici que la vue devient spectaculaire. »

Andi s'en imprégna. « Je pensais que le lac Michigan était joli, mais ça, c'est quelque chose. Est-ce que des gens vivent sur toutes les îles ?

— Les plus grandes sont habitées. On va arriver à une île qui s'appelle Conanicut, droit devant nous. Les autochtones l'appellent Jamestown. Ils traversèrent le premier de deux ponts. Newport est aussi sur une île, appelée Aquidneck.

— J'ai vu ça de l'avion, dit-elle en parlant du pont de Newport.

— Vous aurez une superbe vue de Newport dans une minute. Si vous regardez à droite quand nous serons en haut, vous pourrez apercevoir Block Island à l'horizon.

— Encore une autre île ?

— Un endroit populaire à environ trente kilomètres d'ici. Il eut l'impression de recevoir un coup de couteau quand il pensa au temps qu'il y avait passé avec les filles.

— Je n'ai jamais vu autant de bateaux !

— La « Ville sur la Mer » est la capitale mondiale de la voile et je suppose que vous pouvez voir pourquoi d'ici. Il lui indiqua l'École de

Guerre de la Marine au nord du pont et lui conta la longue histoire de la marine à Newport.

— Vous pourriez être guide. Vous êtes d'ici ? »

Il secoua la tête. « Je suis ce qu'on appelle un parachuté. D'après les locaux, vous ne pouvez pas « être de » Newport à moins d'être né dans les limites de la ville. Je suis originaire du Connecticut.

— Qu'est-ce qui vous a amené ici ?

— Jamie et moi sommes venus ici avant d'être diplômés et sommes tombés amoureux de l'endroit. Nous aimons tous deux faire de la voile, alors quand nous avons démarré HBA, nous avons décidé de l'installer ici. Par une journée pareille vous voyez pourquoi.

— Je ne pourrais rien accomplir si je vivais ici.

— Nous prenons beaucoup de demi-journées pendant l'été, dit-il. Vous vivez à Chicago depuis longtemps ?

— Toute ma vie sauf quand je suis allée à l'université à New York. Je suppose que ça ne fait pas de moi une aventurière, mais j'aime cette ville. Je ne peux pas m'imaginer vivre ailleurs. »

Une fois qu'elle s'était enregistrée à son hôtel du centre-ville à Newport, il la conduisit à travers la ville. Elle s'émerveilla des rangées de demeures coloniales, des rues pavées et des réverbères à gaz. Les rues grouillaient de touristes dont les hordes entraient et sortaient des restaurants, des magasins et des bars.

Sur le chemin du bureau, il passa devant la plage bondée de la ville et le manège. Arrivé au parking d'HBA il fit le tour de la voiture pour lui ouvrir la portière.

« Une autre vue incroyable, dit-elle quand ils atteignirent l'étude. J'ai une vue superbe du lac de mon bureau, mais je n'y prête plus guère attention. Vous ne pouvez pas ne pas remarquer la vôtre. Et j'adore cet immeuble.

— C'était notre première collaboration. Nous avions déjà travaillé pour la même société chacun de notre côté, mais pas sur un projet commun. Le résultat avec ce bâtiment nous a donné la confiance pour voler de nos propres ailes.

— Vous étiez où avant ?

— Nous avons fait sept ans avec Neil Booth à Boston. »

Les yeux d'Andi s'écarquillèrent. « *Le* Neil Booth ?

— Le seul et unique. C'est le père de Jamie.

— Mon Dieu, mais bien sûr ! Je n'avais pas fait le rapprochement, et Jamie n'en a jamais parlé.

— Il n'en fait pas tout un plat, alors faisons semblant que je ne vous ai rien dit, » répondit Jack en souriant.

Elle s'avança pour regarder ses diplômes encadrés sur le mur. « Eh bien, regardez-moi ça : Berkeley, Harvard et un chiffre romain. John Joseph Harrington III. Très impressionnant. »

La tristesse s'empara de lui lorsqu'il se rappela comment Clare l'avait taquiné parce qu'il était diplômé de Harvard. « Oui, terriblement impressionnant, se força-t-il à dire. Et c'est le seul endroit dans mon univers où vous verrez ce chiffre romain. Laissez-moi vous montrer votre bureau. Ensuite nous irons déjeuner et je vous emmènerai sur le chantier.

« Parfait, John le troisième, » le taquina-t-elle, souriant de l'air renfrogné qu'il prit pour rire.

Après le déjeuner et la visite du chantier d'Infinity, Jack alluma son portable. « Laissez-moi vérifier avec Jamie pour le tour en voilier et à la maison pour voir qui veut nous rejoindre.

— Moi aussi, il faut que j'appelle chez moi. »

Il rentra chez un traiteur pour prendre le pique-nique qu'il avait commandé pour le dîner.

« Dis-lui que je l'aime, Andi était en train de dire quand Jack revint à la voiture.

— Qui est l'heureux élu ? demanda Jack après qu'elle eut fini son appel.

— Mon fils. Il a cinq ans et dort à poings fermés à cette heure-ci.

— C'est un bel âge, dit-il d'un air songeur en roulant vers le port de plaisance. Ils sont encore tellement mignons et drôles. Les adolescents sont tout sauf mignons et drôles. Et pourtant j'ai de la chance — les miennes ne sont pas aussi mauvaises que certains.

— J'en suis sûre. »

Le portable d'Andi sonna alors qu'ils arrivaient au port.

« Désolée, il faut que je le prenne. C'est mon directeur adjoint qui appelle de Juneau. Elle leva ses yeux au ciel. Beaucoup de problèmes là-bas.

— Prenez votre temps. Je décharge la voiture et je reviens vous chercher. »

Pendant qu'Andi prit l'appel, Jack descendit le ponton les bras chargés de sacs. Il déverrouilla le grand voilier bleu marine que Jamie et lui avaient baptisé Blueprint. Quand il fut accueilli par une bouffée d'air chaud de la cabine, il ouvrit les hublots pour laisser pénétrer la fraîcheur de la brise marine.

Jetant un coup d'œil sur le parking, il vit Andi riant et parlant avec agitation. *Dieu, qu'elle est belle.* Une sensation lancinante se forma dans son ventre qu'il fut surpris de reconnaître comme du désir. Cela faisait si longtemps, il avait presque oublié ce que c'était que de vouloir une femme. Réalisant qu'il avait été attiré par elle depuis le premier instant où il l'avait vue, Jack se sentit comme s'il se réveillait d'un long sommeil et dut se rappeler à lui-même de ne pas la fixer du regard.

Quelques minutes plus tard, elle descendit le ponton pour le rejoindre. « J'aime bien le nom du bateau. Très malin.

— Merci. Venez à bord. Les autres seront là bientôt. Il lui tendit la main. Que puis-je vous servir à boire ?

— Vous avez du vin blanc ?

— Absolument. Tout va bien à Juneau ? demanda-t-il de la cuisine tout en débouchant la bouteille.

— Ça va maintenant. Nous avons eu un désastre après l'autre là-bas, et nous arrivons à la date limite pour l'ouverture. Elle soupira. Pourquoi est-ce que certains projets sont tellement faciles et d'autres sont une vraie catastrophe dès le départ ?

— Si je le savais. On a eu notre part de projets désastreux, mais la plupart du temps on trouve une façon de blâmer quelqu'un d'autre. »

Elle rit. « J'aime bien cette stratégie. Heureusement, Bill, mon adjoint, a pu arranger les choses. Il est rentre à l'instant à Chicago avec un nouvel artiste engagé pour remplacer celle que nous *adorions* jusqu'à ce qu'elle devienne enceinte avec des triplés et soit obligée de démissionner. »

Souriant de sa consternation, il lui passa son verre de vin.

« Il m'a raconté une histoire des plus drôles à propos d'un vieil homme et de son équipe de chiens de traineaux. Un de ces moments qui sont plus amusants à voir que quand on les relate, mais c'était tout de même comique. »

Jack montra d'un geste de la main le port pittoresque. « À mon avis, c'est vous qui faites la meilleure affaire. Le soleil était une boule de feu dans le ciel en cette fin d'après-midi, avec encore des heures avant qu'il se couche.

— C'est sûr ! Je n'ai pas osé lui dire où j'étais lorsqu'il a appelé.

— Voilà les autres. » Jack fit signe au groupe de chahuteurs qui se précipitait de la Range Rover de Frannie. Jack avait acheté le véhicule afin qu'elle puisse conduire les enfants à droite et à gauche. Il ne laissait jamais quiconque utiliser la Volvo break de Clare qui était toujours dans le garage.

« Vous vous souvenez de Jamie, n'est-ce pas ? Eh bien, il a ma sœur Frannie avec lui et mes filles Kate et Maggie. »

Jack fit rapidement les présentations pendant que le groupe montait à bord.

« Salut Andi, content de vous revoir. Jamie lui serra la main. J'espère que Jack vous a fait prendre du bon temps jusque-là.

— Contente aussi de vous revoir. Nous avons passé une excellente journée. J'ai hâte d'aller sur l'eau. »

Jamie se frotta les mains. « Alors allons-y. »

Jack passa des bières et des sodas à l'équipage puis dit à Andi de se détendre et de leur laisser faire tout le travail.

～

46

Jack rejoignit Andi sur la proue pour regarder le coucher de soleil. S'asseyant près d'elle, il demanda « Je peux vous apporter quelque chose ?

— Non, surtout pas ! Je n'ai jamais autant mangé en une journée. Le dîner était fabuleux. Merci.

— Tout le plaisir est pour moi. Il montra le coucher de soleil d'un signe de la tête. C'est joli, non ?

— Je me sens un peu coupable d'appeler cela du travail. Elle passa ses bras autour de ses genoux et se tourna vers lui. Vos filles sont charmantes. Vous devez être tellement fier d'elles.

— Je le suis. Elles me surprennent d'une façon différente presque tous les jours.

— C'est agréable de vous voir tous ensemble. De toute évidence vous êtes très proche de Jamie et de Frannie.

— Jamie est le frère que je n'ai jamais eu et Frannie est bien plus qu'une sœur. Elle a aussi toujours été une de mes meilleures amies.

— Vous êtes chanceux de les avoir, dit-elle mélancoliquement. Je suis fille unique.

— Quelquefois quand Frannie essayait de me déguiser ou de me faire prendre le thé, il m'est arrivé de *rêver* d'être fils unique, » dit-il et ils rirent de cette image.

∼

Frannie se tenait près de Jamie à la barre.

« Est-ce que mon frère est en train de *rire* là-bas ? murmura-t-elle.

— Cela fait plaisir de le voir si détendu.

— Elle est superbe. »

Jamie se pencha pour embrasser son front. « Toi aussi. »

Surprise, Frannie le dévisagea, « Est-ce que tu flirtes avec moi, Jamie Booth ?

— Peut-être. »

Troublée, elle redirigea la conversation sur Jack et Andi, qui étaient assis l'un près de l'autre sur la proue, absorbés par ce qu'ils se disaient.

« Il est attiré par elle, » dit Frannie.

Jamie prit une grande gorgée de bière. « Tu t'imagines des choses.

— C'est quoi, sa situation à elle ?

— Je ne sais pas trop. Je n'ai pas passé beaucoup de temps avec elle en dehors du bureau à Chicago.

— Elle était gentille avec les filles et sincèrement intéressée par elles.

— Je sais ce que tu es en train de penser, Fran.

— Ah oui, quoi donc ?

— Il regardera peut-être mais il ne touchera pas. Tu sais à quel point il est dévoué à Clare.

— Alors il est supposé passer le reste de sa vie seul ?

— C'est la difficulté de cette situation de merde. Qui en connaît les règles ? Il posa son regard sur elle. Et toi ? Comment tu comptes passer le reste de ta vie ? »

Étourdie, elle ne put que fixer son regard sur lui — cet homme grand, blond et d'une beauté dévastatrice. Elle l'avait aimé durant toute sa vie d'adulte mais n'était jamais passée à l'acte en raison de son amitié avec Jack, sans mentionner les admiratrices qui le suivaient partout comme des petits chiens. Elle n'avait aucun désir de rejoindre leurs rangs.

« Qu'est-ce que tu as en tête ? »

Il haussa les épaules. « Je pense à toi. Beaucoup. »

Une boule se forma dans sa gorge et son cœur se mit à battre plus fort lorsqu'elle le regarda et trouva ses yeux bleus rivés sur elle. « Je pense aussi à toi. Beaucoup trop. » La folie de ce changement soudain dans leur relation l'emplit d'un rire nerveux.

Il passa son bras autour d'elle pour l'attirer à lui et l'embrassa sur la joue. « Il faudra qu'on en reparle à un moment plus approprié. Appelant Jack et Andi, Jamie s'exclama, Hé, les gars, on va virer de bord et vous allez vous faire mouiller sur ce lof. »

Jack tint Andi par le coude pour la stabiliser lorsqu'ils revinrent vers l'habitacle spacieux du bateau.

Frannie jeta un regard à Jamie afin d'attirer son attention sur la manière attentionnée dont Jack s'occupait d'Andi. Alors que Jamie leva les yeux au ciel, Frannie tendit sa main pour aider Andi à trouver un siège.

« Merci Frannie. Quel coucher de soleil, n'est-ce pas ?

— Nous l'avons commandé spécialement pour vous, » dit Jamie.

Jack versa un autre verre à tous avant de les rejoindre sur le pont. Il surprit Andi en train d'étouffer un bâillement.

« C'est moi qui vous ai épuisée aujourd'hui ? demanda-t-il avec un grand sourire.

— Non, pas du tout, mais mon vol était très tôt et je suis en train de me transformer en citrouille. Ça ne dérangera pas votre femme de passer une si longue journée seule avec le bébé ? »

Tous les trois la dévisagèrent dans un silence hébété.

Le visage d'Andi rougit d'embarras. « Quoi ?

— Maggie est mon bébé.

— Oh mon Dieu, Jack, je suis désolée. Je pensais que lorsque vous avez dit que vous étiez en congé parental… Je pensais que vous aviez un nouveau-né. Je n'ai aucune idée de comment j'en suis arrivée à cette conclusion.

— C'est une conclusion évidente, dit Jamie. Vous ne devriez pas vous sentir embarrassée.

— J'ai vraiment mis les pieds dans le plat. Je m'en excuse.

— Ce n'est pas nécessaire, dit Jack.

— Hé les filles, nous allons accoster. Jamie appela Kate and Maggie dans la cabine. Pouvez-vous venir nous donner un coup de main ?

— Bien sûr. » Kate évita de croiser le regard des adultes quand elle monta l'escalier pour aider son père à descendre les voiles.

Un silence inconfortable pesa sur le groupe pendant qu'ils amar-rèrent, rangèrent et se préparèrent à rentrer.

« Je m'occupe du reste, » dit Jack.

Jamie serra affectueusement l'épaule d'Andi. Puis il posa sa main sur le bras de Jack et leurs regards se croisèrent.

Jack hocha la tête et Jamie partit avec les autres.

« C'est évident que j'ai fâché tout le monde, dit Andi. Je suis telle-ment désolée. »

Elle était si bouleversée que Jack ne put s'empêcher de la rassurer.

Il prit sa main. « C'est de ma faute. Je me suis dit que tout le monde savait ce qui s'était passé. Vous n'avez fait aucun mal, alors s'il vous plaît ne vous inquiétez pas. Il la fit s'asseoir près de lui. Pour la protéger du soudain refroidissement, il jeta sa veste sur ses épaules et reprit sa main. Regardez-moi. »

Quand ses doux yeux marrons rencontrèrent les siens, il eut l'impression de recevoir un coup de poing en plein ventre.

« Vous ne saviez pas, d'accord ? »

Elle hocha la tête.

« Il y a à peine plus d'un an, ma femme a été renversée par une voiture. Elle est dans le coma et, eh bien, elle est perdue pour nous. »

Andi poussa un cri et serra sa main. « Oh ! Mais qu'est-ce que j'ai été dire! Les filles, elles m'ont entendue… J'ai fait une telle supposition ! »

— Elles vont bien mieux qu'avant. Nous allons tous mieux.

— Où est-ce qu'elle est maintenant ?

— Dans une maison à elle où on lui prodigue des soins vingt-quatre heures sur vingt-quatre. Il se prépara pour l'assaut de douleur qui ne se matérialisa pas. À un moment donné, il s'était apparemment habitué à la nouvelle situation.

— Je suis tellement désolée. Vous avez tous le cœur brisé.

— Nous y sommes maintenant résignés. Il y a eu des mois et des mois de chagrin. Je n'ai pas travaillé pendant plus d'un an et je suis revenu il y a juste deux mois de cela. Il me fallait retrouver une normalité pour mes filles. Mon aînée, Jill, va bientôt avoir dix-sept ans.

— Vous les adorez, dit-elle, en serrant sa main.

— Oui, dit-il, et je n'ai pas d'autre choix que de continuer pour leur bien. Et puis, Frannie a été un vrai don du ciel. Elle a emménagé avec nous peu après que ce soit arrivé, et elle m'a aidé avec tout.

— C'est extraordinaire. Elle m'a tout de suite plu.

— Nous avons toujours été très proches, mais maintenant c'est à un tout autre niveau. C'était tellement incroyable de sa part de mettre sa vie de côté quand on a eu besoin d'elle. »

Andi reposa sa main sur son bras. « Vous avez vécu un moment terrible, n'est-ce pas ? Vous tous.

— Ça a été dur. Il regarda sa main caresser doucement son bras, et l'envie d'embrasser Andi s'empara de lui. Alarmé, il se redressa et brisa le charme. Je ferais mieux de vous ramener à votre hôtel. Cela a été une sacrée journée et nous avons une semaine chargée devant nous.

— Oui, vous avez raison. Elle se leva pour ramasser ses affaires. Merci pour aujourd'hui. J'ai passé un bon moment.

— Moi aussi. »

<h1 style="text-align:center">CHAPITRE 5</h1>

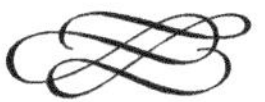

Un rayon de lumière entre les rideaux de sa chambre d'hôtel réveilla Andi le matin suivant. Lorsqu'elle se souvint de la veille au soir, elle fut à nouveau submergée d'embarras. Elle grogna et enfouit sa tête sous l'oreiller.

Comment ai-je pu faire une gaffe aussi énorme ?

Revoyant l'expression de choc sur les visages de Jack et de sa famille, elle s'enfouit plus profondément sous l'oreiller, où elle avait l'intention de rester pour toujours.

Jusqu'à ce que le téléphone sonne.

« Pouah ! Elle repoussa la masse de boucles de son visage et prit le combiné. Allo ?

— Bonjour Andi. J'espère que vous avez bien dormi. »

Son visage s'enflammant au son de la voix de Jack, elle s'assit et tira la couverture sur elle.

« Oui. Merci.

— C'est bon si je passe vous prendre dans une heure ? On peut manger un bout et faire le tour de ce qu'il y a à voir dans le coin. Votre groupe ne sera de retour en ville qu'en fin d'après-midi, ce qui nous laisse toute la journée.

— Parfait. Je vous retrouve en bas. Elle s'arrêta, grimaçant une fois

52

de plus au souvenir embarrassant. Jack, je suis tellement gênée à propos d'hier soir.

— Je vous l'ai dit, il n'y a pas de problème. N'y pensez plus, d'accord ?

— Euh, oui, d'accord, dit-elle en riant. Je vais essayer. »

Il rit doucement et elle fut surprise de sentir des picotements d'anticipation sur sa peau. Elle avait hâte de le revoir. *Arrête tout de suite Andréa. C'est un collègue — un collègue marié de surcroît.* Elle pensa à Tony, l'homme très charmant qu'elle venait juste de commencer à voir à Chicago. *Et tu es... avec... quelqu'un.*

« Il fait déjà vingt-six degrés, alors préparez-vous à une journée assez chaude.

— OK, à bientôt. »

Après avoir raccroché le téléphone, elle resta allongée un moment à penser à Jack, à Tony et à son fils. Le père d'Éric l'avait profondément blessée et elle avait gardé ses distances avec les hommes depuis — jusqu'à récemment. Tony, le père d'un des amis d'Éric, l'avait invitée à sortir plus d'une fois avant que finalement elle lui cède et dise oui. Ils étaient sortis dîner plusieurs fois ces deux dernières semaines et prenaient leur temps. Elle appréciait sa compagnie, mais en pensant au coup de fil de Jack, elle réalisa qu'elle n'avait jamais eu de frissons en voyant Tony.

« Tu es ridicule, » dit-elle à voix haute. Rien de bon ne pouvait venir de se permettre de s'amouracher de Jack. Il vivait à presque deux mille kilomètres d'elle, était marié et avait ses propres enfants. *Une déception amoureuse par vie*, pensa-t-elle en se traînant du lit. *C'est plus qu'il n'en faut.*

Portant une longue robe d'été et un chapeau de paille à grand rebord, elle rencontra Jack devant l'hôtel.

Il vint lui ouvrir la portière. « Vous êtes ravissante.

— Merci. Son cœur s'était mis à battre la chamade en le voyant. Vous ne plaisantiez pas quand vous avez dit qu'il faisait chaud.

— Je peux fermer la capote et mettre la climatisation en marche si vous préférez.

— Non, ça va. J'adore le toit ouvert. C'est pourquoi j'ai apporté le chapeau. Alors où allons-nous aujourd'hui ? Elle jeta un regard sur lui et remarqua à quel point il était beau dans sa chemise bleu ciel en soie et son pantalon de toile. *Arrête.*

— J'ai organisé des visites privées des Breakers et de Marble House.

— Je suis impatiente de les voir. J'ai lu les brochures que votre bureau a envoyées à propos de ces « cottages d'été ». C'est risible de les appeler comme ça.

— Quand vous verrez à quel point elles sont énormes vous aurez encore plus de mal à le croire. J'ai quelques livres au bureau qui montrent où les Astors, les Vanderbilts et les gens de leur classe vivaient le restant de l'année. Ces maisons-là font honte à ces résidences d'été. »

Les pièces dorées et les meubles d'époque captivèrent l'imagination d'Andi et elle se mit à réfléchir à comment elle pourrait donner l'atmosphère du début du vingtième siècle à l'hôtel.

Jack semblait apprécier la joie d'Andi à chaque nouvelle découverte pendant qu'ils avançaient dans les couloirs et les escaliers des grandes demeures. Elle montra un élément après l'autre, que seul un décorateur remarquerait. Quant à lui, il attira son attention sur les aspects architecturaux qui rendaient chaque maison unique.

Ensuite, il la conduisit à Hammersmith Farm, la Maison Blanche d'été de la famille Kennedy. Alors que la maison n'était plus ouverte au public, Jack lui dit que le nouveau propriétaire était un ami qui avait autorisé la visite. Le domaine, qui avait appartenu au beau-père de Jackie Kennedy, Hugh Auchincloss, se trouvait sur Ten Mile Ocean Drive, la route qui longeait l'océan.

Andi aima particulièrement l'histoire de l'hélicoptère du président atterrissant sur la grande pelouse qui s'étendait jusqu'à la rive de la baie de Narragansett, que leur raconta le guide. Le président, même avec un dos en mauvais état, avait pour habitude d'arpenter la pelouse et de sauter par la baie vitrée afin de venir s'asseoir pour prendre le déjeuner.

Andi décida de représenter le lien de Kennedy avec Newport dans l'une des suites de l'hôtel.

« C'était merveilleux, Jack, simplement magnifique, dit-elle, ravie d'avoir pu faire l'expérience d'une petite partie de l'ère de Kennedy.

— J'ai encore une chose à vous montrer avant le déjeuner. »

Ils s'arrêtèrent à l'église Sainte-Marie où le Président et Mme Kennedy avaient échangé leurs vœux de mariage en Septembre 1953. « La réception a eu lieu sur la pelouse d'Hammersmith Farm.

— Il faut absolument que le reste de l'équipe fasse la visite Kennedy, dit-elle alors qu'ils s'asseyaient pour le déjeuner.

— On mettra Hammersmith Farm sur leur itinéraire. Pendant que vous étiez aux toilettes, Frannie a appelée pour vous inviter tous à un barbecue à la maison ce soir.

— C'est une trop grande imposition. C'est un groupe de fous.

— On a des adolescentes. On est habitués à la folie. Frannie et les filles ont hâte de vous recevoir. »

Après avoir commandé le déjeuner, qu'ils prenaient assez tardivement, il se détendit dans sa chaise et la dévisagea avec ses yeux gris bleus qui l'attirèrent de nouveau. Encore une fois elle eut des frissons et encore une fois elle se rappela à elle-même de faire attention.

« Vous avez dit que vous aviez un fils. Comment s'appelle-t-il ?

— Éric. Je sais que toutes les mères pensent que leurs enfants sont adorables, mais dans ce cas c'est la vérité. »

Il rit. « Alors votre maison est sûrement bruyante et turbulente comme la mienne. Êtes-vous mariée?

— Je ne le suis plus, dit-elle avec un soupir. Et j'aimerais que ma maison soit bruyante, mais Éric est né avec une profonde surdité et il ne peut pas parler. C'est un vrai champion de la langue des signes et il s'améliore énormément à lire sur les lèvres, mais c'est bien trop silencieux.

— Cela doit être dur pour vous toute seule.

— Ma mère vit avec nous et elle m'est d'une très grande aide. Éric ne laisse pas son handicap le gêner. C'est un gosse typique de cinq ans. L'école a fait des merveilles pour lui, alors nous allons beaucoup mieux ces temps-ci.

—Est-ce que son père aide un peu ? »

Secouant la tête, elle eut du mal à trouver les mots, même après toutes ces années. « Il... ne pouvait pas supporter l'idée d'avoir un enfant « diminué ». Il nous a quitté dix jours après qu'Éric ait été diagnostiqué et nous ne l'avons pas revu depuis. Il y a plus de quatre ans de cela. »

Jack la regarda, visiblement choqué. « Qui peut faire ça ? »

Touchée par son indignation, elle sourit. « Je me suis faite à cette idée il y a bien longtemps. Éric ne m'a pas demandé où était son père, alors j'ai pu mettre cela de côté, pour le moment en tout cas. Je suis sûre que les questions ne vont pas tarder.

— Je suis désolé. Cela a dû être une époque terrible pour vous.

— Oui, oui, mais nous avons survécu. Tout était très difficile quand il était plus jeune et je paniquais tout le temps car j'avais peur qu'il soit blessé par ce qu'il ne pouvait entendre. Je me suis améliorée là-dessus.

— Ils ne pouvaient rien faire pour lui ?

— Il n'était pas candidat pour un implant cochléaire. J'espère qu'un jour il y aura peut-être d'autres options. »

Elle sortit de son sac la photo d'un magnifique blondinet avec d'immenses yeux bleus.

« Il vous ressemble énormément, » la taquina Jack en lui rendant la photo. Magnifique.

— Merci du compliment, mais il a tout d'Alec.

— Cela doit être dur vu la façon dont ça s'est terminé avec lui.

— Ça ne me dérange pas. Éric est un rappel constant que même si parfois la vie ne se déroule pas comme vous l'espérez, de bonnes choses peuvent découler de la déception. Ma vie serait bien moins belle sans lui au cœur de mon existence.

— C'est une jolie manière de le voir. Vous êtes surprenante. Beaucoup de gens auraient été détruits par ce genre de trahison.

— Tout comme vous, je n'avais pas le luxe de le laisser me détruire. J'avais un enfant à qui je devais penser et croyez-moi, c'est Alec qui y perd. Il rate un enfant merveilleux.

— On est des rescapés de guerre, tous les deux, hein ? » dit-il, lorsqu'on leur servit le déjeuner.

Elle sourit au choix de ses mots. « Vous pouvez dire ça comme ça, mais on a aussi de la chance. On a des enfants superbes et amusants, des boulots intéressants. Les choses pourraient être pires, non ?

— J'ai passé énormément de temps les seize derniers mois à m'apitoyer sur moi-même.

— Vous semblez avoir fait un travail admirable pour maîtriser une situation inimaginable.

— C'est gentil à vous de le dire, mais pendant longtemps j'ai merdé avec mes enfants. J'étais tellement concentré sur Clare que je les ai négligés. Dieu merci Frannie, Jamie et bien d'autres gens étaient là pour elles quand je n'y étais pas.

— J'ai l'impression que vous avez fait tout ce que vous pouviez pour votre femme. C'est pourquoi vous avez été capable de retourner auprès de vos filles remplir votre rôle de père et aussi de retourner à votre travail — parce que vous savez que vous avez fait tout ce qu'il vous était possible de faire pour elle.

— Habituellement je trouve cela difficile d'en parler, mais avec vous, c'est facile.

— Je me remets encore de ma grosse gaffe d'hier soir, dit-elle, appréciant sa salade de homard tandis que la conversation prenait une direction plus légère.

— Je pensais que c'était derrière nous. »

Son sourire en coin la captiva à nouveau. Il avait un tel magnétisme et il était tout ce qu'elle avait toujours voulu d'un homme. Mais elle se rappela à elle-même — et à son cœur tumultueux — qu'il appartenait à une autre. Pensant à Tony et à leur relation naissante, elle éprouva un soupçon de culpabilité au vu des sentiments qu'elle avait soudainement pour Jack.

« Qu'est-ce qu'il y a ? » demanda-t-il.

Elle aventura un regard vers lui. « Rien, pourquoi ?

— C'est juste que vous aviez cette expression… dans le regard, comme si quelque chose vous fâchait. »

Secouée, elle posa sa fourchette et prit une gorgée de vin. « Vous êtes un type très gentil, Jack Harrington. »

Un muscle de sa joue se contracta, il baissa les yeux vers la table et puis les releva vers elle. « Puis-je vous demander quelque chose qui vous semblera peut-être totalement inapproprié venant d'un collègue de travail ? »

Laissant échapper un rire nerveux, elle dit, « D'accord, allez-y.

— Est-ce que vous voyez quelqu'un chez vous ? »

Une vague de chaleur la traversa, et s'arrêta sur son visage. Andi posa ses mains sur ses joues, en espérant qu'il ne verrait pas à quel point sa question l'avait touchée.

— Je suis désolé, dit-il. Je vous ai embarrassée.

— Non, ça va. C'est juste qu'il fait chaud ici.

— Ce ne sont pas mes affaires. Je ne sais même pas pourquoi je vous ai demandé ça. »

Il avait l'air si embrouillé que le cœur d'Andi se serra. *Danger !* « Nous allons passer les prochains dix-huit mois à travailler ensemble. J'aime à penser que nous pouvons être amis aussi bien que collègues. »

Son visage s'illumina d'un petit sourire qui la cribla des flèches du désir. *Gros problème.*

« Cela me ferait plaisir, dit-il.

— Dans ce cas, je peux dire à mon ami, qui est aussi mon collègue, que j'ai récemment commencé à voir le père de l'un des amis d'Éric. »

Etait-ce de la déception qu'elle vit sur son visage ?

« Et comment ça se passe?

— C'est… euh… intéressant, je suppose qu'on pourrait dire ça comme ça, d'être de retour sur la scène des célibataires à la recherche d'un partenaire après tant d'années mariée et puis seule pendant ma période « je ne sortirai plus jamais avec personne. »

— Je ne peux pas m'imaginer sortir avec quelqu'un ou quelque chose de la sorte. Je veux dire, qui voudrait s'encombrer d'une situation comme la mienne ? Marié mais pas vraiment… Comment est-ce que ce serait juste ?

— Ce n'est pas à vous de décider de cela mais à l'autre personne. Si une femme choisit d'avoir une relation avec vous, elle le fera en connaissance de cause.

— Même, je ne peux pas me l'imaginer. Je me sentirais tellement malhonnête envers Clare, vous savez.

— Je comprends ce que vous voulez dire. Elle fit une longue pause.

Je ne la connaissais pas, mais je ne peux pas croire qu'elle s'attende à ce que vous soyez seul pour le restant de votre vie. Ne voudrait-elle pas que vous soyez heureux ? »

Il répondit en riant, « Pas si être heureux veut dire avoir d'autres femmes. J'étais sa chasse gardée. Il tripota distraitement une serviette qui se trouvait sur la table. J'ai été tellement occupé à essayer de me réconcilier avec les filles et à me remettre dans le rythme du travail que je n'ai pas accordé la moindre pensée à mon avenir. Ses yeux remontèrent vers ceux d'Andi. Jusqu'à dernièrement. »

La déclaration flotta dans l'air entre eux.

Andi s'éclaircit la gorge et s'occupa à finir sa salade.

« Je vous ai encore mise mal à l'aise. Je suis désolé.

— Il n'y a pas de quoi être désolé. Elle s'efforça de sourire alors que son cœur s'emballait dans sa poitrine. À quelle heure est-ce que tout le monde se retrouve chez vous ? »

Il la dévisagea pendant un long moment, sans reprendre son souffle. « À dix-huit heures. »

Comme il avait un peu de temps à tuer, il l'amena sur la promenade de la falaise qui longeait les jardins des belles demeures qu'ils avaient visitées le matin. L'océan se brisait contre les rochers escarpés en dessous, striant l'air d'énormes traînées brumeuses.

Jack l'arrêta pour lui montrer sa maison de l'autre côté de la vaste étendue d'eau. « Elle est entre les deux blanches, celle avec beaucoup de vitres. Vous la voyez ?

— Waouh, j'ai hâte de la voir de près. Elle leva les yeux vers lui, un air taquin sur son joli visage. C'est un modèle unique par Jack Harrington ?

— Oui, en effet.

— A-t-elle été difficile à construire au bord du rivage comme ça ?

— Un peu, mais elle en vaut la peine. J'aime vivre très près de l'eau. »

Elle scruta le paysage. « Je comprends pourquoi. »

Faisant un effort assidu pour rester loin des sujets personnels vers lesquels ils s'étaient aventurés pendant le déjeuner, Jack maintint une conversation ciblée sur les plans pour l'hôtel, les idées de décoration et les aspects importants du design. Mais malgré ses meilleures intentions, il restait captivé pendant qu'elle parlait avec des gestes animés, des idées que la journée à Newport avait apportées.

Il l'avait embarrassée pendant le déjeuner en lui posant des questions personnelles qu'il n'avait aucun droit de poser. Non seulement elle était une collègue, mais elle sortait avec quelqu'un. La raison pour laquelle cette information l'avait rempli d'une jalousie irraisonnée était quelque chose sur lequel il pourrait ruminer plus tard quand il serait seul. Pour l'instant, il était simplement ravi d'être avec elle.

Elle était si absorbée par ce qu'elle lui disait qu'elle ne vit pas un petit creux dans le chemin et fit un faux pas.

Jack la rattrapa et l'empêcha de tomber.

Haletante, elle leva vers lui des yeux chocolat tout ronds de surprise.

Jack garda son bras autour d'elle pendant qu'elle retrouva son équilibre. « Ça va ? »

Elle jeta un regard au rivage rocheux sous le sentier et s'agrippa davantage à son bras. « Cela aurait été une sacrée chute.

— Quelqu'un fait une chute ici au moins une fois par an. Lorsqu'elle le regarda, ce fut à nouveau comme un coup de poing dans le ventre. Andi...

— Oui ?

— Je... » Il voulait l'embrasser. Après plus d'un an à ne rien ressentir du tout, le désir était si féroce qu'il pouvait à peine respirer. Puis toutes les raisons pour lesquelles il ne pouvait l'embrasser, ni elle, ni personne d'autre, lui revinrent à flots, lui rappelant qu'il devait la relâcher.

Mais bon sang, il ne voulait pas.

Il la laissa finalement.

« Jack ? Qu'y a-t-il ? Qu'est-ce qui ne va pas ? »

Perturbé, il secoua la tête. « Rien. Allez, on rentre. D'accord ? »

CHAPITRE 6

De retour chez Jack, un jeu de Marco Polo était en progrès dans la piscine. Andi fit un signe de la main à ses collègues ainsi qu'à Frannie et Jamie qui s'occupaient du barbecue.

« Nous revenons dans une minute, leur dit Jack. Andi veut voir la maison.

— Prenez votre temps, » s'écria Frannie par-dessus le son de la stéréo qui jouait Jimmy Buffet.

Après que Jack les ait présentés, Jill se leva pour offrir un verre à Andi.

Andi fit signe à Kate et Maggie qui étaient dans la piscine en acceptant le verre de vin.

« C'est incroyable ! dit Andi lorsqu'elle et Jack entrèrent dans la maison. C'est vous tout craché !

— C'est ce qu'on me dit. Elle en a marre de l'entendre de tout le monde.

— Je suis contente de ne lui avoir rien dit, alors.

— Elle y est habituée. Mais quelle fille de seize ans veut ressembler à son père ? demanda-t-il, en grimaçant. Clare and Kate, c'est la même histoire — une ressemblance incroyable. Puis il y a Maggie.

— Un peu de vous deux ? demanda-t-elle en le suivant à travers la cuisine.

— Exactement. Vous pouvez sûrement en déduire que Maggie, étant beaucoup plus jeune, n'était pas prévue. Et croyez-moi, nous avons été surpris par l'idée d'un autre bébé quand Jill et Kate étaient en secondaire. Mais Maggie nous complète. Je suis tellement content qu'elle soit arrivée à ce moment-là. »

L'écouter parler de ses enfants rendit Andi triste qu'Éric n'ait pas un père comme Jack dans sa vie. Repoussant cette pensée déprimante, elle se concentra sur l'incroyable maison qu'il avait construite pour sa famille. Elle avait les sols en bois et beaucoup de vitres pour tirer avantage de la vue magnifique sur l'océan.

Il la conduisit au-dessus à l'étage des filles et puis en haut de l'escalier en colimaçon vers la chambre principale.

« J'ai perdu le fil, dit-elle. Quatre salles de bains ?

— Six, dit-il d'un air timide. Sept chambres. »

Une photo décontractée de Jack et de sa jolie femme blonde était sur une table et Andi pouvait voir qu'elle avait été prise sur le bateau. Elle le suivit sur le balcon suspendu au-dessus de la piscine devant l'océan.

« C'était le coin préféré de Clare. Elle venait ici chaque matin pour quelques minutes quel que soit le temps.

— Je peux comprendre pourquoi elle l'aimait tant. C'est une maison fabuleuse, Jack. Vraiment.

— Merci. Il semblait embarrassé par son effusion. J'en ai fait la surprise à Clare pour Noël il y a six ans dans un de mes moments de gloire, et je le dis en toute modestie.

— Elle ne se doutait de rien ?

— Rien du tout.

— Et comment avez-vous réussi à faire ça ?

— Il y a eu beaucoup de mensonges, dit-il avec une grimace. Qu'elle m'a pardonnés dès qu'elle a vu cet endroit.

— Elle a de la chance de vous avoir.

— J'avais de la chance de l'avoir elle, dit-il avec hésitation, comme s'il voulait ajouter autre chose.

— Jack ? Qu'y-a-t-il ? »

Son visage se raidit sous la tension, et tout à coup il sembla très loin. « Je ne vous ai pas tout dit l'autre soir, concernant l'accident de Clare. » Cela eut l'air de lui coûter énormément de parler de Clare se tenant debout face à la voiture qui lui fonçait dessus, son incapacité à bouger, et comment il devait maintenant vivre avec l'incertitude qui le rongeait que peut-être elle l'avait fait délibérément.

« Vous ne pensez pas vraiment cela, tout de même ? lui demanda Andi, profondément touchée par son histoire et par la douleur qui émanait de lui. Soudain elle réalisa, à sa grande surprise, qu'il n'y avait presque rien qu'elle n'aurait pas fait pour le faire sourire à nouveau.

— Je ne le pensais absolument pas possible jusqu'à ce que je voie la vidéo de la sécurité du centre commercial. Elle avait le temps de l'éviter.

— Après vous avoir rencontré, vous et les filles, et avoir vu la maison que vous avez construite pour elle, il me semble que Clare avait toutes les raisons de vivre.

— C'est ce que je me suis toujours dit, mais qui sait si c'est ce qu'elle ressentait ? Nous nous sommes disputés le matin de l'accident, et quand je repense aux mois qui précédents, je vois maintenant que quelque chose n'allait pas. Vous savez ce qu'ils disent à propos du recul…

— Vous vous faites trop de mal, Jack.

— C'est ce que tout le monde me dit, mais l'image d'elle debout devant cette voiture qui arrive sur elle me hante. Il y a bien des nuits où je me réveille en nage, même après tous ces mois, parce que j'en ai rêvé et que je ne peux pas empêcher cette voiture de la heurter. Je cours vers elle, mais j'arrive toujours trop tard. »

Retenant ses larmes, elle attrapa sa main. Si ce n'était pour la terrasse pleine de monde sous eux, elle l'aurait serré contre elle.

« Qu'importe, je ne saurai probablement jamais ce qui s'est vraiment passé. Elle le vit faire un dernier effort pour cacher son chagrin. Je suis désolé. Je ne voulais pas gâcher votre journée. »

Andi serra sa main. « Vous ne l'avez pas gâchée. Je suis contente que vous m'en ayez parlé.

— Merci de m'avoir écouté. »

Frannie leva les yeux vers Jack et Andi qui parlaient sur le balcon, leurs visages proches l'un de l'autre. « Il y a de l'amour dans l'air.

— T'as peut-être raison, » dit Jamie leur jetant un coup d'œil pendant qu'il retournait les hamburgers.

Frannie lui donna une tape sur le bras. « Arrête de les regarder !

— Tu regardais, toi aussi ! Avant qu'ils ne reviennent, je veux te demander quelque chose.

— Quoi ? Elle fit un effort pour paraître décontractée malgré l'étrange tension entre eux depuis le soir précédent sur le bateau.

— Est-ce que tu veux dîner avec moi demain soir ?

— Comme un rendez-vous en amoureux ? Elle fit semblant d'être choquée mais son cœur faisait des bonds dans sa poitrine.

— *Oui*, comme un rendez-vous *galant*, dit-il en rigolant.

— Ce n'est pas une très bonne idée.

— Qu'est-ce que tu racontes ? C'est la meilleure idée que j'aie jamais eue. En fait, j'aurais dû l'avoir il y a des années.

— Si on commence quelque chose qui ne marche pas, ce sera un désastre. Pour tout le monde. » D'un geste elle montra la piscine où les filles étaient en train de nager avec leurs amies, et les invités de Jack.

Faisant tourner une boucle des cheveux de Frannie autour de ses doigts, Jamie approcha son visage du sien. « Quand nous commencerons quelque chose, cela marchera, parce que nous nous aimons déjà. »

Frannie en resta bouche bée lorsqu'il lui donna la spatule et s'éloigna.

« Cela avait l'air assez intense entre toi et Jamie, dit Jack quand il la rejoignit quelques minutes plus tard. Tout va bien ?

— Bien sûr que ça va. Frannie porta son attention sur le barbe-cue. Ça semblait assez intense là-haut entre toi et Andi.

— Ah bon ? Il parut paniqué. Vraiment ? »

Frannie observa son frère chercher des yeux Andi, qui se trouvait de l'autre côté de la piscine avec ses collègues. « Détends-toi, dit-elle. Personne n'a remarqué.

— Toi, si.

— Qu'est-ce qui se passe Jack ? »

Il hésita avant de parler. « Je ne m'attendais pas à rencontrer quelqu'un qui me donnerait l'envie de refaire ma vie. »

Frannie eut mal pour lui quand il haussa les épaules avec désespoir. « Il n'y a pas de mal à vouloir refaire sa vie, Jack. Tu ne peux pas rester seul pour toujours. Clare ne voudrait pas de cela pour toi.

— Sois sérieuse. Elle serait devenue dingue si je n'avais fait que regarder une autre femme.

— C'était avant.

— Alors tu me donnes la permission, petite sœur ? demanda-t-il avec un petit sourire.

— Tu as besoin de te donner la permission toi-même. Elle lui serra le bras. La permission de vivre, Jack. Que peux-tu faire d'autre ?

— Je ne peux pas imaginer quelque chose avec elle.

— Pourquoi pas ?

— Premièrement, nous sommes collègues, et jamais rien de bon n'arrive quand on a une relation avec quelqu'un avec qui on travaille.

— J'ai horreur de devoir te faire remarquer ce qui est évident, mais tu ne travailles pas vraiment avec elle.

— Tu sais ce que je veux dire. C'est une cliente.

— Elle est l'employée d'un client. »

Il fronça les sourcils avec amusement. « Et puis elle vit à des milliers de kilomètres de moi et voit quelqu'un là-bas.

— Oh, dit Frannie en faisant la grimace. Alors tu as demandé, hein ?

— C'est sorti comme ça.

— Est-ce sérieux ?

— Apparemment c'est récent.

— Je n'ai pas encore entendu d'argument qui me convaincrait que tu ne devrais pas la voir.

— Et celui-ci, alors : quelle femme ayant toute sa raison voudrait s'embarrasser de tout le bordel qui fait partie de ma vie ?

— Euh, peut-être celle qui n'a pas arrêté de jeter des coups d'œil sur toi tout le temps que tu m'as parlé ? »

Les yeux de Jack se dirigèrent vers l'autre côté de la piscine, et effectivement, Andi les regardait. Il lui sourit et elle lui sourit en retour.

Frannie gloussa en observant la scène. « Tu viens de te découvrir un petit béguin, hein ?

— Je ne sais pas, dit-il troublé, se passant la main dans les cheveux. Peut-être.

— Vas-y Jack. Qu'est-ce que tu as à perdre ?

— J'ai déjà beaucoup perdu. Je ne suis pas sûr de pouvoir prendre ce genre de risque à nouveau. Son visage s'assombrit sous la tension mais il fit un effort courageux pour s'en débarrasser. Bon, bah, qu'est ce qui se passe entre toi et JB ?

— Je ne sais pas de quoi tu veux parler.

— Il a dit quelque chose qui t'a laissée bouche-bée. »
Elle regarda en l'air et commença à s'éloigner. « Peu importe. »
Prenant son bras, il l'arrêta et leva un sourcil interrogateur.

« Si tu veux savoir, il m'a demandé de dîner avec lui demain soir. Elle dégagea son bras.

— Tiens, tiens, intéressant. Tu vas y aller ?

— Je n'ai pas encore décidé. Joindre son harem ne m'intéresse pas.

— Ça fait un moment qu'il a passé sa période de collection de Barbies. En fait, je n'arrive pas à me souvenir de la dernière fois que je l'ai vu avec une femme. Notre garçon doit être en train de grandir. Peut-être qu'il recherche une femme stable.

— C'est ce que je suis, moi ? Une femme stable ? Elle fit semblant d'être offensée en empilant les hamburgers sur une assiette. Les hamburgers sont prêts, appela-t-elle en donnant l'assiette à Jill.

— Sors avec lui. Vois ce qui se passe.

— Et si ça ne marche pas ? C'est ton meilleur ami et un de mes meilleurs amis, et ça depuis des années.

— Je vois ce que tu veux dire, mais dis-toi ceci : et si c'était ce que

vous avez recherché tous les deux, toutes ces années, et c'était juste
devant votre nez ? Il lui pinça le nez. Ce n'est qu'un dîner. Va avec lui.
Si tu n'y vas pas tu te demanderas toujours ce qui aurait pu se
passer. »

Elle plissa les yeux de suspicion. « Est-ce qu'il t'a payé pour plaider
sa cause ? »

Riant, Jack leva sa main pour l'arrêter. « Il ne m'en a pas soufflé
mot. Je te le jure.

— D'accord, d'accord, j'irai, mais si ça tourne au désastre, rappelle-
toi que j'ai essayé de te prévenir.

— C'est une bonne façon de commencer, d'attendre le désastre.
Bonne stratégie, Fran. » Il lui donna une tape sur la tête avant de
rejoindre les autres.

Frannie le regarda s'en aller, son cœur fondant de voir Andi lui
sourire lorsqu'elle le vit arriver.

Les choses étaient certainement en train de s'améliorer.

Après le dîner Jack alluma le brasero près de la piscine et Andi s'assit
près de lui sur la double chaise longue pour regarder le feu. Ses
collègues divertirent ses filles avec des histoires de leurs plus gros
challenges de design. Les filles étaient fascinées par les émissions de
décoration intérieure sur la chaîne de House & Garden et discu-
taient de leurs préférées avec les décorateurs d'intérieur excen-
triques.

Jack rit de voir Maggie persuader le collègue d'Andi, Michael, de
jeter « juste un coup d'œil » sur sa chambre. Elle avait complètement
embobiné le dessinateur amusant.

« Ne la perdez pas de vue dans quelques années, » murmura Andi.

Jack se lamenta. « Ce sera celle qui me donnera des cheveux
blancs. Jill et Kate ont eu des garçons qui leur tournaient autour
pendant des années, mais ni l'une, ni l'autre n'en a vraiment choisi un.
Elles préfèrent normalement sortir en groupe, ce qui me convient très
bien. Maggie, en revanche, me fait peur.

— Elle est adorable, dit Andi, riant de sa détresse. Dites, avec quoi harceliez-vous Frannie plus tôt ?

—Moi ? Harceler ? Je ne sais pas ce que vous voulez dire.

— Dites-le-moi.

— Vous êtes terriblement autoritaire, répondit-il avec un sourire taquin. Il semblerait que mon meilleur ami et ma sœur ressentent quelque chose l'un pour l'autre — juste vingt-cinq ans après qu'ils se sont rencontrés pour la première fois. Elle a été mariée deux fois, deux fois avec des types qui l'ont déçue. J'aimerais la voir avec quelqu'un de solide comme Jamie.

— Vous approuvez. C'est bien. Cela doit être important pour elle. »

Une fois de plus il fut surpris — et enchanté — par sa perspicacité. « J'approuve mais il faut encore que je m'assure que ses intentions sont honorables. »

Elle fronça un sourcil en désapprobation. « Vous plaisantez, j'espère ?

— Bien sûr que non. C'est de ma petite sœur que nous parlons. »

Andi se pencha derrière lui pour étudier Frannie. « Elle a l'air d'être tout à fait grande d'où je suis.

— Vous voulez dire que je ne peux pas interroger Jamie et le menacer de lui arracher les ongles s'il lui fait du mal ?

— Il faut que vous vous teniez en dehors de ça.

— Je commence à me demander si je vous aime autant que je le pensais, » plaisanta-t-il.

Elle rit. « C'est peut-être mieux pour nous deux.

— Non, ça ne l'est pas. »

De l'autre côté de la terrasse sur une chaise longue, Jamie était en train de faire son propre harcèlement sous le couvert de « la persuasion. »

« Alors est-ce que ton frère t'a donné la permission de sortir avec moi ? demanda-t-il à Frannie.

— T'es pas un peu arrogant ? On n'a même pas prononcé ton nom.

« — C'est ça, s'exclama-t-il. Je sais comment vous marchez tous les deux. Épargne-moi. Alors, va t-il me laissez sortir avec toi ?

— Ce que tu dois te demander, c'est si moi, je vais te laisser me sortir.

— Tu es une dure à cuire, Frances Harrington.

— Si tu crois que de m'appeler comme ça va améliorer ton cas, détrompe-toi. »

Il prit sa main et embrassa chacun de ses doigts alors que l'éclat du feu dansait sur son visage étonné. « Alors, demanda-t-il entre les baisers, sans que ses yeux ne quittent les siens, qu'est-ce qui aiderait mon cas ?

— Ça, dit-elle le souffle coupé. Ça, ça aide, c'est sûr. »

Il sourit et embrassa à nouveau sa main.

« Puis-je te demander quelque chose ?

— Bien sûr, » dit-il, recommençant avec son pouce.

Comme elle risquait de perdre le fil de la conversation, elle retira sa main. « Comment se fait-il que soudainement tu veuilles sortir avec moi ? »

Il se redressa. « Ce n'est pas soudain, Frannie.

— Ah non ? Tu pourrais avoir n'importe qui— »

Reprenant sa main, il dit, « Mais c'est toi que je veux. C'est toi que j'ai toujours voulu.

— Foutaises. Ne me mens pas. » Elle se leva, les sourcils froncés, se précipita dans la maison et commença à nettoyer bruyamment dans la cuisine.

Jamie vint derrière elle et l'enlaça. « Arrête. Il enfouit son visage dans ses cheveux. Arrête de penser que je m'amuse avec toi. »

Avec difficulté, Frannie prit une bouffée d'air. « Ce n'est pas ce que tu fais ? »

Il tourna le visage de Frannie vers lui, et leva son menton pour la persuader de croiser son regard. « Je t'aime depuis la toute première fois que tu es venue nous rendre visite en Californie. Tu m'avais bouleversé, mais nous étions juste des gosses. Et après, ce n'était jamais le bon moment. Tu t'es mariée — deux fois — et ensuite tout est arrivé avec Clare. J'ai cru que j'allais mourir quand Jack m'a appris que tu t'étais mariée. Il se pencha pour l'embrasser. Les deux fois, je voulais mourir, Frannie. »

Des larmes coulèrent sur son visage. « Pourquoi tu ne m'as jamais rien dit ? »

Il essuya ses larmes. « Je ne sais pas, mais j'ai regretté. Y-a-t-il une chance que tu puisses, tu sais, m'aimer, toi aussi ? »

S'accrochant à lui, elle essaya de reprendre son souffle. « Je t'ai toujours aimé, murmura-t-elle d'une voix rauque. Toujours. » Elle risqua un regard vers le visage qu'elle avait adoré plus de la moitié de sa vie et vit l'amour que Jamie lui portait.

Finalement.

« Tu peux faire quelque chose pour moi ? demanda-t-elle.

— Tout ce que tu veux. »

Elle enroula ses doigts autour des siens. « Emmène-moi avec toi ? »

Il ferma les yeux un bref instant, prit sa main et la guida vers la porte d'entrée.

Jack vint avec Andi dans la cuisine quelques minutes plus tard avec des tasses et des assiettes de la terrasse. Il jeta un œil dans le salon mais ne vit pas Jamie ou Frannie. Quand il regarda dehors par la porte d'entrée, il découvrit que la voiture de Jamie n'était plus là.

« Intéressant, dit Jack en revenant dans la cuisine. Ils sont partis. »

Kate et Maggie entrèrent avec d'autres assiettes du barbecue. Jill était partie plus tôt pour aller voir la dernière séance d'un film avec des amis.

« Où est Frannie? demanda Kate.

— Je pense qu'elle est allée quelque part avec oncle Jamie, dit Jack.

— Elle avait l'air en colère, dit Kate.

— Je suis sûr qu'ils vont arranger cela — quoi que ce soit.

— Papa, pourquoi est-ce qu'on appelle Frannie, qui est notre tante, juste Frannie, alors qu'on appelle l'oncle Jamie, qui n'est pas réellement notre oncle, Oncle Jamie ? » demanda Maggie d'un air sérieux.

Ils éclatèrent tous de rire.

« C'est une bonne question Maggie et je n'ai absolument aucune idée de pourquoi nous faisons cela, dit Jack lui ébouriffant les cheveux.

— C'est bizarre, décida Maggie.

— Oui, ça l'est, approuva-t-il. Et maintenant c'est l'heure d'aller au lit, petite princesse.

— Pas question ! Je veux aller travailler sur ma chambre. Michael m'a dit exactement quoi faire. En plus ce sont les vacances. Je peux rester debout tard.

— Bien joué, mais il est presque onze heures. C'est assez tard.

— Allez viens, la morveuse, je vais te border, dit Kate en faisant avancer sa sœur.

— Merci Kate. Je vais ramener Andi à son hôtel. Je reviens tout de suite.

— D'accord. Kate poursuivit sa sœur dans l'escalier, la chatouillant au passage.

— Kate s'occupe bien d'elle, dit Andi.

— Avant elles se battaient comme des chiffonniers, dit Jack. Mais après tout ce qui est arrivé… Elles sont beaucoup plus proches maintenant.

— Vous n'avez pas besoin de me ramener. Je peux rentrer avec les autres.

— Vous êtes sûre ?

— Mais oui. Ce n'est pas nécessaire de faire un voyage de plus.

— D'accord, » dit-il, déçu de ne pas passer plus de temps avec elle.

Quelques minutes plus tard, Andi et son équipe partirent après une effusion de « mercis » à Jack et des compliments sur ses filles et sur sa maison.

La regardant partir avec les autres, il pensa à combien il avait apprécié la journée avec elle — et à quel point il aurait aimé passer la nuit avec elle. Rempli de culpabilité, il avait déjà l'impression d'être infidèle à Clare. La douleur sourde qu'il avait portée en lui depuis si longtemps refit surface avec une soudaine et puissante intensité. Il ferma la porte et appuya sa tête contre.

Deux pas en avant, un pas en arrière.

Frannie et Jamie gardèrent le silence pendant le court trajet vers son appartement en centre-ville. Tout au long, le cœur de Frannie battit à un rythme effréné, la laissant à bout de souffle. Elle ne pouvait pas croire que cela était en train d'arriver. Comme s'il sentait que ses nerfs étaient à fleur de peau, Jamie tendit le bras et posa sa main sur la sienne, et juste comme ça, les battements de son cœur retrouvèrent un rythme plus normal.

Frannie regarda les lumières de la ville défiler rapidement car il conduisait sa Porsche vintage certainement plus vite qu'il ne l'aurait dû. Et si c'était bizarre entre eux ? Et s'ils avaient été amis trop longtemps pour franchir ce pas ? Et si cela tournait exactement au désastre qu'elle craignait?

« Frannie? »

Sa voix la fit sursauter, la tirant de l'état de réflexion dans lequel elle s'était laissée aller, et elle réalisa qu'ils étaient arrivés chez lui.

Lorsqu'elle s'apprêta à détacher sa ceinture, ses gestes furent maladroits.

Une fois de plus, il l'arrêta et s'en occupa lui-même. « Viens là. » Il tendit le bras par-dessus la console.

Quand il l'enlaça, son odeur irrésistible l'enivra et la calma.

« Dis-moi que nous ne sommes pas fous de gâcher quelque chose de bien, dit-elle après un long silence pesant.

— On a été fous d'attendre autant pour la gâcher, cette bonne chose.

— Mais si ça — »

Ses doigts s'enfoncèrent dans ses cheveux et la tinrent fermement lorsqu'il l'embrassa pour la faire taire. Il utilisa sa langue pour lui ouvrir la bouche, et elle brûla de désir des pieds à la tête. Aucun autre baiser n'avait jamais eu un tel effet sur elle.

Mêlant sa langue à la sienne, elle eut envie de pleurer du doux soulagement d'être dans ses bras. C'était Jamie. Son Jamie à elle. L'homme qu'elle avait toujours aimé.

Le baiser dura si longtemps que Frannie perdit la notion du temps et du lieu.

Au moment où, finalement, il porta son attention sur son cou, son cœur s'emballa de nouveau, mais pour des raisons différentes cette fois-ci.

« Allons à l'intérieur, » murmura-t-il, lui donnant des frissons jusqu'en bas du dos.

Frannie relâcha son étreinte et fut prise d'un fou rire lorsqu'elle remarqua qu'ils avaient embué les vitres de sa voiture.

« Vraiment comme un couple d'ados. » Son expression était si sexy et si irrésistible qu'elle eut du mal à se séparer de lui assez longtemps pour qu'il sorte de la voiture et en fasse le tour pour venir la chercher. Debout près de la portière, il lui tendit la main.

Frannie leva le bras pour mettre sa main dans la sienne.

Il lui serra fort la main pendant qu'il la guida à l'intérieur et en haut des escaliers jusqu'à son condo au premier étage.

Ils se distinguaient à peine dans la faible lueur des réverbères. Elle s'attendait à ce qu'il allume la lumière, mais dès qu'il referma la porte, il la prit dans ses bras et la dévora avec plus de baisers passionnés.

« Mon Dieu, Frannie, murmura-t-il tandis qu'il déposait des baisers sur sa joue, son cou, sa gorge. As-tu la moindre idée depuis combien de temps je te veux ? Combien de fois je me suis assis à une table face à toi à me demander comment ce serait de faire ça ? » Ses mains remontèrent de ses hanches pour venir s'enrouler autour de ses seins. Il joua avec ses tétons et les sensations qui la traversèrent lui firent pousser un cri.

« Quelquefois j'avais une érection, comme ça, à la table de ton frère, en m'imaginant que je te poussais contre un mur et te prenais. Ses dents se refermèrent sur le lobe de son oreille lorsqu'il la fit reculer contre le mur et pressa son érection dans son entrejambe. Je te désirais tellement. Chaque minute que j'ai passé avec toi depuis le jour où je t'ai rencontrée, je te voulais. »

Enflammée et étonnée par ses paroles, Frannie s'agrippa à ses cheveux et l'incita à l'embrasser encore avec passion. « Fais-le, dit-elle quand ils reprirent leur souffle. Exactement comme tu l'as imaginé. » Plus du tout concernée par les implications ou un désastre éventuel, elle se blottit contre lui, lui disant exactement ce qu'elle voulait.

Les yeux bleus de Jamie s'attisèrent quand il tira sur les boutons de son short. Il la déshabilla lentement, jusqu'à ce qu'elle soit nue devant lui. Il la dévora des yeux, envoyant une vague de chaleur en elle qui se transforma en un désir aigu entre ses jambes.

Elle tira sur sa chemise, voulant le voir et le toucher.

Passant la main par-dessus son épaule, il fit tomber sa chemise d'un mouvement rapide.

Frannie déboutonna son short et en ouvrit la fermeture Eclair, le faisant glisser, avec son boxer, par-dessus ses hanches. Quand son érection fut libérée, longue, large et dure, la bouche de Frannie s'assécha. Elle l'enveloppa de sa main, le caressant, tandis que les mains de Jamie trouvèrent ses seins.

Gémissant de ce qu'elle lui faisait, il baissa la tête et attira son téton dans sa bouche, le suçant et le léchant jusqu'à ce qu'elle se demande pour combien de temps encore ses jambes la supporteraient.

Semblant sentir sa préoccupation, il la soutint en resserrant son bras autour de sa taille, et porta son attention sur l'autre sein.

« Jamie, dit-elle, haletante.

— Quoi, chérie ? Dis-moi. »

Elle serra son sexe et le sentit pulser dans sa main. « Maintenant. S'il te plaît.

— Avons-nous besoin d'un préservatif ? »

Elle secoua la tête. Elle n'avait pas eu ses règles depuis plus d'un an, pas qu'elle ruinerait cet instant en partageant ce détail indélicat avec lui.

Il laissa aller ses mains le long de son dos et agrippa ses fesses. La soulevant, il maintint son dos contre le mur et avança entre ses jambes. Lorsqu'il la fit glisser sur lui, les sensations qui submergèrent Frannie lui firent pousser un cri. Elle n'avait jamais rien ressenti de si bon, de si juste, de si prédestiné.

« C'est OK ? demanda-t-il, semblant aussi à bout de souffle qu'elle.

— C'est tellement mieux qu'OK. »

Il sourit contre ses lèvres et captura à nouveau sa bouche.

Frannie se cramponna tandis qu'il la prit rudement et vite contre le mur.

D'un coup, il libera ses lèvres des siennes et jeta sa tête en arrière, tout en poussant plus profondément, et déclencha un orgasme qu'elle ressentit dans toute les cellules de son corps.

Il jaillit en elle, perdu dans sa propre délivrance.

Pendant un long moment après, ils restèrent accrochés l'un à l'autre, respirant fort et se remettant. Jamie la tint plus fort et les déplaça jusqu'au canapé, s'allongeant sur elle sans jamais perdre le contact physique.

Frannie passa les doigts dans les cheveux de Jamie, essuyant la moiteur de son front. « Je pensais que cela serait étrange, dit-elle après une longue période de silence.

— Quoi ? demanda-t-il, ses lèvres effleurant son cou.

— Toi. Moi. Ça.

— Ce qui est étrange c'est qu'on ne l'ait pas fait pendant toutes ces années.

— Je ne peux pas croire que tu n'aies jamais rien dit.

— Toi non plus, lui rappela-t-il.

— Lamentable.

— Vraiment lamentable. Il poussa ses hanches contre elle lorsque son érection qui s'était réveillée faisait remarquer sa présence.

— Tu sais ce qui serait encore plus lamentable ?

— Quoi ?

— Si l'un de nous deux faisait ça un jour avec quelqu'un d'autre. »

Frannie lui sourit. « J'aime à penser que j'ai fini d'être lamentable. »

Il déposa un tendre baiser sur ses lèvres. « Moi aussi. »

CHAPITRE 7

*J*ack alla courir sur la plage quand le soleil se leva sur une autre chaude journée d'été, et rentra avant que personne ne soit éveillé.

Il vérifia la chambre de Frannie et trouva son lit vide. Bien que ravi pour elle et Jamie, l'idée qu'ils puissent être en couple le surprenait encore, même si cela ne devrait probablement pas être le cas. Ils avaient partagé une amitié spéciale depuis la première visite de Frannie en Californie, et il s'était toujours demandé si elle éprouvait davantage pour Jamie qu'elle ne le montrait. Même Clare avait eu ses doutes.

Bon, je suppose que maintenant nous savons. Jack aurait aimé pouvoir en parler avec Clare.

Après avoir laissé un mot à Jill et Kate pour leur dire de garder un œil sur Maggie jusqu'à ce que Frannie soit rentrée, il sortit et se dirigea vers sa voiture.

Il roula le long de la plage et s'arrêta chez le fleuriste pour prendre une douzaine de roses jaunes avant d'aller quelques rues plus loin vers des condominiums de front de mer. Utilisant sa clef, il entra et alla dans la cuisine où l'infirmière en chef de Clare, Sally, prenait une tasse de café. C'était une grand-mère bien en chair, aux cheveux gris et aux yeux bleus. Elle avait plu à Jack dès qu'il l'avait rencontrée, et elle avait été une bénédiction pour lui depuis l'accident.

Elle l'accueillit avec un sourire. « Coucou.

— Bonjour. Tout va bien ?

— Ça va. Et vous?

— Je suis bien occupé depuis que j'ai repris le travail. »

Elle prit les roses de ses mains et chercha un vase dans le placard. « Cela vous fera du bien de travailler. »

Il haussa les épaules. « La vie continue, n'est-ce pas ?

— Ça c'est sûr, dit Sally en coupant les tiges des roses. Allez dire bonjour. Je vais préparer ces superbes fleurs pour Clare.

— Merci. » Jack prit une seconde pour se préparer et entra dans la chambre de Clare qui était encore dans la pénombre malgré les rayons du soleil qui s'efforçaient de pénétrer à travers les rideaux fermés. Il passa sa main dans ses cheveux blonds et descendit sur la douceur de sa joue. Les autres marques physiques de l'accident avaient disparu depuis longtemps, et elle était pareille à ce qu'elle avait été chaque matin au cours des deux décennies où il s'était réveillé à ses côtés.

Enroulant une boucle de ses cheveux autour de son doigt, il se pencha pour embrasser son front.

L'odeur inhabituelle de ses cheveux l'attrista. Il lui faudrait passer au salon qu'elle fréquentait pour acheter le shampoing qu'elle aimait.

« Je t'aime, chérie, » dit-il, lui jetant un dernier regard dans ce lit d'hôpital étroit. Pour le meilleur ou pour le pire, elle était encore sa femme. *Qu'est-ce qui me prend de même penser à une autre femme ?* Une nouvelle vague de culpabilité le frappa alors qu'il sortait de la pièce.

« Je m'en vais, Sally. »

Elle émergea de la cuisine. « D'accord, je vais commencer le traitement bientôt. Ne vous inquiétez de rien en ce qui nous concerne ici. »

Frannie se dégagea de dessous le bras de Jamie et le regarda dormir, encore surprise par ce qui s'était passé la nuit précédente. Elle s'étira, épuisée d'avoir fait l'amour avec lui toute la nuit, enfila le T-shirt qu'il avait enlevé et sentait bon son odeur, et alla en quête de café.

Fouillant dans la cuisine, elle trouva le café et les filtres, et mit la cafetière en route. Elle passa ses doigts dans ses boucles en désordre et s'étira à nouveau avec un grand bâillement.

Le condominium de Jamie était au dernier étage d'un immeuble qui abritait des magasins et des restaurants dans le centre-ville de Newport. Le petit balcon dans le salon faisait face au port animé. Elle se pencha, son café en main, au-dessus de la balustrade au moment où, en bas, un petit camion se garait pour livrer des homards à l'un des restaurants. Plus loin dans la rue, elle fut subjuguée par une benne à ordures soulevant un conteneur pour le vider.

Tout semble magique ce matin, même une benne à ordures, pensa-t-elle avec un petit rire.

Jamie arriva derrière elle sur la pointe des pieds et embrassa son cou. « Mmm. Te voilà. J'étais inquiet quand je me suis réveillé et que tu n'étais pas là. »

Quand elle lui fit face, il captura sa bouche d'un long baiser brûlant qui lui donna à nouveau envie de lui.

« Bonjour. Il la fit marcher à reculons dans le condominium, prit sa tasse de café, la posa, et ramena Frannie au lit.

— Tu ne dois pas aller travailler ? On est lundi. »

Il la tira à lui et d'un bras la blottit contre son corps, tout en attrapant le téléphone près du lit de l'autre main. Il ne la quitta pas des yeux pendant qu'il composa le numéro et l'embrassa encore en attendant que quelqu'un réponde.

« Allo. Bonjour, c'est Jamie. Je ne serai pas là aujourd'hui. »

Frannie en eut le souffle coupé.

« Demandez à Jack de changer le rendez-vous pour moi. »

Elle cacha son visage lorsqu'il prononça le nom de son frère.

Jamie lui tapota les côtes. « Dites-lui que je l'appellerai plus tard. D'accord, merci. » Il raccrocha, jeta le téléphone de côté et d'un mouvement facile se roula pour la mettre sur lui. « Alors, tu disais ? »

Elle avait oublié ce qu'elle s'était apprêtée à dire.

~

Jack fut accueilli par un brouhaha quand il entra dans le bureau. Andi et son équipe avaient réquisitionné la salle de conférence, et ils semblaient tous parler en même temps.

Quinn lui donna ses messages. « Quel vacarme, hein ?

— Je suppose que toute cette énergie est de bon augure pour l'hôtel. Il parcourait ses messages lorsque l'un d'eux attira son attention. Qu'a dit Jamie lorsqu'il a appelé ?

— Il a demandé si vous pouviez remettre à plus tard sa conférence avec Tokyo car il y a quelque chose dont il doit s'occuper aujourd'hui. »

Ouais, ma sœur, pensa Jack en marchant vers son bureau. Pas que Jamie ne mérite pas un jour de repos après avoir dirigé l'étude seul pendant plus d'un an. C'était comment il allait passer cette journée qui mettait Jack mal à l'aise. Peut-être qu'il aurait dû prendre les préoccupations de Frannie plus au sérieux hier soir.

Elle avait raison — ce serait moche pour tout le monde si cela ne marchait pas entre elle et Jamie.

Andi frappa quelques minutes plus tard pendant qu'il était au téléphone en train de reporter le rendez-vous de Jamie.

Il lui fit signe d'entrer et lui indiqua de fermer la porte.

« Vous avez bien dormi ? demanda-t-il, son appel terminé.

— J'ai travaillé quelques heures et puis j'ai dormi comme une souche. Ce doit être l'air marin. »

Jack sourit mais ne lui dit pas qu'il avait tourné et viré toute la nuit dans son lit, pensant à elle et aux sentiments qui le tiraillaient.

Quinn l'appela sur l'interphone pour lui faire savoir que les gens des ressources côtières étaient arrivés pour leur rendez-vous.

« Je suppose que c'est mon signal. Andi se leva pour partir. Nous allons à la bibliothèque Redwood aujourd'hui.

— Vous allez vous amuser.

— Uniquement au nom de la recherche. »

Il aurait souhaité pouvoir passer une autre journée avec elle. « Ne me laissez pas vous retenir. Mais appelez-moi si vous avez besoin de quoi que ce soit.

— Merci, à plus tard, » dit-elle avec un sourire éblouissant en sortant.

Après son départ, il s'assit et poussa un long soupir tourmenté. Il venait de passer dix minutes avec elle et il la désirait déjà ardemment. Il était trop impliqué et avait la sensation de ne plus être dans son corps mais de regarder quelqu'un d'autre. Une minute ou deux plus tard, il n'aurait pu dire exactement combien de temps, Quinn l'appela à nouveau pour lui rappeler que ses invités l'attendaient.

En se levant, il passa une main dans ses cheveux et rassembla les dessins dont il avait besoin pour la réunion. Quand il ouvrit la porte, Quinn lui jeta un regard interrogateur.

Il passa devant elle sans dire un mot.

La journée s'éternisa avec Jack et ses employés tournant en rond avec les ingénieurs côtiers qui cherchaient à s'assurer que l'écoulement de l'hôtel et les fosses septiques avaient été conçus pour protéger la fragilité de l'environnement. Ils travaillèrent pendant le déjeuner et une bonne partie de l'après-midi pour traiter la longue liste de demandes des ingénieurs. Jack dut faire concession après concession afin de franchir cet obstacle dans le processus d'obtention des permis. Mais plus d'une fois son esprit vagabonda.

Une fois toutes les questions sur la liste traitées, Jack se leva pour serrer la main aux ingénieurs.

« Nous devrions être prêts pour présenter le projet final devant le conseil maritime à leur prochaine réunion, dit l'ingénieur en chef.

— Je serai là, » leur assura Jack.

Après les avoir raccompagnés à la porte, Jack retourna à son bureau. « Mon Dieu, c'était à n'en plus finir, marmonna-t-il à Quinn. Comme une colonoscopie qui durerait la journée entière. »

Elle rit. « Merci pour l'image, Jack. Cette partie devrait être finie après aujourd'hui, n'est-ce-pas ?

— Nous devons la présenter devant le conseil au complet le mois prochain, mais on devrait obtenir l'approbation maintenant. » Il étira la raideur que lui avait donné la journée en réunion.

Elle leva un sourcil, comme elle savait si bien le faire.

« Quoi ?

— Qu'est-ce qui t'arrive ?

— Rien.

— D'accord, si tu le dis.

— Je le dis, » rétorqua-t-il en se rendant à son bureau où une pile de messages l'attendait. Il les parcourut et mit de côté ceux qui pouvait attendre jusqu'au lendemain. Après avoir retourné les appels urgents, il jeta le même coup d'œil rapide sur ses mails.

Jack était concentré sur les plans de l'hôtel quand Jamie entra, un sourire timide sur le visage.

Il s'appuya contre la porte fermée. « Suis-je dans le pétrin ? »

Jack leva brièvement la tête pour lui jeter un regard. Son ami semblait heureux et nigaud à la fois. « Dans quel genre de pétrin devrais-tu être ?

— Assez gros, je suppose. »

Jack l'arrêta d'un signe de main. « Ne me raconte rien. »

Jamie sourit et, s'avançant de la porte, vint s'affaler dans le fauteuil de Jack. « Je l'aime Jack. Vraiment. Je pense que je l'ai toujours aimée.

— Sérieusement ?

— Je te le jure.

— Waouh… Après toutes les galères que vous vous êtes faites avec d'autres, spécialement elle.

— J'ai horreur de penser à tout le temps qu'on a gâché, mais ce n'était jamais le bon moment. Elle était mariée et puis tout ce qu'il y a eu avec Clare…

— Evidemment je dois te faire la morale : si tu lui fais du mal, tu es un homme mort. Jack donna un léger coup de poing sur l'épaule de Jamie en passant près de lui pour aller fermer les fenêtres qu'il avait ouvertes le matin.

— Non, tu n'as rien à craindre, parce que je vais me marier avec elle. »

Jack se retourna, bouche bée. « Est-ce que Jamie Booth vient d'utiliser le mot « mariage » ? Mais tu plaisantes ! Comme ça, là? »

Jamie rit. « C'est *comme ça, là* depuis des années. On a passé beaucoup de temps ensemble depuis qu'elle a emménagé avec toi, et je suppose que quelque chose dont j'ai toujours deviné la présence s'est finalement révélé au grand jour.

— Elle a dit qu'elle ne se remarierait jamais après son dernier désastre, l'avertit Jack.

— Je la ferai changer d'avis. »

Jack sourit. « Si quelqu'un peut le faire, c'est toi.

— Avant que je lui demande, cela dit, j'ai besoin de savoir… Est-ce que tu es d'accord ? »

Jack pensa à le faire souffrir et puis se retint. Il n'avait jamais vu une telle vulnérabilité sur le visage de Jamie, et il ne l'avait certainement jamais entendu parler de mariage avant.

« Tu es déjà mon frère. Pourquoi pas mon beau-frère, aussi ? » Jack lui tendit la main.

Le soulagement fut évident sur le visage de Jamie lorsqu'il serra la main de Jack. « Merci.

— J'ai juste du mal à le croire, dit Jack, surpris par la tournure des événements.

— C'est dingue, mais ça fait du bien.

— Je suis content pour vous deux.

— La meilleure chose qui me soit jamais arrivée, c'est sûr. Qu'est-ce qui se passe ici ?

— Pas grand-chose. Je peaufine un peu les plans de l'hôtel. »

Jamie se dirigeait vers son bureau lorsqu'une autre pensée l'arrêta. « J'ai oublié de te demander si tu avais eu l'occasion de parler à Tokyo aujourd'hui ? »

Jack leva les yeux au ciel. « C'est réglé. Je les ai convaincus que ton urgence personnelle était d'une priorité absolue. »

Jamie lui fit un clin d'œil. « Merci, à charge de revanche.

— Non, tu ne me dois rien. Dans cinq ans je serai toujours en train de te rendre la pareille pour tout ce que tu as fait ici pendant mon absence.

— Bien sûr que non. »

Lorsqu'il fut seul, Jack attrapa la carte de visite qu'Andi lui avait donnée et la retourna plusieurs fois entre ses doigts, se demandant s'il devrait l'inviter à dîner. C'est alors qu'il pensa à Clare et à l'air qu'elle avait ce matin dans son lit d'hôpital. Jetant la carte sur son bureau, il rentra chez lui pour dîner avec ses filles.

CHAPITRE 8

*J*ack se penchait sur les plans de l'hôtel sur sa table à dessin l'après-midi suivant quand Andi lui donna une petite tape sur l'épaule.

« Comment ça se passe ? »

Ridiculement heureux de la voir, il sourit. « Hé, je ne vous ai pas entendue entrer.

— Je vous espionnais. J'aime vous regarder travailler. Vous êtes très intense, dit-elle, prenant un air sérieux. Qu'est-ce que vous faites ?

— Quelques dernières mises au point, rien d'important. Et vous, quoi de neuf ?

— Nous venons de traverser le Tennis Hall of Fame. C'est incroyable. Quelle ville magnifique, alors ! Il y a tellement d'histoire ici pour nous inspirer. Les suites seront *superbes*.

— Je parie que vous pouvez déjà les voir dans votre tête.

— Mais bien sûr. J'ai envoyé les autres sur Hammersmith et Sainte-Marie faire le tour Kennedy.

— Je pensais que le Hall of Fame vous plairait. Y avait-il quelqu'un qui jouait sur les courts en gazon ?

— On a regardé deux matches avant de nous remettre à nouveau au travail avec difficulté. Elle regarda sa montre. J'ai des réunions avec quelques artistes aujourd'hui. Promouvoir l'art local joue un rôle important dans nos visites du site.

— Je me souviens de la dame en Alaska, avec les triplés. »

Elle gémit. « Ne m'en parlez pas.

— Après en avoir discuté, je me suis dit que vous voudriez peut-être voir quelques trucs de Frannie. C'est une artiste étonnante, et depuis qu'elle s'est installée ici, elle a fait beaucoup de travail localement.

— Je n'en avais aucune idée ! Je serais ravie de voir son travail. Peut-on faire ça maintenant ? J'ai à peu près quatre-vingt-dix minutes jusqu'à mon prochain rendez-vous.

— Bien sûr, j'ai fini ici. Il roula les plans qui étaient éparpillés sur sa table à dessin. Au point où j'en suis, ça tourne à l'obsession de toute façon. Allons-y. »

« Oh, Frannie, ils sont magnifiques ! déclara Andi en fouillant dans la pile de toiles appuyée contre le mur de l'ancienne cabane à outils que Jack avait converti en studio pour elle.

— Tu as été bien occupée, Fran. Jack s'était penché par-dessus l'épaule d'Andi pour jeter un coup d'œil pour la première fois sur quelques tableaux récents de sa sœur. Ils sont superbes.

— Merci. J'ai eu plus de temps avec les filles en vacances, alors cela a été un été productif.

— Oui, alors ! Andi parcourut à nouveau les toiles. Il y avait des scènes de voiliers dans la Baie de Narragansett, quelques uns des grands manoirs sous des angles uniques, des joueurs de tennis au Hall of Fame, et des enfants gambadant dans les vagues. Qu'avez-vous prévu d'en faire ? »

Frannie haussa les épaules. « Je n'en suis pas là. J'ai bien pensé à parler à quelques galeries du coin à propos d'une exposition, mais j'ai été tellement occupée. »

Jack eut des remords en voyant combien elle avait sacrifiée pour aider sa famille.

« Et si je vous disais que j'allais toutes les prendre pour l'hôtel ? » Andi se leva devant Frannie et annonça un montant à six chiffres qui coupa le souffle au frère et à la sœur.

Sous le choc, Frannie en resta bouche-bée. « Pour de vrai ?

— Votre travail est magnifique et apporte précisément la saveur locale que nous recherchons pour l'hôtel. Je ne vois pas pourquoi je chercherais plus loin. »

Jack prit Frannie dans ses bras. « Félicitations.

— Qui vous représente ? demanda Andi.

— Euh, moi-même.

— Cela simplifie beaucoup les choses. Je vais prendre tout ce qui est là et vous en commanderai à peu près dix autres plus spécifiques. Je vous en reparlerai une fois de retour à Chicago quand nous confirmerons les plans finaux pour les suites.

— Je peux faire ça, acquiesça Frannie.

— Vous avez vraiment des gènes artistiques, vous deux, n'est-ce pas ? demanda Andi.

— N'en parlez surtout pas à notre père, dit Jack. Il n'a aucune idée d'où on sort, tous les deux. »

Frannie approuva d'un sourire.

Après avoir fignolé leurs plans, Frannie embrassa Andi. « Je ne sais pas comment vous remercier.

— C'est moi qui devrais vous remercier : je suis tombée sur ce qu'il y a de mieux à mon premier arrêt. Ce qui me rappelle que je dois annuler mes rendez-vous pour cet après-midi. Andi commença à partir puis se retourna. Vous ne projetez pas d'avoir des triplés dans un futur proche, j'espère ? »

Jack rit.

Frannie regarda Andi comme si elle était folle. « Euh, pas de projet de triplés.

— Excellent, vous êtes embauchée, » dit Andi qui sortit vers la terrasse de la piscine pour passer ses appels.

Andi sortie, Frannie poussa un cri en faisant des bonds, et se jeta dans les bras de son frère. « Mon Dieu, Jack, c'est dingue, non ?

— Je suis tellement content pour toi, Fran. Tu le mérites.

— J'ai hâte de dire tout ça à Jamie. Oh, et qu'est-ce qu'elle a voulu dire avec les triplés ? Je ne vois pas.

— Ils ont perdu la dernière artiste qu'ils avaient embauchée à cause d'une grossesse, des triplés. »

Frannie frémit à l'idée.

« Va célébrer. Amuse-toi.

— Toi aussi. Frannie regarda Andi, installée confortablement sur une chaise longue, qui parlait dans son portable. Elle avait ôté ses sandales et semblait détendue sous le soleil de cette fin d'après-midi. Il faut qu'on parle un de ces jours. Beaucoup de choses se sont passées.

— Ouais, mais pas aujourd'hui. Il poussa sa sœur vers la maison. Va annoncer la nouvelle à Jamie. »

Le reste de la semaine passa très vite dans un tourbillon de séances de brainstorming et de réunions de planification. La plupart du travail de décoration allait être fait à l'avance à Chicago et puis deux mois avant l'ouverture une équipe du siège allait être envoyée à Newport pour arranger les chambres et les suites. Andi dit à Jack qu'elle ne déménageait plus pour l'aménagement final des nouveaux projets parce que cela demandait, de sa part, trop de temps loin de son fils. Cependant, elle s'attendait à faire de fréquents voyages de courte durée afin de garder un œil sur le travail.

Sachant qu'il avait peu de chance de la voir avant longtemps, Jack ressentit un sentiment croissant de désespoir à l'approche de son départ. Durant toute la semaine ils avaient travaillé étroitement ensemble, s'étaient confiés souvent l'un à l'autre, et avaient forgé le début d'une amitié prometteuse. Chaque fois qu'il avait été avec elle, il l'avait quittée en voulant plus, et il avait la désagréable intuition qu'il regretterait de la laisser partir s'il n'essayait pas de savoir si elle éprouvait la même chose.

Avant d'avoir le temps de se dégonfler, il s'aventura dans le bureau qui avait été attribué à Andi pour la semaine.

« Vous avez besoin d'aide ? » Jack demanda sur le pas de porte.

Relevant la tête, elle lui fit le grand sourire qui le fit fondre. « J'ai pratiquement fini. »

C'est maintenant ou jamais. Entrant dans la pièce, il referma la porte et s'adossa contre. « J'étais juste en train de me demander… »

Elle triait une pile de dossiers et les glissait dans sa sacoche déjà pleine.

« Quoi donc ? »

Pendant qu'il attendait qu'elle le regarde, il perdit son courage. « J'allais demander si vous aviez besoin de vous faire déposer à l'aéroport. »

Quand elle fit le tour du bureau, ses lèvres esquissèrent un sourire. « Si c'est tout ce que vous vouliez, pourquoi avez-vous fermé la porte ?

— Je, euh… »

Elle croisa les bras et le regarda avec ses yeux magnifiques. « Qu'est-ce que vous vous demandiez ?

— Juste, euh… Son cœur battait comme un marteau piqueur et sa bouche devint aussi sèche que la poussière. Eh bien, je voulais savoir si c'est, vous savez… sérieux… avec le type que vous voyez à Chicago.

— Je ne sais pas encore.

— Cela pourrait l'être ?

— Je suppose, dans quelque temps, peut-être.

— Oh.

— Pourquoi cette question ?

— Si vous êtes heureuse avec lui, alors cela n'a pas d'importance. »

Elle se rapprocha de lui, jusqu'à ce qu'il n'y ait qu'un pas qui les sépare. « Et si cela avait de l'importance pour moi ? J'aimerais savoir pourquoi vous m'avez demandé cela. »

Il avala sa salive et s'efforça de continuer. « Si vous étiez libre — hypothétiquement parlant, bien sûr.

— Bien sûr.

— J'aurais pu vous demander si vous considéreriez revenir plus tard.

— Pour travailler sur l'hôtel ? » dit-elle avec un sourire faussement timide.

Exaspéré, il dit, « Tout cela vous amuse beaucoup trop.

— Je suis désolée. »

Il la regarda essayer futilement de contrôler son amusement. « Vous disiez ?

— Est-ce que vous le feriez ? Vous considéreriez revenir ? Pour, euh, me voir ? Si vous étiez libre. Hypothétiquement. »

Faisant le dernier pas qui les séparait, elle leva sa main pour caresser son visage.

« Andi…

— Oui, Jack? »

Tout à coup, il semblait ne plus pouvoir apporter d'air à ses poumons. « Que faites-vous ? »

Elle avait enroulé ses bras autour de son cou pour l'amener à elle. « Ça. »

L'instant même où ses lèvres touchèrent les siennes, il fut perdu.

La sensation de sa langue caressant la sienne rendit Jack chancelant et puissant à la fois.

Adossé à la porte, il enlaça Andi et la souleva pour avoir un meilleur angle. « C'est totalement fou, mais je ne peux pas te résister. » Il pencha sa tête et l'embrassa à nouveau, s'effondrant presque sous la chaleur de ce baiser sensuel.

Ayant un besoin désespéré d'air et cherchant à retrouver la raison, il enfouit son visage dans son cou, respirant le parfum qui n'appartenait qu'à elle.

« Jack—

— Reviens, murmura-t-il. Pas pour le travail mais parce que tu veux me voir. Reviens, Andi.

— Quand ? Elle semblait aussi essoufflée que lui.

— Bientôt. La semaine prochaine ?

— Je ne sais pas. Elle fit glisser ses mains sur son torse. Il faut que je voie ce qui se passe chez moi.

— Je veux te revoir. »

Un toc à la porte les fit sursauter.

« Prête à y aller, boss ? » Michael, le collègue d'Andi demanda du couloir.

Elle passa une main tremblante sur ses lèvres gonflées. « J'arrive. Levant les yeux vers Jack, elle l'étudia longuement. J'ai besoin de réfléchir.

— D'accord. » Jack garda la main sur la poignée de la porte, tandis qu'elle ramassait sa sacoche et ses affaires. Tout le temps, il la regarda, mémorisant chaque détail.

Alors qu'il se préparait à ouvrir la porte, elle l'arrêta. Se mettant sur la pointe des pieds, elle pressa ses lèvres contre sa joue. « Je ne l'ai jamais embrassé, » murmura-t-elle.

Tant bien que mal il réussit à ouvrir la porte. Tant bien que mal il réussit à la laisser partir. Tant bien que mal il réussit à respirer à nouveau.

Jack pensait sans arrêt à ce baiser. Il revivait chaque nuance de ses dernières minutes avec elle.

Quand il était supposé travailler, il pensait à ce baiser. Quand il était supposé être concentré en réunion, il revivait ce baiser et se demandait que voulaient dire ses derniers mots. Quand il était supposé dormir, il pensait à ce qu'il avait ressenti en l'enlaçant. Il avait embrassé bon nombre de femmes, mais aucune autre rencontre n'avait bouleversé son univers de cette façon-là — un aveux qui le remplissait d'un espoir fébrile et d'une culpabilité écrasante. Qu'est-ce qui ne tournait pas rond en lui pour penser aussi fort à une autre, alors que sa femme était alitée, comateuse et impotente ?

Quinn entra dans le bureau et éclaircit sa voix pour attirer son attention.

« Hé, dit-il. Que se passe-t-il ?

— Je pourrais te demander la même chose. Où es-tu cette semaine, bon sang ?

— Nulle part. Ici.

— Y-a-t-il quelque chose qui ne va pas ? Est-ce Clare ?

— Non, dit-il, une fois de plus rempli d'un sentiment de culpabilité. Non, il ne déprimait plus à cause de sa femme malade — plus maintenant. Tout va bien. »

Elle l'étudia une seconde ou deux et lui tendit plusieurs dossiers. « La conférence hebdomadaire avec Infinity est dans vingt minutes. Tu veux que je la remette à plus tard ? »

Son cœur se mit à battre plus vite au rappel qu'il devait encore parler à Andi. Bientôt. « Pas besoin.

— D'accord. Dans ce cas, je te laisse t'organiser.

— Merci. »

Pour préparer la réunion, Jack s'efforça de prendre des notes des dossiers que Quinn lui avait donnés, tout en essayant d'arrêter de penser à Andi et AU BAISER. Le sacré baiser ! Le temps qu'il se joigne à l'appel, il lui en voulait presque de lui avoir fait éprouver pratiquement toutes les émotions du monde avant de le laisser en attente sans nouvelles d'elle pendant deux jours.

Et puis il entendit sa voix au téléphone, et un soudain désir fou dissipa sa colère. Il essaya de se concentrer sur l'appel et non sur la mémoire de ce qu'il avait ressenti en l'enlaçant et en l'embrassant, envoûté par son odeur enivrante. Quand son esprit revint à la réunion, dix minutes s'étaient écoulées et Jack n'avait aucune idée de ce qu'il avait raté. Ils conclurent un instant plus tard, et Andi lui demanda de rester en ligne. Pendant que, de son côté, elle attendit que les autres partent, il souffrit en silence.

« Comment vas-tu ? dit-elle finalement.

— Super. Et toi ?

— Je vais bien. C'est toujours une joie de retrouver Éric.

— J'en suis sûr. » *Qu'est-ce qu'on fait ?* Il voulait hurler. *Qu'est-ce que tu me fais, là ?*

Après une longue pause, elle dit. « Bon, j'ai réfléchi…

— À propos de ?

— Revenir pour une visite. »

Jack se redressa sur sa chaise. « Et ? *S'il vous plaît faites qu'elle ne dise pas non. S'il vous plaît.*

— Est-ce que le weekend après celui qui vient pourrait convenir ? »

Ravi, il vérifia rapidement son calendrier et trouva le deuxième weekend de septembre complètement disponible. « Ça me paraît bien. »

Elle relâcha un long soupir qui lui fit comprendre que cette conversation l'avait rendue aussi nerveuse que lui. « Alors je t'enverrai les références de mon vol ?

— Je viendrai te chercher. Penses-tu…

— Quoi ? »

Se sentant comme un adolescent maladroit, il dit, « Pourrais-je t'appeler avant, peut-être ? Dix jours, c'est long. »

La douceur de son rire résonna dans le téléphone et fit naître en lui des émotions qu'il n'avait plus connues depuis bien trop longtemps. « Bien sûr. Cela me ferait plaisir.

— Et, euh, que se passe-t-il avec le type que tu voyais ?

— Je lui ai dit hier soir que nous ne pouvions plus nous voir. »

Le soulagement fut si intense que Jack eut envie de reposer sa tête sur le bureau. « Qu'est-ce que tu lui as dit ?

— Que certaines choses avaient changé et que ça n'allait pas marcher entre nous.

— Qu'est-ce qui a changé ? demanda-t-il d'un ton taquin, ayant besoin de l'entendre de sa bouche, pour confirmer qu'il n'était pas le seul à ressentir le magnétisme.

— Je n'en suis pas encore sûre, mais je ne pouvais pas venir te voir tant qu'il pensait que nous étions toujours ensemble. »

Jack relâcha la respiration qu'il n'avait même pas réalisé qu'il retenait. « Andi ?

— Oui.

— As-tu peur ? De ce que cela pourrait devenir ?

— J'en suis terrifiée. »

Riant il dit, « Tout comme moi. Comment suis-je supposé attendre dix jours avant de te revoir ?

— Tu pourrais venir ici…

— Je ne peux pas, dit-il, gémissant de frustration. Jill a un match de lacrosse et Maggie joue au foot.

— Ce n'est que dix jours. Tu survivras.

— Je n'en suis pas si sûr. Qu'est-ce que tu penses de passer le weekend sur le bateau ? Dans un dédale de mots, il ajouta, Il y a plein de lits et une douche, et tout ce dont tu as besoin.

— Cela me paraît bien. Parfait, en fait.

— Très bien, alors. On fait comme ça.

— J'ai hâte. »

CHAPITRE 9

*J*ack et Andi prirent l'habitude de discuter tard le soir, quelquefois pendant des heures, à propos des enfants, du travail, des amis, des endroits où ils étaient allés, des gens qu'ils connaissaient. Jack vivait pour ces moments avec elle à la fin de chaque journée chargée. Le soir d'avant l'arrivée d'Andi, il était rentré tard d'un dîner d'affaires avec des clients et avait trouvé Frannie dans le salon, regardant un film.

« Où sont-elles toutes ? demanda-t-il, en s'affalant près d'elle sur le canapé.

— Elles finissent leurs devoirs et prennent leur douche.

— Je monterai les voir dans une minute.

— Est-ce que tout est prêt pour ce weekend ? »

Reposant sa tête sur le canapé, il la regarda. « Je suppose.

— Qu'est-ce qui ne va pas ? Tu n'as pas changé d'avis, non ?

— Pas à propos de la voir. J'ai vraiment hâte qu'elle soit ici. Je me sens juste un peu…

— Coupable. »

Approuvant d'un signe de tête, il dit, « Je suis allé voir Clare aujourd'hui, et c'était tellement bizarre de savoir que j'allais passer le weekend avec quelqu'un d'autre. »

Frannie se rapprocha de lui et posa la main sur son bras. « Il n'y a rien que tu puisses faire pour Clare que tu n'aies déjà fait ou essayé. Il est temps que tu passes à autre chose.

— Tu es certaine que je ne fais pas une erreur en ne disant pas aux filles que je vois Andi ?

— Je ne vois aucune raison de les mettre au courant avant que tu saches où cela va mener.

— Je suppose que tu as raison. Jack n'aimait pas leur cacher des choses, mais ne voulait pas les troubler alors qu'elles retrouvaient finalement un semblant de normalité.

— Je vais aller chez Jamie maintenant que tu es rentré, mais on sera là ce weekend.

— Merci, Fran, pour tout. Je ne sais pas ce que je ferais sans toi.

— Amuse-toi bien, et ne t'inquiète de rien. »

Le vol avait trente minutes de retard. Après avoir attendu dix jours interminables, la demi-heure de plus était insupportable. Jack faisait les cent pas dans le hall d'attente en bas de l'escalateur, gardant un œil sur les passagers qui descendaient des arrivées, au deuxième étage. Quand il se dit qu'il deviendrait fou s'il devait attendre une seconde de plus, il aperçut ses boucles, ses yeux, son sourire. *Oh, ce sourire me tient.*

Elle lui fit signe de rester là où il était, plutôt que de forcer son chemin à travers la foule. Le symbolisme n'échappa pas à Jack qui la regardait venir vers lui, sachant exactement ce qu'elle pouvait attendre de lui — et ce qu'elle ne pouvait pas. À cet instant il réalisa avec une clarté qu'il ne pouvait ni comprendre ni expliquer avec aise — même à lui-même — qu'il l'aimait. À un moment donné au cours des deux dernières semaines à parler avec elle et à partager leurs confidences il était tombé amoureux d'elle.

Avant qu'il puisse analyser la surprenante découverte, elle était debout devant lui, et il ne put décider s'il voulait l'étreindre ou l'embrasser ou encore les deux. Il prit son visage entre ses mains et se pencha pour déposer un léger baiser sur ses lèvres. « J'ai cru que tu n'arriverais jamais. »

Elle cligna ses yeux puis les ferma quand elle laissa tomber son sac de voyage et se blottit contre lui.

Il la tint longtemps, s'enivrant de son parfum et la désirant plus que tout, aussi loin qu'il puisse se souvenir. Ils restèrent l'un contre l'autre pendant plusieurs minutes, puis il la laissa, attrapa son sac et marcha avec son bras autour d'elle vers le parking.

Dans la voiture il se tourna vers elle. « Je suis tellement heureux de te voir. »

Son visage se colora d'un rose léger qu'il trouva charmant. « Durant tout le vol, dit-elle, je n'ai pas arrêté de penser, que suis-je en train de faire ? Mais j'avais envie de te revoir. Tellement envie.

— J'avais tout autant envie de te revoir. » La main sur sa joue, il l'approcha suffisamment pour l'embrasser. Effleurant sa lèvre inférieure de sa langue, il resista au désir de la dévorer. « Mmm, murmura-t-il contre ses lèvres. Depuis cet incroyable baiser au bureau je n'ai pensé qu'à recommencer. »

Elle passa ses doigts dans ses cheveux, l'encourageant à prendre davantage. « Moi aussi. »

Il l'embrassa encore, cette fois sans retenue. Les lèvres lisses et la langue taquine d'Andi lui donnèrent l'envie de l'avoir nue et couchée sous lui avec une urgence féroce dont il ne se croyait plus capable avant qu'il ne la rencontre.

Respirant fort, il posa son front contre le sien et contempla ses doux yeux marrons. « Je m'étais dit que je n'allais pas faire ça.

— M'embrasser ? demanda-t-elle avec ce sourire coquin qu'il adorait tant. J'aurais été deçue si tu ne l'avais pas fait.

— Te sauter dessus comme un adolescent en manque la minute où tu es arrivée.

— Nous avons sauté l'un sur l'autre.

— Je ne me souviens pas de la dernière fois où j'ai fait ça dans une voiture en stationnement, dit-il avec un sourire, en s'éloignant à contrecœur d'elle pour les conduire à Newport. J'avais oublié à quel point cela pouvait être amusant. »

Le trajet fut ponctué par des conversations anodines et de confortables silences. En chemin, Jack eut du mal à analyser la forte réaction qu'il avait eue en la revoyant, ainsi que la découverte qu'il était tombé amoureux d'elle.

« À quoi tu penses dans ton coin ? »

Surpris dans ses pensées, Jack la regarda. « À beaucoup de choses. »

Avançant son bras, elle enroula ses doigts autour des siens. « Tu voudrais les partager ?

— Peut-être, dit-il avec un regard timide. Eventuellement.

— Tu te sens en accord avec… disons… tout ?

— Je suis tiraillé. Je ne te le cacherai pas.

— Heureusement, encore.

— Cette relation semble avoir le potentiel d'être très importante. Et ce serait une chose si nous n'avions à penser qu'à nous, mais il y a tant d'autres personnes à considérer.

— Puis-je faire une suggestion ?

— Bien sûr.

— Et si nous prenions ce weekend juste pour nous ? Pas de souci ou de discussion sur l'avenir, les enfants, la logistique, ou tout autre bâton entre les roues. Juste nous. »

Submergé par le soulagement de l'avoir, elle et sa sensibilité réfléchie, avec lui pour les prochains jours, il apporta leurs mains jointes à ses lèvres. « Cela pourrait bien être la meilleure idée que tu n'aies jamais eue. »

Riant, elle dit, « Oh, j'en ai quelques autres que tu aimeras tout autant – si ce n'est plus. »

Jack soupira de plaisir et appuya sur l'accélérateur.

Quand ils arrivèrent à la marina, Jack fut soulagé de la trouver étrangement désertée. Il n'était pas prêt à expliquer la présence d'Andi aux gens que lui et Clare connaissaient depuis des années, et il ne voulait pas non plus que des rumeurs arrivent jusqu'aux filles avant qu'il ait eu le temps de leur parler lui-même. Mais se souvenant de leur pacte de garder ce weekend pour eux, il balaya tout cela de côté et descendit le sac d'Andi dans la cabine. Se retournant pour remonter, il découvrit qu'elle l'avait suivi.

« T'es là, dit-il le cœur battant.

— Et toi aussi. »

Ils se regardèrent avec émotion, avant qu'elle ne retourne dans ses bras, s'accrochant à lui alors qu'il l'attaquait de ses baisers. Il la tint contre son érection subite.

Un gémissement s'échappa de la gorge d'Andi.

Quand il la souleva, elle enroula ses bras et ses jambes autour de lui sans interrompre leur intense baiser. L'ayant bloquée contre le mur ses mains étaient libres d'attraper ses seins, et il fit glisser ses pouces sur ses tétons devenus durs.

Haletante, elle détacha ses lèvres. « Jack…

— Quoi chérie? Il couvrit son cou de baisers. Dis-moi. »

Un frisson la traversa. « J'ai envie de toi. »

La douceur avec laquelle elle prononça ces mots lui alla droit au cœur — et puis ailleurs, aussi. « On s'en va, quelque part où nous serons seuls ?

— D'accord. » Elle glissa devant le corps excité de Jack, jusqu'à ce que ses pieds touchent à nouveau le sol.

Quelques minutes plus tard, Jack largua la dernière des amarres et fit marche arrière pour sortir le bateau de son emplacement.

Elle le regarda manœuvrer le gros bateau dans un petit espace. « Tu te débrouilles bien.

— Beaucoup de pratique. Ça me faisait plutôt peur avant, » dit-il avec un sourire, tout en guidant le bateau dans le chenal qui encerclait le port de Newport. Il dirigea le bateau dans la baie pour qu'ils puissent voir l'hôtel depuis l'eau.

Repérant le chantier de construction elle dit, « Cela va être spectaculaire. L'expression rêveuse de son visage attira l'attention de Jack.

— Dis-moi ce que tu vois.

— L'étendue de la pelouse est tapissée de parasols et de chaises longues occupées par des clients venus apprécier la vue de la baie. Le brunch du dimanche est servi sur la terrasse. Des auvents à rayures vertes et blanches et des pots en terre cuite sont remplis de fleurs abondantes.

— Superbe, je le vois d'ici. Comment est-ce que tu fais ça ? »

Elle sourit et haussa les épaules.

« J'ai ajouté une deuxième terrasse sur le plan côté sud, à peu près là. Il montra l'endroit du doigt. Je ne peux pas m'attribuer le mérite pour le dessin initial, mais je suis très satisfait de ce que notre équipe a produit. Je ne l'aurais pas fait tellement différemment moi-même.

— Ils ont été formés par le meilleur.

— Moi aussi. Jack dirigea le bateau vers Mackerel Cove afin de jeter l'ancre pour la nuit. Travailler pour Neil a fait toute la différence. Il a rendu tout le reste possible.

— J'aimerais bien le rencontrer.

— Tu serais surprise par sa simplicité. Il n'est pas du tout influencé par l'attention qu'il reçoit. Ça ne l'a pas pourri.

— Il me semble que tu as appris plus que l'architecture de lui. J'avais l'impression que tu te décrivais.

— C'est gentil de dire ça, mais ma carrière ne mérite certainement pas la même attention que la sienne.

— Tu as eu ta part. J'avais entendu parler de ton étude des années avant que nous l'embauchions.

— Cela m'amuse toujours d'entendre ça. Nous n'avions pas l'intention de travailler au niveau où nous sommes maintenant. Nous voulions rester simples. C'est pourquoi nous avons quitté le cabinet de Neil, mais cela n'a pas tout à fait marché comme prévu.

— Tu sais ce que John Lennon a dit à propos de la vie ? C'est ce qui arrive quand vous êtes occupé à faire d'autres projets.

— Ça c'est vrai, ça. Si mon père avait obtenu ce qu'il voulait, je serais devenu banquier. »

Andi fit une grimace. « Je ne peux pas imaginer cela.

— Moi non plus. Mon grand-père a créé la banque, et mon père l'a reprise quand son père à lui est parti à la retraite. J'étais censé suivre leurs traces.

— Quelle banque ?

— La Banque Atlantique.

— J'y avais un compte quand j'étais à l'université ! »

Jack sourit. « Merci de ton choix. Pour en revenir à l'histoire, après que je lui ai dit que je renonçais à l'école de commerce de Yale — son alma mater — pour aller à l'école d'architecture de Berkeley, il a pété les plombs et ne m'a plus parlé pendant des années. Jack avait porté en lui la douleur de la colère irraisonnée de son père pendant des années. Je n'ai jamais regretté mon choix, mais j'aurais aimé avoir la carrière que je voulais tout en le rendant fier de moi, aussi. D'un haussement d'épaule, il n'y fit plus cas. Cela n'a plus aucune importance maintenant.

— Cela doit encore faire un peu mal.

— Je n'y pense plus.

— Il doit être fier de toi, Jack. Comment peut-il ne pas l'être ? Regarde tout ce que tu as accompli.

— Je l'espère, mais je ne le sais vraiment pas. Cela a arrêté de compter pour moi il y a des années. Pendant longtemps, je me suis demandé s'il n'y avait rien qui puisse combler l'horrible fossé entre nous. Et puis j'ai amené Clare chez nous à Greenwich pour les rencontrer. Comme il peut être un snob de première classe, je pensais qu'il désapprouverait que je me marie avec une maîtresse d'école de la ville ouvrière de Hartford, mais il l'a aimée dès qu'il l'a rencontrée. Elle a beaucoup contribué à la réconciliation. Après la naissance de Jill, nous avons laissé se dissiper la colère et l'avons surmontée.

— Les enfants aident à relativiser les choses.

— C'est vrai, mais nous n'avons jamais parlé de ce qui s'est passé.

— Au moins vous vous reparlez. C'est déjà ça. »

Il lui sourit, étonné de l'aise avec laquelle il lui disait des choses dont il n'avait parlé à personne d'autre. « C'est vrai, aussi. »

Une fois ancré dans la crique paisible, il ouvrit une bouteille de vin et alluma le lecteur CD. Sinatra rugit de l'équipement sonore du bateau. Jack baissa le son et monta rejoindre Andi sur le pont. Ils s'assirent ensemble sur le large siège alors que le coucher de soleil sur Jamestown disparut dans l'obscurité.

Il la rapprocha de lui afin que sa tête repose sur sa poitrine.

Elle mit le bras autour de lui.

« Tu as faim ? demanda-t-il, frottant sa joue contre ses boucles soyeuses.

— Pas vraiment. »

Il lui releva le menton et étudia son visage pendant un long moment intense, comme s'il y avait encore une décision à prendre. Qui espérait-il duper ? Prenant le verre d'Andi, il le posa sur la table près du sien.

« Chaque fois que je t'embrasse, dit-il, effleurant ses lèvres des siennes, je n'ai qu'une idée en tête : combien de temps il me faut attendre avant de pouvoir recommencer.

— Je crois avoir le même problème. » Elle soupira. Ses bras se reserrèrent autour de lui quand elle égala les mouvements passionnés de la langue de Jack avec la sienne.

Il glissa ses mains sous son T-shirt et leva son soutien-gorge pour libérer ses seins. Gémissant contre ses lèvres, il la taquina avec ses doigts jusqu'à ce que ses tétons soient durs et raides.

Tout à coup pressé, il quitta ses lèvres, souleva son T-shirt au-dessus de sa tête et commença à embrasser ses seins. Il allongea le bras derrière elle pour dégrafer son soutien-gorge. Titillant un bout de sein avec ses lèvres, il donna à l'autre le même traitement avec ses doigts.

Andi prit une bouffée d'air salé, alors que l'eau clapotait contre la coque et la chaude bouche affamée de Jack dévorait ses seins. Elle ouvrit les yeux sur un ciel parsemé d'étoiles et une lune qui devait avoir été suspendue juste pour eux. Se cambrant, elle le sentit en érection et prêt pour elle. Elle attrapa sa chemise et l'arracha pour découvrir un torse musclé mais pas trop. La légère touffe de poils sombres était douce sous ses mains, sa poitrine ferme contre ses paumes.

Il déboutonna le short d'Andi et le fit glisser le long de ses jambes jusqu'à ce qu'elle ne soit recouverte que d'une mince bande de dentelle. Regardant longuement et tranquillement ce qu'il venait de déshabiller, il se débarrassa de son short et s'allongea sur son flanc près d'elle sur le banc étroit.

Poitrine contre torse, hanche contre hanche, le ferme pressé contre le doux, il l'embrassa délicatement, patiemment avec des mouvements de langue souples. Il glissa une main dans sa culotte et gémit lorsqu'il la trouva mouillée de désir. Elle haleta lorsque ses doigts l'écartèrent et fouillèrent plus profondément.

« Andi, chérie, j'ai tellement envie de toi, » murmura-t-il contre ses lèvres.

Elle répondit par le soulèvement de ses hanches contre ses doigts et poussa un cri lorsqu'il les introduisit en elle, réduisant son univers au besoin lancinant entre ses jambes.

Soudain impatient, il se débarrassa du slip et leva ses jambes au-dessus de ses hanches. L'embrassant avec des coups profonds de sa langue, il avança ses doigts sur elle et puis en elle, d'un rythme régulier et incessant qui la fit rapidement perdre la tête.

« Jack ! Oh ! »

Il continua jusqu'à ce qu'elle vienne une deuxième fois, tremblante et haletante. Rien n'avait jamais été tout à fait comme ça.

« Tu es tellement belle, murmura-t-il, se déplaçant afin de se mettre entre ses jambes. Je t'aime, Andi. Je ne peux rien t'offrir d'autre, mais je t'aime— »

Elle l'arrêta d'un doigt sur ses lèvres. « C'est tout ce dont j'ai besoin. »

Se reposant sur elle, il se pencha pour l'embrasser. « Est-ce qu'on a besoin de préservatif ? »

Elle secoua la tête. « Je prends la pilule. »

Il la rendit folle avec des baisers brûlants dans son cou et sur ses seins, mais la surprit lorsqu'il s'arrêta tout à coup et posa son front sur sa poitrine.

« Jack ? Qu'est-ce qu'il y a ? »

Respirant fort, il dit, « J'ai juste… j'ai besoin d'une minute, chérie. »

L'entourant de ses bras, elle l'amena à elle.

« Je suis désolé.

— Ne le sois pas. Elle caressa son dos de mouvements lents.

— J'étais tellement sûr de pouvoir le faire. »

La douleur qu'elle entendit dans sa voix lui fit mal pour lui. « C'est juste que tu n'es pas prêt. Je comprends.

— J'aurais peut-être pu deviner ça avant que nous soyons nus et débordant d'envie. »

Elle sourit et effleura ses cheveux de ses lèvres. « Ne t'en fais pas. »

Il la rapprocha de lui, et ils gardèrent le silence pendant un long moment. « Tu crois que peut-être nous pourrions essayer à nouveau ?

— On n'est pas obligés. Je suis heureuse juste d'être ici avec toi.

— Je sais qu'on n'est pas obligés, mais je veux vraiment, vraiment faire l'amour avec toi. Donne-moi une autre chance ? »

Elle passa ses doigts dans ses cheveux et l'embrassa d'un tendre baiser innocent. Finalement elle se redressa, prit sa main et le conduit à l'intérieur. « Laquelle est la tienne ? » demanda-t-elle devant les deux portes fermées.

Il indiqua celle de gauche.

Dans la petite cabine, ils s'allongèrent ensemble sur le lit. Leurs lèvres se rencontrèrent dans un autre doux baiser.

Sans interrompre le baiser, Andi se hissa sur lui.

Il caressa son dos de ses mains, la faisant trembler de désir.

Elle glissa sur lui, traînant ses lèvres le long de son torse et puis de son ventre.

Il soupira et enfonça ses doigts dans ses cheveux.

Lorsqu'elle le prit dans sa bouche il balbutia. « Andi… »

Avec sa main, ses lèvres et sa langue, elle l'aima jusqu'à ce qu'il soit haletant et en nage. Puis elle se mit sur lui, et sans lui laisser le temps de penser ou de se préparer, elle se laissa glisser sur son membre dur. Ses mains sur son torse, elle laissa sa tête tomber en arrière en signe d'abandon. Le sentiment de réussite l'envahit. C'était ce qu'elle avait toujours voulu — rien que cela, maintenant, cet homme, cet amour. Pendant un long moment elle ne bougea pas, elle resta simplement immobile, se délectant dans l'intense plaisir de l'avoir profondément en elle.

Il enroula ses doigts autour des siens.

Elle leva leurs mains jointes puis les abaissa de chaque côté de la tête de Jack, tandis qu'elle levait et descendait ses hanches dans de petits mouvements délicats. Effleurant ses lèvres des siennes, elle le regarda. Les yeux de Jack étaient fermés et elle vit la tension se dissiper de son visage.

« Ça va aller, Jack, murmura-t-elle. Je t'aime. »

Soudain, il ouvrit grand les yeux pour rencontrer son regard. Il lui serra ses mains et se laissa aller au plaisir.

CHAPITRE 10

*I*ls étaient allongés face à face, et écoutaient la symphonie des grillons sur le rivage voisin ainsi que la douce musique. Il enroula une de ses boucles autour de son doigt et murmura les mots de « The Way You Look Tonight », accompagnant Sinatra qui chantait.

Elle ferma les yeux pour retenir les larmes qui menaçaient de ruiner le plus beau moment de sa vie. Il était tout — tout ce qu'elle avait toujours voulu et bien plus.

« Es-tu triste, Andi ?

— Comment pourrais-je l'être ? C'était si… Je n'ai jamais… »

Il se pencha pour la faire taire d'un baiser. « Je sais. »

Elle laissa courir ses doigts sur son dos de haut en bas, voulant savourer chaque minute avec lui.

« Je suis affamé, » dit-il, sa voix étouffée contre ses seins.

Elle rit et le serra une minute encore avant de le laisser partir.

Il enfila un short qu'il extirpa d'un tiroir sous le lit. « Ne bouge pas. »

~

Ils restèrent au lit et dévorèrent le dîner qu'il avait apporté. Il la nourrit de crackers chargés de Brie et de fines tranches de jambon de Parme.

« Mmm, fit-elle. C'est divin. »

Le lecteur de CD passa au disque suivant et Andi pouffa de rire en entendant « The Candy Man » de Sammy Davis Jr. « Je sens un thème.

— Jamie aime tout ce qui vient du « Rat Pack ». Il a même une planque de cigares cubains quelque part par là. Tu en veux un pour le dessert ?

— Non, merci, sans façon. » Elle se pencha, l'embrassa et reversa du vin dans le verre qu'ils partageaient.

Prenant une autre grappe de raisins, elle mit quelques grains dans sa bouche et embrassa le jus sur ses lèvres. « En parlant de Jamie, je voulais te demander, comment ça se passe entre lui et Frannie ?

— Apparemment, il va faire sa demande en mariage.

— Waouh ! Comment tu te sens ?

— J'en suis ravi. Je les aime tous les deux, et c'est marrant comment quelque chose qui paraissait dingue il n'y a que quelques semaines, devient tout à coup si logique.

— Je sais ce que tu veux dire, dit-elle avec un sourire entendu.

— Oui, tu dois comprendre, hein ?

— Les filles seront heureuses que Frannie et Jamie se marient, non ?

— Evidemment, mais tu sais à qui cela aurait surtout plu ?

— Clare ? »

Il leva les yeux au plafond. « Elle était toujours en train de les mettre en contact avec des amis à elle, à essayer de les caser. Elle aurait trouvé ça très ironique, c'est le moins qu'on puisse dire. »

Andi posa sa tête sur son épaule. « Je suis contente que cela ait marché pour eux. C'est une tellement belle histoire, comment ils ont mis des dizaines d'années pour trouver ce qui était toujours là, tout près.

— C'est incroyable. »

Elle joua avec ses cheveux. « À quoi penses-tu ?

— C'est important que tu saches que je n'ai jamais été infidèle à Clare. Je n'y ai même jamais pensé. »

Caressant son visage elle dit, « Tu lui as été tellement fidèle, Jack.

— Tout le monde me pressait de recommencer à vivre, et je pensais l'avoir fait en renouant le contact avec les filles et en retournant au travail. Il passa les doigts dans ses boucles soyeuses. Mais c'est depuis que je t'ai rencontrée que je revis.

— Tu as vécu une chose affreuse, mais elle ne t'a pas détruit.

— Je ne serais jamais allé à la recherche de cela, même si je suis trop heureux de t'avoir trouvée. Il l'embrassa avec douceur. Mais j'ai bien peur de t'entraîner dans une situation sans issue.

— Je suis entrée dans ta vie les yeux grand ouverts. Nous n'avons rien demandé de plus l'un de l'autre que ce que nous avons maintenant. Tu as tant de choses dont te soucier. Ne m'ajoute pas à la liste.

— Merci pour ce que tu as fait… tout à l'heure. Je ne sais comment, mais tu savais exactement de quoi j'avais besoin. Je ne pense pas que j'aurais pu le faire avec quelqu'un d'autre que toi. »

Elle le serra fort contre elle.

Il couvrit son cou de baisers. « Cela faisait un moment pour toi, aussi ?

— Depuis Alec.

— Alors pourquoi prends-tu toujours la pilule, ou est-ce que cela ne me regarde pas ?

— Pour garder mes règles régulières. Je deviens détraquée autrement.

— Mmm, dit-il, on ne peut pas permettre ça. Tu as si bon goût, comme du vin et… Y goûtant encore il ajouta, du sucre. Je pourrais facilement devenir accro de toi. » Il passa sa langue sur ses lèvres dans un mouvement taquin avant de descendre vers son cou et ses seins. La sensation des doigts d'Andi dans ses cheveux sembla alimenter son désir alors qu'il pressait ses lèvres sur son ventre. Écartant ses jambes avec ses épaules, il glissa un doigt dans sa moiteur.

« Jack, » murmura-t-elle, en voutant son dos.

Il baissa la tête et ajouta sa langue.

Elle gémit.

Déposant de doux baisers, la bouche ouverte, sur l'intérieur de sa cuisse, il l'embrassa jusqu'à son sexe et lui fit à nouveau perdre la tête.

« Oh, mon Dieu, » dit-elle, suffocante et le regardant les yeux écarquillés.

Il trouva le chemin de sa bouche et l'embrassa. « Je t'aime, murmura-t-il en la pénétrant. Je t'aime tellement. »

Elle balaya les cheveux couvrant son front et l'embrassa. « Je t'aime, aussi. »

~

Jack se réveilla à côté d'Andi le lundi matin après une dernière nuit d'amour.

Il ressentait une horrible sensation de désarroi chaque fois qu'il imaginait retourner à l'existence solitaire qu'il menait avant qu'elle surgisse et change tout. Elle l'avait aidé à voir que, contrairement aux apparences, sa vie n'était pas finie. Altérée ? Oui. Mais finie ? Non.

Le weekend avait été un des meilleurs de sa vie. Ils avaient fait de la voile, avaient pêché, avaient été nager et s'étaient épuisés à faire l'amour jusqu'à l'aube chaque matin. Mais l'heure de son départ se rapprochant inexorablement, Jack l'avait sentie prendre ses distances, comme si elle se préparait elle-même à le quitter. Son introspection silencieuse commença à l'inquiéter alors que le soleil se levait sur leur dernier matin ensemble.

Il la serra fort contre lui et elle se réveilla.

Elle arrangea ses cheveux d'un geste et se tourna face à lui. « Est-ce que ça va ? Qu'est-ce qu'il y a ? »

Il caressa sa joue. « Non, ça ne va pas. Je ne veux pas que tu partes.

— Je suis obligée de partir. Tu le sais bien.

— Qu'est-ce qui va se passer maintenant ? » demanda-t-il.

Elle l'étudia longuement. « Je n'sais pas, dit-elle finalement. Peut-être que nous retournons à nos vies avec le beau souvenir d'un weekend qui n'arrive qu'une fois dans la vie. »

Son estomac se tordit. « Tu ne peux pas être sérieuse. Tu t'attends à ce que je fasse semblant que tout ça n'est jamais arrivé ?

— Nous devons être réalistes, Jack. En prononçant ces mots, ses lèvres tremblèrent et ses yeux se remplirent de larmes. Nous vivons à plus de mille kilomètres l'un de l'autre. Nous avons établi nos vies et avons des enfants qui ne peuvent être déracinés. Comment pouvons-nous nous embarquer dans une liaison à distance qui ne mènera nulle part ? Cela deviendra de plus en plus difficile chaque fois que nous nous verrons.

— Un weekend ou des vacances occasionnels, c'est mieux que rien, non ?

— Tu ne peux pas faire ça aux filles, Jack. Comment pourras-tu jamais leur expliquer qui je suis ? »

Frustré et pris de panique, il la dévisagea. « Si c'est ce que tu ressens, pourquoi es-tu venue ce weekend ?

— J'étais sur le point de ne pas venir, mais j'avais besoin de te voir. J'avais besoin de savoir —»

Il se leva et s'éloigna d'elle. « Quoi? Qu'est-ce que t'avais besoin de savoir ? Que tu tournes le dos à ce qui pourrait être l'amour de ta vie ? »

Un sanglot la secoua. « Je ne doute pas que ce soit exactement ce que je fais. Je suis désolée, Jack. J'aimerais que les choses soient différentes, mais j'ai l'impression qu'on m'arrache le cœur après un weekend avec toi. Comment puis-je vivre cela continuellement quand je sais que nous ne pourrons jamais vraiment être ensemble ? »

Jack se frotta les yeux alors que le désespoir grandissait à nouveau en lui. Ce sentiment ne lui avait pas manqué ce weekend. « Il doit y avoir une solution. Je ne peux pas te perdre maintenant que je t'ai trouvée — maintenant que nous nous sommes trouvés. Je t'aime, Andi. Je n'ai aimé qu'une autre femme dans ma vie, et je l'ai su aussi rapidement alors que je le sais maintenant. C'est vraiment authentique, ce qu'il y a entre nous. Je ne peux pas te dire comment je le sais. Je le sais.

— Je t'aime aussi. Sa voix était remplie d'émotion. Prenant le visage de Jack entre ses mains elle le tourna vers elle. Je t'aime tant. Je n'aimerais rien de mieux que d'avoir le reste de ma vie pour te montrer combien. Je n'ai jamais admiré quelqu'un autant que je t'admire, la façon dont tu as survécu malgré les obstacles. Je voudrais que les choses soient différentes, que nous nous soyons rencontrés à un autre moment de notre vie. »

En la tenant suffisamment près pour s'enivrer de l'odeur qui lui était propre, il savait qu'elle avait raison. Mais il ne pouvait imaginer retourner au monde morose dans lequel il avait vécu jusqu'à présent. Quand tout dans son univers était devenu trop noir et blanc, elle y avait ramené la couleur.

« Je ne regrette pas, murmura-t-elle. Pour rien au monde je n'aurais manqué cela.

— Moi non-plus. » Il l'embrassa d'abord tendrement puis avec plus de passion lorsque l'enthousiasme de sa réponse suscita son désir. Sachant qu'il leur restait peu de temps, il la pénétra d'une poussée rapide de ses hanches et lui donna un moment pour s'ajuster. Il baissa les yeux sur le joli visage qui le hanterait pour toujours.

Elle se haussa et colla ses lèvres au siennes.

« Comment pouvons-nous abandonner cela ? » demanda-t-il, la pénétrant et puis se retirant, la laissant déconcertée. Quand il entra profondément à nouveau en elle, elle l'entoura de ses jambes afin qu'il reste en elle et se balança en avant et en arrière contre lui.

La fin, lorsqu'elle arriva, était plus puissante et plus obsédante que jamais.

« Comment veux-tu que je te laisse partir ?

— S'il te plaît, Jack, murmura-t-elle. S'il te plaît. »

Il se dégagea d'elle mais garda les yeux fixés sur elle lorsqu'elle se leva pour aller prendre une douche.

Deux heures plus tard, ils passèrent sur le pont en sortant de la ville, et Andi se retourna pour jeter un dernier regard au port.

Quand ils arrivèrent à l'aéroport, Jack se gara afin de l'accompagner. À la sécurité, il prit ses mains. « Merci, » dit-il, sa voix chargée d'émotion.

Les larmes firent briller les longs cils d'Andi. « J'ai passé le meilleur des moments, Jack. Je ne l'oublierai jamais — ni toi. »

Il l'enlaça et murmura, « Ce n'est pas la fin, Andi. Ce n'est pas terminé. »

Ils restèrent longtemps blottis l'un contre l'autre avant qu'elle ne s'arrache à lui. « Au revoir. »

Il ne dit rien en la regardant partir.

Ceux qui connaissaient bien Jack s'accordaient pour dire que l'amélioration récente dont ils avaient été témoins avait sérieusement reculé à la suite du départ d'Andi.

« Je suis tellement inquiète pour lui, dit Frannie à Jamie un soir tard, quand ils étaient dans son lit. C'est presque pire cette fois-ci parce qu'il a eu une deuxième chance de trouver le bonheur, et maintenant cela a disparu aussi. Il a à nouveau l'air détruit.

— Il essaie de le cacher, mais il est vraiment dans tous ses états. Tu penses qu'il est amoureux d'elle ?

— J'en suis sûre.

— Peut-être pourrait-il la convaincre de déménager ici ?

— Elle ne le fera pas. Il m'a dit qu'elle a un fils avec un problème de surdité, et elle ne voudra pas l'éloigner de son école. Elle a un super boulot et sa vie est à Chicago. Et puis, ce n'est pas comme s'il pouvait l'épouser.

— Ce n'est pas juste. Il a déjà suffisamment souffert. Jamie embrassa sa main et puis ses lèvres. Cela me fait apprécier à quel point nous sommes chanceux.

— Je veux encore me pincer quelquefois pour m'assurer que je ne rêve pas.

— Je t'assure que tu ne rêves pas. À propos, reste où tu es et ne regarde pas. Il fit un bond, quitta la chambre et revint une minute plus tard tenant quelque chose dans son dos. J'attendais le moment propice, et il me semble que ça l'est. »

Elle suffoqua lorsqu'il s'agenouilla près du lit et prit sa main.

« Frannie, Je t'aime. Je t'ai toujours aimée et t'aimerai toujours. Alors me feras-tu le grand honneur d'être ma femme ? » De derrière son dos, il sortit une imposante bague de fiançailles et la glissa sur son doigt.

Elle jeta ses bras autour de son cou. « Oui, oui, oui ! »

Les fiançailles de Jamie et de Frannie étaient le sujet de conversation en ville, ou du moins c'est ce qu'il semblait à Jack. Il était ravi pour eux et essayait de partager leur joie tandis qu'ils planifiaient un mariage pour le jour d'avant le Nouvel An. Jack taquinait Frannie à propos de son énorme « bagouse » mais toutes les blagues du monde ne pouvaient la détourner de son bonheur d'avoir finalement ce qu'elle admettait maintenant être ce qu'elle avait toujours voulu.

Jack luttait pour cacher son profond désarroi et était déterminé à ne pas le laisser affecter ses filles cette fois-ci.

Il avait respecté la demande d'Andi en ne l'appelant pas depuis son départ, mais tout d'elle lui manquait. Et alors qu'il se languissait de la douceur de sa peau et son odeur enivrante, leurs conversations au téléphone, tard le soir, lui manquaient particulièrement.

Tant bien que mal il se débrouilla pour survivre à la semaine de travail, sans pour autant accomplir quoi que ce soit.

Le weekend s'étendait devant lui, désespérément vide après celui qu'il avait passé avec Andi.

Un toc à la porte de son bureau le fit sursauter et le sortit de ses pensées. « Entrez.

— Bonjour, mon chou. »

Surpris de voir sa mère il se leva pour la prendre dans ses bras et l'embrasser. « Qu'est-ce qui t'amène ? »

Madeline lui sourit. Elle avait les cheveux blancs, et les mêmes yeux gris que son fils. « Est-ce qu'une mère a besoin d'une raison pour rendre visite à ses enfants et à ses petits-enfants ?

— Bien sûr que non. Les filles seront ravies de te voir.

— Quelle belle journée ici. Tu as le temps de faire une balade sur la plage ? »

Puisque la journée ne menait à rien de toute façon, il dit, « Absolument. » Il informa Quinn qu'il partait et escorta sa mère sur le chemin qui menait au rivage.

Ils longèrent le bord de l'eau longtemps en silence.

« Alors, à propos de ta sœur et de Jamie, dit Madeline. J'en suis encore à me demander si je l'ai vu venir où pas. »

Jack rit. « Je suis tout le temps avec eux, et même moi je ne l'ai pas vu venir. Mais je suis heureux pour eux. J'espère que tu l'es aussi.

— Oh, je le suis Jack. Tu sais que j'ai toujours adoré Jamie. Il est aussi plutôt beau garçon.

— Mère !

— J'ai peut-être les cheveux blancs, mais je peux encore —

— D'accord, ça va, dit-il avec un grand sourire.

— Bon, quoi de neuf avec toi ? »

Suspicieux, Jack lui jeta un regard. « Qu'est-ce que tu sais déjà ?

— Une mère ne révèle jamais ses secrets.

— Frannie t'a dit à propos d'Andi.

— Elle a dit que t'avais l'air à nouveau heureux pendant un temps, mais qu'elle s'inquiète pour toi cette semaine. »

Un élan d'émotion le surprit. Ayant peur des secrets qu'il pourrait dévoiler, il regarda le sable mouillé à ses pieds.

Sa mère lui prit le bras. « Mon chéri ? Tu veux en parler ?

— Il n'y a pas grand-chose à dire. Son cœur se serra lorsqu'il pensa à Andi et à comment elle avait fait apparaître leur situation sans espoir. Cela ne va pas marcher.

— Pourquoi donc ?

— Nous avons décidé que c'était trop compliqué. Elle vit à plus de mille kilomètres d'ici, là où elle a un fils, un travail, une vie. Avec les filles au collège et Clare, il est impossible que je déménage. Alors à quoi bon ?

— Je suis désolée que tu n'aies rien appris de tout ce que tu as vécu. »

Surpris Jack demanda, « Qu'est-ce que ça veut dire ?

— Jack, mon garçon chéri, la vie est tellement courte, et quand tu as une chance d'être heureux, tu dois la saisir à deux mains et ne jamais la laisser filer. Cela n'arrive pas tous les jours.

— Elle a un bon travail à Chicago. Sa mère est là-bas, l'école de son fils. Comment est-ce que je lui demande d'abandonner tout ça et de venir ici quand je ne peux pas lui promettre la moindre chose ? C'est trop demander de qui que ce soit.

— C'est plus que chacun d'entre vous a maintenant. Les filles aînées iront à l'université bientôt, et Maggie ne sera pas loin derrière. Qu'est-ce qu'il te restera alors ? Tu as encore bien des années à vivre et je déteste l'idée que tu les passes seul. »

Il leva sa main gauche où il portait encore l'alliance de Clare. « Et ça, alors ?

— Tu dois tracer une vie pour toi sans Clare. D'une façon ou d'une autre. Les yeux de Madeline se remplirent de larmes lorsqu'elle prononça les mots.

— Je pense que j'ai finalement accepté qu'elle est réellement partie. Pendant tellement longtemps, je ne l'ai pas cru, tu sais ? Mais maintenant… cela fait si longtemps.

— J'admire vraiment que malgré tout tu continues d'honorer les vœux que tu as faits avec elle, mais rien ne peut changer ce qui est arrivé. Elle prit sa main et le regarda dans les yeux. *Vis*, Jack. C'est tout ce que tu peux faire, mon amour. »

Il se souvint que Frannie lui avait dit presque la même chose. « Je sais ce qu'il faut que je fasse. Merci, Maman.

— De rien, mon chéri. Tu veux emmener ta mère faire du voilier ce weekend ?

— Avec plaisir. » Il l'embrassa et garda son bras autour d'elle en rentrant au bureau.

CHAPITRE 11

Jack mit Quinn au courant de son projet et elle l'aida avec les détails. Son excitation contagieuse l'aida à se débarrasser des derniers doutes qu'il lui restait. Avec de nombreuses personnes importantes dans sa vie le pressant d'agir, Jack ne pouvait qu'être convaincu.

À Chicago, il espérait rencontrer le PDG d'Infinity, David Johnson, pour discuter de la dernière série de plans pour l'hôtel, mais pas avant qu'il ait vu Andi. Il voulait que personne ne gâche sa surprise.

Tard lundi après-midi, Jack prit le raccourci des toilettes entre leurs bureaux pour aller voir Jamie. « Tu es occupé ? »

Jamie lui fit signe d'entrer. « Pas pour le moment. Entre.

— Quinn t'a dit que je serai à Chicago pendant quelques jours ?

— Elle me l'a dit, mais je pensais que nous ne devions pas les rencontrer avant encore un mois ou deux.

— Je vais voir Andi, et tu le sais. »

Jamie sourit. « Bon, quelle sera la stratégie quand tu seras là-bas ?

— J'ai quelques tours dans mon sac. J'ai appris quelques trucs à te regarder en action au fil des années.

— Oh, j'aimerais être une petite souris pour écouter... Jamie rit. Tu n'es pas sorti avec une femme depuis longtemps. Tu as conscience que certaines choses ont changé, hein?

— Épargne-moi les détails, tombeur. N'oublie pas que tu es le fiancé de ma sœur. Je ne veux pas entendre parler de tes pièges à femmes. Je vais suivre mon propre plan, merci bien.

— Alors, qu'est-ce qui a changé ? Je pensais que vous aviez décidé d'en rester là.

— Tu me croirais si je te disais que j'ai écouté ma mère ? En gros elle m'a dit que je serais con de laisser Andi partir.

— J'ai toujours aimé la voix de la sagesse de Madeline. Tu as l'air d'aller un peu mieux dernièrement.

— Peut-être, dit Jack en haussant les épaules, mais je ne voudrais pas qu'on pense que j'ai oublié Clare, ou l'ai abandonnée, ou quelque chose comme ça. »

Jamie se leva et fit le tour du bureau pour s'y appuyer. « Personne, sachant ce que tu as vécu, ne penserait jamais ça, Jack. »

Jack acquiesça de la tête, bouleversé par le soutien sans faille de Jamie. « Tu sais ce que je me demande parfois ?

— Non, quoi ?

— Cette affaire avec Andi est arrivée si vite, tu sais ? C'était comme être frappé par la foudre ou ce genre de chose. Je me demande ce que j'aurais ressenti pour elle si Clare n'avait jamais été blessée. J'aurais tout de même rencontré Andi…

— Tu étais la personne la mieux mariée que je n'aie jamais connue. Tu aurais pu avoir quelques pensées pour Andi, mais tu ne serais jamais passé à l'action.

— C'est ce que j'espérais que tu dises, dit Jack, soulagé. Tu sais ce à quoi je pense beaucoup ? À ce putt. Tu t'en souviens? »

Jamie rit. « Ouais. »

En se levant, Jack dit, « Le dernier instant d'une vie normale.

— Avant que tu partes, j'ai un service à te demander.

— Bien sûr, tout ce que tu veux.

— Voudrais-tu être mon témoin ?

— Bien sûr. Avec grand plaisir. Jack se leva pour étreindre Jamie.

— Je sais que cela doit être un peu bizarre pour toi — moi, me mariant à ta sœur après toutes ces années.

— C'est formidable, et Clare aurait adoré, aussi.

— Spécialement après tous ses efforts infructueux pour trouver mon âme sœur — et celle de Frannie. Jamie sourit. Je suis désolé qu'elle ne puisse pas partager cela avec nous.

— Moi, aussi. Tu l'as dit à tes parents ?

— Je leur ai demandé de venir cette semaine sans leur dire pourquoi. Je veux leur donner la nouvelle en personne, et je ne peux pas m'absenter en ce moment.

— Je suis sûr qu'ils seront ravis. Fais en sorte qu'ils voient les filles, promis ?

— Comme si ma mère allait venir là et ne pas les voir. Il regarda sa montre. Il faut que j'y aille. Je dois rencontrer Frannie. Fais un bon voyage. J'espère que ça se passera comme tu le veux.

— Merci. Je suppose qu'il faut que je m'active pour organiser une soirée pour enterrer ta vie de garçon. Jack se gratta le menton, faisant semblant de réfléchir profondément. Je me demande si cette stripteaseuse que tu as fait venir pour ma fête est toujours dans le métier. »

Jamie pâlit. « N'y pense surtout pas ! »

Embauchée sans que personne ne l'ait vue au préalable, la femme était assez vieille pour être leur mère. Avec un frisson et un rire, Jack retourna dans son bureau pour ranger ses affaires.

Jack s'envola pour Chicago tôt le matin suivant, pas sûr de comment il allait être reçu mais prêt à se battre — si nécessaire — pour garder Andi dans sa vie. En route pour la ville dans la limousine que Quinn lui avait réservée, il ne pensait qu'à revoir Andi.

Il resta dans une suite à la propriété phare d'Infinity. Dans le hall d'entrée, aussi luxueux que la suite, il eut un premier aperçu du travail impressionnant d'Andi. L'hôtel était magnifique, parmi les plus beaux qu'il ait jamais vus, et il savait que la propriété de Newport serait tout aussi incroyable.

Sa suite au quinzième étage donnait sur le Lac Michigan et il prit quelques minutes pour apprécier la vue et calmer ses nerfs avant de prendre l'ascenseur pour la suite présidentielle au dernier étage. Il portait un pantalon beige, un blaser en cashmere bleu marine avec une chemise en soie bleu clair et une paire de chaussures italiennes à lacets. Lorsqu'il arriva au dernier étage, il demanda à voir Andi à la réception. Ils le dirigèrent vers un grand bureau au bout d'un long couloir.

L'assistante d'Andi, Jen Brooks, se leva de son bureau pour l'accueillir. Quinn l'avait informé qu'il viendrait ce matin.

Il demanda si Andi était là, mais quand Jen étendit le bras pour prendre son téléphone, il l'arrêta d'un geste de la main.

Indiquant la porte fermée, il demanda, « Puis-je ?

— Bien sûr. » D'un air intrigué elle lui fit signe d'entrer.

Le grand bureau d'Andi avait une vue fantastique du Lac Michigan et également du célèbre Lake Shore Drive de Chicago.

Elle était assise le dos à la porte et regardait le lac. « Qu'est-ce qu'il y a Jen ?

— Ce n'est pas Jen. »

Elle pivota dans sa chaise, son visage figé par le choc. « Qu'est-ce que tu fais ici ?

— Je ne pouvais pas rester loin de toi. »

Elle se leva et fit le tour du bureau. « Je pensais que nous nous étions mis d'accord… »

Jack remarqua son ensemble rouge cerise et ses talons si hauts qu'ils se regardaient les yeux dans les yeux.

« Oh là là, comme tu es beau, soupira-t-elle, jetant un œil sur lui.

— Oh là là, mais c'est toi qui es magnifique. » Il résista de toutes ses forces à l'envie de la prendre dans ses bras et lui montrer combien elle lui avait manqué.

« Qu'est-ce que tu fais ici, Jack ?

— Laisse-moi citer un proche qui m'est cher : la vie est courte. Quand tu as une chance d'être heureux, tu dois la saisir.

— Mais rien n'a changé. Nous allons nous infliger tant de peine. Je ne peux pas, murmura-t-elle en secouant la tête. Je ne peux vraiment pas. »

Incapable d'attendre une seconde de plus pour la toucher, il combla la distance qui les séparait et la prit dans ses bras. « Et moi, je ne peux pas te laisser partir. Je ne peux pas t'oublier toi, et ce que nous avons ensemble. D'une façon ou d'une autre nous trouverons un moyen. Je t'aime, Andi. Il l'embrassa. Je t'aime. »

Sa détermination sembla fondre lorsqu'elle mit ses bras autour de lui.

Quand il la sentit s'abandonner, il l'embrassa à nouveau, grandement soulagé de voir que la première partie de son plan était un brillant succès.

Andi arriva chez elle deux heures avant que Jack devait venir la chercher. Il n'avait pas dit où ils allaient, juste qu'il lui fallait une robe de soirée. *Que vais-je porter ?*

Sa mère, Betty, essuyait ses mains sur un torchon quand elle vint l'accueillir. « Bonsoir, chérie. »

Andi posa un baiser rapide sur la joue de sa mère. « Bonsoir, Maman. Cela te dérange de garder Éric ce soir? Un de mes amis est en ville à l'improviste et il m'a invitée à dîner.

— Ça doit être un très bon ami. »

Andi s'arrêta net. « Pourquoi tu dis ça ? »

Betty indiqua d'un mouvement de tête la table dans l'entrée. « Regarde. »

Andi se retourna pour trouver une immense boîte de Sak's Fifth Avenue posée sur la table. Elle en eut le souffle coupé et porta la main à sa bouche. « Qu'est-ce que c'est ?

— Je ne sais pas mon chou, il n'y avait pas mon nom dessus. » Betty se mit à rire lorsqu'Andi s'approcha de la boîte comme si elle était remplie d'explosifs.

Elle leva le couvercle, poussa le papier crépon sur le côté et révéla une exquise robe en soie ivoire.

Elle la sortit de la boîte avec précaution. Elle ne pouvait pas croire ce qu'il avait fait. La carte disait :

Même Cendrillon avait quelque chose de neuf à porter.

À bientôt mon amour,

Jack.

Sous la robe, elle trouva une magnifique paire de sandales perlées à talons hauts qu'elle aurait choisie elle-même. Il avait quitté le bureau prétextant qu'il avait des choses à faire, mais elle n'aurait pu imaginer cela.

« C'est vraiment beau, Andi. Cela t'ira comme un charme. Tu n'as jamais trop dit sur ce qui s'était passé dans le Rhode Island, et je ne voulais pas te forcer, mais je dois admettre que je suis curieuse.

— Je n'avais rien dit parce que c'était terminé avec lui. »

Betty suivit Andi dans la chambre où elle étendit la robe sur le lit.

« Je ne savais pas qu'il venait aujourd'hui, continua Andi. Il m'a demandé de lui donner une chance, et c'est ce que je vais faire.

— Tu n'as certainement pas été dans ton assiette depuis que tu es rentrée de ce weekend à Newport. Pourquoi as-tu eu envie de rompre avec lui ? Il ne peut pas y avoir eu grand-chose à terminer. Tu as seulement passé un court moment avec lui.

— J'ai passé juste assez de temps avec lui. Andi soupira et s'assit sur son lit. C'est compliqué. »

Betty s'assit près d'elle. « Comment ça ? À part le problème géographique évident.

— Il a sa propre entreprise et a trois filles — deux au collège — alors ce n'est pas comme s'il pouvait déménager. Éric est dans une si bonne école, et tu es ici. Puis il y a mon travail. Ce n'est vraiment pas simple. L'excitation d'avant d'Andi s'était dissipée pendant qu'elle avait énuméré toutes les raisons pour lesquelles leur relation était une si mauvaise idée. Je ne voyais pas l'intérêt de nous embarquer dans quelque chose d'aussi impossible.

— Je peux comprendre ce que tu veux dire, mais est-ce que tu l'aimes ?

— Oui, dit Andi en souriant. C'était la partie facile. Je l'aime tellement fort. Je sais que tu penses que je le connais à peine, mais je le connais déjà mieux que je n'aie jamais connu Alec. C'est un père fantastique, et il est intelligent, talentueux et tellement beau. Son ventre se contracta d'excitation quand elle pensa à combien elle l'avait trouvé séduisant plus tôt. Il est tout ce que j'ai toujours voulu. Il me manque tellement depuis que je suis rentrée que j'en suis malade.

— D'après ce que tu dis, il a l'air charmant. »

Andi mordit sa lèvre inférieure. « Il y a une autre chose.

— Quoi ?

— Il est marié.

— Oh mon Dieu, Andrea ! Dis-moi que tu plaisantes ! »

Andi leva ses mains. « Laisse-moi t'expliquer. Elle raconta à sa mère ce qui était arrivé à Clare et tout ce que Jack avait enduré avant qu'elle le rencontre. Crois-moi, il ne recherchait pas ça plus que moi. C'est arrivé comme ça. À tous les deux. S'il te plaît, essaie de comprendre.

— Tu ne peux pas changer le fait qu'il est marié.

— Je ne lui demande pas de le changer. C'est simplement une des raisons pour lesquelles je lui ai dit que nous ne pouvions plus nous revoir. Mais il a pris un vol pour venir ici aujourd'hui et m'a demandé de lui donner une chance… Andi haussa les épaules.

— Tu es bien trop vieille pour que je te dise comment vivre ta vie, mais tu avais raison lorsque tu lui as dit que c'était une situation sans issue. Je ne supporterai pas de te voir blessée encore une fois comme tu l'as été avec Alec. Tu te prépares à une immense déception. »

Les mots de sa mère lui firent mal, et Andi savait qu'ils contenaient une part de vérité. Mais en passant ses doigts sur la magnifique robe, elle décida que Jack était un risque qu'elle était prête à prendre.

« Que fait Éric ? Andi se leva du lit. Je veux passer un peu de temps avec lui avant que Jack soit là. »

« C'est ton petit ami ? signa Éric alors qu'Andi l'aidait à mettre son pyjama Spiderman préféré. Il sentait si bon après son bain, et elle le tint serré contre elle pendant une minute avant qu'il ne se débattît.

Andi était contente à présent de ne jamais lui avoir parlé des quelques rendez-vous qu'elle avait eus avec l'ami de son père. Elle aurait détesté avoir à expliquer le changement d'homme à un enfant de cinq ans. Elle pouvait à peine l'expliquer à sa mère — ou à elle-même. — En quelque sorte. Regardant sa montre elle réalisa qu'elle n'avait que quarante-cinq minutes.

— Est-ce que je peux le rencontrer ?

— Bien sûr que tu peux. Il veut te rencontrer, lui aussi. Maman va aller s'habiller pendant que tu manges ton dessert, d'accord ?

— D'accord. »

Elle l'embrassa et le laissa manger sa glace dans la cuisine.

Après une douche rapide, elle épingla ses longs cheveux foncés en un élégant chignon. Quand elle ne réussit pas à empêcher quelques boucles de s'échapper, elle arrêta d'essayer. Elle réalisa qu'elle était nerveuse au tremblement de ses mains quand elle appliqua son mascara.

La sombre mise en garde de sa mère traversa son esprit, mais elle chassa ces pensées quand il fut temps d'enfiler la superbe robe et les chaussures, lesquelles lui allaient comme si elles avaient été faites juste pour elle.

Elle se demanda comment il avait réussi à lui faire une si merveilleuse surprise.

Cendrillon pour de bon, pensa-t-elle, étudiant l'ensemble dans un grand miroir. Elle n'aurait pas pu mieux faire elle-même. Alors qu'elle sortait de la pièce, le portier sonna pour annoncer son visiteur. Elle lui demanda de faire monter Jack et appela sa mère afin qu'elle amène Éric.

Andi ouvrit la porte et resta ébahie à la vue de Jack en smoking.

Il lui offrit une rose rouge et l'embrassa sur la joue.

« Magnifique. »

Lui faisant signe du doigt de se rapprocher, elle l'embrassa à son tour et murmura, « Toi aussi. » Elle le prit par la main pour le conduire dans le salon où sa mère et Éric attendaient. « Jack, voici ma mère, Betty Franklin. Maman, Jack Harrington. »

Il serra la main de Betty. « Enchanté de vous rencontrer, madame Franklin.

— De même. Andi entendit la petite touche de réserve dans le ton de sa mère mais ne pensa pas que Jack y fut réceptif.

— Qui est ce charmant petit gars derrière vous ? Jack s'accroupit et signa, Bonjour, mon nom est Jack. »

Le cœur d'Andi déborda d'amour de le voir communiquer avec son enfant.

Les grands yeux bleus d'Éric jaugèrent l'étranger aux drôles d'habits tandis qu'il signa, « Bonjour. »

Jack se tourna vers Andi. « Je vais avoir besoin de ton aide à présent. Il parla lentement et signa. Est-ce que tu aimes le baseball, Éric ? »

Éric regarda sa mère et elle signa 'baseball' correctement.

Jack l'observa et répéta ses signes.

Éric hocha la tête avec enthousiasme.

Jack fouilla dans la poche intérieure de sa veste et en sortit quatre billets pour le match des Chicago Cubs du lendemain.

Les yeux d'Éric s'illuminèrent lorsque Jack lui donna les billets.

« Est-ce que tu veux y aller ? » signa Jack.

Éric regarda sa mère, qui approuva de la tête et signa rapidement pour rappeler ses manières à son fils.

« Merci, signa Éric qui détala de la pièce avec les billets et sa grand-mère à ses trousses.

— Passez une bonne soirée, lança Betty par-dessus son épaule.

— Comment as-tu appris le langage des signes ? demanda Andi, étonnée.

— Ne sois pas trop impressionnée. C'est à peu près tout ce que je sais. Miranda, l'ami de Kate, a une sœur qui est sourde. Elle m'a donné quelques notions hier soir.

— Cela a dû te prendre des heures pour en apprendre autant !

— Juste quelques-unes, confessa-t-il en l'accompagnant vers la porte d'entrée. Je suis bon élève. D'après Miranda.

— Merci d'avoir fait cela et pour la robe et les billets. Comment as-tu organisé tout ça ? demanda-t-elle dans l'ascenseur.

— Je ne dévoilerai jamais mes secrets. Il la conduisit à la limousine qui attendait près du trottoir. Je dois admettre que j'ai eu un tout petit peu d'aide, mais c'est tout ce que je dirai.

— Je vais te faire parler, » dit-elle avec confiance.

Il rit. « J'ai hâte de voir ça.

— Alors, où allons-nous ?

— Il te faudra attendre voir. Il glissa un bras autour d'elle, la rapprocha de lui, et l'embrassa.

— J'avais besoin de faire ça depuis l'instant où tu as ouvert la porte. Tu es éblouissante.

— Grace à mon acheteur secret. Elle étendit le bras pour caresser son visage. Je ne pensais pas pouvoir t'aimer davantage, mais ce que tu as fait pour Éric… Merci, Jack. »

Il l'embrassa à nouveau, cette fois-ci avec plus de passion, et au bout de quelques minutes ils mouraient tous deux de désir.

« Tu l'as déjà fait dans une limousine ? » demanda-t-il, en mordillant le haut de son cou.

Elle rit. « Non.

— Il nous faudra y remédier plus tard. Il l'embrassa encore. Hé, j'ai oublié tout à l'heure de te dire que Frannie et Jamie se sont fiancés la semaine dernière.

— C'est merveilleux ! Tu dois être ravi.

— Nous le sommes tous. Jamie m'a demandé d'être son témoin.

— Bah, bien sûr. C'est quand le grand jour ?

— Le réveillon du Jour de l'An.

— Cela me plaît — une nouvelle année et un nouveau début. »

Il posa un baiser sur sa main. « J'espère que tu y seras avec moi.

— Peut-être, » dit-elle avec tristesse, trouvant encore difficile à croire qu'ils puissent avoir un futur ensemble.

La limousine s'arrêta et Jack l'aida de la voiture sur un ponton. Un homme en uniforme attendait pour les accueillir à bord de l'Esméralda, un yacht classique de Trumpy de vingt-cinq mètres.

« Oh Jack, c'est superbe ! Elle se tourna vers lui pendant qu'un steward les escortait sur la passerelle. À qui est-ce ?

— Il appartient à un ancien client qui était heureux de nous le louer pour la soirée. »

Le steward les conduisit dans la grande salle à manger où une table pour deux avait été dressée. Dans un coin, un trio jouait de la musique d'ambiance.

Elle jeta un coup d'œil sur l'environnement extravagant, tandis que le steward leur dit que le bateau, construit en 1966 à Annapolis, Maryland, était considéré comme la Rolls Royce des bateaux à moteur américains.

Andi fit le tour de l'élégante salle à manger éclairée à la bougie. Lorsqu'elle se tourna vers Jack, il haussa les épaules, comme si cela n'était rien d'organiser cette soirée de conte de fées.

Ils dînèrent de plats exquis, l'un après l'autre. Les musiciens gardèrent un tempo lent pendant qu'ils mangèrent la délicieuse nourriture et apprécièrent le vin exceptionnel. Après avoir mangé à deux un soufflé au chocolat pour le dessert, Jack lui tendit la main.

Il l'escorta vers une petite piste de danse sur le devant de la pièce et la blottit contre lui alors que les musiciens enchaînèrent un air différent. L'un d'eux s'avança près du micro pour chanter « The Way You Look Tonight. »

« Jack ! Elle poussa un petit cri en entendant cette chanson familière.

— Je voulais être sûr que tu te souviendrais de toutes nos premières fois, » murmura-t-il, effleurant ses lèvres des siennes.

Le trio joua une chanson d'amour après l'autre pendant qu'ils dansèrent serrés l'un contre l'autre. Au bout d'un moment elle leva la tête pour étudier son beau visage.

« Qu'y-a-t-il ?

— J'admire la vue, c'est tout. »

Il sourit. « Heureuse ?

— Oui, oui. Elle reposa sa tête contre son torse. Le cœur de Jack battait contre sa joue tandis qu'elle jouait avec une boucle de ses cheveux sur son col.

— Allons prendre l'air, » dit-il, quittant la piste avec elle et remerciant les musiciens d'un signe de la main.

Jack laissa tomber la veste de son smoking de ses épaules et se pencha par-dessus la rambarde pour regarder en bas l'eau s'écarter de la coque, alors que l'élégant yacht se frayait un chemin à travers le vaste lac.

« Je ne peux pas croire que tu aies fait cela, Jack. J'en suis bouleversée. » Elle le prit dans ses bras et comprit qu'elle l'avait surpris quand elle lui donna un profond baiser pénétrant.

Les mains de Jack bougeaient avec une lenteur excitante sur le dos d'Andi, sous la veste qu'il avait mise autour de ses épaules. Sa peau frémit à son toucher.

Le baiser dura une éternité, du moins c'est ce qu'il lui sembla, avant qu'il recule pour embrasser ses joues, son front et le bout de son nez. « Je t'ai dans la peau, dit-il, sa voix rauque lorsqu'il l'embrassa encore. J'ai tellement besoin de toi, Andi. Dis-moi que tu nous donneras une chance.

— Je le voudrais tant. Plus que tout.

— Mais ?

— J'ai tellement peur de souffrir à nouveau. Cela m'a presque tuée la dernière fois. Je ne sais pas si je pourrais y survivre encore — pas quand c'est tellement plus fort cette fois-ci. »

Jack posa son front contre le sien. « Autant je voudrais pouvoir t'offrir des garanties, autant je n'en ai pas moi-même. Tout ce que je peux faire, c'est te dire encore combien je t'aime et combien je veux être avec toi — si tu veux de moi. C'est tout ce que j'ai pour l'instant. »

Elle approcha sa main pour lui caresser le visage. « C'est bien plus que j'aie jamais eu. »

Il prit sa main et déposa un baiser sur sa paume.

Un tremblement secoua Andi. Elle n'avait jamais rien désiré plus qu'elle le désirait.

« Il y a une cabine très confortable en bas qui est à nous pour la soirée. » Inclinant sa tête pour l'y inviter, il lui tendit la main.

Consciente qu'elle acceptait bien plus que quelques heures dans une cabine de luxe, Andi le regarda dans les yeux et scella son destin en enroulant ses doigts autour des siens.

Il la conduisit en bas d'un petit escalier et à travers un couloir étroit. Dès qu'il eut fermé la porte de la cabine derrière lui, il la blottit contre lui.

Leur baiser devint rapidement urgent.

Elle débarrassa ses épaules de la veste de smoking, qui tomba sur le plancher. Prenant son col, elle enleva le nœud papillon et s'appliqua à défaire les boutons d'onyx qui attachaient sa chemise.

Il fit glisser la fermeture Eclair de sa robe qui voltigea et forma un nuage à ses pieds. « *Oh mon Dieu,* » murmura-t-il, ébahi devant le corset de dentelle ivoire qui amplifiait sa poitrine ferme au point de déborder.

Se débarrassant de la chemise de Jack, Andi posa la main sur sa hanche et écrasa ses lèvres contre son torse. Passant sa langue sur son téton, elle fut ravie par le profond gémissement qui retentit en lui. Il la surprit lorsqu'il prit ses fesses dans ses mains, la souleva en l'air, et dévora sa bouche.

Andi l'enveloppa de ses bras et de ses jambes et poussa son intimité tout contre son érection.

Leurs langues se mêlèrent frénétiquement.

« Andi, dit-il, haletant. J'ai tellement envie de toi.

— Je suis à toi, Jack. Prends-moi. »

Il la posa sur le lit et batailla avec le corset. « Comment est-ce que je te libère de cette sacrée chose ? »

Riant de sa maladresse, elle roula sur son ventre, exposant le fermoir dans son dos. Il la dégrafa, ses lèvres révérant chaque centimètre de peau douce au fur et à mesure qu'il le découvrait. Elle allait se retourner, lorsqu'il la retint. « Attends. »

Son cœur battit de désir et d'anticipation lorsqu'il déboutonna son pantalon et le laissa tomber au plancher.

Il retira la pince de ses cheveux et les tira pour libérer ses boucles. Il en porta une poignée a son visage, et prit une longue et profonde inspiration. « Tu sens le paradis, Andi. » Il plaça ses cheveux de côté pour pouvoir laisser de chauds baisers mouillés sur son cou.

Sous lui, Andi se tortillait d'impatience.

« Détends-toi chérie, murmura-t-il. Nous avons toute la nuit.

— Je te veux Jack. Tu m'as tellement manqué. »

Il embrassa ses joues, son cou, ses épaules, le milieu de son dos. « Tu m'as manqué aussi. Vraiment beaucoup. » Il glissa ses mains sur ses fesses, et l'air resta coincé dans la gorge d'Andi. La soulevant pour la mettre à quatre pattes, il vint derrière elle.

Il la tint ouverte de ses doigts, la torturant de sa langue jusqu'à ce que les jambes d'Andi se mettent à trembler et son cœur à palpiter.

Au bord du précipice, il la pénétra, l'envoyant au septième ciel.

Tenant ses hanches immobiles avec un mouvement de va-et-vient en elle, il surmonta son orgasme vague après vague. « Est-ce que tu aimes comme ça ? » demanda-t-il, l'air essoufflé.

Désorientée et incapable de formuler la moindre pensée cohérente, elle dit, « Mmm. »

Augmentant la cadence, il la fit venir encore plus fort, puis sa propre jouissance lui fit pousser un cri.

Sans jamais séparer leurs corps, ils tombèrent l'un sur l'autre sur le lit. Pendant un long moment ils restèrent silencieux, s'efforçant de reprendre leur respiration.

« Jack ? »

Sa joue pressée contre son dos, il marmonna, « Hm ?

— Qu'est-ce qui t'a décidé à faire ça ? À venir ici ? »

Il se détacha d'elle et s'allongea. « Tu vas rire si je te le dis. »

Elle se retourna afin de le voir dans la lumière diffuse. « Maintenant tu es obligé de me le dire.

— Eh bien, tout d'abord, ma mère m'a botté le derrière sans trop de délicatesse me disant que j'avais été un idiot de te laisser partir, admit-il avec un sourire timide.

— Rappelle-moi de la remercier un de ces jours.

— Et tu m'as tellement manqué après ton départ. Je ne veux jamais plus ressentir ça.

— Tu m'as tant manqué que j'en ai été malade.

— Pourquoi suis-je secrètement content d'entendre ça ? demanda-t-il en souriant.

— Oh ! Alors tu m'as fait boire et manger et tu t'es débrouillé pour que je me retrouve dans ton lit. Quel est ton prochain coup, Roméo ? » Elle plia son coude et posa sa tête sur son poing.

Glissant un doigt entre ses seins, il dit, « Je ne dévoilerai pas mon plan, à part pour dire qu'il a l'air de bien marcher jusqu'à présent. » Il se baissa lorsqu'elle fit mine de le frapper.

Elle se mit sur lui et le plaqua au lit. « Je veux des réponses, monsieur. Dis-moi comment tu connaissais ma taille de robe et de chaussures. »

Il les fit basculer afin de se retrouver sur elle. « Je répondrais à trois questions et pas une de plus.

— Comment connaissais-tu ma taille de robe et ma pointure ?

— Cela fait deux. »

Elle leva les yeux au ciel. « Si tu veux ! Comment savais-tu quelle pointure je faisais ? » Quand il couvrit de baisers son cou et son oreille, elle le repoussa. « Arrête d'essayer de changer de sujet.

— D'accord, concierge, va, si tu veux tout savoir, Quinn a appelée Jen.

— Jen était dans le coup et ne m'a rien dit ? Je vais la tuer !

— Elle ne savait pas pourquoi je voulais savoir.

— Mais elle savait que tu venais ?

— Est-ce là ta deuxième question ?

— *Jaaaaaack !* »

Il rit. « Oui, elle savait que j'allais venir, mais Quinn lui a fait promettre de garder le secret.

— Je vais la tuer quand même. »

Il embrassa le bout de son nez. « Non, tu ne vas pas la tuer. C'était amusant de te surprendre et puis tu as passé du bon temps.

— C'est vrai, mais il me reste une question, lui rappela-t-elle alors qu'il tentait de l'embrasser plus sérieusement.

— Laquelle ? » demanda-t-il, ses lèvres contre les siennes.

Les mains sur ses épaules, elle le tint à distance parce que celle-ci de question comptait. « Qu'est-ce qui se passe maintenant ?

— J'ai quelques idées, mais nous n'avons pas besoin d'en parler tout de suite, non ? » demanda-t-il en caressant ses seins et en faisant glisser ses pouces sur ses tétons.

Elle frissonna de plaisir. « Je suppose que ça peut attendre. »

CHAPITRE 12

*A*ndi s'arracha à contrecœur à un sommeil profond pour rentrer chez elle au beau milieu de la nuit, car elle savait que sa mère n'approuverait pas qu'elle découche. *J'ai trente-sept ans et je me soucie toujours de l'opinion de ma mère,* pensa-t-elle dans l'ascenseur qui les montait à son appartement au dernier étage. Andi n'avait pas mentionné à Jack la désapprobation de sa mère et n'avait pas l'intention de le faire.

Elle l'étreignit devant la porte d'entrée. « Merci pour la soirée la plus merveilleuse.

— Tout le plaisir était pour moi, vraiment. Je te verrai au bureau plus tard dans la matinée, après ma réunion avec David. Est-ce que tu pourras partir vers midi pour le match ? »

Elle étouffa un bâillement. « Mm, mais je vais probablement m'endormir au troisième inning.

— Va te reposer. Je te vois dans quelques heures, » dit-il avec un dernier baiser.

Jack laissa la voiture partir avant de marcher la courte distance jusqu'à l'hôtel. Bien qu'il fit encore sombre le ciel était strié par les premières traces du lever du soleil. Après la soirée avec Andi, il était plus que jamais convaincu qu'ils avaient un futur ensemble s'ils arrivaient à trouver comment le réaliser.

De retour à l'hôtel, il réussit à dormir quelques heures avant sa réunion avec David Johnson.

En l'attendant dans la salle de conférence, Jack s'étira après une nuit presque blanche.

Un élan d'énergie se fit sentir lorsque David entra dans la pièce.

Jack se leva pour serrer la main du jeune homme aux traits juvéniles et aux cheveux roux qui présidait sur Infinity.

« C'est un grand plaisir de vous rencontrer finalement, Jack.

— De même, dit Jack, en évitant le regard scrutateur d'un des meilleurs amis d'Andi. Je suis désolé de ne pas avoir pu venir ici plus tôt pour vous rencontrer.

— Nous avons pris plaisir à travailler avec votre équipe. Ils ont fait un travail admirable pour saisir exactement ce que nous cherchions dans la propriété de Newport.

— Je suis heureux que vous en soyez satisfait.

— Je ne sais pas si Jamie vous a dit qu'il fut un temps j'avais moi-même l'ambition de devenir architecte, mais quand l'affaire de famille a eu besoin de moi… David haussa les épaules et sourit.

— Ah, cela explique pourquoi le PDG est impliqué dans les plans des immeubles.

— J'ai supervisé tous les dessins des propriétés que nous avons construites depuis que je suis aux commandes. C'est ma façon d'avoir le beurre et l'argent du beurre, si je puis dire.

— Peut-être pourrions-nous vous faire travailler sur certains de nos projets ?

— Ne me tentez pas, » dit David pouffant de rire tandis qu'ils déroulaient les derniers plans pour l'hôtel.

Jack montra les dernières mises à jour, dont la plupart avaient été faites pour apaiser le Conseil des Ressources Marines. « Nous devrions être bons maintenant avec les conditions côtières requises, mais nous le saurons pour sûr la semaine prochaine. Si tout se passe comme prévu et si la météo est avec nous, nous devrions pouvoir respecter l'agenda et ouvrir en décembre l'année prochaine.

— Très bien. Je voulais ouvrir en hiver afin de remédier aux petits défauts, s'il y en avaient, avant la haute saison. J'aime particulièrement la nouvelle terrasse sur le côté sud. J'ai hâte de la voir terminée. David roula les plans. Andi et son équipe ont été très impressionnés par Newport. »

Jack s'assit face à lui. « Ce fut un plaisir de les avoir. »

David se pencha en avant pour reposer ses bras sur la table. « Jack, puis-je être franc ?

— Bien sûr.

— Je sais que vous n'êtes pas venu à Chicago pour me montrer ces plans.

— J'avoue. Je suis coupable.

— Andi n'a pas dit grand-chose sur ce qui se passe, mais j'ai entendu quelques rumeurs. Laissez-moi juste dire ceci : Andi et Éric me sont très chers. Ils font partie de la famille. Il signa le mot famille pour bien montrer qu'il passait beaucoup de temps avec le garçon.

— J'apprécie votre préoccupation et je suis conscient de ce qu'elle a vécu. J'espère que cela vous apaisera de savoir que je l'aime.

— En effet. Elle mérite un peu de bonheur. Ce connard à qui elle était mariée a laissé de sérieux dégâts derrière lui. Je ne veux pas la voir blessée comme ça à nouveau.

— Je ne lui ferai jamais du mal intentionnellement, David. Je peux vous promettre ça.

— Je suppose qu'il faudra que cela me suffise. »

Jen était momentanément absente lorsque Jack arriva au bureau d'Andi. Par la porte ouverte, il vit Andi travaillant à son bureau, en grande concentration, noyée dans des échantillons de tissus. Il la regarda étouffer un bâillement puis s'éclaircit la voix afin de lui faire savoir qu'il était là.

« Coucou, dit-elle, l'accueillant d'un sourire chaleureux.

— Est-ce que je te dérange ?

— S'il te plaît viens me déranger. Elle se leva pour fermer la porte. Comment fais-tu pour avoir l'air si frais sans dormir ? Je suis une épave. »

Il s'assît et la fit venir sur ses genoux. « Si c'est à cela que tu ressembles quand tu es une épave, j'ai hâte de vraiment te fatiguer. »

Aujourd'hui elle avait mis un pantalon noir à la mode avec un chemisier en soie fuchsia. Elle portait ses cheveux libres comme il les aimait. Quand il glissa son bras autour d'elle, elle posa sa tête sur son épaule.

« J'avais hâte de te voir ce matin, lui murmura-t-elle à l'oreille.

— Moi aussi. Il embrassa son front. Je viens d'avoir une conversation intéressante avec ton ami David. »

Elle leva la tête pour le regarder. « Intéressante comment ?

— Il m'a plus ou moins demandé quelles étaient mes intentions.»

Avec un gémissement elle dit, « Je suis désolée. Il est tellement protecteur. Nous étions à l'université ensemble, et lui et sa femme Lauren ont été si bons envers moi après qu'Alec est parti.

— Je suis heureux que tu aies quelqu'un comme lui pour veiller sur toi. Je l'aime bien.

— Je pensais que ce serait le cas. Vous avez beaucoup en commun. Elle fit une pause, baissa les yeux et ajouta, Et quelles sont tes intentions ? »

Il leva son menton pour la forcer à le regarder. « Je vais te dire la même chose qu'à lui. Je t'aime et je ne te ferai jamais intentionnellement du mal.

— Quand nous verrons-nous ?

— Les weekends, les fêtes, quand nous le pourrons. Pour l'instant.

— Pour l'instant ?

— Procédons une semaine à la fois et voyons ce qu'il en est, d'accord ?

— Je suppose que ça ira. Pour l'instant. Elle pressa ses lèvres contre les siennes. Quand dois-tu partir?

— Demain après-midi.

— Déjà?

— Je voudrais rester plus longtemps, mais Jill joue dans un grand tournoi de lacrosse cette semaine et il faut que j'y sois. J'en ai trop ratés l'an passé. »

Elle se leva et alla à son bureau pour vérifier son calendrier. « Et le weekend suivant ? »

Ils négocièrent quelque temps et se mirent d'accord sur la journée commémorative de Christophe Colombe — le weekend du mariage de Quinn.

« Et si toi et Éric vous vous joigniez à nous ?

— Tu es sûr que cela ne la dérangerait pas ?

— Sûr et certain.

— Et les filles ?

— Je leur parlerai avant que tu viennes. Ne t'inquiète pas. Nous prendrons le bateau puisque j'ai donné la maison de Block Island à Quinn pour le mariage.

— Tu es quelqu'un de bien, Jack Harrington. Andi se rassit sur ses genoux. Mais maintenant que tu es venu et que tu m'as conquise, comment suis-je supposée vivre sans toi pendant presque un mois ?

— Je me demandais exactement la même chose. Il regarda sa montre et réalisa qu'il était midi cinq. Il faut que nous partions bientôt pour retrouver un jeune garçon pour un match de baseball. »

Elle se leva, arrangea son bureau, et éteignit son ordinateur.

Il lui prit sa sacoche et mit son bras autour d'elle. « Il y a un problème dans ma suite que je voudrais porter à ton attention, dit-il sur un ton sérieux. C'est quelque chose dont le décorateur en chef devrait sûrement s'occuper personnellement. »

Elle rit. « Tu ne manques pas d'air.

— Je n'ai aucune idée de ce dont tu parles. » Il la tint serrée contre lui pendant la montée de l'ascenseur vers sa suite au quinzième étage. « Tu l'as déjà fait dans un ascenseur ?

— Mais *quelle honte* ! »

L'aguichant d'un sourire plein de sous-entendus, il défit sa cravate et déboutonna son col de chemise.

Les portes de l'ascenseur s'ouvrirent et il l'amena dans sa suite où ils passèrent une heure à vérifier « le problème » avant le match.

Après le match et le dîner, ils prirent l'ascenseur pour l'appartement d'Andi. Éric dormait sur l'épaule de Jack, agrippant un nouveau fanion des Cubs dans une main, son gant de baseball dans l'autre. Jack aida Andi à déshabiller le garçon et à le mettre au lit.

« Ouf, dit-elle sortant de la chambre d'Éric sur la pointe des pieds et laissant la porte entrouverte. Il a son compte. »

Jack bâilla et la suivit dans le salon. « Je sais comment il se sent.

— Il a vraiment passé un bon moment, Jack. Merci encore d'avoir acheté les billets.

— J'ai bien aimé quand il a grimpé sur mes genoux pendant le match. Il est adorable.

— Oui, j'ai décidé de le garder. »

Jack s'étira sur le canapé et l'invita à se joindre à lui. « Es-tu encore perturbée à propos de ta mère ? Elle avait l'air vraiment fâchée. »

Andi se blottit contre lui. « Je suis déçue. Cela ne lui ressemble pas d'être aussi malpolie.

— Elle s'inquiète pour toi. Je peux comprendre ça.

— C'est marrant, vraiment, parce qu'elle aimait bien Alec, et regarde comment cela a fini.

— Elle ne veut pas te voir blessée à nouveau comme ça.

— C'est différent. Elle se tourna pour lui faire face. Très différent. »

Ses mains sur son visage, il l'embrassa doucement, une décharge d'excitation le parcourant comme cela se produisait chaque fois qu'il la touchait. Oui, c'était différent. Il le sentait, lui aussi. « Es-tu sûre que ta mère reste chez sa sœur ?

— Ouais. »

Il s'arracha au canapé, tendit une main pour aider Andi à se lever, et la porta dans ses bras.

« De quel côté est ta chambre ? »

Elle rit et pointa le chemin du doigt.

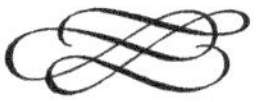

CHAPITRE 13

Quelques jours avant qu'Andi et Éric arrivassent pour le mariage de Quinn, Jack demanda aux filles s'il pouvait leur parler après le dîner.

« Qu'est-ce qu'il y a, Papa ? » Jill s'avachit à côté de lui sur le canapé. Elle ressemblait plus à une femme qu'à une jeune fille ces temps-ci, et il eut un pincement au cœur à l'idée qu'à la même époque l'année prochaine, elle serait à l'université. Il n'était pas prêt.

Pendant qu'il tentait de rassembler ses idées, Kate et Maggie atterrirent sur un autre canapé.

« Vous vous souvenez d'Andi, qui était ici cet été, de Chicago ?

— Bien sûr, dit Kate. Elle était gentille.

— Et tellement jolie, » ajouta Maggie.

Il sourit. « Oui, elle est gentille et jolie. Je l'ai invitée, elle et son fils, Éric, pour aller au mariage de Quinn avec nous.

— Est-ce que c'est une amie de Quinn ? demanda Jill. Elle faisait tourner ses longs cheveux foncés autour d'un doigt dont l'ongle était coloré d'un vernis rose éclatant.

— Pas exactement. Il avala sa salive. C'est plutôt une amie à moi. »

Les yeux de Kate s'agrandirent. « Comme une petite amie ? »

Il s'était promis d'être honnête avec elles. « Oui, comme une petite amie. Qu'en pensez-vous ? »

Il y eut un silence jusqu'à ce que Jill parle finalement. « Je ne t'avais pas imaginé avec une petite amie.

— Moi, non plus. Vous savez que je n'en cherchais pas une. »

Mordillant ses lèvres, Maggie parut inquiète. « Est-ce que tu vas te marier avec elle ?

— Non, mon chou. Je suis encore marié à Maman, et cela ne va pas changer. Je te le promets. Il la tira sur ses genoux et l'enlaça.

— Je veux que tu sois heureux Papa, dit Kate. Si Andi te rend heureux, je suis contente qu'elle soit ta petite amie.

— Merci, dit-il doucement. Elle lui rappelait tellement Clare que parfois il en avait le souffle coupé. Je vous ai dit que son fils Éric viendra aussi. Vous vous souvenez quand je suis allé à Chicago et que Miranda m'a appris quelques mots du langage des signes parce que j'allais rencontrer un garçon malentendant là-bas ? C'est le fils d'Andi. Il vous plaira à toutes. Il a cinq ans et il est *tellement* mignon.

— Plus mignon que moi ? » demanda Maggie en levant ses sourcils.

Il rit et la chatouilla. « Bien sûr que non. Personne n'est plus mignon que toi, Mags. »

Jill et Kate levèrent leurs yeux au ciel devant la comédie de Maggie, le bébé de la famille. Maggie et Kate embrassèrent leur père, lui souhaitant une bonne nuit, et montèrent dans leur chambre.

Il attrapa la main de Jill qui s'était attardée un peu plus longtemps. « Tu n'as pas de problème avec ça, ma grande ?

— Je voudrais que ce soit aussi simple que Kate l'a fait paraître, mais ça ne l'est pas, n'est-ce pas ?

— Non, ma chérie, ça ne l'est pas. Mais elle me rend heureux. C'est tout ce que je peux dire.

— Maman me manque toujours.

— Elle me manque aussi, et me manquera toujours. J'espère que tu me crois. »

Elle fit oui de la tête et l'embrassa avant de monter.

Il resta assis un long moment pensant à elles et espérant qu'il faisait le bon choix en apportant deux nouvelles personnes dans leur vie.

Jack était à l'endroit où il s'était trouvé la première fois qu'il avait rencontré Andi l'été d'avant, à regarder le flot de passagers du vol de Chicago, mais il ne vit ni elle, ni Éric parmi eux. Il commençait à s'inquiéter et à se demander s'ils n'avaient pas raté leur vol lorsqu'il vit Éric surgir au détour d'un couloir, traînant Andi derrière lui.

Jack ouvrit ses bras, et Éric courut à lui. Il le lança en l'air et le fit tournoyer. Quand Andi les rattrapa, il la tira à lui de son bras disponible et tous les trois s'étreignirent pendant un long moment.

« C'est vendredi, » murmura Andi à son oreille.

Jack se pencha pour l'embrasser et dut se rappeler de montrer un peu de retenue devant Éric.

« Dieu Merci. Allez, on y va. »

Ils arrivèrent à Newport alors que les filles s'installaient dans le bateau pour le tour vers Block Island. Puisqu'il ne leur restait que trois heures de lumière du jour, ils se dépêchèrent de partir.

Les filles montrèrent à Éric où mettre ses affaires et où il dormirait. Miranda, une amie de Kate leur avait appris quelques signes rudimentaires et elles se comportaient comme trois mères poules avec le petit garçon.

Jack garda un bras autour d'Andi pendant qu'ils regardèrent les enfants. « Elles vont le gâter, dit-il.

— Il aime l'attention. J'ai du mal à croire qu'elles aient appris quelques signes pour lui. C'est tellement gentil.

— Elles voulaient être capables de communiquer avec lui et se sont dit qu'en apprenant deux ou trois choses elles pourraient y arriver ensemble. Si elles se heurtent à un problème, elles savent que tu es là.

— Elles ont l'air de bien se débrouiller avec lui jusqu'à présent. »

Jack jeta les yeux sur elle, brûlant du besoin de l'embrasser et de la toucher. Il s'efforça de contrôler son désir par respect pour leurs enfants.

« Arrête de me regarder comme ça, murmura-t-elle. C'est un weekend purement familial.

— Quoi ? Jamais de la vie. »

Elle lui donna un léger coup de coude. « Bien sûr que si.

— On va voir ça… Il jeta un coup d'œil dans la cabine et remarqua Jill qui les regardait, une expression neutre sur le visage. Réalisant à quel point cela devait être bizarre pour elle de voir son père avec une autre femme, il s'écarta d'Andi.

— Cela va prendre un peu de temps, murmura la jeune femme.

— Je le sais. »

Frannie et Jamie arrivèrent et accueillirent Andi avec des embrassades.

« Nous sommes tellement contents que tu aies pu venir ce weekend, dit Frannie.

— J'ai cru entendre que des félicitations étaient de rigueur pour vous deux, » dit Andi.

Jamie passa un bras autour de Frannie alors qu'elle montrait sa bague de fiançailles à Andi.

« Elle est splendide Frannie. Je suis vraiment heureuse pour vous.

— Si ces dames ont terminé avec leurs échanges féminins, nous devrions y aller, dit Jack sèchement.

— Tais-toi donc, » dit Andi.

Jack leva les yeux au ciel pendant que les femmes continuèrent d'admirer la bague de Frannie. Frannie parla à Andi des projets du mariage tandis que Jack et Jamie éloignèrent le bateau du ponton et préparèrent les voiles. Jack fit signe à Éric de venir vers lui afin qu'il lui mette un gilet de sauvetage et en tendit un autre à Maggie.

Le vent fort qui soufflait de l'ouest leur permit une traversée rapide et facile vers l'île. Jamie était à la barre lorsqu'ils arrivèrent à New Harbour, sur la côte nord de l'île. Après avoir amarré le bateau et rendu visite à leurs amis à Payne's Dock, ils s'entassèrent dans le vieux break que Jack gardait sur l'île pour les conduire à Haven Hill. Les filles apportèrent leurs sacs pour rester dans la maison avec Quinn, qui les avait invitées à rester avec le cortège de la mariée le jour suivant.

Andi laissa échapper une exclamation en voyant Haven Hill pour la première fois. Le vieux « cottage » de vingt pièces avec sa terrasse couverte qui s'étendait sur toute la façade se tenait droit sur la colline, ses bardeaux de bois éprouvés par plus d'un demi-siècle à affronter les éléments sur la face sud de l'île.

Le groupe bruyant débola de la voiture surchargée et se précipita à l'intérieur. Éric était sur les talons de Maggie alors qu'Andi prit du recul afin d'avoir une meilleure vue de la maison où des travailleurs s'empressaient de faire les dernières préparatifs pour le mariage.

« C'est tellement beau, Jack. J'ai hâte de voir l'intérieur. »

Les enfants rentrés, il glissa un bras autour d'elle. « J'aime être ici. Cette maison m'a donné l'envie de devenir architecte. Elle a inspirée chaque maison que j'ai dessinée.

— Je vois pourquoi. Ils marchèrent le long de l'allée pour qu'Andi puisse avoir une meilleure vue du belvédère qui faisait face à l'océan Atlantique. C'est incroyable. Comment ça se fait qu'elle soit dans ta famille ?

— Mon grand-père l'a achetée juste après la deuxième guerre mondiale pour deux cent mille, tu peux y croire ? Le type qui l'a construite est mort dès que les travaux étaient finis et ses héritiers avaient besoin de la vendre. Quand mon grand-père est mort, il l'a laissée à ma mère. Nous passions les étés ici en grandissant, et Clare y amenait toujours les filles, aussi. »

Il la conduisit à l'intérieur et elle admira les meubles confortables bien qu'élégants qui lui donnaient l'atmosphère d'une maison de plage, mais avec des touches classiques comme la vieille horloge à balancier qui se tenait dans le hall d'entrée près du grand escalier.

« J'aime beaucoup, dit-elle lorsqu'il l'amena sur la grande terrasse couverte de derrière, agencée avec de confortables meubles en osier et un hamac, qui surplombait l'océan. Je peux imaginer me poser un été entier sur cette terrasse. Ils regardèrent les enfants, en bas de l'escalier, disparaître vers la plage. Montre-moi le reste. »

Il la fit passer par la grande pièce ouverte en bas qui allait être utilisée pour le mariage de Quinn.

« Je veux te montrer en haut. Jack la dirigea vers le premier étage.

— Laquelle est la tienne ? » demanda-t-elle avec un sourire timide après qu'il lui ait montré plusieurs pièces.

Il sourit et l'amena dans une des deux suites parentales de la maison, où il la pressa contre le mur afin de l'embrasser comme il en avait envie depuis des heures. Dix minutes passionnées plus tard, il gémit de frustration en se détachant d'elle pour regarder sa montre. « Le ferry sera bientôt là. Je dois envoyer Jill prendre Quinn et sa famille. Il posa son front contre celui d'Andi comme pour se ressaisir. Nous continuerons cette conversation plus tard.

— J'ai hâte. »

Après avoir dîné avec Quinn, son fiancé et leurs parents, Jack, Andi, Éric, Frannie et Jamie retournèrent au bateau. Éric était frigorifié le temps qu'ils arrivent à la marina.

« Cela devient une habitude, dit Jack en portant l'enfant qui dormait au bateau.

— Une à laquelle je pourrais m'habituer.

— Ah, oui ? » dit-il fronçant un sourci alors qu'ils embarquaient. Frannie et Jamie étaient allés au bar de la marina prendre un dernier verre.

Après avoir bordé Éric dans sa couchette, Jack ouvrit une bouteille de vin, et ils l'amenèrent sur le pont avec une grosse couverture.

« Regarde les étoiles ! » dit Andi.

Le ciel nocturne au-dessus du Great Salt Pond grouillait d'astres dans l'obscurité totale. L'étang salé, qui l'été était rempli de bateaux, s'était vidé hormis quelques fanatiques. Après le long weekend, l'île fermerait complètement jusqu'au printemps.

« C'est le meilleur endroit au monde pour admirer les étoiles, dit Jack

— Je comprends pourquoi tu aimes être ici.

— C'est ici que j'ai rencontré Clare. Il lui fit le récit de leur rencontre l'été d'après l'obtention de son diplôme d'Harvard.

— C'est vrai, tu as fait Harvard, dit-elle d'un ton moqueur.

— Ah non, ne commence pas avec ça. Clare n'a jamais pu s'arrêter de me faire marcher avec ça. J'y ai fait mes études supérieures avec Jamie après Berkeley. Où es-tu allée ?

— Parsons. Je vivais dans un appartement de l'autre côté du couloir de David pendant qu'il était à NYU. C'est comme ça que nous nous sommes rencontrés. Son père a fondé Infinity. David y a travaillé tout de suite après l'école et m'a embauchée.

Il y a trois ans, son père a pris sa retraite et David est devenu le PDG.

— C'est marrant que ta carrière ait finalement été décidée par l'appartement que tu louais à New York. La mienne a évolué autour de l'ami que j'ai rencontré le premier jour à Berkeley.

— Et le résultat est plus que satisfaisant. »

Il avait vu son bureau et son appartement et savait que cela avait très, très bien marché pour elle.

La tenant près de lui, il tira la couverture sur eux. « Tu m'as tellement manqué, murmura-t-il dans son oreille. Un mois séparés est bien trop long. »

Elle posa sa tête sur son épaule. « J'ai bien peur qu'il se passe six semaines avant que j'aie un autre weekend de libre. C'est la folie au travail. Je dois aller en déplacement à Juneau pendant au moins une semaine au début du mois prochain alors cela pourrait être Thanksgiving avant que j'aie le temps de partir à nouveau.

— Je devrais pouvoir venir passer un weekend avant cela. Penses-tu pouvoir venir ici pour Thanksgiving ?

— Cela me ferait de la peine de laisser ma mère, mais de toute façon, elle passe plus de temps chez sa sœur. Je pense que nous pourrions venir.

— Je suis désolé que ce soit si compliqué, ma chérie. »

Elle leva la tête pour l'embrasser. « Moi aussi.

— Je peux te demander quelque chose ? »

Elle se retourna afin d'étudier son visage dans l'obscurité. La douce lumière de la cabine diffusait une faible lueur sur eux. « Bien sûr.

— Est-ce que tu considérerais déménager ici pour vivre avec moi ? Avec nous ? »

Ses yeux s'agrandirent. « Sérieusement ?

— Très sérieusement.

— Je ne sais pas, Jack, dit-elle, sa voix affectée par un balbutie-
ment. J'ai du mal à imaginer comment je pourrais… Il y a Éric et son
école, mon travail, ma mère…

— C'est compliqué. Je le sais. Et c'est terriblement injuste que tu
sois celle qui soit obligée de déménager. Je serais là-bas dans la
minute si je pouvais, mais je ne peux pas. Pas maintenant en tout
cas.

— Je sais.

— Nous ne nous connaissons pas depuis très longtemps, mais tout
ce qu'il y a entre nous est parfait. Je veux beaucoup plus que quelques
weekends occasionnels ensemble.

— Je veux plus que cela, moi aussi. Tu sais que je le veux. Mais je
ne peux pas m'imaginer laisser toute ma vie à Chicago.

— Je m'étais promis de ne pas t'en parler jusqu'après le mariage de
Frannie et Jamie. Je voulais nous donner davantage de temps pour
mieux nous connaître, mais ce dernier mois m'a montré que je n'en
avais pas besoin. Je sais que je te demande beaucoup et tout ce que j'ai
à offrir en retour est mon amour pour toi et pour Éric.

— Ce qui n'est pas rien, dit-elle caressant son visage. Autant je
veux ce que tu offres, autant c'est un pas énorme pour moi. Je ne sais
pas si j'en suis capable après ce qui s'est passé avec Alec. »

Une poussée de colère le prit au dépourvu. « Tu ne vas pas me
comparer à lui, *quand même*.

— Non, mon amour, jamais. Ses mains sur le visage de Jack, elle
porta ses lèvres aux siennes. Je ne sais pas si j'ai encore confiance en
moi. Tu m'as fait une offre charmante et je ne la prends pas à la légère.
Je sais ce que tu as subi, ce que ta famille a subi, c'est pourquoi je
comprends que c'est important pour toi, aussi. Puis-je avoir un peu de
temps pour y réfléchir ?

— Je suppose que ce n'est pas trop demander, dit-il.

— Et peut-on mettre cela de côté, afin de ne pas gâcher ce
merveilleux weekend ensemble ?

— Ce n'est pas trop demander non plus. Il se pencha pour l'embrasser. On en reparle après le mariage de Frannie et de Jamie. Cela nous donne plus de deux mois, d'accord ?

— D'accord. »

Il l'enlaça. « Je t'aime, Andi. Je t'aime tellement.

— Je le sais.

— Mon univers avait été mis sens dessus dessous, jusqu'à ce que tu viennes remettre tout en ordre.

— Jack, dit-elle en soupirant. Je t'aime aussi. Si je n'avais que moi-même à considérer, je déménagerais aujourd'hui. Tout de suite. »

Il lui leva le menton pour l'embrasser à nouveau. « Je ferai de mon mieux pour ne pas te mettre la pression. »

Andi rit. « Et tu es connu pour ta patience ?

— Je fais des efforts là-dessus. »

Frannie et Jamie montèrent à bord du bateau, la mine un peu sombre.

« Qu'est-ce qui ne va pas ? demanda Jack.

— La tempête tropicale dont ils parlaient a viré au large des Carolines et a pris la direction plein nord, dit Jamie.

— La nouvelle trajectoire met Block Island en plein sur son passage, ajouta Frannie.

— Merde, dit Jack, en pensant à Quinn et au mariage. Quand sera-t-elle ici ?

— Lundi soir. »

Le dimanche le mariage se passa bien malgré les travaux frénétiques qui se déroulaient sur l'île en préparation de l'impact direct d'une grosse tempête tropicale. Jack et les siens firent ce qu'ils purent pour aider afin qu'Haven Hill soit colmatée avant leur retour en voilier pour Newport tôt le lundi, avant la tempête.

À la maison, Maggie, qui s'était occupée de tous les besoins d'Éric pendant le weekend, insista pour qu'il dorme dans sa chambre et tira le lit gigogne de dessous le sien, pour lui. Jack se demanda comment elle allait arriver à le laisser rentrer à Chicago. Après avoir mis les deux petits au lit, il passa un coup de fil pour s'enquérir de Clare et des infirmières, qui reportèrent s'être calfeutrées pour traverser la tempête.

Alors que le vent hurlait dehors, Jack passa la plupart de la nuit à faire l'amour avec Andi dans la chambre d'amis. Rongé par la culpabilité d'être avec une autre femme dans la maison de Clare, il quitta la chambre d'Andi avant l'aube. Si elle acceptait de venir vivre avec eux, il y aurait des ajustements pour tout le monde — y compris pour lui. Il espérait que les journées qu'ils avaient en plus à cause de la tempête la convaincraient qu'ils pouvaient y arriver.

L'ouragan qui avançait lentement continua une bonne partie du mardi, et une fois la tempête finalement passée, Jack fut soulagé d'entendre que Clare allait bien et qu'il n'y avait pratiquement aucun dommage à sa propriété.

Avec l'électricité coupée sur l'île d'Aquidneck, Jamie et Frannie vinrent passer la soirée avec eux. Frannie vivait maintenant pratiquement avec Jamie, mais elle continuait d'aider Jack avec les filles.

La cheminée jetait des lueurs orangées dans le salon alors qu'Éric et Maggie jouaient aux cartes.

Jill lisait à la lumière du feu et Kate jouait de la guitare. Cette dernière avait tendance à être la plus introvertie des trois filles, c'est pourquoi Jack avait été surpris et impressionné lorsqu'elle les avait dirigés pour chanter ensemble plus tôt dans la soirée. Il fut une fois de plus surpris d'à quel point elle s'était améliorée.

Alors que le feu se mourait, Frannie et Jamie s'assirent l'un près de l'autre sur un sofa, et Jack et Andi sur l'autre, et ils burent une deuxième bouteille de vin. Il avait un générateur pour le réfrigérateur mais il avait dit aux filles qu'elles pouvaient se passer de courant pour une nuit. Après avoir rouspété un peu, elles avaient finalement coopéré.

Andi s'étira et bâilla. « C'était la journée la plus relaxante que j'ai eue depuis des années. »

Jack lui sourit jusqu'aux oreilles, ravi d'avoir passé plus de temps que prévu ensemble. « As-tu réussi à joindre la compagnie aérienne ?

— J'ai essayé mais ils m'ont mise en attente indéfiniment. Je ne voulais pas utiliser la batterie de mon téléphone à attendre, alors j'ai raccroché.

— Ah, dommage, » dit Jack.

Frannie se mit à rire. « Tu sembles dévasté, Jack. »

Il glissa son bras autour d'Andi. « Ce n'est pas drôle, Fran. Andi est absente de son travail, et Éric n'est pas à l'école. C'est terrible pour eux d'être coincés ici avec nous. »

Jamie fit semblant de vomir, ce qui fit rire les autres.

Frannie et Jamie partirent peu après.

Jack et Andi pressèrent les enfants d'aller au lit, les guidant dans l'obscurité de la maison avec des lampes électriques et des bougies.

Après avoir bordé Maggie, Jack redescendit pour s'assurer que toutes les bougies étaient éteintes et trouva Andi qui regardait les dernières flammes du feu. « Hé, Je pensais que tu étais en haut. Il s'assit près d'elle sur le canapé et étendit le bras pour caresser ses cheveux. À quoi penses-tu ? »

Elle sourit. « À rien. À tout.

— Hmm, lequel est-ce?

— J'ai adoré la tempête. C'est dingue, non ? J'aurais dû avoir peur, mais c'était excitant. Et j'aime être ici avec toi et nos enfants. »

Il sourit. « Tu as dit *nos* enfants. »

Elle posa sa tête sur son torse. « Tu es sûr que tu n'as pas fabriqué cette tempête pour nous garder ici plus longtemps ? »

Riant, il passa ses doigts dans les boucles soyeuses d'Andi. « Ce n'était pas évident de la faire aller dans la bonne direction, mais j'y suis arrivé.

— Je commence à me rendre compte que d'habitude tu obtiens ce que tu veux.

— Oh, j'espère bien. Il lui prit la main pour la mener au lit. Je l'espère vraiment. »

L'ouragan avait perturbé les voyages tout le long de la côte est, et ils apprirent le mercredi qu'il allait se passer plusieurs jours avant que les compagnies aériennes reprennent leurs vols.

« Chanceuse ? demanda Jack lorsqu'Andi raccrocha le téléphone dans le bureau. Il avait fait semblant d'être occupé dans la cuisine pendant qu'il attendait d'entendre comment elle s'en était sortie.

— Le mieux qu'ils puissent faire c'est de me mettre en stand-by samedi après-midi, » dit-elle en le rejoignant dans la cuisine.

Il essaya de dissimuler un sourire.

« Oh, arrête ! Je vois bien que tu souris. »

Il la blottit contre lui et l'embrassa dans le cou. « Mais qui sourit ? »

Lorsqu'elle poussa un cri et essaya de sortir de son étreinte, il la souleva de terre.

« Je n'ai pas pris le vol de samedi.

— Non ?

— J'ai choisi le plus sûr, celui du dimanche soir. »

Il laissa échapper un youpi, la fit tournoyer et l'embrassa. « Est-ce que cela va te causer des problèmes au travail ? » demanda-t-il en la reposant au sol.

Elle leva un sourcil. « Ça te préoccupe vraiment? »

Il fit semblant d'y réfléchir. « Non, pas vraiment.

— C'est bien ce que je me disais. »

Une fois les filles parties à l'école le jeudi, Jack se rendit au bureau. Il voulait rester à la maison avec Andi et Éric mais il était obligé d'aller travailler. Avec Quinn en lune de miel, il savait que les choses seraient un peu chaotiques.

Jamie passa sa tête par sa porte aux environs de midi pour voir comment Jack allait.

« Pourquoi ai-je accepté de lui donner *trois semaines* de congés ?

— Parce que tu es une bonne pâte, dit Jamie en souriant. Je peux faire quelque chose pour aider ?

— Non, je m'en charge.

— Tu es allé sur le chantier de l'hôtel ce matin ?

— Ouais. La tempête ne nous a pas fait beaucoup de mal, alors on est toujours dans les temps. Les fondations devraient être finies dans le mois.

— C'est une bonne nouvelle. Comment vont les choses chez toi ?

— Super. C'est le bordel avec les compagnies aériennes, alors ils restent jusqu'à dimanche.

— C'est un plus.

— Cela ne m'a pas vraiment fendu le cœur. Jack se cala dans sa chaise et fit signe à Jamie d'entrer et de fermer la porte. Je lui ai demandé de déménager ici pour venir vivre avec nous. »

Jamie parut estomaqué. « Qu'est-ce qu'elle a dit ?

— Elle veut du temps pour y réfléchir, alors nous nous sommes mis d'accord pour n'en reparler qu'après ton mariage.

— Je vois pourquoi elle hésite. Pas toi ?

— Bien sûr que si. Mais je ne veux pas continuer indéfiniment à faire ce cirque à distance tous les mois ou deux mois. Je la veux avec moi, mais je ne veux pas la forcer à faire quelque chose que nous pourrions regretter tous les deux. Je m'inquiète aussi de la façon dont les filles vont le prendre. Je ne leur en ai pas parlé parce qu'elle n'a pas encore dit oui.

— Il faut te mettre à sa place. Elle a sa vie là-bas, une carrière, un fils auquel il lui faut penser.

— J'ai peur que cela soit trop à abandonner pour elle, que ce que nous avons ne soit pas suffisant pour remplacer tout ça. Énoncer sa plus grande crainte le remplit d'une inquiétude douloureuse.

— Je vous ai vu tous les deux ensemble — c'est une question de logistique, pas de sentiments.

— On verra bien.

— Tu as encore quatre jours pour lui montrer à quoi ressemble la tranquillité d'un foyer façon Harrington, dit Jamie le sourire aux lèvres.

— Crois-moi, j'en suis conscient. »

CHAPITRE 14

En regardant l'avion d'Andi décoller, Jack avait déjà envie qu'elle revienne de nouveau. Ils avaient passé un weekend tellement merveilleux ensemble. Il avait remarqué que les filles commençaient à apprécier la douce gentillesse d'Andi autant que lui. Un soir, il était arrivé à la maison pour la trouver attablée, aidant Maggie avec ses longues divisions. Quand Andi avait levé la tête pour le voir les regarder, son sourire lui avait été droit au cœur.

Cette fois-ci, dire au revoir à Andi avait aussi signifié dire au revoir au garçon qui lui devenait si cher.

Jack repensa à leur longue visite durant son trajet de l'aéroport et se souvint de tous les moments qui, mis bout-à-bout, l'amenèrent à une simple vérité : il l'aimait et avait besoin d'elle de plus en plus. Il ne pouvait qu'espérer qu'elle arriverait à la même conclusion.

Elle avait promis de venir dans le Rhode Island pour Thanksgiving, mais c'était dans cinq longues semaines.

En attendant ils étaient retournés à leurs coups de téléphone et aux vidéos sur internet que les filles leur avaient suggéré d'essayer.

Il arriva à la maison après l'aéroport et entra par la cuisine, où Jill se servait un verre d'eau.

« Est-ce qu'ils sont partis sans problème ? demanda-t-elle.

— Pile-poil à l'heure. Tu ne devrais pas être au lit ?

— J'y vais maintenant. J'avais des devoirs à finir. »

Il l'embrassa sur la joue. « À demain matin. »

Elle marcha vers l'escalier mais se retourna. « Papa ?

— Oui, mon chou ?

— Je l'aime bien. Je ne voulais pas, mais c'est comme ça.

— Je suis content. Merci de me le dire.

— Bonne nuit.

— Bonne nuit. »

Andi appela à minuit et demi pour lui dire qu'ils étaient arrivés à Chicago.

« La prochaine fois je ne te laisserai peut-être pas partir, dit-il.

— Ah, oui ?

— Tu le sais bien. »

Après une longue pause elle dit, « J'y réfléchis, Jack. »

Il n'avait pratiquement pensé à rien d'autre depuis des jours. « C'est bien.

— Je te parle demain.

— J'ai hâte. »

À la fin du premier jour de son retour au travail, Andi se dirigea vers le bureau de David. Sa secrétaire s'était absentée un instant, alors Andi jeta un coup d'œil pour voir s'il était occupé. « Toc, toc…

— Salut, entre. On dirait que ça te ferait du bien de prendre un verre. Au minibar qu'il gardait bien rempli, dans son bureau, il versa deux verres de vin et l'invita à le joindre sur les divans faisant face au lac Michigan. Bien sûr, tu sais que cela veut dire que j'en ai besoin d'un, moi aussi. »

En riant elle se laissa tomber, défit ses chaussures et posa ses pieds sur la table en verre tout comme elle le faisait lorsqu'il habitait de l'autre côté du couloir à New York.

« Rude journée ? demanda-t-il, lui passant un verre.

— J'ai payé le prix de ma semaine de congés improvisée la minute où j'ai franchi la porte ce matin. Comme d'habitude, tout part à la dérive quand je suis bloquée sans téléphone pendant quelques jours. Bill a fait un super boulot pour me remplacer, mais ça a été une journée un peu folle.

— On est juste contents que tu aies survécu à la tempête. Les images aux actualités étaient irréelles.

— Ça paraissait pire que cela ne l'était. Nous n'avons jamais été en danger.

— Bon, tu t'es bien amusée ?

— Comme une folle. Je recommande fortement d'être coincé pendant quelques jours en bonne compagnie, sans téléphone ni électricité. C'est bon pour le moral.

— Quand est-ce que tu vas le revoir ?

— À Thanksgiving et encore pendant les fêtes. Tiens-toi bien — sa sœur va épouser Jamie Booth la veille du Nouvel An.

— Ah bon ? Je croyais que c'était un dragueur.

— Je suppose qu'il l'était, mais lui et Frannie sont amis depuis des années — des décennies, en fait — et tout à coup tout s'est mis en place pour eux. C'est une belle histoire.

— Je veux bien le croire. Et toi, alors ? Tu t'es mise dans une situation compliquée. »

Elle posa son verre et le regarda. « Jack m'a demandé de déménager là-bas pour vivre avec lui.

— Qu'est-ce que tu vas faire ?

— Je ne sais pas. Comme tu dis, c'est compliqué. Il faudrait que je quitte Infinity, l'école d'Éric, ma mère… Elle haussa les épaules.

— Il y a sans doute beaucoup à considérer. Que dit ton cœur ?

— Pars là-bas, dit-elle si doucement que c'était presqu'un murmure.

— Et ta tête ?

— L'autre jour Jack a amené Éric au parc. Je les ai vus par la fenêtre lorsqu'ils rentraient. Éric était sur ses épaules. Leurs joues étaient rouges d'avoir joué dans le froid. Jack le faisait rebondir de tous les côtés, et Éric riait tellement fort. À cet instant précis, j'ai commencé à penser sérieusement à déménager.

— Alors quel est le problème ?

— Comme ça, tout à coup ?

— Pourquoi pas ? »

Elle le regarda avec méfiance. « Pourquoi rends-tu cela si facile pour moi ? Je pensais que tu te mettrais en colère et me dirais que je ne peux pas y aller.

— Est-ce ce que tu veux que je fasse ?

— Je veux que tu me dises que c'est la bonne décision.

— Personne ne peut te dire cela, mais je peux en rendre un aspect plus facile pour toi.

— Qu'est-ce que tu veux dire ?

— Tu n'aurais pas à quitter Infinity.

— Je ne comprends pas.

— Je crois que tu sais que nous construisons un hôtel dans la ville où tu veux aller. Je ne vois pas pourquoi tu ne pourrais pas le diriger pour nous. »

Andi en eut le souffle coupé. « Mais je ne suis pas directrice d'hôtel !

— Voyons, Andi. David se leva pour remplir son verre. Tu fais partie de notre direction depuis quinze ans. Tu connais chaque facette de notre entreprise. De plus, tu es l'une de mes plus proches collaboratrices et tu connais presque tout ce que je connais moi-même sur le management d'un hôtel. Il n'y a aucune raison pour laquelle tu ne pourrais pas prendre un poste différent dans l'entreprise. Cela dit, ne pense pas que je *veux* que tu partes. Il tourna son regard vers elle. Vous me manqueriez terriblement, toi et Éric. Vous nous manqueriez à nous tous. Mais si c'est ce que tu veux, et je crois que ça l'est, laisse-moi te rendre les choses plus faciles. »

Elle se rassit, étonnée par ce qu'il venait de dire. Diriger la propriété de Newport serait une énorme responsabilité et elle savait qu'il cherchait quelqu'un déjà dans l'entreprise pour prendre le poste.

« Je ne sais pas quoi dire.

— Ne dis rien pour l'instant. Il retourna au canapé. Penses-y pendant quelques semaines et habitue-toi à l'idée. Nous venons juste de commencer la construction, alors je ne suis pas pressé pour pourvoir le poste. J'aurais besoin de quelqu'un en place dans les six mois qui viennent pour diriger la mise en route et être en charge de l'embauche locale. Tu sais ce qu'il faut faire pour une ouverture. »

Elle acquiesça de la tête, essayant de tout digérer. « Tu es tellement gentil envers moi, dit-elle. Tout ce que j'ai, je te le dois.

— Non, Andi, tout ce que tu as, tu le dois à toi-même. Si je ne pensais pas que c'était une bonne décision commerciale, je n'en aurais pas fait mention. Newport est la plus grande propriété que nous avons construite sous ma direction. Je veux quelqu'un là-bas sur qui je puisse compter et si cela peut t'aider sur le plan personnel, c'est encore mieux. »

Elle glissa ses pieds dans ses chaussures et se leva. « Merci, » dit-elle, touchée par la confiance qu'il avait en elle.

Il se leva et la prit dans ses bras.

« Je te ferai savoir ce que je décide.

— Prends ton temps. »

Andi ne parla pas tout de suite à Jack de l'offre de David parce qu'elle voulait décider d'elle-même ce qui était le mieux pour elle et Éric. Jack verrait là un signe du destin, un argument qu'elle aurait du mal à défendre. Alors elle garda tout cela pour elle pendant quelques semaines et essaya de voir les différentes façons dont sa vie, et celle d'Éric, changeraient s'ils déménageaient. La seule chose dont elle était certaine était que durant les trois semaines depuis qu'elle avait vu Jack, son désir pour lui était devenu de plus en plus intense.

Un vendredi après-midi, elle quitta son travail de bonne heure après un coup de fil de sa mère pour lui dire qu'Éric était rentré à la maison avec un mal de ventre.

Quand Andi entra dans la chambre d'Éric, il dormait à poings fermés. Elle passa la main sur son front et découvrit qu'il avait de la fièvre.

Sa mère l'observa avec inquiétude.

« Nous devrions appeler le docteur, dit Andi.

— Je vais rester avec lui pendant que tu appelles, » dit Betty.

Après avoir discuté avec le médecin, Andi revint dans la chambre d'Éric. « Il veut que nous l'amenions. Il va nous retrouver aux urgences. » Elle essaya de cacher à sa mère ses mains qui s'étaient mises à trembler. Elles emmitouflèrent le petit qui dormait, le mirent dans un taxi et le conduisirent à l'hôpital. Éric se réveilla pendant le trajet, pleurant de douleur, les mains sur son ventre.

Andi échangea des regards inquiets avec sa mère.

Le docteur Porter, le pédiatre d'Éric, entra juste après leur arrivée. Il les conduisit dans une salle d'examination où il effectua quelques tests rapides. « Je pense que c'est une appendicite, dit le médecin. Je vais faire faire un examen de sang et une échographie pour en avoir la confirmation, mais je suis à peu près sûr qu'il aura besoin d'être opéré. »

Les mains d'Andi se remirent à trembler à l'idée qu'on opère son bébé.

« Essayez de ne pas être inquiète. Vous l'avez amené ici très rapidement et cela devrait être une intervention bénigne, » dit le docteur Porter. Il alla chercher une infirmière pour faire la prise de sang. Les douleurs d'Éric étaient si fortes qu'il ne réagit même pas au moment de la piqûre, mais Andi fut soulagée lorsque ce fut terminé. Son portable sonna et quand elle vit que c'était Jack, elle sortit dans le couloir pour prendre l'appel.

« Bonjour ma chérie, comment vas-tu ? demanda-t-il.

— Pas trop bien. Je suis à l'Hôpital de la Pitié avec Éric. Ils pensent qu'il fait une crise d'appendicite.

— Oh non. Il tient le coup ? Et toi ? »

Sa voix trembla. « Il est très malade.

— Je suis sûr que ça va aller, lui assura Jack. Y a-t-il quelque chose que je puisse faire pour toi ?

— Je ne pense pas. Je dois y aller. Le médecin revient. Je t'appelle quand je peux.

— D'accord, ma chérie. Bon courage. »

Andi faisait les cent pas dans le couloir près du bloc opératoire lorsque Jack sortit de l'ascenseur quelques heures plus tard.

Tout d'abord elle pensa qu'elle voulait tellement qu'il soit là qu'elle l'imaginait. « Oh, mon Dieu ! Je ne peux pas croire que tu es ici !

— Comment aurais-je pu ne pas venir ? Il la serra fort contre lui. Comment va-t-il ? demanda-t-il, essuyant les larmes des joues d'Andi.

— Il est toujours en chirurgie. Sa voix se brisa et son cœur se serra après des heures d'inquiétude. J'ai du mal à croire que ce soit arrivé aussi vite. »

Jack prit sa main et la guida vers une rangée de chaises. La serrant près de lui, il lui offrit le réconfort qu'il put pendant qu'ils attendaient.

La mère d'Andi revint avec du café et s'arrêta net lorsqu'elle le vit là. « Bonjour Jack, quelle surprise.

— Bonjour Betty.

— C'est gentil à vous d'être venu. »

David et sa femme Lauren arrivèrent, se précipitant dans la salle d'attente.

« Nous sommes venus dès que nous avons pu trouver quelqu'un pour garder les filles, dit Lauren en embrassant Andi. Comment va-t-il ?

— Il est toujours en chirurgie, l'informa Andi et puis elle lui présenta Jack.

— Enchanté de vous revoir, Jack, dit David, s'accroupissant devant Andi. Désolé que ce soit dans ces circonstances, cependant. Ça va ma puce ? demanda-t-il à Andi.

— J'irai mieux quand j'entendrai qu'Éric va bien, » dit Andi, reconnaissante à tous d'être là avec elle.

Jack serra une de ses mains pour la rassurer tandis que David prit l'autre.

Après une attente interminable, le docteur Porter revint, portant toujours la tenue de chirurgien qu'il avait enfilée pour aider pendant l'opération.

Andi bondit lorsqu'elle le vit venir.

« Tout s'est bien passé, Andi. Aucune perforation. »

Elle s'appuya contre Jack car ses jambes menaçaient de ne plus la soutenir.

Jack garda ses deux bras autour d'elle. « Quand pouvons-nous le voir ?

— Il est en salle de réveil. Je ne m'attends pas à ce qu'il soit éveillé avant quelques heures, si vous voulez rentrer chez vous un moment. Les infirmières vous appelleront quand il commencera à se réveiller.

— Merci, Docteur Porter, » dit Andi.

David et Lauren furent obligés de retourner chez eux auprès de leurs quatre filles. Ils promirent de prendre des nouvelles plus tard. Andi et Betty voulaient rester mais Jack les persuada de rentrer se reposer. Après avoir laissé le numéro de téléphone d'Andi avec l'infirmière de garde, il les ramena et cuisina des œufs avec du pain grillé, pour elles.

Quand elles finirent de manger, Andi appela le bureau de l'infirmière. Éric dormait toujours, alors elle laissa Jack la convaincre de faire une sieste sur le canapé avant de retourner à l'hôpital.

« Je vais me coucher, dit Betty. Tu me réveilles si tu as des nouvelles ?

— Bien sûr. Bonne nuit Maman, dit Andi.

— Merci de votre aide, Jack, dit Betty. Je vous verrai tous les deux demain matin. »

Après qu'elle eut quitté la pièce, Jack s'allongea sur le canapé près d'Andi et l'enlaça.

« Ta cote de popularité semble être montée un peu avec Maman, » murmura Andi, ravie de sentir ses bras autour d'elle, même si les circonstances étaient loin d'être idéales.

Il pouffa de rire. « Fais-moi penser à en remercier Éric. »

En étudiant son beau visage, elle se dit avec honnêteté qu'elle ne l'avait jamais autant aimé. « Je ne peux toujours pas croire que tu es ici. Tu as été d'un si grand soutien. Merci.

— J'avais l'impression que mon propre enfant était dans cette salle d'opération.

— Il n'y a rien que tu puisses dire qui aurait plus d'importance pour moi.

— Je t'aime ma chérie, et j'aime aussi Éric. Il l'embrassa sur le front. Pourquoi ne te reposes-tu pas ?

— Je vais essayer. »

Il la recouvrit d'une couverture et alla dans la cuisine pour appeler chez lui et s'assurer que les filles allaient bien. Elle s'assoupit au son réconfortant de sa voix, soulagée de savoir qu'il était là pour partager un peu son fardeau avec elle.

Jack était seul avec Éric lorsqu'il se réveilla samedi après-midi. Il avait fermé ses yeux fatigués pendant quelques minutes, et maintenant il frottait sa main sur son visage en s'efforçant de se réveiller. Être à l'hôpital avait ravivé des souvenirs que Jack préférait ne pas revisiter, mais il les mit de côté afin de se concentrer sur Andi et Éric.

Le garçon sourit et signa, « Bonjour, Jack.

— Bonjour, toi. » Jack avait fait des progrès dans le langage des signes durant la semaine qu'ils avaient passée ensemble plus tôt dans le mois.

Éric demanda après sa mère, et Jack leva cinq doigts pour lui faire savoir qu'elle viendrait bientôt.

Éric serra la main de Jack et retomba dans le sommeil.

Andi entra quelques minutes plus tard et les trouva se tenant la main. « Est-ce qu'il s'est réveillé ?

— Juste une minute.

— Je suis désolée de l'avoir raté. »

Jack remit la main d'Éric sous la couverture. « Je lui ai dit que tu revenais tout de suite.

— Je sais que c'est difficile pour toi de traîner dans un hôpital, dit-elle, le surprenant comme elle le faisait souvent par sa perspicacité.

— Ça va, chérie. Il tendit le bras pour passer ses doigts dans les doux cheveux blonds d'Éric. Il est si petit dans ce grand lit. Je déteste le voir là.

— Je sais. Dieu merci ce n'était qu'une crise d'appendicite, et il pourra rentrer à la maison dans un jour où deux.

— Oui. »

Se tenant derrière lui, elle se pencha au-dessus la chaise de Jack pour le serrer. « À quoi penses-tu ? »

Il hésita un instant, n'étant pas sur si c'était le moment de rappeler le passé, mais il voulait être honnête avec elle. « Être là et le voir si malade a ravivé toutes sortes de souvenirs. Je me souviens d'avoir pensé, après l'accident de Clare, qu'aussi terrible que c'était de la perdre, cela aurait été bien pire si la voiture avait heurté une des filles. Je pense que Clare serait d'accord.

— Oh, Jack, bien sûr qu'elle le serait. Je suis désolée que ce soit si dur pour toi d'être ici. »

Attrapant sa main, il la porta à ses lèvres. « Être avec toi n'est jamais dur pour moi. Ne t'en fais pas pour moi. »

Betty les rejoignit quelques minutes plus tard. « Comment va-t-il ? demanda-t-elle.

— À peu près pareil, répondit Andi. Il dort encore beaucoup. Ils réduiront la dose de ses analgésiques demain pour le garder éveillé. Il se lèvera aussi.

— Le docteur a-t-il dit quand il pourrait rentrer à la maison ?

— Dans deux jours. Il devrait être revenu à la normale dans deux ou trois semaines.

— Bon, le pire est passé, dit Betty avec soulagement. Pourquoi est-ce que vous ne feriez pas une pause, vous deux ? Il fait beau dehors.

— Tu es sûre que cela ne te dérange pas de rester ? demanda Andi.

— Je suis bien là. J'ai mon livre et mon tricot. Allez-y un peu. »

Andi embrassa le front d'Éric. « Nous serons de retour dans quelques heures. Appelle mon portable s'il se réveille ou si tu as besoin de moi.

— Je n'y manquerai pas. Ne t'inquiète pas. »

Jack tint la porte pour Andi et garda son bras autour de sa taille lorsqu'ils marchèrent vers l'ascenseur. Dehors, la ville bourdonnait de limousines se dirigeant vers le quartier des théâtres et de gens qui s'aventuraient dehors pour aller dîner. L'air frais promettait une soirée froide alors qu'ils marchaient la main dans la main le long de la rue animée.

« Est-ce que tu as faim ? demanda-t-il, après qu'ils avaient marché quelques rues.

— Pas vraiment, et toi ?

— Ça va pour l'instant.

— J'espère que tu ne rates pas des choses importantes à la maison. Je n'ai même pas pensé à te le demander.

— C'est un bon weekend pour m'absenter. Jill a un match de lacrosse, mais ils ont déjà décroché une place de finalistes, alors le match n'est qu'une formalité. Nous avons quelques clients en ville, et Jamie s'occupe d'eux. Ne t'inquiète pas, chérie. Je suis là où je suis censé être. »

Ils se promenèrent dans un petit parc, et il la dirigea vers un banc sur lequel ils s'assirent pour regarder un couple âgé avec deux gamines qui devaient être leurs petites filles. Les filles rigolaient en nourrissant les pigeons. Quand les oiseaux les poursuivirent, les filles crièrent, ravies.

« Elles me rappellent Jill et Kate à cet âge-là, dit-il, caressant machinalement les doigts d'Andi.

— Jack...

— Hein ?

— J'ai beaucoup réfléchi. »

Ces mots suscitèrent son attention. « Ah oui ? » Il avait fait tout son possible pour ne pas mentionner « la question ».

Elle regarda leurs mains jointes. « David m'a offert la propriété de Newport.

— Qu'est-ce que tu veux dire ?

— Diriger l'hôtel. La position est à moi si je la veux. »

Jack se redressa, tout sourire. « T'es sérieuse ? »

Elle hocha la tête, en souriant de sa réaction. « Je suis contente d'avoir attendu pour te le dire en personne.

— Oh mon Dieu ! C'est fabuleux ! Quand est-ce arrivé ? »

Elle se concentra à nouveau sur les filles et les pigeons. « Il y a à peu près deux semaines.

— Tu n'allais pas me le dire ? » demanda Jack, surpris et blessé qu'elle garde une telle nouvelle pour elle.

Ramenant son attention à lui, elle balaya les cheveux de son front et passa un doigt sur sa joue. « Je pensais à la situation dans son ensemble, essayant de décider ce qui était le mieux pour Éric et pour moi. Et ce qui était le mieux pour toi et les filles.

— Je t'ai dit ce qui était le mieux pour moi — et les filles. Il espérait qu'elles seraient d'accord si cela devait arriver, mais il ne voyait pas l'intérêt d'aborder le sujet avec elles avant qu'Andi ait pris sa décision.

— Tu as été si patient de me laisser le temps de réfléchir, et j'apprécie cela.

— Est-ce que tu as envie de prendre la position à Newport ?

— Je crois bien que oui, dit-elle l'air presque surpris. J'aime ce que je fais, mais je suis prête pour un nouveau challenge et moins de voyages maintenant qu'Éric devient plus grand. »

Il la sentait pencher vers une décision et dut résister à l'envie de la pousser.

« Bon, allons-y. »

« Bonsoir Mme Walsh, dit le portier en livrée lorsqu'ils pénétrèrent dans l'immeuble. Comment va Éric ?

— Beaucoup mieux, Joseph, merci.

— C'est une très bonne nouvelle. Passez une bonne soirée.

— Vous aussi. »

Dans l'appartement, Jack l'arrêta alors qu'elle allait allumer une lampe. Il prit sa main et l'embrassa en la prenant dans ses bras, et il embrassa son cou jusqu'à ce qu'il trouve ses lèvres.

Elle le blottit contre elle, mourant d'envie de lui après de nombreuses semaines sans le voir. Faisant glisser sa veste de ses épaules, elle déboutonna sa chemise et embrassa son torse et son cou, en même temps que ses doigts caressèrent son dos, le faisant frissonner.

Il la surprit lorsque soudain il la souleva et se dirigea vers la chambre.

Il la posa, s'empressa d'enlever leurs vêtements, et l'allongea afin qu'elle soit face à lui sur le lit.

Les soupirs se transformèrent en gémissements, les bras et les jambes s'entremêlèrent, et deux devinrent un. Ses mains sur ses fesses, il la tint serrée contre lui tout en glissant lentement en elle.

Ce n'est que lorsqu'elle eut besoin de respirer qu'elle dégagea ses lèvres.

Jack changea de position afin d'être au-dessus d'elle et accéléra le mouvement. Passant le bras sous sa jambe, il la leva et la poussa contre sa poitrine, et la pénétra plus profondément que jamais.

« Jack ! »

Il ouvrit les yeux pour la trouver presqu'en larmes et figée. « Chérie, qu'est-ce que c'est ? Ça fait mal ?

— Non. Elle se cambra et lutta pour assimiler l'étonnante accumulation d'émotions et de sensations. Le chagrin qu'il lui avait montré plus tôt l'avait profondément touchée, et elle voulait à tout prix l'aider à oublier sa douleur, même si le soulagement n'était que temporaire. Ce n'est rien… »

Il effleura son visage de ses lèvres. « Quoi ? Dis-moi.

— Il n'y a jamais eu rien de semblable. Jamais. » Elle le prit et ramena sa bouche à la sienne. Le va-et-vient de sa langue correspondait aux mouvements de ses hanches. Il remplit sa main de son sein et fit rouler son téton entre ses doigts.

Elle hurla quand l'orgasme arriva, ses hanches se levant pour rencontrer les siennes, et ses mains s'agrippant à ses épaules.

« Andi. » Il frémit en s'appuyant fort contre elle et gémit de son propre plaisir. Ils restèrent ensuite allongés, haletants dans l'obscurité pendant plusieurs minutes.

« Tu peux allumer maintenant. »

Riant, elle dit, « Mais c'était quoi, ça ? Elle n'avait jamais auparavant ressenti un tel besoin et était presque effrayée d'admettre qu'elle ne l'avait jamais éprouvé pour personne d'autre que lui.

— Ça, répondit-il en embrassant chacun de ses doigts, c'était toi et moi et notre amour. Quelque chose s'empare de moi quand je suis avec toi.

— La même chose s'empare de moi.

— Peu importe ce que c'est, j'aime ça et je t'aime. Il posa son regard sur elle. Tu es tout ce que je veux au monde, tout ce que je voudrai jamais. »

Elle caressa son visage. « Demande-moi encore, Jack. »

Cela lui prit une seconde pour comprendre, et puis il sembla savoir. « Andréa, dit-il d'une voix solennelle en la regardant dans les yeux, viendras-tu vivre avec moi et être mon amour ?

— Oui, » murmura-t-elle.

Il ferma les yeux et posa son front sur le sien. « Merci. »

CHAPITRE 15

« $\mathcal{A}$ lors quand est-ce que tu as pris la décision ? demanda Jack sur le trajet du retour vers l'hôpital.

— Je crois que c'est l'instant où tu es sorti de l'ascenseur quand Éric se faisait opérer. J'étais tellement bouleversée, mais tout est devenu clair comme de l'eau de roche en cet instant.

— Je ne suis pas venu pour ça, tu sais.

— Je le sais bien. Elle glissa sa main dans le creux de son bras. Je t'ai déjà dit que si je n'avais pas eu Éric et mon travail dont me préoccuper, j'aurais dit oui la première fois que tu me l'as demandé. Elle se tourna pour l'embrasser. Je n'ai jamais douté de nous. Pas une minute.

— Moi, non-plus.

— Que se serait-il passé si je n'avais pas pu le faire ? »

Il y réfléchit une minute. « Je suppose que nous aurions continué de faire ce que nous faisions jusqu'à ce que Kate ait son diplôme l'année prochaine. Puis Maggie et moi aurions déménagé ici. »

Surprise, elle dit, « Mais Clare et ton étude…

— Je me serais débrouillé.

— Maintenant tu n'as pas besoin de le faire. »

Il se pencha pour l'embrasser tout en marchant. « Je pense que

163

nous devrions garder cela pour nous jusqu'au mariage de Frannie et de Jamie.

— Je suis d'accord. C'est leur moment à eux — et ils l'ont attendu suffisamment longtemps.

— Cela ne veut pas dire que je n'aimerais pas le crier sur les toits, dit Jack avec un sourire espiègle en s'arrêtant pour regarder les gens autour de lui dans la rue. En fait, je ne vois personne que je connaisse…

— Jack… »

Il sourit et se retint. « Elle m'aime, murmura-t-il contre ses lèvres ce qu'il voulait crier. Elle m'aime, et vient à la maison avec moi.

— Oh, oui, elle t'aime. Bien que tu sois fou, elle t'aime. »

Quand Andi et Éric arrivèrent dans le Rhode Island pour Thanksgiving, tout le monde fut soulagé de voir que le garçon s'était complètement remis de son opération. Andi rencontra les parents de Jack et ceux de Jamie, qui avaient pris un vol de Palm Beach pour la célébration.

Le matin de Thanksgiving, Jack et les filles partirent pendant une heure pour aller rendre visite à Clare.

« Comment ça a été ? demanda Andi lorsqu'ils revinrent à la maison.

— Bien. Elles se sont bien conduites, » dit-il, faisant référence aux filles.

Posant sa main sur sa joue, elle demanda, « Et toi ?

— Ça va. Il embrassa la paume de sa main et sourit, mais ce sourire ne se vit pas dans ses yeux comme d'habitude. Allons manger. »

Quand tout le monde fut assis pour dîner, Jack proposa un toast.

Jill croisa les bras et s'avachit contre sa chaise. « Mettez-vous à l'aise. Voici le discours annuel. »

Il fit semblant de la fouetter avec sa serviette alors que tous les autres riaient. « Ça suffit comme ça, toi. » À cet instant, il réalisa combien ils avaient progressé depuis leur morne célébration de l'année dernière. « Je suis reconnaissant pour mes filles, même la râleuse, » dit Jack, levant un sourcil amusé vers Jill.

Elle lui tira la langue.

« Il n'y aura pas de discours excepté pour dire que je remercie chacun de vous à cette table de m'avoir aidé à traverser la pire période de ma vie. Des jours meilleurs nous attendent tous, alors buvons à cela. »

Jetant un coup d'œil à Andi, il souleva son verre.

Les autres l'imitèrent.

Neil hurla « Bien dit ! »

Après le dîner Frannie rassembla les femmes dans le bureau pour regarder les catalogues qu'elle avait apportés afin que les filles puissent choisir leur robe de demoiselle d'honneur.

« Elles sont parties ? » Jamie jeta un coup d'œil autour de lui et fouilla dans la poche de sa veste en tweed. Il en retira une poignée de cigares et les passa à la ronde.

« Apprécions-les pendant que nous le pouvons, » dit Neil dans ce qu'il considéra être un murmure. Les autres lui firent signe de baisser le ton.

Jack trouva des cendriers et versa du cognac dans des verres et les autres s'égayèrent.

« Quand est-ce que tu pars pour Tokyo, fiston ? demanda Neil à Jamie.

— Lundi. Mais je serai de retour vendredi soir. J'ai essayé de reporter jusqu'après le mariage mais le compte a besoin d'un peu d'attention.

— Tu vas avoir besoin de deux jours entiers de sommeil après un voyage aussi court, » dit Jack prenant une longue bouffée de son cigare. Clare ne leur aurait jamais permis de fumer dans la maison, une pensée qui le fit se sentir soudain coupable, alors il se leva pour aller ouvrir la porte coulissante afin que la fumée s'échappe.

La belle journée était inhabituellement chaude pour la fin du mois de novembre dans le Rhode Island, et la propriété était jonchée de larges feuilles jaunes qui dansaient dans la brise marine.

« Je vais aller prendre un peu l'air, dit Jack. Il fait si beau dehors. »

Un novembre particulièrement doux leur avait donné de l'avance sur le calendrier de l'hôtel, et les fondations avaient été coulées plus tôt dans la semaine.

Jack marcha le long de la piscine qui était maintenant bâchée, vers le bord de sa propriété pour aller regarder le rivage. Une mer peu agitée heurtait les rochers, lançant des jets salés dans l'air, mais pas suffisamment haut pour l'atteindre. Il appréciait le rugissement de l'océan et son cigare lorsque son père vint le rejoindre.

« Belle journée, dit John Harrington.

— Oui, alors. Il n'y en aura pas beaucoup d'autres comme ça avant l'hiver.

— Et comment vas-tu, Jack ? » John tira une bouffée de son cigare et plaça une main sur l'épaule de Jack.

Jack baissa les yeux sur cette main et puis leva un regard surpris vers son père. Ses cheveux étaient maintenant tout gris, et ses yeux marrons étaient remplis d'une chaleur inhabituelle. « Je vais beaucoup mieux. Nous allons tous mieux.

— Je suis si heureux de l'entendre — et de le voir. C'est très différent de l'année dernière.

— Clare nous manque encore beaucoup, mais la vie continue. »

Son père hocha la tête. « J'aime bien Andi. C'est une très jolie fille. Je n'ai jamais eu rien à redire sur tes goûts en ce qui concerne les femmes.

— Eh bien, il y a au moins cela, dit Jack sèchement.

— Ce n'est pas tout. »

Jack fixa son père du regard comme s'il ne l'avait jamais vu avant.

« Ne me regarde pas comme ça. Je suis en train de faire un effort… Tu n'aurais pas dû avoir à attendre presque quarante-cinq ans pour entendre ça, mais je suis fier de toi, mon fils. »

Jack en resta bouche bée sous le choc, mais lorsqu'il vit l'effort que son père faisait, il garda une expression neutre.

« Tu as fait tout cela tout seul. John fit un geste de la main pour montrer la maison de Jack. Tu n'as jamais touché un centime de l'argent que je t'ai donné. Tu as créé une entreprise à partir de rien, alors que tout ce que j'ai m'a été donné. J'ai, euh, j'ai lu chaque mot de ce qui a été écrit sur ton travail et, en somme, je suis fier.

— J'apprécie cela, Papa. Je suis… Je ne sais pas ce que je suis. Il était sidéré mais ne pouvait pas le dire.

— Tu as eu raison de me confronter il y a des années. J'aimerais pouvoir recommencer à zéro, parce que j'ai fait une grosse erreur. Cela fait longtemps, des années en fait, que je voulais te dire tout ça, mais d'une manière ou d'une autre nous avons laissé cette distance s'installer entre nous, et ça ne semblait jamais être le bon moment.

— Merci de l'avoir dit maintenant, dit Jack, essayant désespérément de tout absorber.

— J'admire également la façon dont tu t'es occupé de Clare après l'accident et aussi, je suis content de te voir aller de l'avant avec Andi. Quelle étincelle entre vous deux. »

Jack sourit. Cette « étincelle » l'avait presque entièrement consumé.

« Chicago est terriblement loin du Rhode Island, dit John.

— C'est ce que j'ai découvert ces derniers mois, » dit Jack avec une pointe de sarcasme qui fit rire le vieil homme. Jack avait presque oublié le son du rire de son père, un son qui adoucissait des années de conversations brusques et de silences pendant lesquelles tant de choses n'étaient pas articulées. En une fraction de seconde, Jack décida de prendre un risque. « Tu veux que je te révèle un secret ?

— Absolument.

— Je vais te dire quelque chose que je n'ai dit a personne d'autre, ni aux filles, ni même à Jamie ou à Frannie. »

John laissa échapper un léger sifflement. « Cela doit être un sacré secret.

— Après le mariage, Andi et Éric vont déménager ici pour venir vivre avec nous. Nous attendons que le mariage soit passé pour l'annoncer aux enfants.

— Waouh, c'est un grand pas, Jack. Es-tu sur que tu sois prêt pour ça ? »

Jack regarda vers l'océan. « Si quelqu'un m'avait dit il y a six mois que cela arriverait, j'aurais dit que la personne était dingue. Il tourna son regard vers son père. Tout ce que je peux dire c'est que je me sens à nouveau moi-même quand je suis avec elle, et comme tu l'as dit, Chicago est bien loin d'ici.

— Tu as traversé des tempêtes qui auraient mis à genoux un homme moindre et il ne se serait pas relevé. Tes instincts t'ont bien servi jusque-là. Je ne peux pas imaginer qu'ils te fassent défaut maintenant. »

Andi vint les rejoindre et se tenant derrière Jack, mit un bras autour de lui. « Est-ce que tu livres notre secret, mon amour ? »

John rit. « Oh, oh, nous sommes découverts, Jack.

— Oui, vous l'êtes, dit-elle avec un sourire. Est-ce que l'on peut vous faire confiance pour le garder pour vous jusqu'après le mariage ? C'est le moment de Frannie et de Jamie, pas le nôtre.

— Personne ne l'apprendra de ma bouche — enfin, peut-être mis à part ta mère, mais elle ne dira rien, leur assura John. Je suis heureux pour vous deux et je vous souhaite le meilleur de tout. Donnant une tape sur l'épaule de John, il dit, Je t'aime, mon fils. » Il embrassa Andi sur la joue et rentra à l'intérieur.

« Ça alors, je n'en crois pas mes oreilles, dit Jack avec stupéfaction une fois son père parti.

— Raconte-moi.

— Je crois qu'il vient de dire qu'il est fier de moi, qu'il avait tort de s'opposer au choix de ma carrière, qu'il m'admire et qu'il m'aime, dit Jack comptant les compliments sur ses doigts, encore tout étonné.

— Et tout cela en dix minutes ?

— Ouais, dit Jack, encore ébahi.

— Je suis heureuse pour toi, Jack. Tu as attendu longtemps pour entendre ça.

— Juste toute ma vie. J'espère que cela ne te dérange pas que je lui aie dit notre nouvelle.

— Bien sûr que non. Je l'ai annoncée à David hier lorsque j'ai accepté la nouvelle position. Je n'ai rien dit d'autre, mais il sait.

— Sans regrets ?

— Pas un seul. Et toi ?

— Aucun. »

~

Ils passèrent le réveillon de Noël à mettre les touches finales sur l'énorme sapin que Jack avait apporté à la maison. Puisque Noël avait toujours été la fête préférée de Clare, ils ne s'étaient pas préoccupés à faire un sapin l'année d'avant parce que personne n'avait été d'humeur à célébrer. Un an plus tard, les filles prirent plaisir à ressortir les décorations, même si elles suscitèrent beaucoup d'émotions et rappelèrent des souvenirs des Noëls passés.

Jack passa la plupart de la soirée sur une échelle, pendant qu'Andi et les filles décidaient de l'emplacement de chaque objet. Andi avait apporté une boîte de chez elle avec les ornements préférés d'Éric et il les accrocha sur les branches les plus basses alors que Maggie arrangeait et réarrangeait les cadeaux sous l'arbre jusqu'à ce qu'elle soit satisfaite du résultat.

« Bon, ça ira comme ça, dit Jack. Je descends. Mon nez commence à saigner là-haut. »

Andi se mit à rire et prit son bras pour faciliter ses pas. « Il est presque onze heures et demie. Nous ferions bien de nous dépêcher si nous voulons assister à la messe de minuit. »

Jack s'assit près d'Andi dans l'église, conscient des regards pointus dirigés vers eux des gens qu'il connaissait par l'église et l'école des filles. Les mauvaises langues iraient bon train après leur présence ensemble, et cela provoqua chez Jack une pointe d'anxiété, même s'il savait qu'il ne pouvait pas l'éviter. Au milieu de la messe, Éric grimpa sur les genoux de Jack qui partagea un sourire avec Andi quand le garçon s'assoupit sur son épaule.

Une fois les enfants au lit, Jack et Andi s'affalèrent sur le canapé, le sapin et le feu le seul éclairage du salon.

« J'ai hâte de donner le vélo à Éric, dit Jack.

— Il va lui plaire. »

Jack attrapa quelque chose derrière le coussin. « Le père Noël a apporté quelque chose de spécial pour toi aussi.

— Nous faisons ça maintenant ? Je pensais que nous attendrions jusqu'à demain.

— J'en ai d'autres pour toi, mais celui-ci, c'est juste entre nous. » Il lui donna une boîte minuscule élégamment emballée.

Ses mains tremblèrent lorsqu'elle enleva le papier recouvrant une boîte à bijoux. « Qu'est-ce que tu as fait ? »

Il prit la boîte pour l'aider à l'ouvrir. « J'espère que tu la porteras pour te rappeler combien je vous aime, toi et Éric. » Pourtant confiant qu'ils allaient dans la bonne direction, il ne put empêcher le sentiment de culpabilité qui ôta à la joie du moment. Dans des instants semblables, le fait d'être encore marié à une autre femme était difficile à oublier.

Nichée à l'intérieur de la boîte il y avait une bague splendide avec un gros saphir luisant au centre d'un cercle de diamants.

Andi en eut le souffle coupé. « Oh, elle est tellement belle ! »

Il la glissa sur sa main droite et y posa un baiser.

Elle le serra fort et leva sa main pour regarder la bague une fois de plus. Les lumières du sapin de Noël se reflétaient dans la pierre, donnant l'illusion du feu.

« Elle te plaît ?

— Je l'aime, et je t'aime, beaucoup. Elle l'embrassa. Tu penses à tout, n'est-ce pas ?

— Si je ne peux pas me mettre debout dans une pièce remplie des gens que nous aimons et leur dire que je te chérirai pour le restant de mes jours, alors je peux te le dire à toi et espérer que ce sera suffisant.

— C'est plus que suffisant. »

CHAPITRE 16

*J*ack trouva Frannie qui emballait ses derniers objets quelques jours avant le mariage.

Andi l'avait aidée toute la matinée, mais il était heureux de tomber sur sa sœur alors qu'elle était seule. Elle déménageait dans le condominium de Jamie pendant qu'ils faisaient construire une maison à quelques kilomètres en bas de la route qui menait à la maison de Jack.

« Tu as besoin d'aide ? »

Elle s'assit sur le lit. « En fait, je crois que j'ai terminé. »

Il entra et s'assit à côté d'elle. « Je voulais te dire, j'ai eu la conversation la plus incroyable avec Papa à Thanksgiving.

— Moi aussi ! Il m'a dit à quel point il était heureux que j'épouse Jamie et combien il était fier de mes peintures. C'était dingue. »

Jack sourit. « Il m'a dit la même chose. Je suppose qu'il s'est finalement adouci. Il m'a dit aussi qu'il avait eu tort de s'opposer au choix de ma carrière.

— Cela a dû te faire plaisir de l'entendre.

— Mieux vaut tard que jamais, dit Jack. Ça va me manquer de t'avoir ici.

— Tu vas me manquer aussi, mais je ne vais pas loin.

— Je ne sais pas ce que j'aurais fait sans toi, Fran. Jamais de la vie je ne pourrai te remercier comme il faut.

— C'est moi qui devrais te remercier.

— Comment ça ?

— Eh bien, si je n'étais pas venue ici pour t'aider, Jamie et moi n'aurions jamais fini ensemble, et regarde ce que j'aurais raté. Et puis, être ici m'a donné de l'inspiration pour mes tableaux, et tu sais comment ça a marché. »

Souriant de sa logique, il passa un bras autour d'elle. « Toi et JB… Qui aurait pu se douter ? J'ai encore du mal à y croire.

— Parfois je ne peux pas y croire moi-même.

— Je suis tellement content que tu sois heureuse. Personne ne le mérite plus que toi.

— C'est bien de te voir heureux, toi aussi. J'aime beaucoup Andi.

— Je suis content d'entendre ça car Andi et Éric vont venir habiter ici.

— Quand ?

— Dans six semaines.

— Waouh.

— Comment penses-tu que les filles le prendront ? J'ai attendu pour leur dire jusqu'à ce que je sois sûr que cela allait arriver. »

Frannie y réfléchit pendant un moment. « Andi est trop intelligente pour venir ici et essayer de remplacer leur mère. Il y aura quelques ajustements mais au final tout ira bien.

— J'espère que tu as raison. Je leur en parlerai après le mariage. Si cela déclenche un drame je ne voudrais pas que cela vienne ruiner ta journée.

— Tu me diras comment ça s'est passé.

— Tu seras en lune de miel.

— Je veux quand même savoir. »

Jack l'embrassa sur les joues et la serra dans ses bras. « Tu seras la deuxième à le savoir. »

~

Jack jeta un coup d'œil dans la pièce qui avait été préparée pour la cérémonie du mariage et regarda les derniers invités arriver. Illuminée par des bougies, la pièce sentait bon les bouquets de fleurs. Les chaises avaient été arrangées en demi-cercle autour d'une tonnelle de roses rouges, et un quatuor à cordes jouait alors que les dernières traces du coucher de soleil coloraient le ciel au-dessus de la baie.

Jack se tourna vers Jamie qui était très calme et détendu, et se souvint du jour de son propre mariage.

Les légers pincements dans l'estomac de Jack s'étaient transformés en gros noeuds le temps que Jamie dise « oui ». Ce dernier, par contre, était resté calme toute la journée.

Il arrangea le nœud papillon de Jamie une dernière fois et brossa quelques poussières imaginaires de sa veste.

« Mais tu vas t'arrêter de me tripoter, oui ? Les yeux de Jamie scintillèrent d'amusement.

— Désolé, » marmonna Jack.

Le célébrant fit un signe à Jack.

« Prêt ? demanda Jack à son ami.

— Je n'ai jamais été aussi prêt pour quoi que ce soit de ma vie. Jamie serra la main de Jack. Merci d'être mon témoin — pas juste aujourd'hui, mais tous les jours. »

Le commentaire mit fin au peu de calme qu'il restait en Jack, et il cligna des yeux pour retenir ses larmes. « Il fallait que tu me mettes dans cet état, hein ? »

Jamie rit et étreignit son ami. « Désolé.

— Allons te marier, » dit Jack, et ils entrèrent ensemble dans la pièce voisine.

Au moment où ils se tournèrent vers le fond de la pièce, Andi arriva en trombe avec Éric après avoir passé la journée à préparer les filles. Elle portait une longue robe noire éblouissante qui épousait toutes ses formes. Ses cheveux tombaient en boucles légères autour de ses épaules, comme il les aimait. Éric était habillé d'un costume foncé et d'un nœud papillon.

Jack attira le regard d'Andi et simula un sifflement.

Elle lui sourit lorsqu'ils s'assirent à leur place.

Une fois les parents de Jamie installés au premier rang, Jack alla au fond de la pièce pour escorter sa mère à son siège. Il la laissa avec un baiser sur la joue et revint prendre sa place à côté de Jamie. Il n'était pas préparé pour la vision en rouge qui apparut en haut de l'escalier. Maggie semblait bien trop sophistiquée avec ses cheveux arrangés avec élégance. Portant une longue robe de soie rouge sans manches et des talons bien trop hauts, elle descendit l'escalier et l'allée, un bouquet raffiné de roses rouges et blanches à la main. Elle avait eu onze ans la semaine d'avant Noël et elle retint de son mieux un petit rire nerveux lorsque ses yeux croisèrent ceux de son père ébahi.

Ensuite vint Kate, portant la même robe de soie rouge et la même coiffure.

La poitrine de Jack se serra et pendant une seconde il se demanda s'il n'était pas en train de faire une crise cardiaque en regardant ses filles.

Jamie rit aux éclats lorsque Jack murmura, « Grand Dieu » en voyant Jill descendre l'escalier.

Jack n'oublierait jamais la réaction de Jamie lorsqu'il aperçut Frannie en haut de l'escalier. Ses longs cheveux auburn étaient retenus dans la même élégante coiffure que celles des filles, mais la sienne incluait une tiare de diamants qui avait appartenu à sa grand-mère maternelle. Elle ne portait pas de voile, juste une simple robe de soie blanche. Comme celles des filles, elle était sans manches, mais elle était suivie d'une traîne brodée d'un mètre et demi. Frannie avait dit que, puisque c'était là son seul et unique vrai mariage, elle porterait du blanc. Et personne n'aurait jamais osé la contrarier.

Après plus de la moitié de sa vie à rêver de ce moment précis, Frannie ne quitta pas des yeux son mari lorsque son père la confia à lui.

Regardant son père joindre la main de sa sœur à celle de Jamie, Jack décida que Frannie n'avait jamais été plus rayonnante.

« Tu es magnifique, murmura Jamie à sa mariée.

— Et toi, tu es superbe. »

Les écoutant, Jack avala le nœud dans sa gorge — et la cérémonie n'avait même pas commencé.

« Chers bien aimés, nous sommes rassemblés ce soir pour joindre cet homme et cette femme dans une union matrimoniale… »

L'officiant dit quelques mots à propos des liens du mariage et puis alla droit au but. « Je pense qu'ils ont attendu suffisamment longtemps pour cela, pas vous ? » Il demanda à Jamie et Frannie de se mettre face à face.

Frannie donna son bouquet de roses blanches à Jill, et Jamie lui prit les deux mains.

L'officiant se tourna vers le marié. « Jamie ?

— J'allais bien jusqu'à ce que je te voie. Jamie posa son front contre celui de Frannie pendant un instant afin de se ressaisir. Il laissa échapper un long soupir. Ma mère a attendu quarante-quatre ans pour marier son fils unique, alors je ne peux pas gâcher ça, dit-il, provoquant des rires. J'ai rencontré la fille de mes rêves il y a vingt-six ans, et aujourd'hui je vais finalement l'épouser.

J'ai passé ma vie entière à courir, et maintenant je veux rester en place. Je veux rester en place avec toi, Frannie. Je te prends pour épouse, pour être à moi pour le restant de mes jours et je passerai chaque jour à m'assurer que tu ne regretteras jamais d'avoir épousé un célibataire endurci. »

Frannie rit derrière ses larmes. « J'avais dix-sept ans quand j'ai rencontré l'homme de ma vie et chaque homme que j'ai connu depuis lors a eu l'infortune d'être comparé à lui sans jamais lui arriver à la cheville. Elle serra les mains de Jamie. C'était toujours toi, et ça le sera toujours. Je te prends pour époux, pour être à moi pour le restant de mes jours, et je sais que je ne regretterai jamais d'avoir épousé ce célibataire endurci. »

Les rires des invités remplirent la pièce, se mélangeant à leurs larmes.

« Jack, pouvons-nous avoir les alliances s'il vous plaît ? » demanda le célébrant.

Les regardant échanger les alliances, Jack se remémora le jour de son propre mariage presque vingt ans plus tôt. Il pensa aux vœux qu'il avait faits et n'avait jamais rompu une fois — jusqu'à récemment. Il fut pris de sueurs froides. La cérémonie de mariage était un rappel ironique qu'il avait été infidèle à sa femme. Il se souvint d'Andi lui disant qu'il avait été tellement fidèle à Clare, et même si les circonstances étaient inhabituelles, il en était encore malade. Balayant l'audience de son regard, il s'aperçut qu'Andi le regardait, l'inquiétude gravée sur son joli visage, et il força un sourire pour elle.

Après l'échange des alliances, Kate donna son bouquet à Maggie. Elle se dirigea vers l'emplacement où sa guitare avait été installée plus tôt, à côté d'un tabouret et d'un micro.

Si elle était nerveuse, Jack ne le voyait pas. De sa voix angélique elle chanta « Grow Old Along with Me » de John Lennon. Il n'y avait pas une personne dans la pièce qui put retenir ses sanglots lorsqu'elle chanta la dernière note.

Lorsque Kate fut retournée à sa place entre ses sœurs, le célébrant dit, « Par l'autorité qui m'est investi au nom de l'État du Rhode Island, je vous prononce mari et femme. Jamie, vous pouvez embrasser la mariée. »

C'est exactement ce qu'il fit au son des applaudissements des invités.

« Mesdames et messieurs, je suis enchanté de vous présenter pour la première fois, monsieur et madame Jamie Booth. »

Le célébrant provoqua de nouveaux applaudissements.

Jamie prit la main de Frannie pour la guider dans l'allée.

Jack escorta ses filles. « Vous êtes *superbes*, vous toutes.

— Tu nous as fait rire avec la tête que tu faisais quand on est entrées, dit Jill.

— Quelle tête ? demanda-t-il, les faisant rire. Et Kate, je suis surpris. Quand es-tu devenue si douée ?

— J'ai répété.

— Je m'en doute ! »

Lorsqu'ils atteignirent le fond de la pièce, Kate fut bombardée de compliments de la part de ses grands-parents et amis. Jamie et Frannie se tinrent à proximité afin d'accueillir les invités qui traversaient la pièce pour se rendre à la salle de réception.

Jack vit Andi et se dirigea vers elle. « Tu es splendide, dit-il en l'embrassant sur la joue.

— Toi aussi. Elle avança une main pour replacer une mèche de ses cheveux et sembla retenir l'envie de l'embrasser devant tout le monde. Tout va bien ? Tu étais pâle pendant une minute. »

Surpris qu'elle le connaisse déjà à ce point, il sourit. « Tout va bien. Il avait fait tout ce qu'il pouvait — et plus encore — pour sa femme. Maintenant, c'était son temps avec Andi et d'une façon ou d'une autre, il lui fallait être en paix avec le passé.

— Tu es sûr ?

— Sûr et certain. » Il se baissa pour attraper Éric avant que le garçon soit perdu dans la vague des invités. Alors qu'une personne après l'autre dit bonjour à Jack, il tint Éric dans ses bras pour les présenter.

« Je suppose que c'est notre grande première, murmura-t-il à Andi.

— On dirait bien. Es-tu inquiet de ce que les gens vont penser ? »

Il cala Éric sur son autre hanche et leva un sourcil vers elle. « Est-ce que j'ai l'air inquiet ? »

Jamie avait engagé un groupe qui jouait tous les vieux classiques et les nouveaux mariés dansèrent sur « For Once in My Life » de Sinatra.

Le chef du groupe appela le témoin sur scène en même temps que les serveurs passaient une autre tournée de champagne.

Jack prit un verre et se fraya un chemin vers le devant de la grande salle. Lorsqu'il atteignit le micro les invités se turent. « Je dois être le gars le plus chanceux au monde ce soir, dit-il. Ma sœur vient d'épouser mon meilleur ami. Qu'y a-t-il de mieux que ça ? »

La question reçut un tonnerre d'applaudissements.

Jack refoula l'émotion qui lui serrait la gorge, espérant qu'il parviendrait à ne pas perdre sa contenance. « Je n'aurais jamais imaginé qu'une rencontre chanceuse dans l'escalier d'un dortoir en Californie changerait ma vie ainsi que celle de ma sœur. Vous savez tous que Jamie est notre ami depuis plus de vingt-cinq ans. Depuis leurs fiançailles, beaucoup d'entre vous m'ont demandé si j'avais vu cela venir, et honnêtement, je dois dire que non, je ne l'ai pas vu. Mais avec le recul, j'aurais dû. Jamie Booth est le meilleur ami que l'on puisse espérer avoir et j'ai tellement de chance de pouvoir l'appeler mon ami depuis toutes ces années. Et Frannie, eh bien… Jack regarda par terre un moment lorsque l'émotion menaça de le submerger. Frannie est ma première meilleure amie, et elle le sera toujours. Deux des personnes les plus merveilleuses que je connaisse ont pris le chemin le plus long l'une vers l'autre et je ne pourrais être plus heureux qu'elles se soient finalement trouvées. S'il vous plaît, joignez-vous à moi et levons nos verres en l'honneur de Jamie et Frannie.

— À Jamie et Frannie, » s'exclamèrent les invités en applaudissant.

Frannie essuyait encore ses larmes lorsque Jack revint à leur table.

Il embrassa la mariée et le marié et puis s'assit à côté d'Andi, qui essuyait également ses yeux.

« Parfait, » dit-elle.

Il serra sa main sous la table.

Après le dîner, Jack dansait avec Andi lorsque les mariés les tamponnèrent.

« Hé, allez vous trouver une chambre, d'accord ? les taquina Jamie.

— Tu peux parler, dit Jack. Tu t'accapares la mariée. Il tendit une main à sa sœur.

— Allez-y vous deux, dit Andi. Je m'occupe du marié. »

Jamie fit la moue quand son épouse partit danser avec son frère.

Jack embrassa la joue de Frannie. « Tu es splendide.

— Tu n'es pas trop mal, toi non plus. Le toast que tu as porté était merveilleux. Merci.

— C'est une superbe occasion — une nuit unique dans la vie. »

Elle pencha sa tête en arrière pour mieux le regarder. « Clare me manque vraiment aujourd'hui.

— J'ai aussi beaucoup pensé à elle ces derniers temps. Elle aurait aimé tout cela. Il secoua la tête. J'ai du mal à croire que c'est notre vingtième anniversaire de mariage la semaine prochaine.

— Elle est tout le temps avec nous.

— Oui, elle l'est, dit Jack. Kate était fantastique, non ?

— J'avais du mal à le croire ! Comment a-t-elle pu nous cacher ça ?

— Je pense que nous avons été tous les deux un peu préoccupés dernièrement. »

Ils jetèrent un coup d'œil vers Andi qui riait en dansant avec Jamie.

« Juste un peu. Andi est splendide.

— Elle l'est, c'est sûr, mais ce soir personne ne t'arrive à la cheville, Fran. » Il la serra fort contre lui quand le morceau fut terminé, et Jamie vint réclamer sa femme.

Les serveurs faisaient passer des verres de champagne, tandis que Maggie et Éric distribuaient des chapeaux et des faveurs pendant que le groupe comptait à rebours à l'approche du Nouvel An.

Aux coups de minuit, le groupe se mit à jouer « *Ce n'est qu'un au revoir.* »

Jack souleva Andi de terre et l'embrassa. Le son des crécelles et les confettis remplirent l'air, mais il n'entendit rien de tout cela car il accueillait la Nouvelle Année avec un nouvel amour et un espoir renouvelé en l'avenir.

À côté d'eux, Jamie embrassa son épouse. « Allons-nous-en d'ici, » dit-il. Ils partaient le matin suivant pour deux semaines à Fiji.

Ils s'en allèrent dans une voiture ancienne que Jack et les filles avaient décorée avec une banderole « Nouveaux Mariés » et des boîtes de conserve vides.

Dans la salle, Jack discutait avec les parents Booth lorsqu'il entendit les premières notes de ce qui était devenu leur chanson, à Andi et lui. « Pardonnez-moi, » dit-il à Neil et à Mary et il alla la chercher.

Elle était assise à une table avec les trois filles et Éric. Elles avaient toutes ôté leurs chaussures et Maggie avait détaché ses cheveux à un moment donné pendant la soirée. Andi entendit la chanson au même instant que Jack et se retourna pour le chercher du regard.

Il lui tendit une main, son cœur s'accélérant en même temps que leurs regards se rencontrèrent et ils restèrent ainsi, les yeux dans les yeux. La culpabilité qu'il avait ressentie plus tôt ne faisait pas le poids devant l'amour intense qu'il ressentait pour elle.

Adressant un sourire aux filles qui les regardaient attentivement, Andi prit sa main.

CHAPITRE 17

Sachant qu'il ne pouvait plus remettre à plus tard l'annonce de sa nouvelle aux filles, Jack les laissa choisir l'endroit de leur petit-déjeuner. C'est ainsi qu'il se retrouva à IHOP, l'International House of Pancakes, lequel était bondé le Jour de l'An.

« Vous allez toutes me manquer, » dit-il alors qu'elles attaquaient quatre sortes différentes de pancakes. La mère de Clare, sa sœur, son frère et leurs familles emmenaient les filles faire une croisière d'une semaine aux Caraïbes.

Ils avaient aussi invité Jack, mais il ne pouvait s'absenter, Jamie étant en lune de miel.

« Tu vas nous manquer aussi, Papa, dit Maggie, la bouche pleine de pancake au chocolat. Mais c'est juste une semaine.

— C'est très long, dit-il avec une moue qui la fit rigoler.

— Andi et Éric vont te tenir compagnie encore quelques jours, dit Kate. Elle semblait bien trop adulte en buvant sa tasse de café.

— C'est vrai. Il fut pris d'anxiété car Kate venait de lui donner l'introduction parfaite pour ce qu'il avait besoin de leur dire. Écoutez les filles, à propos d'Andi et d'Éric... Il cherchait les mots dont il avait besoin.

— Quoi, à propos d'eux ? demanda Jill.

— Eh bien, vous savez qu'Andi et moi sommes très proches.

— C'est ta petite amie, dit Maggie.

— Oui, mais elle est plus que cela. Il remarqua que Jill s'était arrêtée de manger et le fixait du regard depuis l'autre côté de la table où elle était assise avec Maggie. Je l'aime énormément et je veux être avec elle plus qu'une fois toutes les deux ou trois semaines.

— Ne me dis pas qu'on va déménager à Chicago, dit Jill d'un air paniqué.

— Non, non, dit-il lorsque les deux autres le regardèrent avec la même expression de panique. Nous ne déménageons pas. Eux, oui. »

Le visage de Maggie s'illumina de ce qui semblait être de la joie.

Jill baissa les yeux vers ses pancakes aux myrtilles non terminés.

« Alors, est-ce qu'Éric serait comme notre frère ? demanda Maggie.

— Ne sois pas si idiote, Maggie, répliqua Jill. Papa ne va pas l'épouser. Il ne va pas être notre *frère*.

— Il n'y a aucune raison d'être méchante, Jill, dit Jack. Regardant Maggie, il ajouta, Jill a raison, ma chérie. Je ne vais pas me marier avec Andi, mais elle a tort au sujet d'Éric. Ce sera comme s'il était votre frère en quelque sorte. Je suis sûr qu'il aimerait que vous le considériez comme tel.

— Alors, ils vivront avec nous ? demanda Kate.

— Oui. J'espère que vous serez toutes d'accord. »

Jill fronça les sourcils. « Pourquoi est-ce qu'ils doivent vivre avec nous ? Pourquoi ne peuvent-ils pas déménager à côté de nous ?

— Parce que je ne veux pas être tiraillé entre deux maisons, et je ne veux pas passer plus de temps qu'il faut loin de vous trois. Il s'arrêta afin de leur donner un moment pour assimiler cela. Andi et moi avons discuté de déménager tout le monde dans une nouvelle maison et démarrer à neuf, mais nous ne voudrions pas vous enlever de votre foyer — le foyer où vous avez grandi avec votre mère.

— Je suis contente de ne pas déménager, dit Kate. J'aime notre maison.

— Je l'aime aussi, » dit Maggie.

Jill garda un silence de plomb qui fit son effet sur ses nerfs déjà mis à l'épreuve.

« Je veux que vous sachiez quelque chose qu'Andi m'a dit ce matin. Il s'arrêta pour s'assurer qu'il avait leur pleine attention. Elle aimerait beaucoup être amie avec vous toutes si vous le désirez, mais elle n'a aucune intention de prendre la place de votre mère, parce que personne ne le pourrait jamais. »

Lorsque Kate sembla lutter avec ses émotions, il mit un bras autour d'elle.

Il tendit son autre main à Maggie et Jill, qui posèrent la leur sur la sienne. « Personne ne le pourrait jamais, » dit-il tendrement.

Jill semblait être en train de mener sa propre bataille.

« Où est-ce que tout le monde va dormir ? » demanda Maggie.

Merci mon Dieu pour Maggie, pensa Jack. « Puisque Frannie déménage chez Jamie, je pensais que nous pourrions donner sa chambre à Éric. Ça pourrait être amusant de la décorer pour lui.

Andi restera avec moi dans ma chambre. »

Jill leva les yeux vers lui. « Dans la chambre de Maman ? Mais toutes ses affaires sont là—

— Et il nous faudra nous occuper de ça éventuellement, même s'ils ne venaient pas emménager avec nous. Je pensais que nous pourrions mettre les affaires de Maman dans des cartons et les garder au grenier. De cette façon si l'une d'entre vous veut quoi que ce soit d'elle, ce sera là pour vous. Qu'est-ce que vous en pensez ? »

La tête reposant toujours sur son épaule, Kate acquiesça.

« D'accord, approuva Maggie avec une expression triste sur le visage.

— Jill ? »

Ses yeux se remplirent de colère. « Est-ce que ça a vraiment de l'importance ce que nous pensons ? Ils emménagent avec nous que cela nous plaise ou non. C'est ce que tu nous dis, n'est-ce pas ? Tu dors déjà avec elle dans la chambre d'amis, mais nous ne sommes pas supposées le savoir. Nous ne sommes pas idiotes.

— Fais attention, Jill. Il lui fallut toute sa volonté pour rester calme. J'espère que tu peux trouver en ton cœur la gentillesse d'accueillir Andi et Éric dans notre famille et de m'aider à trouver un peu de bonheur après tout ce que nous avons subi.

— On veut que tu sois heureux, Papa, dit Kate lançant un regard sévère à sa sœur. On peut essayer.

— Quand est-ce qu'ils arrivent ? » demanda Maggie avec excitation.

Il lui sourit en payant l'addition. « Ils doivent tout emballer dans leur maison, et Andi a plusieurs choses à arranger au travail, alors dans un mois ou deux. Vous savez l'hôtel que nous construisons à Newport ? »

Kate et Maggie dirent oui de la tête tandis que Jill continuait à bouder.

« Sa boîte lui a demandé de le diriger quand il ouvrira.

— C'est super, » dit Kate.

Les filles étaient silencieuses durant le trajet du retour à la maison. Quand ils entrèrent dans l'allée, il les arrêta avant qu'elles descendent de la voiture. « Je vous aime toutes les trois énormément, et jamais rien ne changera ça. Je vous le promets. »

Jill sortit de la voiture et entra dans la maison.

Kate et Maggie hochèrent la tête et suivirent leur sœur.

En les regardant s'éloigner, Jack pria qu'il faisait le bon choix pour eux tous, mais l'explosion émotionnelle de Jill lui avait fait douter de tout.

Andi avait laissé un message disant qu'elle allait marcher jusqu'au parc avec Éric.

Jack jeta un coup d'œil sur chacune des filles alors qu'elles finissaient de faire les valises pour leur voyage. Elles étaient excitées d'aller en croisière avec leur grand-mère et la famille de Clare. Jack descendit les bagages de Kate et Maggie avant de remonter voir Jill. Il la trouva allongée sur son lit, sa valise faite près de la porte.

Il était content qu'elle ait rangé sa chambre qui était toujours en désordre. Un mur entier était recouvert de photos d'elle avec ses amis.

Comme son temps avec elle à la maison diminuait, il détestait l'idée de tensions entre eux. « Ma chérie? »

Il s'assit sur le lit et caressa ses cheveux. Elle avait agi avec maturité comme une femme hier soir, mais aujourd'hui elle était à nouveau sa petite fille, et elle souffrait.

« Je suis désolé que tu sois en colère. J'espère que tu vas y penser pendant que tu es partie et décider de peut-être lui donner une chance. »

Elle se détourna de lui.

Résigné à son silence, il se leva et descendit sa valise.

Lorsque la mère de Clare arriva, Jack enfila une veste et alla à sa rencontre.

Anna Richardson était une version plus âgée de Clare — petite avec des cheveux gris, courts, et des yeux bleus lumineux.

Elle l'accueillit avec une étreinte chaleureuse.

« Comment vas-tu, Anna ? Il ne l'avait pas vue depuis un moment, mais les filles la voyaient les fois où elle venait de Hartford rendre visite à Clare.

— Je vais bien. Et toi ?

— Fatigué aujourd'hui. Grosse journée hier avec le mariage de Frannie et Jamie. Ils l'avaient invitée à venir, mais elle avait choisi de passer plus de temps avec Clare avant le voyage.

— Tout s'est bien passé ?

— C'était magnifique. Les filles étaient superbes. Je ne manquerai pas de t'envoyer des photos.

— Cela me ferait plaisir de les voir.

— Tu as rendu visite à Clare ?

— J'y ai passé la nuit. Elle secoua la tête avec résignation. C'est tellement dur. Rien ne change jamais.

— Je sais ce que tu veux dire. Il balaya du pied les graviers de l'allée. Écoute, Anna…

— Qu'est-ce qu'il y a ?

— Je, euh… Je vois quelqu'un.

— Je me demandais si cela arriverait, éventuellement. »
Surpris de l'entendre, il ne sut que dire.

« Cela fait un an et demi, Jack. Tu ne peux pas rester seul pour toujours.

— Ce matin j'ai dit aux filles qu'Andi et son fils, Éric, déménageraient de Chicago le mois prochain pour venir vivre avec nous. Il laissa échapper un rire nerveux. C'est presque plus dur de te le dire à toi.

— Je vois que tu es heureux, dit-elle, une trace de tristesse dans son sourire. Je suis contente pour toi. Vraiment, je le suis.

— Je veux que tu saches que je n'arrêterai jamais de m'occuper de Clare, et je n'ai aucune intention de la divorcer.

— Je le sais Jack. Tu n'as pas besoin de le dire. Comment est-ce que les filles prennent la nouvelle ?

— Kate et Maggie l'ont bien prise, mais Jill… Il secoua la tête et haussa les épaules.

— Je lui parlerai pendant que nous serons parties et je verrai ce que je peux faire. Elle s'y fera, ne t'inquiète pas. »

Malgré ses réassurances, le doute s'empara de lui alors qu'Andi et Éric entrèrent sur le terrain, leurs joues rouges d'avoir joué dans l'air frais.

Il leur fit signe de s'approcher. « Andi, je te présente la mère de Clare, Anna Richardson. »

Elles se serrèrent la main.

« Enchantée de vous rencontrer, madame Richardson.

— De même. Et ça doit être Éric. »

Andi utilisa le langage des signes pour le présenter à la grand-mère des filles. Il fit bonjour de la main avant de détaler, probablement pour trouver Maggie avant qu'elle parte.

« Je ferai mieux d'aller voir où il va, dit Andi. C'était un plaisir de vous rencontrer. J'espère que vous allez faire un voyage merveilleux.

— Merci. Une fois Andi à l'intérieur, Anna se tourna vers Jack. Elle est charmante.

— J'espère que tu comprends que c'est arrivé comme ça— »

Anna posa sa main sur son bras. « Clare t'aimait tellement. Tu étais son univers et je n'ai aucun doute qu'elle voudrait que tu sois heureux.

— Merci, dit-il, sa voix rauque d'émotion quand il la prit dans ses bras. Les filles sont prêtes pour le départ. »

Avec un bras autour de ses épaules, il l'accompagna à l'intérieur chercher les enfants.

Elles partirent quelques minutes plus tard dans un tourbillon d'embrassades, de confusion, et de promesses d'envoyer des cartes postales.

Jill étreignit Jack avant de partir, mais ne dit pas un mot.

Jack, Andi et Éric firent au revoir de la main depuis la terrasse couverte. De retour à l'intérieur Andi tendit les bras vers Jack alors qu'Éric s'en alla jouer avec les camions qu'il avait reçus pour Noël.

« Comment ça s'est passé ? Je trépignais d'impatience dans le parc.

— Pas trop mal, dit-il, appréciant le confort de son étreinte. Kate et Maggie ont été super, et Anna m'a vraiment surpris. Elle était très compréhensive.

— Et Jill ?

— Elle était fâchée, mais pas après toi. Elle est encore affectée par la perte de sa mère, et c'est dur pour elle d'être confrontée à plus de changements. J'espère que tu ne vas pas le prendre comme une attaque personnelle.

— Je m'attendais à ce que Jill et peut-être Kate en soient contrariées. J'avais le sentiment que Maggie serait heureuse d'avoir Éric ici avec elle, et si je faisais partie du lot, elle ferait avec moi.

— Est-ce qu'on peut en parler à Éric plus tard ? Je suis complètement épuisé. »

Elle le serra dans ses bras. « Bien sûr qu'on peut. Allons nous vautrer devant un film.

— Je suis partant. »

Jack se réveilla au son de la télévision qui beuglait, avec Andi et Éric endormis près de lui sur le canapé. Il bougea lentement, en essayant de ne pas les déranger quand il retira son bras qui s'était engourdi sous eux. Andi remua, et quand elle vit la situation délicate dans laquelle il était, elle leva la tête pour le laisser se lever. Elle rit lorsqu'il secoua son bras, grimaçant à la sensation du sang recirculant dans son membre.

Il s'étira et bâilla. « C'était, sans l'ombre d'un doute, la meilleure sieste que j'aie jamais faite.

— Celui-là va être debout toute la nuit, » dit-elle en caressant d'un doigt la joue d'Éric.

Ses yeux clignotèrent et il tapa la main de sa mère. Il la repoussa lorsqu'elle continua de le pousser du coude pour le réveiller.

« Oh, la, la, qu'il est grincheux. »

Jack s'assit sur le canapé et chatouilla les pieds d'Éric.

Éric écarquilla les yeux, mais cette fois il sourit en voyant qui le chatouillait.

« Ce n'est vraiment pas juste ! dit Andi en riant. Tu deviens son préféré ! »

Jack haussa les épaules, mais il était ravi de sa relation naissante avec le petit garçon.

Éric se redressa, s'étira et se frotta les yeux.

« Tu te sens mieux après un petit dodo ? » signa Andi.

Il fit oui de la tête et se rapprocha de Jack, qui passa un bras autour de lui.

Andi lança un regard à Jack et il hocha la tête.

« Mon chou, Jack et moi avons quelque chose à te dire.

— Vous allez vous marier ?

— Non, mon ange, mais Jack nous a demandé de venir vivre ici avec lui et les filles. »

Les yeux d'Éric s'illuminèrent. « Vraiment ? Il se tourna pour regarder Jack. Est-ce que tu seras mon papa, alors ? »

Le cœur de Jack fit un bond. « Est-ce que ça te plairait ? »

Éric acquiesça.

Andi dut retenir ses larmes.

« Je serai ravi d'être ton papa, » signa Jack en prenant Éric dans ses bras. Il ouvrit un bras pour inclure Andi et les tint serrés contre lui, heureux, alors que le soleil se couchait et la pénombre tombait sur la pièce.

Après le dîner, ils firent tous les trois deux parties de Candy Land.
Éric gagna les deux fois, riant aux éclats à la frustration de Jack quand
celui-ci tomba dans le puits pour la troisième fois.

Andi fit signe à Éric qu'il était l'heure d'aller se coucher.

Jack l'arrêta lorsqu'elle commença à se lever. « Laisse-moi m'en
occuper. » Il souleva Éric et le fit basculer sur ses épaules. Jack tint le
garçon qui se tortillait afin qu'il puisse embrasser sa mère la tête
en bas.

Andi les regarda monter l'escalier, heureuse qu'Éric ait un homme
si merveilleux dans sa vie. Elle alla dans le bureau pour ranger le jeu,
étourdie de bonheur.

En revenant, elle s'arrêta pour regarder la photo de famille qui
était accrochée dans le couloir qui menait à la cuisine. D'après l'âge
des filles, elle en déduisit qu'elle devait avoir été prise à peu près un an
avant l'accident de Clare. Ils étaient en tenue décontractée et Jack
avait un bras autour de Clare. Lui et les filles n'avaient pas ce soupçon
de tristesse qu'Andi pouvait encore voir de temps à autre dans chacun
d'entre eux.

Bien qu'elle ait vu beaucoup de photos de Clare, pour une raison
quelconque celle-ci retint son attention. Elle trembla, un frisson la
traversant lorsque les yeux bleus saisissants de Clare semblèrent lui
lancer un défi. Andi effaça cette pensée, redressa la photo sur le mur
et alla finir de nettoyer la cuisine.

En haut, Jack chahuta avec Éric en lui mettant son pyjama, l'aida à se
brosser les dents et le borda dans son lit avec le chien en peluche qui
dormait toujours avec lui. Il remonta les couvertures tout en le
chatouillant.

Éric rigola et lui fit signe du doigt de se rapprocher de lui.

Jack baissa son visage vers lui.

Éric embrassa sa joue et signa, « Je t'aime. »

Bouleversé, Jack embrassa Éric et signa, « Je t'aime aussi, mon pote. Bonne nuit. » Appuyant sur l'interrupteur, il lui envoya un baiser et redescendit.

Se tenant derrière Andi, il glissa un bras autour d'elle. « Ton fils est super. »

Elle avait essuyé le comptoir et rempli le lave-vaisselle. Elle se tourna vers lui et mit ses mains sur ses épaules. « Que s'est-il passé ?

— Il m'a dit qu'il m'aimait.

— Oh, Jack, bien sûr qu'il t'aime. Tu es si gentil avec lui.

— Il m'a coupé le souffle lorsqu'il m'a demandé si j'allais être son père. Je n'oublierai jamais ça. J'ai hâte de vous avoir tous les deux ici pour de bon. »

Elle se mit sur la pointe des pieds pour l'embrasser. « Moi aussi. »

Il la serra fort dans ses bras et l'embrassa. Lorsqu'ils reprirent leur souffle, il la souleva sur son épaule — exactement comme il l'avait fait avec Éric — et la porta à l'étage.

Ils tombèrent sur le lit dans la chambre d'amis en riant. Il l'embrassa les yeux dans les yeux. « Je t'aime Andi, murmura-t-il. Je t'aime tellement.

— Je t'aime aussi. Bonne Année. »

Andi et Éric prirent le vol pour Chicago une dernière fois avant leur déménagement. C'était maintenant à son tour d'annoncer leurs plans aux personnes dans sa vie, mais bien qu'elle fut inquiète de la réaction de sa mère, elle était soulagée de savoir que leurs enfants étaient maintenant au courant. Elle et Jack avaient amené Éric visiter l'École des Malentendants du Rhode Island. Il avait rencontré la dame qui serait son professeur, et elle lui avait signé qu'elle avait hâte de l'avoir dans sa classe. Le directeur avait également donné des informations à Andi sur un covoiturage depuis Newport.

Andi décida d'informer sa mère à propos du déménagement le soir suivant et demanda à Éric de ne rien dire à sa grand-mère avant qu'elle l'ait fait. Il fut triste lorsqu'Andi lui dit que sa grand-mère ne déménagerait probablement pas avec eux, mais il promit qu'il ne le lui dirait pas.

Après avoir annoncé la nouvelle à ses collègues durant une journée émouvante au bureau, Andi borda Éric dans son lit et prit son courage à deux mains pour ce qu'elle devait faire ensuite. Elle trouva sa mère dans sa chambre à regarder un de ses programmes télévisés préférés.

« Je peux revenir plus tard, dit Andi lorsqu'elle vit l'émission qui passait.

— Entre. C'est une rediffusion. Betty éteignit la télévision et regarda sa fille. Est-ce que tout va bien?

— Il faut que je te parle.

— Oh ? »

Andi s'assit sur le bord du lit de sa mère et hésita un moment. *Allez, on se lance.* « Jack nous a demandé de vivre avec lui dans le Rhode Island.

— Tu vas y aller. »

Andi hocha la tête.

« Comment peux-tu chambouler toute ta vie pour un homme qui ne peut même pas t'épouser ? »

Andi lutta pour empêcher sa colère de passer dans sa voix. « Parce que je vis plus en cinq minutes avec lui qu'en une année entière ici, et ça me suffit.

— Je t'ai dit ce que je pense de tout cela.

— Tu es la bienvenue si tu veux venir avec nous. Nous aimerions tous que tu viennes, et il y a assez de place.

— Merci, mais je vais rester ici à Chicago. C'est chez moi et je ne le quitterai pas.

— Je suis désolée que tu te sentes comme ça. Je voudrais que tu sois heureuse pour moi.

— Comment puis-je l'être quand je te vois, toi et Éric, aller au-devant d'un désastre ? Il est marié, Andrea. Je suis profondément déçue par toi — et par lui. J'ai apprécié sa gentillesse lorsqu'Éric était malade, mais cela ne change rien. »

Andi se leva pour aller vers la porte. « Nous partons le huit de ce mois. Je t'aiderai à déménager chez tante Lou avant cela, si c'est ce que tu veux.

— Très bien. »

Andi retourna dans sa chambre, attristée. La conversation s'était déroulée plus ou moins comme elle s'y attendait, mais elle avait espéré que sa mère change d'avis à propos de Jack — surtout après tout ce qu'il avait fait pour eux lorsqu'Éric était malade. Elle savait que si sa situation avait été différente, Betty aurait été enchantée de voir sa fille avec un homme comme lui. Tout comme Jack l'avait dit de Jill, ce n'était pas une attaque personnelle. Mais le savoir n'enlevait pas la douleur provoquée par les mots de sa mère.

Avant d'appeler Jack, Andi décida de prendre une douche et d'essayer de calmer ses émotions.

Dans le Rhode Island, Jack faisait face lui aussi, à une tâche ardue. Il avait décidé d'emballer les affaires de Clare pendant qu'il était seul dans la maison, laquelle était bien trop silencieuse avec les filles parties, Andi et Éric de retour à Chicago, et Frannie en lune de miel. Jack ne pouvait se souvenir de la dernière fois où il avait été seul, et cela sembla être le bon moment pour faire face à la tâche tant redoutée.

Commençant par le grand placard de Clare, il plia ses vêtements et les rangea dans des boîtes. Il fit une pile de choses dont il était sûr que les filles ne voudraient jamais, lesquelles il donnerait. Se dépêchant, il s'efforça de penser à tout sauf à ce qu'il faisait.

Une fois qu'il eut terminé avec ce qui était sur les porte manteaux, il passa à l'étagère, emballant les pulls et les sacs. Lorsqu'il allongea le bras pour atteindre le dernier objet, sa main heurta une grande enveloppe, cachée derrière la pile de pullovers.

Il éparpilla le contenu sur le lit et se figea lorsqu'il réalisa qu'il regardait toutes les cartes qu'il avait jamais données à Clare — pour la Saint-Valentin, la Fête des Mères, les anniversaires de naissance, celles de mariage, et toutes les petites notes sans importance qu'il lui avait écrites au fil des années.

Fixant du regard la pile sur le lit, il eut mal comme s'il venait de recevoir un coup de poing au ventre. Il ouvrit une carte, la Saint-Valentin de 1994, dans laquelle il avait écrit, « Je t'aime aujourd'hui. Je t'aimerai demain. Je t'aimerai toujours. »

L'ampleur de la perte le déchira comme si elle venait juste de se produire. Il s'assit sur le plancher près du lit, et une vive douleur l'assaillit à nouveau. Il entendit le téléphone sonner et savait que ce serait Andi, mais il ne put faire le moindre geste. Le son de la seconde sonnerie le fit sursauter hors de sa stupeur. Il était dix heures passées, et il réalisa qu'il était resté assis là depuis presqu'une heure.

Il attrapa le combiné. « Allo.

— Jack ? Qu'est-ce qui ne va pas ?

— Rien. Est-ce que je peux te parler demain matin ?

— Tu me fais peur. Es-tu sûr que ça va ?

— Ça va. Je t'appelle demain matin.

— D'accord. Je t'aime... »

Il raccrocha, et resta éveillé toute la nuit, allongé près de la pile de papier sur l'autre côté du lit. Il savait qu'Andi serait inquiète à son sujet mais il ne pouvait se résoudre à la rappeler. Pas encore. Il ne pouvait pas croire que Clare avait *tout* gardé, et la taille impressionnante de la pile sur le lit en disait long sur les années qu'ils avaient passées à s'aimer l'un, l'autre si éperdument.

Il étudia la petite montagne de papier que Clare avait préservée et laissa ses pensées vagabonder jusqu'au soir où ils s'étaient rencontrés sur Block Island.

CHAPITRE 18

*J*ack attendit un moment qu'elle finisse son travail et descendit avec elle les escaliers de la terrasse de l'Hôtel National.

Elle dit au revoir à ses collègues en sortant. Certains d'entre eux semblèrent inquiets lorsqu'ils la virent partir avec un client, mais elle leur sourit et fit juste bonsoir de la main.

Jack avait toujours été envieux de la camaraderie qu'il voyait entre les jeunes gens qui travaillaient sur l'île dans l'industrie du tourisme. Ils vivaient dans des endroits vibrant de musique, regorgeant de monde, où le linge séchait sur les terrasses encombrées et les vélos couchaient sur les pelouses. Cela lui avait toujours semblé être la façon idéale de passer un été.

« Est-ce que vous vivez dans les logements pour les employés ? Jack demanda à Clare.

— Oh que non. Elle rit en marchant sur le bord de mer, lequel était encore plein de monde même après la fermeture des bars. Je l'ai fait les trois premières années, et c'était très amusant. Et puis j'ai mûri un peu, et l'idée de passer un autre été comme ça a perdu de son charme. Je loue un endroit avec une amie d'université. Elle travaille chez Aldo.

— Où est-ce que vous avez étudié ?

— UConn. J'ai grandi à Hartford, et beaucoup de mes amis sont allés là-bas. Ils ont un bon programme académique. Je sais que ce n'est pas Harvard, mais j'ai bien aimé.

— Est-ce que je vais jamais en entendre la fin ?

— Probablement pas, dit-elle avec un sourire taquin. Un ami organise une fête sur la plage ce soir. Tu veux venir ? » dit-elle, se mettant à le tutoyer.

Ne voulant pas sembler trop enthousiaste, Jack réfléchit à l'offre. « C'est ton petit ami ?

— Tu es en quête d'informations ?

— Peut-être, dit-il, étonné de combien il était facile de lui parler.

— Non, ce n'est pas mon petit ami et il n'y a personne d'autre, non plus. Je n'ai pas eu beaucoup de chance dans ce domaine.

— Je ne peux pas croire ça.

— Si, si, crois-le. Et toi ? Où es ta petite amie ?

— À étudier à plein temps et travailler pour Neil j'ai tout juste le temps de manger et dormir quelques heures par jour. Quelle fille voudrait s'embêter avec ça ?

— Allez, un beau garçon de Harvard comme toi doit avoir toutes les filles qu'il veut à ses pieds, dit-elle en riant de la grimace qu'il faisait pour blaguer.

Il secoua la tête avec regret, même s'il était ravi du compliment. « Je n'aurais jamais dû te dire ça.

— Non, tu n'aurais pas dû. Alors veux-tu venir à la fête ? »

Ils s'arrêtèrent de marcher. Elle semblait minuscule et presque vulnérable malgré tout son caractère et il avait du mal à croire à quel point il était attiré par elle alors qu'il venait juste de la rencontrer. « J'irai si tu te conduis bien et ne dis pas à tout le monde que j'ai été à Harvard.

— Waouh, ça va être dur, dit-elle l'œil brillant, et elle se frotta le menton. Je ne suis pas sûre d'y arriver. »

Il croisa les bras et contempla l'expression espiègle sur son visage. « Bon, j'ai besoin d'être certain sinon je ne promets rien.

— Si tu vas en faire tout un plat, je garderai le secret sur ton pédigrée. »

Il rit intérieurement, se disant qu'elle ne connaissait pas la moitié de son pédigrée. Il allait l'entendre, quand elle serait au courant des banques de son père.

Ils arrivèrent à la plage où la fête allait déjà bon train avec un feu de bois et deux fûts de bière dans des bacs remplis de glace sur le sable – exactement le genre de célébration que Jack avait l'habitude de regarder de loin lorsqu'il était en famille. Son père n'avait jamais approuvé les fêtes que les jeunes faisaient l'été à la moindre occasion.

Clare salua ses amis et présenta Jack. Elle alla leur chercher des bières et puis ils allèrent vers le bord de l'eau, se baissant à un moment afin d'éviter le Frisbee fluorescent d'un match en cours.

Les gens échangeaient deux ou trois mots avec Clare au fur et à mesure qu'ils avançaient.

« Est-ce que tu connais tout le monde ici, ou c'est juste une impression ? demanda Jack.

— Pas *tout le monde*. Cela fait des années que je viens ici avec certains d'entre eux. Il y a un groupe qui travaille ici l'été et à Vail pendant la saison de ski.

— Ça doit être super.

— Tu crois ? Je reviens chaque année d'abord parce que ça paye vraiment bien. Je gagne plus ici en trois mois que toute l'année à enseigner.

— Sérieusement ?

— Eh oui, c'est un bon plan. Ma mère panique chaque année lorsque je lui dis que je reviens. Mais ça me plaît, quand même. Même si nous travaillons très dur, nous nous amusons aussi beaucoup. »

Il regarda autour de lui la fête qui ne semblait pas ralentir à presque deux heures du matin. « Je vois ce que tu veux dire. J'ai toujours voulu faire ça, dit-il, désignant la soirée d'un geste. Mais mon vieux ne voulait rien en savoir. Dès que j'ai été en âge de travailler, j'ai été obligé d'aller avec lui en semaine, et nous ne revenions que les weekends. »

L'étincelle d'intérêt dans les yeux de Clare lui fit comprendre qu'il en avait trop dit.

« Ta famille passe les étés ici ?

— Mm, mm. Tu disais que tu habitais à Hartford ?

— Ah, non tu ne vas pas t'en tirer comme ça. Fais marche arrière. Tu as encore un endroit ici ?

— Peut-être, dit-il timidement.

— Oh, cela devient intéressant. Elle jeta sa tête en arrière et se mit à rire. Est-ce en mauvais état ?

— Plutôt, oui. » Lorsqu'il se perdit dans ses magnifiques yeux bleus et se pencha pour l'embrasser, il sentit leur lien, comme un courant électrique qui passait entre eux. L'odeur du sable et des algues en décomposition lui rappellerait toujours ce moment.

Il sentit une main passer derrière son cou, et ils s'embrassèrent pendant un long moment alors que l'eau clapotait à leurs pieds et que la fête continuait autour d'eux.

Elle s'écarta une minute plus tard. « C'est une façon comme une autre de changer de sujet. »

Il rit. « Est-ce que ça a marché ?

— Pas le moins du monde, mon pote. Maintenant crache le morceau. Elle mit une main sur sa hanche et leva à nouveau un sourcil.

— Haven Hill, » dit-il, se préparation à sa réaction.

Un air d'incrédulité traversa son visage expressif. « Tu rigoles. » Il sourit.

« *J'adore* cette maison. Je me suis toujours demandé comment c'était à l'intérieur.

— Tu peux la voir quand tu veux. Il glissa un doigt le long de sa joue et l'attira à lui pour un autre baiser.

— Je ne travaille pas demain, dit-elle. On pourrait aller à la plage ou faire autre chose si tu veux.

— Je veux bien. Je le veux vraiment. »

Il la raccompagna ce soir-là, et tous les autres soir de la semaine. Ils allèrent à la plage et à Haven Hill, prirent des repas à des heures étranges pour accommoder les heures de travail de Clare et se joignirent à ses amis à d'autres fêtes. Et ils parlèrent de tout. Il n'avait jamais dit à personne à quel point le rejet de son père l'avait blessé, mais un soir pendant qu'il la serrait contre lui sur le canapé dans le minuscule appartement qu'elle louait, il lui en parla. Bien sûr, elle le traita de tous les noms lorsqu'il fit mention de la propriété où il avait grandi à Greenwich.

Il l'écouta lui raconter son enfance dans une classe moyenne heureuse à Hartford avec un frère et une sœur plus jeunes. Elle partagea avec lui l'agonie de perdre son père tant aimé, mort d'un cancer pendant sa dernière année d'université. Ils parlèrent tard une nuit, de ce qu'ils voulaient de la vie et de qui étaient leurs amis. Et le dernier soir avant qu'il retourne à Boston, Clare appela son travail pour dire qu'elle était malade, et ils firent un pique-nique sur les rochers et regardèrent le coucher de soleil.

Un chef de Block Island, ami de la famille de longue date, avait fourni le caviar, la salade de homard, les croissants qui sortaient tout juste du four, le vin blanc et les fraises enrobées de chocolat pour le dessert.

« Je crois que tu essaies de m'impressionner, » dit Clare alors qu'ils finissaient le pique-nique. Elle lui jeta le regard espiègle qu'il s'était mis à aimer pendant la semaine qu'ils avaient passée ensemble.

Il sourit et prit une autre gorgée de son vin. « Est-ce que cela marche ?

— Je n'ai pas encore décidé. Tu sais que j'aime ton sourire. Tu aurais pu te passer du homard si tu allais me regarder comme ça. »

Il prit son verre et le posa sur le sable près du sien. La blottissant contre lui, il couvrit son visage et son cou de baisers en murmurant, « Tu me le feras savoir lorsque tu seras impressionnée, d'accord ? »

Elle rit. « Pas encore tout à fait le cas, là. »

Ils roulèrent dans le sable, s'embrassant à nouveau, plus sérieusement cette fois. Après quelques minutes intenses, il s'éloigna d'elle, se releva, passa ses mains dans ses cheveux et prit une longue respiration.

« Jack ? Qu'y a-t-il ? Elle passa un bras autour de lui. Ai-je fait quelque chose de mal ?

— Non, ma chérie. Il réalisa qu'il l'avait troublée. Je suis désolé, je n'ai pas fait exprès. C'est juste que mes sentiments pour toi sont tellement soudains. Cela m'a pris au dépourvu.

— Je ressens la même chose, dit-elle les yeux écarquillés. Je ne peux m'imaginer que tu pars demain et que je dois trouver quoi faire de moi-même sans toi. C'est plutôt dingue, non ? Il n'y a qu'une semaine que je t'ai rencontré.

— C'est dingue, mais je t'ai cherchée partout et maintenant tu es là. »

Il la serra contre lui alors que le soleil se couchait striant le ciel de splendides tons rosés et orangés, et il se sentit envahi d'une paix comme il n'en avait jamais connue auparavant. En regardant dans ses yeux magnifiques, il n'eut aucun doute qu'elle était faite pour lui. « Je t'aime, Clare. Je n'ai jamais dit cela à personne avant, et je suis sérieux. Je ne veux plus jamais être séparé de toi.

— Je t'aime aussi. Je ne peux pas y croire, mais c'est la vérité. »

Il l'embrassa avec une passion qu'il ne savait pas avoir en lui, et là sur les rochers, au coucher du soleil, il lui fit l'amour pour la première fois.

Six mois plus tard, ils étaient mariés. Elle quitta son travail à Mystic pour vivre avec lui à Boston, où ils avaient un bel appartement sur Beacon Hill. Il se souvint de combien ils avaient été heureux durant ces premières années ensemble. Alors qu'il travaillait de longues heures pour Neil, elle travaillait à temps partiel pour le Département d'Éducation de la ville jusqu'à ce qu'ils attendent Jill, et Jack insista pour qu'elle ne se surmène pas.

La propriété qu'elle admirait de loin sur Block Island devint sa maison d'été. Les filles et elle s'y installaient dès la fin de l'école chaque année, et Jack faisait le trajet aller-retour le weekend. Clare ne retravailla pas jusqu'à ce que Maggie entre en cours préparatoire, quand elle débuta une nouvelle carrière florissante dans l'immobilier. C'est à cette époque qu'ils s'établirent dans le Rhode Island, et Jack était occupé à démarrer HBA avec Jamie. Ils adoraient leurs filles et passaient d'innombrables heures à des spectacles de danse et à des matches de football pendant que les filles et leurs amis grandissaient.

Jusqu'à quelques mois avant l'accident, il n'avait jamais connu un moment de mécontentement avec elle, ce qui avait rendu sa perte si déchirante. Comme le soleil pénétrait par les rideaux, il se força à se lever et remit la pile de papier dans l'enveloppe. Il n'était pas capable de regarder autre chose que la carte qu'il avait ouverte le soir d'avant. Quand il eut fini, il rangea l'enveloppe dans son placard.

C'est alors qu'il se souvint qu'aujourd'hui était leur vingtième anniversaire de mariage. Bouleversé à nouveau par la réalisation, il s'affaissa contre l'encadrement de la porte et dut rassembler ses forces pour finir le travail qu'il avait commencé le soir d'avant.

Allant vite, il finit de faire le tri du reste de ses vêtements, vida sa commode et sa moitié de la salle de bains. Tout à coup il était impératif que tout cela sorte de là. Quand tout fut dans des cartons, il les monta dans un coin du grenier et les empila ensemble, la vie de Clare réduite à un groupe de cartons sous la soupente poussiéreuse de la maison qu'il avait construite pour elle.

Il retourna à la chambre, fermant la porte du placard maintenant vide et les tiroirs de la commode qu'il avait laissés ouverts dans sa hâte. Se changeant pour s'habiller de vêtements de sport chauds, il quitta la maison une minute plus tard pour aller courir sur la plage. Il avait besoin de bouger, de transpirer, de fuir la douleur récente d'une vieille blessure qui s'était rouverte.

Quand il eut couru la longueur de la plage déserte, il fit demi-tour, respirant fort et transpirant.

Une des chansons préférées de Kate, Sand and Water, joua sur son iPod alors qu'il regardait les mouettes plonger dans l'espoir d'attraper des poissons dans les vagues glacées. Il ralentit sa course et fut captivé par le refrain entraînant de la chanson qui dit que nous venons seul au monde et que nous le quittons seul. Malgré toute les personnes et l'amour dans sa vie, en cet instant Jack se sentit totalement et complètement seul.

Écoutant la dernière note de la chanson, il réalisa qu'il s'était arrêté devant le condo de Clare.

Il resta planté là, respirant fort pendant un long moment, jusqu'à ce qu'il lève les yeux pour voir Sally qui le regardait de la fenêtre.

Elle lui fit un signe de venir à l'intérieur.

Il s'avança sur la plage et traversa les dunes.

CHAPITRE 19

Sally l'accueillit à la porte. « Tu es dehors de bonne heure aujourd'hui, Jack. Tu vas bien ? »

Hochant la tête, il essuya la sueur de son visage.

« Tout se passe bien avec les filles ?

— Oui, elles sont en croisière avec la mère de Clare.

— Ah, c'est bien. Anna est venue ici avant qu'elles partent, et elle était excitée du voyage. Sally le guida vers la cuisine où elle venait de faire du café. Elle lui versa une tasse et l'étudia. Tu veux m'en parler ? »

Surpris qu'elle ait vu son trouble, il garda les yeux fixés sur son café. « Je rangeais des affaires hier soir, des affaires de Clare. Je ne m'attendais pas à ce que ce soit si dur. Je ne sais pas à quoi je m'attendais, mais…

— Je suis sûre que c'était très dur pour toi, Jack. Je sais que cela n'en a pas l'air pour l'instant mais tu as probablement fait un pas de plus vers ton rétablissement. Une des étapes importantes du deuil est l'acceptation.

— C'est ce que je suis en train de faire ? D'accepter tout ça ? Il désigna le condo d'un geste rageur.

— Je ne le sais pas. C'est à toi de te demander cela.

— En fait, ma petite amie et son fils déménagent de Chicago pour venir vivre avec moi, alors je suppose que oui. Quand il vit qu'il n'avait pas réussi à choquer la vieille femme, il posa sa tasse, se sentant honteux. Je suis désolé.

— Tu dois beaucoup l'aimer pour t'engager de la sorte.

— Oui, beaucoup, » murmura-t-il, toute sa combativité l'abandonnant. Il se laissa tomber sur une des chaises de la cuisine et prit sa tête entre ses mains.

Sally s'assit à côté de lui.

« Je suis vraiment désolé, dit-il. Je ne sais pas ce qui m'a pris. Je suis enchanté qu'Andi et Éric viennent. »

Sally mit sa main sur son épaule. « S'il te plaît, ne t'excuse pas auprès de moi. Je suis contente d'avoir été là quand tu as eu besoin d'une oreille amicale.

— Clare et moi nous nous sommes mariés il y a vingt ans aujourd'hui.

— Tout ressurgit d'un coup, n'est-ce pas ? Elle fit une pause. Veux-tu mon avis ? »

Il hocha la tête. « S'il te plaît.

— Tu t'apprêtes à faire un grand pas en avant avec Andi en lui faisant de la place dans ta maison et dans ton cœur. Tu laisses Clare derrière — beaucoup plus que tu ne l'as fait jusqu'à présent.

— Je ne voulais pas abandonner Clare.

— Je le sais. Elle posa sa main sur la sienne. Mais il en est probablement temps, tu ne crois pas ?

— Je suppose. Je suis désolé de venir ici dans cet état.

— Je t'ai dit de ne pas t'excuser auprès de moi, » dit-elle avec la voix d'une mère qui réprimande.

Il lui fit un petit sourire en se levant. « J'aimerais passer un peu de temps avec Clare, si ce n'est pas un problème.

— Bien sûr. Prends ton temps. »

Il alla dans la chambre de Clare et s'assit sur la chaise près de son lit, pensant à la pile de cartes de vœux qu'elle avait gardée et se demandant une fois de plus ce qui avait dû arriver pour qu'elle devienne distante au cours des mois qui avaient précédé l'accident.

Fixant des yeux la femme diminuée dans le lit d'hôpital, des centaines de souvenirs des vingt dernières années lui revinrent à flots, culminant avec celui d'elle se tenant devant une voiture qui arrivait à pleine vitesse. Il ne pouvait toujours pas croire que la Clare qu'il avait connue et aimée puisse faire une chose pareille, et même après tout ce temps il ne pouvait accepter qu'elle l'ait fait volontairement.

« J'aime à penser que tu peux m'entendre, murmura-t-il. Se levant, il se pencha par-dessus la barrière du lit pour poser un baiser sur son front. Il y a vingt ans aujourd'hui j'ai vécu l'un des plus beaux jours de ma vie. Bon anniversaire de mariage, Clare. Je t'aime. » Bouleversé par les souvenirs des temps heureux qui le submergeaient, il resta debout près de son lit pendant un long moment, passant ses doigts dans ses cheveux, avant de se retourner pour quitter la chambre.

Il remercia encore Sally en sortant.

« J'espère que tout ira pour le mieux pour toi et ton Andi, » dit-elle en le raccompagnant jusqu'à la porte.

Il serra sa main. « Merci. »

Le refrain de la chanson qu'il avait entendu plus tôt lui resta en tête pendant le bref footing jusqu'à chez lui, lui rappelant que, malgré la perte douloureuse, il avait toutes les raisons d'être reconnaissant de la vie qu'il avait maintenant.

Entre la scène affreuse avec sa mère et l'étrange conversation avec Jack, Andi avait tourné et viré toute la nuit. À quatre heures du matin, elle se leva finalement, sachant qu'il était inutile qu'elle essaie de dormir tant qu'elle ne serait pas sûre qu'il allait bien. Elle ne l'avait encore jamais entendu comme ça, et elle savait que quelque chose n'allait vraiment pas.

Vers sept heures elle ne pouvait plus attendre pour lui parler, mais elle tomba sur le répondeur de la maison et la messagerie de son portable. Sa voix sur le message la fit se languir de lui alors qu'elle attendait d'avoir de ses nouvelles.

Elle pensait appeler les compagnies aériennes lorsque son portable sonna à neuf heures.

« Jack ? Est-ce que tu vas bien ? Je suis tellement inquiète.

— Je suis désolé, ma chérie.

— Qu'est-ce qui ne va pas ?

— Je, euh, j'ai débarrassé les affaires de Clare hier soir. Cela a été bien plus dur que je ne m'y attendais. Je suis désolé que tu te sois inquiétée. »

Andi eut de la peine pour lui. « Tu as fait ça tout seul ? Pourquoi n'as-tu pas attendu d'avoir quelqu'un pour t'aider ?

— Je voulais que ce soit fait, et ça m'a semblé être une bonne idée sur le coup, dit-il d'un rire ironique.

— Je suis tellement désolée que cela a été dur pour toi. Elle avala sa salive. Veux-tu que nous reportions un peu nos projets pour que tu aies plus de temps ?

— Je ne veux pas plus de temps, Andi, dit-il avec un soupçon de désespoir dans la voix. Je te veux ici. J'ai *besoin* de toi ici.

— Si tu es certain…

— Sûr et certain. Rien n'a changé. Et comment ça s'est passé avec ta mère ?

— Exactement comme je le pensais, dit-elle avec un soupir. Elle est très déçue par nous deux.

— J'espérais qu'elle te soutiendrait davantage.

— C'était plus ou moins ce à quoi je m'attendais, mais cela blesse un peu.

— Je suis désolé, ma chérie. Je voudrais que tu sois déjà ici.

— Moi aussi. Te sens-tu seul dans cette grande maison ?

— Un peu. C'est beaucoup trop calme.

— J'imagine. Tu es où, à l'instant ?

— En route pour le bureau.

— Ça va aller ?

— Ça va mieux maintenant que je t'ai parlé. Je suis désolé que tu te sois inquiétée.

— Je t'aime Jack. Tu sais que je suis là si tu as besoin de moi, d'accord ?

— Je sais. Je t'aime aussi. Passe une bonne journée. Je t'appelle ce soir.

— À ce soir, alors. » Elle raccrocha mais se sentait encore anxieuse. Quelque chose n'allait pas. Elle y réfléchit quelques minutes et reprit le téléphone.

Jack ouvrait une bière et mettait une pizza surgelée dans le four lorsque la sonnerie de la porte d'entrée retentit, le faisant sursauter. Il se demanda qui pouvait bien être là à cette heure-ci.

Il ouvrit la porte et fut surpris de trouver Andi sur le seuil. Elle portait ses longs cheveux en une queue de cheval et était vêtue d'un jean avec une veste en cuir noir. Il n'avait jamais été aussi heureux de la voir.

« Qu'est-ce que tu fais là ?

— Tu te sentais seul, dit-elle avec un léger haussement d'épaule. Tu vas me laisser entrer ? »

Il se poussa. « Bien sûr. »

Elle laissa tomber son sac dans l'entrée et tendit le bras vers Jack pour enlever les cheveux de son front, un geste de tendresse si familier qu'il en vacilla presque de désir lorsqu'elle le prit dans ses bras.

« Comment savais-tu que j'avais besoin de toi ? Il posa son front sur l'épaule d'Andi et respira le parfum qu'il aurait reconnu n'importe où.

— De la même manière que tu savais que j'avais besoin de toi quand Éric a été malade. »

Il leva le visage, cherchant le regard d'Andi. « Comment es-tu venue ici ?

— Par le taxi le plus lent de tout le Rhode Island. Qu'est-ce qui brûle ?

— Merde ! Il attrapa sa main et la dépêcha vers la cuisine où il sortit la pizza juste avant qu'elle noircisse. Tu as faim?

— C'est ce que tu manges ? Elle remarqua son vieux T-shirt and son survêtement miteux. La situation est pire que je ne le pensais. »

Il sourit et haussa les épaules. « C'était là, et ça avait l'air bien.

— Ne me laisse pas m'interposer entre toi et ta cuisine raffinée.

— Tu en veux ?

— Non, merci. Elle ouvrit une bouteille de vin et se versa un verre pendant qu'il mangea la pizza entière. T'as mangé comme une vache.

— J'ai couru huit kilomètres aujourd'hui, » dit-il en finissant la pizza et en vidant la bouteille de bière.

Elle alla lui chercher une autre bière, la lui ouvrit et le rejoignit à table. « Qu'est-ce qui ne va pas Jack ? »

Il prit sa main et l'embrassa. « Rien, maintenant.

— Qu'est-ce qui n'allait pas plus tôt, alors ? »

Se levant pour mettre son assiette dans l'évier, il prit une gorgée de sa bière et se tourna vers elle. « Allons près du feu. »

Dehors, la température était descendue bien en dessous de zéro, et ils apprécièrent la chaleur additionnelle du feu dans le salon quand ils s'assirent tous deux en même temps sur le canapé. Attendant d'entendre ce qu'il avait à dire, Andi lutta contre la panique. Elle réalisa qu'elle ne l'avait jamais vu aussi négligé ou perdu.

Quoi qu'il se soit produit la nuit précédente, cela l'avait manifestement bouleversé. Ses cheveux foncés étaient ébouriffés car il y avait passé ses doigts toute la journée, et son visage était crasseux et mal rasé. Cependant, c'était l'abattement qu'elle voyait dans ses yeux, qui était le plus déconcertant. Elle l'aimait tellement que cela lui faisait mal, et elle n'avait aucune idée de ce qu'elle ferait s'il changeait d'avis à propos d'eux deux.

« Je ne peux pas croire que tu sois venue jusqu'ici. Il enroula une boucle de ses cheveux autour de son doigt. Où est Éric ?

— Ma mère était heureuse de le garder. Son temps avec lui va être limité, alors elle était contente de l'avoir rien qu'à elle pendant un petit moment.

— Juste un petit moment ?

— Aussi longtemps que tu auras besoin de moi.

— Tu ferais bien de te mettre à l'aise.

— Est-ce que tu vas me parler ?

— Je te parle. »

Elle fronça un sourcil.

Il laissa échapper un souffle profond et saccadé. « J'ai trouvé des choses à Clare, des trucs que je ne savais pas qu'elle gardait, des vieilles cartes, des lettres… C'est juste, je ne sais pas… ça fait mal, » murmura-t-il.

Elle lui tendit les bras.

« C'était une pile de papier, mais ça a tout fait revenir, » dit-il, se blottissant contre elle.

Elle l'étreignit un peu plus fort. « Et tu étais tout seul.

— C'était une bonne chose. Je n'aurais pas voulu que les filles me voient comme ça encore une fois. »

Ravalant la crainte qui s'était logée dans sa gorge, Andi ferma les yeux et respira son odeur familière. « Cela a été atroce ? »

Il approuva de la tête.

Elle passa la main dans ses cheveux épais et foncés.

Lorsqu'il leva les yeux vers elle, son regard brisé remplit celui d'Andi de larmes.

« Cela me fait terriblement peur de penser qu'il pourrait y avoir d'autres choses ici qui pourraient déclencher ça. Je ne peux pas promettre que cela ne se produira plus.

— Tu n'en as pas besoin. Elle plaça à nouveau la tête de Jack là où elle s'était reposée contre sa poitrine, et continua de caresser ses cheveux alors qu'une larme coula le long de la joue de l'homme qu'elle aimait. Si cela arrive encore, je serai là tout près de toi et nous le surmonterons ensemble.

— Je suis tellement fatigué, Andi.

— Je le sais, mon amour. » Elle le fit monter se coucher et le tint serré contre elle jusqu'à ce qu'il tombe dans un sommeil paisible, mais elle resta longtemps éveillée, allongée à côté de lui, à espérer qu'elle n'était pas en train de faire une autre immense erreur.

Le téléphone les réveilla de bonne heure le matin suivant. Jack tâtonna pour attraper le combiné près du lit.

« Jack ?

— Fran? Qu'est-ce qui se passe ?

— Rien. Qu'est-ce qui se passe chez toi ?

— À part qu'il est six heures du matin ?

— Oh, zut, je ne peux pas m'habituer au décalage horaire. Désolée. Tout va bien là-bas ? »

Il était finalement réveillé. « Tout va bien. Tu t'ennuies déjà avec ton nouveau mari ? »

Andi sourit à sa question, et il enroula son bras disponible autour d'elle.

« J'ai t'entendu, » dit Jamie.

Frannie se mit à rire. « Je ne m'ennuie certainement pas.

— Épargne-moi les détails. Comment est Fiji?

— D'après ce que j'en ai vu, c'est pas mal du tout.

— Je t'ai dit de m'épargner les détails.

— Tu es sûr que tout va bien, Jack ? J'ai fait le plus étrange des rêves à propos de toi, et ça m'a vraiment dérangée, alors Jamie m'a dit de t'appeler.

— Je vais bien, lui assura-t-il, les cheveux d'Andi lui effleurant la joue. Amuse-toi et ne t'inquiète pas pour nous.

— D'accord. Je te vois le weekend prochain.

— À plus. » Il raccrocha, passa sa main dans ses cheveux et bâilla.

« Tout va bien à Fiji ? demanda Andi.

— Ça en a l'air. Elle a dit avoir fait un rêve un peu fou à mon sujet et avait besoin d'appeler. Mon cœur s'est presque arrêté quand le téléphone a sonné. J'ai pensé aux filles sur ce bateau de croisière.

— C'est étrange qu'elle ait senti qu'il y avait quelque chose qui n'allait pas avec toi. Andi se tourna pour l'observer. Tu as l'air d'aller beaucoup mieux. »

Il roula dans le lit afin d'être sur elle. « Moi aussi, j'ai fait un rêve incroyable, et je me suis réveillé pour me rendre compte que ce n'était pas un rêve du tout, dit-il en l'embrassant doucement d'abord, puis avec plus de force. Tu sais ce que je veux faire ?

— J'ai ma petite idée, dit-elle avec un rire bref en levant ses hanches contre son érection.

— Ça aussi, bien sûr. En continuant de rire il traça un chemin de baisers brûlants de son oreille à sa clavicule. Mais tu sais ce qu'on n'a jamais eu la chance de faire ?

— Non, quoi ?

— Rester au lit toute la journée.

— Et faire semblant d'être à Fiji ?

— Pourquoi pas ? Combien de fois on va se retrouver sans enfants dans nos pieds pendant une journée entière ?

— Je ne peux pas le nier. Mais tu ne dois pas aller travailler ?

— Et toi, alors ?

— Tu m'as eue encore.

— N'entendant aucune objection… Ceux qui sont pour ? Oui et oui, et la motion est adoptée. Il l'embrassa avant qu'elle puisse émettre la moindre objection. Adoptée à l'unanimité. »

« C'est la décadence totale, murmura Andi des heures après qu'ils avaient dévoré une boîte de chocolats qui restait de Noël, pris un bain moussant et fait l'amour à nouveau. Je n'ai jamais été aussi paresseuse de ma vie.

— Nous devrions en faire un évènement mensuel. Un jour par mois, Jack et Andi seront absents de la vie — un jour où les enfants sont à l'école, pour sûr. Ceux qui sont pour ?

— Oui, dirent-ils ensemble.

— Et une autre motion adoptée à l'unanimité, dit Jack. J'aime ce système de gouvernement que nous avons établi.

— Ça rejoint le fait que tu arrives tout le temps à obtenir ce que tu veux, ce que j'ai fini par comprendre est un de tes nombreux dons.

— Alors, si je t'avais laissée tout décider — juste pour aujourd'hui, note bien — qu'est-ce que tu aurais changé ?

— Pas la moindre chose. »

« Je dois rentrer chez moi demain, tu sais, dit-elle alors qu'ils mangeaient devant le feu en bas les plats chinois qu'ils avaient emportés.

— Tu es déjà chez toi, lui rappela-t-il.

— Laisse-moi corriger cela. Je dois finir des choses à Chicago, pour pouvoir revenir à la maison près de toi.

— Beaucoup mieux. Il lui donna une bouchée de son Lo Mein. Je viens toujours le jour du déménagement, n'est-ce pas ?

— Tu n'as pas besoin.

— Je veux venir. Encore un mois… »

Regardant longuement le feu, elle dit, « Je le sais.

— Qu'est-ce qu'il y a ? »

Elle se tourna vers lui. « Es-tu sûr, Jack ? Vraiment sûr que tu es prêt pour tout ça ? Ce n'est pas trop tard pour le reporter un peu— » L'expression de son visage l'arrêta.

Il posa son carton de nourriture sur la table et prit sa main. « Andrea, tu m'as sauvé de toute les façons possibles. Je pensais que ma vie était finie, et puis, tu es arrivée. Tu te souviens lorsque tu as dit que tu étais inquiète parce que j'allais mal hier et tout le monde était parti ? »

Elle fit oui de la tête. C'était la première fois de la journée qu'il en parlait.

« Personne d'autre n'aurait pu m'aider comme tu l'as fait. Tu es ma première pensée du matin et ma dernière du soir. Je ne peux plus imaginer ma vie sans toi ou Éric. Je ne veux pas que tu aies le moindre doute à propos de mon amour pour vous deux ou de mon engagement envers vous. »

Elle caressa son visage. « Je n'en ai pas. »

Il se pencha pour l'embrasser et la tint contre de lui. « Je ne te décevrai pas. »

Elle ferma les yeux et reposa sa tête contre son torse pour écouter son cœur qui battait fort, ayant la certitude qu'il lui appartenait.

Jack s'envola pour Chicago deux jours après que le camion de déménagement était parti avec les dernières affaires qu'Andi et Éric amenaient dans le Rhode Island. Le reste de ses meubles étaient entreposés, et son locataire emménageait la semaine suivante. Son appartement étant vide, elle réserva une suite à l'Infinity pour sa dernière nuit en ville. Éric était à son dernier jour d'école quand Andi prit une des voitures de société jusqu'à O'Hare pour y rencontrer Jack.

Acheter une voiture était la première chose sur sa liste de choses à faire une fois dans le Rhode Island.

Elle était appuyée contre la limousine lorsqu'il émergea d'une porte du niveau inférieur en ce jour de février glacial et gris.

« Hé, mon matelot, tu as besoin que je te dépose quelque part ? » Elle sourit quand il s'approcha d'elle, très sexy dans un jean et un manteau noir.

Il laissa tomber son petit sac sur le trottoir, la souleva dans ses bras jusqu'à ce que ses pieds ne touchent plus le sol et l'embrassa avant de la reposer lentement.

« Eh ben, bonjour, » dit-elle, excitée de le voir après avoir été séparés un long mois.

Il l'adossa contre la limousine. « Tu sais quelle a été ma première pensée ce matin ?

— Euh, étais-ce, mince, il faut que je me lève de bonne heure pour arriver à temps pour ce vol ?

— Non, tu es très loin du compte. Ça, c'était ma deuxième pensée. Tu veux encore essayer de deviner ? »

Elle le tira suffisamment près d'elle pour l'embrasser à nouveau. « Je suis perplexe.

— Ma première pensée, c'était que la nuit dernière était la *dernière* que je passerai sans toi. » Il était en train de l'embrasser lorsqu'un agent souffla dans son sifflet, les avertissant de bouger la limousine.

Ils n'entendirent rien du tout.

CHAPITRE 20

David invita Andi, Jack et Éric à dîner à l'hôtel, et ils furent surpris de trouver la salle remplie de ses collègues et amis, parmi eux un nombre que Jack rencontrait pour la première fois. David avait même pensé à inviter quelques amis d'école d'Éric. Andi fut déçue que sa mère ne fasse pas partie du groupe.

Elle et Jack se couchèrent finalement à minuit après avoir bordé Éric dans l'autre chambre de la suite.

« Comment te sens-tu ? demanda-t-il, la blottissant contre lui.

— Un peu triste. Ils vont beaucoup me manquer.

— Je ne sais pas si je te l'ai assez dit, mais j'apprécie tout ce que tu fais, tout ce que tu abandonnes.

— Tu sais ce que j'ai dit à ma mère lorsque je lui ai annoncée que nous déménagions ?

— Non, quoi ? »

Elle se tourna pour lui faire face. « Que je me sens vivre davantage en cinq minutes avec toi qu'en une année entière ici. Je n'abandonne *rien* comparé à ce que je reçois en retour. »

Il l'embrassa tendrement. « Ça fait plaisir de l'entendre. »

Elle se blottit contre lui, et couvrit son torse de baisers. « Je suis tellement contente que tu sois ici. Je déteste dormir toute seule.

— J'ai du mal à croire qu'on pourra dormir ensemble toutes les nuits maintenant. »

Traînant un doigt sur son ventre, elle enveloppa son érection dans sa main. « Ce n'est pas tout ce que nous pourrons faire toutes les nuits, » dit-elle avec un sourire coquin.

Il se mit sur elle. « Mm, toutes les nuits, hein ? Promis ?

— On a beaucoup de temps à rattraper. »

Il la pénétra et inspira profondément. « *Mon Dieu*, est-ce qu'il y a quelque chose de meilleur au monde ?

— Rien qui me vienne à l'esprit. Ses doigts qui caressaient son dos le firent frissonner. Jack… »

Il la pénétra avec force et plus profondément. « Quoi, mon amour ?

— Ne t'arrête pas. »

Riant, il se pencha pour l'embrasser. « Pas la moindre chance. »

Le lendemain, David les attendait lorsqu'ils descendirent pour partir.

Andi jeta un dernier coup d'œil dans le hall d'entrée, enchantée de voir que tout était à la bonne place, même si elle avait un léger pincement au cœur.

Le portier venait de charger le dernier de leurs bagages dans la voiture qui les amènerait à l'aéroport.

« Vous êtes prêts ? demanda David.

— Tu n'avais pas besoin de te déplacer un samedi, dit Andi.

— Je voulais t'accompagner à l'aéroport. On y va ? » David signa les trois derniers mots pour inclure Éric qui le récompensa d'un grand sourire.

Éric avait un sac à dos rempli de choses qui l'occuperaient dans l'avion et portait sa casquette de baseball des Chicago Cubs quand ils sortirent par la porte tournante de l'hôtel.

Pendant que David installait Éric dans la voiture, Jack attendait Andi qui jetait un dernier regard mélancolique vers l'hôtel.

« Prête ? demanda-t-il, en passant un bras autour d'elle.

— Oui, allons-y. »

Le trajet jusqu'à l'aéroport parut plus rapide que d'habitude, et avant qu'elle ait le temps de s'en rendre compte, Jack et David aidaient le chauffeur à charger les bagages sur un chariot.

Quand Jack eut chargé le dernier de leurs bagages sur la pile, il se tourna vers David, la main tendue.

« Merci David, pour tout. J'espère que toi et ta famille viendrez nous voir.

— Tu peux y compter. David serra la main de Jack et fit un long câlin à Éric. Prends soin de ces deux-là.

— Je n'y manquerai pas. Jack prit Éric par la main. On t'attend à l'intérieur, Andi. »

David ouvrit ses bras à Andi. « Je suppose que c'est le moment d'y aller. »

Elle le serra très fort et fit un pas en arrière pour le regarder. « Je ne te remercierai jamais assez pour tout ce que tu as fait. Je vais faire du bon travail pour toi à Newport.

— Je n'en doute pas mais il y a une chose bien plus importante que tu peux faire pour moi.

— Quoi donc ?

— Être heureuse, Andi. Il l'embrassa sur la joue et la serra une fois de plus dans ses bras. Tu vas me manquer.

— Toi aussi. » Des larmes coulèrent sur sa joue lorsqu'elle le regarda monter dans la limousine. Quand la voiture fut hors de vue, elle alla retrouver Jack et Éric.

Ils arrivèrent à la maison dans deux voitures chargées de gens et de bagages. Andi fut enchantée que Frannie, Maggie et Kate soient venues à l'aéroport avec Jamie. La banderole de Maggie l'amusa. Elle disait : Bienvenue à la maison Éric, en grosses lettres, alors que son nom à elle semblait presque avoir été rajouté à la dernière minute. Malgré cela, elle était enchantée de savoir que son fils serait bien aimé dans sa nouvelle demeure.

Elle se doutait que Jack était déçu que Jill ne soit pas venue à l'aéroport.

Après que Jack et Jamie eurent déchargé les sacs dans la maison, ils se rendirent à la cuisine, s'arrêtant net lorsqu'ils virent les ballons et un gros gâteau sur la table, avec « Bienvenue Andi et Éric » écrit dessus.

« Je me suis dit que vous auriez peut-être faim, dit Jill avec un sourire timide.

— C'est toi qui as fait ça, Jill ? » demanda Jack, clairement étonné.

Elle s'approcha de lui. « Je suis désolée Papa, murmura-t-elle en le prenant dans ses bras. Je sais que j'ai été affreuse. Je suis prête à essayer, pour toi.

— Merci. »

Le soulagement la submergeant, Andi chercha le regard de Jack et lui fit un chaleureux sourire. « Ce gâteau a l'air fabuleux Jill, dit Andi. Et si je t'aidais à le servir ? »

Le gâteau dévoré, ils eurent une grande discussion à propos de ce qu'ils allaient manger le soir et se mirent d'accord sur des pizzas.

« Est-ce que je peux faire quelque chose pour t'aider à t'installer, Andi ? demanda Frannie après le dîner.

— J'ai juste à faire le lit d'Éric et à trouver son pyjama, mais c'est tout ce que je vais faire aujourd'hui.

— Maggie et moi avons préparé son lit hier, après qu'il a été livré.

— Merci, Frannie.

— Je savais que tu serais fatiguée ce soir. Je suis très contente de pouvoir t'aider.

— Je vais adorer t'avoir dans les parages, dit Andi.

— On va passer beaucoup de temps ensemble puisque tu travailleras de la maison pendant les mois à venir, et j'utiliserai encore mon studio ici pendant la construction de notre nouvelle maison.

— Je me demande si on accomplira quoi que ce soit, dit Andi en remplissant leurs verres.

— Il faut espérer, parce que la plupart de ce que je fais maintenant est pour ta commande, » dit Frannie avec un grand sourire.

Jamie et elle se préparèrent à partir quelques instants plus tard.

« Merci pour votre aide aujourd'hui, dit Jack en les accompagnant avec Andi jusqu'à la porte.

— Ça nous a fait plaisir, dit Jamie. On est tous heureux que tu sois ici de façon permanente, Andi, spécialement lui. Il poussa Jack légèrement. Je ne sais pas si on l'aurait supporté bien plus longtemps.

— Quoi ? Je n'étais pas de si mauvais poil que ça ! »

Frannie et Jamie échangèrent un regard entendu.

« Je ne l'étais pas ! »

Andi rit et passa un bras autour de Jack. « Je m'en occupe à partir de maintenant, les gars. Merci de votre aide. »

Fermant la porte derrière eux, Jack se tourna pour enlacer Andi. « Je me sens comme un gosse à Noël.

— En parlant de gosse, allons trouver le mien et mettons-le au lit. Il doit être épuisé après s'être couché tard hier soir et toute l'excitation d'aujourd'hui. »

Éric était enchanté de sa nouvelle chambre, laquelle avait été peinte du même bleu pastel que sa chambre à Chicago. Il fut aussi surpris de trouver son propre lit qui l'attendait. Ils rirent tous lorsqu'il demanda s'il avait pris l'avion avec eux.

« Ouf, dit Jack en redescendant avec Andi. J'espère qu'ils ne vont pas faire cette foire tous les soirs.

— Peut-être, pendant un petit moment.

— Maggie est tellement heureuse de l'avoir ici. Crois-moi, je suis content qu'elle soit heureuse, mais cela me surprend un peu dans la mesure où elle a toujours aimé être le bébé de la famille — et en a profité à fond.

— Elle n'a jamais eu personne avant lui à qui donner des ordres, dit Andi.

— C'est vrai. De quoi d'autre as-tu besoin pour cette nuit ? » demanda-t-il, en montrant d'un geste la pile de bagages qu'ils avaient prévu de défaire le lendemain matin.

Elle montra du doigt un petit sac. « Juste celui-ci.

— Donne-moi cinq minutes et puis monte. Il l'embrassa et prit son sac avec lui.

— Qu'est-ce que tu manigances ? »

Il leva une main en montant. « Cinq minutes. »

Elle verrouilla la porte arrière et alluma la lumière à l'avant pour Jill et Kate qui faisaient du baby-sitting. En montant à la chambre, elle s'arrêta pour jeter un coup d'œil sur Éric. Il s'était endormi tout de suite et avait les deux bras au-dessus de sa tête. Elle le couvrit, ramassa son chien en peluche du plancher et le remit dans le lit avec lui. Quand elle alla voir Maggie, Andi la trouva elle aussi endormie et découverte. Elle la reborda et grimpa l'escalier en colimaçon pour aller retrouver Jack.

En montant, Andi sentit un peu de la tension qu'elle portait en elle depuis des semaines, quitter ses épaules. Maintenant qu'elle et Éric étaient finalement ici et que le déménagement était derrière eux, elle pouvait s'accorder la permission de commencer à espérer que les choses se passent bien.

Cet espoir retrouvé grandit dans son cœur et s'amplifia lorsqu'elle pénétra dans leur chambre, qui était éclairée de bougies. Il avait également allumé un feu, et la chaleur enveloppa Andi lorsqu'elle entra dans la pièce.

Les meubles qu'elle avait envoyés de Chicago étaient arrangés comme elle l'aurait fait elle-même, et l'atmosphère de la pièce était complètement différente de celle qu'elle avait la seule autre fois où Andi y était montée.

« Il y a quelqu'un ? »

Jack sortit de la salle de bains portant rien d'autre qu'un jean et un large sourire. « Salut, toi. »

Le voir ainsi à la lueur des bougies la submergea de désir. Elle passa ses mains sur son torse et s'appuya contre lui, voulant encore se pincer afin d'être sûre qu'elle *vivait* maintenant avec l'amour de sa vie.

Il la prit dans ses bras. « Et si nous sautions dans le Jacuzzi ?

— Ça me ferait très plaisir. »

Il l'entraîna dans la grande salle de bains, et elle poussa un cri à la vue des deux douzaines de roses rouges qu'il avait laissées sur le comptoir pour elle.

« J'allais y ajouter une carte, mais je me suis dit que je pouvais aussi bien te dire ce que j'y aurais écrit. »

Elle respira le parfum des roses. « Et c'est quoi ?

— Quelque chose comme « Bienvenue chez toi. Je suis tellement heureux que tu sois ici. » Il lui vola un long baiser et se pencha pour faire couler le bain.

— Elles sont magnifiques, merci.

— J'ai autre chose pour toi. Il fouilla dans sa poche et en sortit un trousseau de clés. Les trois argentées sont de la maison. Les autres sont de mon bureau, du bateau, et de Haven Hill. Oh, et voici celle de ma voiture.

— Les clés de ton royaume, » dit-elle, touchée par le geste.

Il lui tendit le trousseau. « Tout ce que je possède. »

Elle posa les clés sur le comptoir. « Merci.

— Baignons-nous. »

La pression de l'eau apaisa la tension des dernières semaines. « Jill a été si gentille avec le gâteau et les ballons, dit Andi en se relaxant contre son torse.

— Je n'en croyais pas mes yeux. Elle m'a vraiment étonné. »

Andi ferma les yeux et soupira de contentement. Être finalement avec lui, sans limite de temps, n'était rien de moins qu'un rêve devenu réalité. Après un long moment en silence dans le bain, elle dit, « Je me transforme en guimauve.

— C'est grave. » Il l'aida à sortir et l'enveloppa dans une immense serviette blanche avant d'en attacher une autre autour de sa taille à lui. Il la souleva si vite qu'elle ne le vit pas venir.

La déposant sur leur lit, il se pencha pour l'embrasser. « Ne bouge pas. » Il tendit le bras vers l'endroit où il avait caché une bouteille de champagne froide et deux verres. « Je me suis dit qu'il nous fallait célébrer ce soir.

— Je suis entièrement d'accord. »

Il fit sauter le bouchon, versa le liquide pétillant, et lui tendit un verre. « À toi, à moi et au reste de nos vies ensemble. »

Elle trinqua avec lui. « Je boirai volontiers à cela. »

IIIÈME PARTIE

Le papillon : se projeter en avant dans l'eau par un mouvement simultané de haut en bas des bras et des jambes.

CHAPITRE 21

Andi fit bon usage de ses deux semaines de congés pour défaire les bagages et s'installer. Elle fit attention de n'effectuer des changements que dans la pièce qu'elle partageait avec Jack et de laisser le reste de la maison telle qu'elle était, ce qu'elle pensait être important pour les filles.

Elle leur prépara un dîner de luxe aux chandelles pour le jour de la Saint-Valentin. Les enfants aimèrent le repas et les petits cadeaux ridicules qu'elle donna à chacun. Jack lui fit la surprise d'une paire de boucles d'oreilles en diamant dont il plaça la boîte sur son oreiller à l'heure du coucher. Elle lui donna une nouvelle montre pour remplacer celle qu'il avait cassée la semaine d'avant.

Le weekend suivant, il l'amena acheter une voiture et la persuada de prendre une BMW bleu nuit décapotable, comme la sienne en version quatre portes. Quand il voulut la lui acheter, elle protesta, lui faisant clairement savoir qu'elle était capable d'acheter sa propre voiture. Il essaya de la convaincre — et fit même une petite scène chez le concessionnaire — jusqu'à ce qu'il comprenne finalement qu'il ne pouvait pas l'emporter.

« Andi… » Il lui prit la main alors qu'ils rentraient à la maison dans sa voiture. Celle d'Andi serait livrée le jour suivant.

Elle retira sa main et regarda par sa fenêtre.

« Qu'est-ce que j'ai fait ?

— Tu sais ce que tu as fait. »

Il arrêta la voiture sur le bord de la route. « Regarde-moi. Tournant son menton d'un doigt, il sembla choqué de voir des larmes dans ses yeux. Parle-moi. Qu'y-a-t-il ? »

Elle baissa les yeux et étudia ses mains. « J'ai réagi de façon excessive. Tu étais simplement généreux, comme tu l'es toujours. Je n'y suis pas habituée. Personne n'a jamais voulu s'occuper de moi comme tu le fais.

— Mais oui, je veux m'occuper de toi — et d'Éric.

— Depuis qu'Alec nous a laissés — et même avant ça — c'était à moi de m'occuper de nous. Je ne peux pas changer cela maintenant. Je gagne beaucoup d'argent et je veux que nous soyons partenaires sur un pied d'égalité.

— Je gagne beaucoup d'argent moi aussi, dit-il avec une expression peinée. En fait, *j'ai* beaucoup d'argent. Des tonnes en vérité, et ça n'inclut même pas l'argent que j'ai eu de mon père, auquel je n'ai jamais touché. Cela fait des années que je travaille juste parce que j'en ai envie. Je veux pouvoir faire des choses pour toi et Éric sans que cela te fâche. »

Elle savait qu'il avait réussi, mais l'entendre parler de *tonnes* d'argent la fit rire.

« Des *tonnes*, hein ? »

Il fit une grimace. « Tu ne peux pas savoir. Comment dire ? Les affaires vont bien. Vraiment bien. »

Il était si embarrassé qu'elle l'aimait encore davantage pour son humilité.

« Peut-on arriver à un compromis ? demanda-t-il.

Elle y réfléchit un moment. « Je te permets un caprice occasionnel, mais je paie pour l'essentiel — ma voiture, l'école d'Éric, tout ce dont il a besoin. Je ne veux pas qu'il soit trop gâté. Et mon salaire va dans le budget de la maison. C'est équitable ?

— On ira à la banque demain et on ouvrira un compte joint. On paiera pour tout avec ce compte. D'accord ? »

Elle acquiesça. « Tu veux bien faire une chose de plus pour moi ? »

Il posa un baiser sur sa main. « Il n'y a absolument rien que je ne ferai pas pour toi.

— Ne te fâche pas lorsque je ne te laisserai pas payer quelque chose.

— Je vais essayer. »

Elle leva un sourcil sceptique.

« Quoi ? J'essaierai.

— J'attends de le voir pour le croire. »

Souriant, il se pencha pour l'embrasser. « Venons-nous d'avoir notre première dispute ? »

En riant, elle dit, « Quand nous nous disputerons, mon pote, tu le sauras. »

Le premier jour qu'elle reprit le travail, début mars, elle conduisit pour le covoiturage d'Éric. En rentrant à la maison, elle s'arrêta pour s'acheter un café, avant de retourner à son nouveau lieu de travail, dans le bureau de Jack. Il avait fait de la place pour qu'elle puisse travailler de la maison pendant les derniers mois de construction, quand elle s'occuperait de l'embauche, de la publicité et du gala d'ouverture.

Frannie travaillait tous les jours dans son studio en attendant que la construction de leur nouvelle maison soit terminée. Andi attendait avec plaisir leur discussion quotidienne et allait souvent avec elle chercher Maggie à l'école. Elles avaient commencé à remarquer des crocus s'évertuant à pousser à travers le sol encore gelé, un signe évident que le printemps allait arriver.

Un après-midi Frannie vint de son studio, l'air éreinté.

« Qu'est-ce qui ne va pas ? demanda Andi.

— J'ai été barbouillée toute la journée. »

Andi la regarda de près. « Tu as l'air verdâtre.

— Pouah ! Je ne peux pas me permettre d'être malade maintenant avec tout ce qu'il y a encore à faire pour ta commande.

— Tu es sûre que c'est un virus et pas autre chose ?

— Comme quoi ? »

Andi dessina d'une main le ventre d'une femme enceinte.

« Mais non. C'est fini pour moi, ça. J'en suis sûre.

— Sûre à quel point ?

— Suffisamment pour ne pas avoir fait quoi que ce soit pour l'empêcher. Le visage de Frannie se relâcha sous le choc. Tu ne penses pas… Je veux dire vraiment… »

Andi éclata de rire. « T'es enceinte, c'est clair. J'espère que ce ne sont pas des triplés.

— Ce n'est *même pas drôle* ! Il faut que je fasse un test. Cela t'ennuie d'aller chercher Maggie ?

— Pas du tout. Tu vas revenir ici ?

— Je suppose. J'aurai besoin de soutien si c'est positif.

— Je serai là, » dit Andi, riant encore de l'air abasourdi sur le visage de Frannie.

Andi marcha jusqu'à l'école de Maggie et arriva à l'instant même où les élèves se ruèrent dehors par la porte principale de l'aile primaire. Elle fit signe à Maggie quand elle la vit courir dehors.

« Bonjour, Andi. Où est Frannie ?

— Elle avait quelque chose à faire, alors il faut que tu te contentes de moi.

— Ce n'est pas grave. »

Andi lui sourit. Elle avait encore parfois l'impression que Maggie la supportait parce qu'elle faisait partie du lot qui venait avec Éric. Mais Andi faisait un effort concerté pour ne pas s'imposer aux filles, dans l'espoir qu'une relation se développerait avec le temps.

« Tu as passé une bonne journée ? demanda-t-elle à Maggie.

— Ça a été. Bobby Denton a vomi au déjeuner. C'était tellement écœurant. Maggie frémit avec la répulsion d'une élève de CM2.

— Le pauvre petit. Je suis sûre que c'était embarrassant pour lui.

— Probablement. Je n'y avais pas pensé comme ça. C'est Hailey Harper. Elle indiqua une fille de l'autre côté de la rue. Je ne l'aime pas.

— Mais pourquoi ?

— Elle pense qu'elle est super cool avec ses tresses hautes.

— Devine qui sait tresser des nattes comme ça ?

— Toi ? Les yeux de Maggie s'illuminèrent. Tu pourrais m'en faire ?

— Bien sûr, on les fera demain. »

Elles discutèrent tout au long du chemin, et Andi célébra sa première importante percée.

Une de faite, deux à faire.

Andi étouffa un rire en entendant le grand gémissement venant de la salle de bains principale.

« Oh mon Dieu ! Frannie ouvrit violement la porte tenant le tube avec la grosse croix rose. J'ai presque quarante-quatre ans. Je ne peux pas être enceinte. »

Andi la prit dans ses bras. « Tu peux, et tu l'es. »

Des larmes coulèrent des yeux de Frannie. « Jamie va paniquer, gémit-elle. Nous sommes tous les deux trop vieux !

— Il sera ravi, » lui assura Andi.

Frannie s'assit sur le canapé et laissa tomber sa tête dans ses mains.

Andi fit et dit tout ce qui lui passa par la tête pour réconforter Frannie, mais rien ne sembla marcher.

« Je reviens tout de suite. » Elle descendit utiliser le téléphone dans la chambre de Kate afin que Frannie ne puisse l'entendre. « Bonjour Jamie, c'est Andi.

— Salut, Andi, que se passe-t-il ?

— Tout va bien, ne t'inquiète pas, mais est-ce que tu pourrais venir à la maison... euh... maintenant ?

— Quelque chose ne va pas ?

— Non, c'est Frannie, elle est —

— J'arrive tout de suite. »

Jamie grimpa à toute vitesse les escaliers quinze minutes plus tard et s'arrêta net à la porte lorsqu'il vit Frannie pleurer.

« Frannie, chérie, qu'est-ce qui ne va pas ?

— Je vous laisse tous les deux. » Andi ferma la porte et descendit. Quelques minutes plus tard elle sourit en entendant le cri de joie qui vint d'en haut.

Jack entra quelques instants plus tard paraissant inquiet. « Que se passe-t-il Andi ? Quinn m'a dit que tu avais appelé et que Jamie était parti du bureau en courant. »

Andi l'embrassa. « Tout va bien.

— Alors pourquoi est-ce que Jamie est arrivé ici comme ça ? Cela m'a fichu une de ces trouilles.

— Je suis désolé que tu aies eu peur, mais il faudra que tu les laisses te le dire eux-mêmes, » dit-elle avec un sourire mystérieux.

Il sembla comprendre que ce qui se passait n'était pas une mauvaise nouvelle, alors il la souleva. « Dis-moi ce que tu sais, ma belle !

— Pose-moi ! »

Mais au lieu de la poser il la fit basculer sur son épaule et fit semblant qu'il la ferait tomber si elle ne le lui disait pas.

« Qu'est-ce qu'on va faire si notre enfant devient comme lui plutôt que comme moi ? » demanda Jamie en entrant avec Frannie dans la cuisine.

Jack s'étouffa en reposant Andi. « Votre *enfant* ? »

Les autres acquiescèrent de la tête.

Jack laissa échapper sont propre cri de joie et les embrassa tous les deux. « Félicitations ! Quelle surprise !

— Ça, tu peux le dire, » murmura Frannie.

Resplendissant d'enchantement, Jamie passa un bras autour de sa femme.

Jill arriva dans la cuisine. « Qu'est-ce que c'est que tous ces cris ?

— Ta tante et ton oncle ont une merveilleuse nouvelle, dit Jack.

— Nous allons avoir un bébé ! » dit Jamie.

Jill se mit à crier et appela ses sœurs pour qu'elles descendent.

Éric était à la traîne avec Maggie, et Andi lui signa la nouvelle.

Tout le monde parlait en même temps lorsque Frannie redevint verdâtre et courut aux toilettes.

Frannie était malade pendant des semaines, jusqu'à ce que Jamie n'en pouvant plus appela son médecin. Elle fut admise à l'hôpital et mise sous intraveineuse. Une échographie faite le premier jour de son admission confirma ce que le docteur pensait avoir entendu sur l'électrocardiogramme — deux battements de cœur.

Frannie dormait quand Andi passa lui rendre visite plus tard dans la journée, après un appel de Jamie pour annoncer qu'ils attendaient des jumeaux.

Elle se réveilla lorsqu'Andi s'assit près d'elle, sur le lit. « Je te tiens responsable, tu sais.

— Oh vraiment ? J'ai hâte d'entendre ça.

— Toutes celles à qui tu achètes des peintures finissent avec une ribambelle d'enfants — d'abord des triplés et maintenant des jumeaux. Tu es une sorte de sorcière de la fertilité. »

Andi grogna de rire. « Pense ce que tu veux, mais je peux te dire exactement ce qui a donné cela : deux semaines dans une hutte à Fiji.

— C'était un très joli bungalow, et nous n'avions aucune raison de le quitter, dit Frannie, une étincelle de vie à nouveau dans ses yeux. Je me dis maintenant que nous aurions peut-être dû faire un peu de tourisme.

— Ah, bah, ça ne m'étonne pas, dit Andi en gloussant.

— Ma mère était ici plus tôt, me disant que les jumeaux, ça tient de famille. Les miens seront la cinquième paire à sa connaissance. Son arrière-grand-mère était jumelle. Je ne le savais pas. J'ai pensé « merci beaucoup ma mère, mais c'est un peu tard pour me dire que je jouais avec le feu. »

— Sans rire ! Est-ce que tu te sens mieux ?

— Oui. Au moins je ne vomis plus constamment. »

Andi fit la grimace. Elle ne pouvait penser à rien de pire. Après une grossesse facile avec Éric, l'accouchement avait été chaotique et s'était terminé par une césarienne d'urgence. Elle se demandait souvent si les problèmes durant l'accouchement n'étaient pas à l'origine de sa surdité, mais elle ne pouvait en être certaine. « Bon, je vais te laisser te reposer. Je suis sûre que les filles vont faire un saut, et Jack voudra venir plus tard, alors je vais y aller, d'accord ?

— Je te tiens toujours responsable. »

~

Après une période de journées pluvieuses qu'Andi pensait ne finirait jamais, le mois de mai arriva, chaud et ensoleillé. Les tulipes étaient en fleur, et quelques jours furent suffisamment beaux pour qu'elle essaie enfin sa nouvelle décapotable. Elle vint chercher Jack au bureau un jour et l'emmena faire une balade sur Ocean Drive.

Ils s'arrêtèrent pour inspecter l'hôtel, dont le gros œuvre était maintenant terminé et qui fourmillait de travailleurs. Jack y était passé plus tôt dans la journée et avait dit qu'il était satisfait des progrès.

Une semaine plus tard, les filles et lui marquèrent le deuxième anniversaire de l'accident de Clare en lui rendant visite et en sortant dîner. Ils demandèrent à Andi et Éric de les retrouver pour manger, mais Andi pensa qu'ils avaient besoin d'être seuls ensemble et profita de l'opportunité pour passer un peu de temps avec Éric.

Elle était au lit en train de lire lorsque Jack rentra, l'air épuisé. « Est-ce que tout le monde va bien ? »

Il déboutonna sa chemise et s'assit près d'elle sur le lit. « Elles se sont très bien débrouillées. Elles supportent bien mieux de la voir qu'elles ne le faisaient auparavant. »

Andi posa sa main sur le bras de Jack. « Et toi ? »

Il entrelaça ses doigts avec les siens. « Cela ne devient pas plus facile de la voir comme ça. J'ai du mal à croire que ça fait deux ans déjà.

— Est-ce que je peux faire quelque chose pour toi ?

— Tu l'as déjà fait. J'avais hâte de venir te retrouver à la maison. »

Elle tira sur leurs mains jointes afin de le rapprocher suffisamment pour l'embrasser. Ce qu'elle pensait être un baiser rapide se transforma en une longue étreinte, et peu après, elle passait ses mains sous sa chemise et lui caressait le dos.

Il frissonna à son toucher et embrassa son cou de haut en bas. « Tu me rends fou de désir, Andrea.

— Je suis là mon amour. Je suis à toi. »

CHAPITRE 22

Lorsque le nom de Jillian Frances Harrington fut appelé durant la remise des diplômes, Jack serra fort la main d'Andi et retint son envie de pleurer comme une Madeleine.

Jill traversa l'estrade dans sa toge et sa coiffe rouge pour serrer la main du proviseur. Elle portait des cordes dorées autour du cou signifiant son appartenance à diverses sociétés honorifiques, et Jack craignit d'exploser de fierté.

Quand elle atteignit l'autre bout de l'estrade, elle passa son pompon de l'autre côté de sa coiffe et leur envoya un baiser.

À la droite de Jack étaient assis Andi, ses parents, la mère de Clare, Frannie et Jamie, Neil et Marie Booth, Kate, Maggie et Éric. Les adultes pleuraient en regardant la fille qu'ils aimaient passer à la vie adulte.

Jack aurait aimé que Clare soit là pour voir ça. Il avait souvent pensé à elle durant les semaines précédant la cérémonie et savait qu'elle était aussi dans l'esprit de Jill aujourd'hui.

Le temps avec la première née de ses filles était passé en clin d'œil, et il était triste de penser qu'elle allait les quitter à la fin de l'été. Quand le dernier des lauréats avait été appelé, il alla trouver sa fille.

Jack les amena tous à dîner et les invita à la maison pour nager et partager un gâteau.

Ils avaient organisé une fête pour Jill et ses amis le lendemain, mais ce soir était réservé à la famille.

Jill rayonnait d'excitation en ouvrant ses cartes et ses cadeaux. Elle fut enchantée par le cadeau d'Andi — un certificat pour les services d'un décorateur professionnel pour sa chambre dans la résidence universitaire de Brown. Jack pensa que c'était un excellent cadeau, et Andi parut soulagée que l'idée plaise à Jill.

Quand Jill eut ouvert tous ses cadeaux, Jack lui donna une clé noire et montra la porte d'entrée du doigt. Hurlant de joie elle se précipita par la porte pour trouver dans l'allée une Volkswagen Beetle couleur citron vert avec un énorme nœud jaune sur le toit.

Jill laissa échapper un autre cri et se jeta dans ses bras quand il la suivit dehors. Les autres se tenaient juste derrière lui.

Ses yeux s'écarquillèrent. « Elle est vraiment à moi ?

— Toute à toi, à une condition cependant : tu dois venir souvent nous voir à la maison.

— Je le ferai, Papa. Je te le promets. Elle le prit à nouveau dans ses bras. Viens avec moi. Le premier tour est pour toi. »

Il enleva le ruban et le donna à Andi.

Jill eut du mal à contenir sa joie, klaxonnant à la famille en faisant le tour de l'allée circulaire. Elle appuya sur l'accélérateur et envoya le gravier voler.

Jack grogna. Combien de fois lui avait-il dit, à elle et à Kate, de ne pas entrer et sortir de l'allée à toute allure ? Il passait son temps à râteler le gravier.

Jill roula autour du pâté de maisons vers la plage. « C'était le plus beau jour de ma vie.

— Tu t'en souviendras toujours. Il abaissa son pied droit cherchant un frein qui n'était pas là.

Ralentis, Jill ! »

Elle lui fit un sourire taquin qui lui rappela sa mère. « Merci pour la voiture. Je l'adore. »

S'efforçant de ramener son cœur à un battement normal, Jack dit, « J'avais le sentiment que tu l'aimerais. »

Elle se gara sur une place de parking à la plage, où les vagues étaient hautes et les gens profitaient de la fin d'un des jours les plus longs de l'année.

Ils s'assirent sur le sable pour regarder les surfeurs glisser sur les vagues.

« Je suis tellement fier de toi aujourd'hui, et ta mère l'aurait été aussi. Elle aurait été ravie de savoir que tu vas aller à Brown.

— Je l'espère. »

Il passa un bras autour d'elle. « J'en suis certain. Je suis content que tu restes ici dans le Rhode Island et que tu ailles tout de même dans une université de prestige. Cela me donne le droit de me vanter. »

Elle gémit et rit en même temps.

« Tu es une personne bien, Jill, et une fille merveilleuse. J'espère que tu n'oublieras jamais où se trouve ta maison et que tu reviendras dès que tu voudras ou en auras besoin. Je serai toujours là pour toi. »

Elle s'appuya contre lui. « Merci, Papa, murmura-t-elle. Pour tout. »

Ému, il l'embrassa sur la tête et la serra fort, et il aurait voulu pouvoir la tenir comme ça pour l'éternité.

« Nous ferions mieux de retourner à la fête, » dit-il.

Ils se levèrent, brossèrent le sable sur eux, et marchèrent main dans la main vers la nouvelle voiture de Jill.

Jack étant parti à New York pour quelques jours de réunion avec des clients, Andi envoya les enfants à la plage et s'attela à rédiger une annonce pour le recrutement d'un chef exécutif. Après avoir travaillé plusieurs heures, elle s'éloigna de l'ordinateur et s'étira.

Elle alla dans la cuisine pour se verser un verre de jus de fruit et regarda les vagues quelques instants avant de remplir son verre à nouveau avec le reste du jus. Cherchant, dans la pièce, un morceau de papier pour faire sa liste de courses, elle remarqua sur le côté du réfrigérateur un tableau que personne ne semblait utiliser. Après avoir essuyé la vieille écriture avec une serviette en papier mouillée, elle commença une nouvelle liste et retourna à la fenêtre pour finir son jus de fruit. Elle ne se fatiguait jamais de la proximité de l'océan et avait commencé à être dépendante de son rugissement pour l'aider à trouver un sommeil paisible.

Andi était revenue à son bureau lorsque les portes du garage s'ouvrirent. Regardant sa montre, elle eut du mal à croire qu'il était si tard et elle sortit accueillir les enfants.

« Salut, » dit Kate en entrant dans la cuisine suivie de près par Jill. Elles allèrent droit au réfrigérateur.

Jill s'arrêta net, laissant échapper un cri, et regarda Andi. « *C'est toi qui a effacé ça ?* »

Prise au dépourvu, Andi dit, « Nous avions besoin d'une nouvelle liste.

— *Nooooon*, se lamenta Jill en quittant la pièce.

Andi se tourna vers Kate, qui semblait choquée en étudiant le tableau.

— Qu'est-ce qu'il y a ? Je ne comprends pas. »

Kate haussa les épaules. « Ma mère avait écrit ça. »

Andi en eut un nœud à l'estomac. « Oh mon Dieu, Kate. Je n'en avais aucune idée. Je suis tellement désolée. » Le message avait été là depuis plus de deux ans, et elle l'avait effacé en un instant de négligence. Elle ne l'avait pas remarqué avant.

« Tu ne pouvais pas savoir, » dit Kate.

Andi se demanda combien de fois encore elle entendrait cette phrase.

« Qu'est-ce qui se passe ? demanda Maggie qui entrait avec Éric. Elle laissa échapper un bref cri de panique quand Kate montra le tableau.

— Je suis désolée, les filles. Je ne savais pas qu'il signifiait quelque chose pour vous. »

Andi fit signe à Éric qu'elle revenait tout de suite et monta à l'étage pour trouver Jill vautrée sur son lit. Andi s'assit près d'elle. « Je suis désolée, Jill.

— J'ai exagéré. C'était juste un truc stupide que je regardais tous les jours.

— Ce n'est pas un truc stupide. Je suis désolée, mon chou. Vraiment.

— Quelque fois je passe une journée entière sans penser à ce qui est arrivé à ma mère, et puis d'autres fois ça fait si mal. »

Andi tint Jill dans ses bras pendant un long moment.

Jill se redressa et fit à Andi un sourire timide. « Je suis désolée d'avoir paniqué.

— Ne le sois pas. Je comprends. Alors qu'elle balayait les cheveux bruns soyeux du visage de Jill, le cœur d'Andi déborda d'amour pour la jeune fille qui avait tant perdu. Personne ne peut remplacer ta mère Jill, mais j'espère que tu sais que je suis là pour toi et que tu comptes énormément pour moi.

— Je le sais. J'aime t'avoir ici. »

Émue, Andi répondit, « Ça va aller maintenant ? »

Jill hocha la tête.

« Pourquoi on ne sortirait pas ce soir pour que personne n'ait à faire la cuisine ? » Andi, Jill et Kate faisaient la cuisine à tour de rôle, et c'était au tour de Jill ce soir.

« Ça marche pour moi, dit Jill en souriant. Je vais prendre une douche. »

Quand Andi redescendit, elle trouva Frannie qui l'attendait.

« Tout va bien là-haut ? demanda Frannie.

— Ça en a l'air. J'ai fait une grosse bêtise aujourd'hui, dit Andi en faisant un geste vers le tableau apparemment inoffensif qui avait déclenché une tempête dans la maison.

— Ne sois pas si dure avec toi-même. Tu n'en avais aucune idée. Nous l'avions juste laissé là comme ça. C'est un peu stupide, quand on y pense.

— C'est plus touchant que stupide. Y-a-t-il d'autres mines par ici que je devrais connaître ? Je suis terrifiée à l'idée de dire ou de faire quelque chose qui leur ferait du chagrin.

— Il n'y a rien qui me vienne à l'esprit, mais si je me souviens de quelque chose tu seras la première à le savoir, lui assura Frannie.

— Comme par hasard cela arrive quand Jack n'est pas là.

— Baptême du feu pour toi, dit Frannie avec un sourire ironique.

— J'emmène les enfants dîner au restaurant ce soir. Pourquoi ne vous joindriez-vous pas à nous ?

— Ce serait avec plaisir. »

Andi les invita tous à manger du homard dans un restaurant du bord de mer, et une fois revenues à la maison, les filles étaient dans un meilleur état d'esprit. La compagnie de Frannie et de Jamie avait contribué à améliorer leur humeur.

Après avoir bordé Maggie et Éric, et souhaité une bonne nuit à Jill, Andi entendit Kate jouer de la guitare près de la piscine. La pleine lune était suspendue comme un lampion au-dessus de l'océan lorsqu'elle se rendit dehors.

Elle se percha sur l'extrémité de la chaise longue de Kate. « C'est très beau, Kate.

— Merci.

— Tu n'as pas dit grand-chose à propos de ce qui est arrivé plus tôt. Je suis désolée que vous en ayez toutes tant de chagrin.

— Ce n'est pas grave. Tu ne pensais pas nous faire du mal.

— Je ne ferai jamais rien pour vous blesser exprès.

— Je le sais.

— Je peux t'écouter jouer un peu ?

— Bien sûr. »

Les enfants étaient à nouveau à la plage, et Andi travaillait le lendemain matin quand elle entendit la porte d'entrée s'ouvrir. Elle pensa que c'était Frannie comme elle savait qu'elle passerait dire bonjour en chemin vers son studio. La construction du studio de Frannie dans leur maison à eux était presque terminée, et la présence quotidienne de Frannie allait manquer à Andi.

Andi se remit à répondre au courriel du directeur de la division des nouveaux hôtels à Chicago et était absorbée par son écriture quand Jack se faufila derrière elle et l'embrassa dans le cou.

Laissant échapper un cri de surprise, elle sauta de sa chaise jusque dans ses bras. « Qu'est-ce que tu fais à la maison avec deux jours d'avance ?

— Tu me manquais. Où sont les enfants ?

— À la plage, dit-elle en s'accrochant à lui.

— Mm. C'est bien. » Il fit sa bouche captive d'un profond baiser passionné, souleva Andi et la porta hors du bureau.

Dans l'escalier, elle enveloppa ses jambes autour de sa taille et embrassa son visage, se perdant dans son odeur familière. « Tu m'as tellement manqué. Tu ne peux plus t'en aller.

— Ou alors tu dois venir avec moi. » Il la déposa à côté du lit et enleva le short et T-shirt d'Andi.

Elle déboutonna la chemise de Jack, la repoussa de ses larges épaules, et tira sur la ceinture de son short kaki.

« Dépêche-toi Jack, » soupira-t-elle contre ses lèvres.

Il la posa doucement sur le lit et la pénétra.

Se tenant fort à lui, elle passa ses jambes au-dessus des hanches de Jack et le laissa entrer profondément en elle.

Il se balança contre elle. « C'est comme s'il me manquait la moitié de moi-même quand je suis loin de toi. »

Elle prit son visage dans ses mains et le descendit vers elle pour un baiser rempli de tendresse qui cribla son corps des flèches du désir. Elle eut du plaisir jusqu'aux orteils lorsqu'elle souleva ses hanches pour se donner davantage à lui.

« J'ai besoin de bouger, » dit-il, haletant.

Elle baissa les jambes, les laissant s'ouvrir davantage.

Le dos de Jack était nappé de sueur alors qu'il allait et venait en elle.

Andi n'avait d'autre choix que de suivre son mouvement jusqu'au moment où il prit son mamelon profondément dans sa bouche et la propulsa dans un orgasme qu'elle sentit de ses orteils jusqu'au bout de ses doigts.

Tout à coup, il se figea. « *Andi*, gémit-il. Oh, *Dieu* comme je t'aime. »

Elle embrassa son front, ses yeux fermés, sa joue, le bout de son nez et finalement ses lèvres. « Je t'aime aussi. Tellement. Je ne sais pas ce que je ferais sans toi, sans cela.

— Tu n'auras jamais à le savoir. Il la tint serré contre lui pendant qu'il essayait de reprendre sa respiration. Je ne veux plus jamais être loin de toi.

— C'est une bonne chose, parce que je ne te laisserai plus partir. Tout part à la dérive quand tu n'es pas là.

— Jamie m'a dit ce qui est arrivé avec les filles. Il l'embrassa et se mit sur son flanc, l'amenant à lui. Je suis désolé que tu aies eu à y faire face toute seule. »

Elle passa une main sur son torse, s'attardant lorsque son téton se durcit sous son doigt.

« J'en étais malade de leur faire de la peine. Je n'avais aucune idée que Clare avait écrit cette note sur le tableau.

— Elles le savent. Il attrapa la main qui l'effleurait et la porta à ses lèvres. Je suis désolé de n'en avoir jamais parlé. On m'a dit que Jill l'a plutôt mal pris.

— Oui, mais nous avons eu une bonne discussion et elle m'a même laissée la consoler.

— Elle a beaucoup mûri cette année.

— Elle m'a dit qu'elle était heureuse que je sois là, » dit Andi avec un sourire.

Le visage de Jack s'illumina. « Vraiment ? Je suis tellement content d'entendre ça.

— J'étais contente, moi aussi.

—Tu vois ? Tout s'arrange. Nous devenons une famille, petit à petit. »

Le téléphone sonna et il attrapa le combiné près du lit. Il dit à la personne à l'autre bout du fil que Kate était à la plage. « Oui, je lui dirai. Jack raccrocha et leva les yeux au ciel. C'était *Ryan*.

— J'avais compris.

— Kate ne répond pas à son portable et il veut être sûr qu'elle sait qu'il vient la chercher à dix-neuf heures trente au lieu de dix-neuf heures. Oh, quelle joie ! »

Elle se moqua de lui. « Tu as de la chance que cela ait pris autant de temps pour que l'une d'entre elles ait un petit ami.

— Ce qui ne veut pas dire que ça doit me plaire, » ronchonna-t-il.

Andi se hissa sur lui. « Je peux voir que pour le bien de Kate, il faut que je t'arrache de sa vie amoureuse et tourne ton esprit vers la tienne. »

Il leva un sourcil interrogateur. « Ah, oui ? Qu'est-ce que tu as en tête ?

— Tu verras, » murmura-t-elle à son oreille.

Ils passèrent deux semaines de rêve sur Block Island au début d'août, se relaxant sur la plage, faisant du voilier autour de l'île et faisant de longues promenades pour aller chercher des glaces en ville.

Tard durant leur dernière nuit sur l'île, Jack s'assit avec Andi sur la terrasse de Haven Hill longtemps après que les enfants soient allés se coucher.

« J'ai du mal à croire que c'est notre dernière semaine avec Jill à la maison.

— L'été est passé si vite.

— Je ne suis jamais vraiment retourné à la maison après être parti à l'université. En fait, je n'ai pas passé une nuit chez mes parents pendant dix ans.

— C'était différent, Jack. Ton père était très, très dur avec toi. Tu sais que Jill sera à la maison tout le temps le weekend.

— Ce ne sera pas la même chose.

— Non. Elle va nous manquer à tous, mais tout ira bien pour elle. Elle est intelligente et futée, tout comme toi. Et je sais que cela va être une transition difficile pour toi, mais elle est tellement heureuse. Ne gâche pas sa joie en montrant à quel point tu es triste, d'accord ? Ce sera bien plus difficile pour elle de partir si elle pense que tu as de la peine.

— Tu me connais tellement bien. Il leva leurs mains jointes pour embrasser celle d'Andi. Et tu as raison. Il faut que je garde cela en tête toute la semaine prochaine. Je pourrais être triste plus tard, et tu prendras bien soin de moi, hein c'est vrai ?

— Bien sûr. »

Il relâcha sa main pour passer ses doigts dans les longs cheveux d'Andi. « Est-ce que tu es heureuse ici avec nous ? Est-ce que la ville te manque— »

Elle posa ses doigts sur les lèvres de Jack pour le faire taire. « Je suis ravie d'être ici avec vous. Je n'ai jamais rien connu de semblable à ce que nous avons. »

Il la prit dans ses bras, reconnaissant de cette deuxième chance à l'amour qu'elle lui avait donnée.

La famille célébra le dix-huitième anniversaire de Jill une semaine à l'avance, parce qu'elle serait en pleine semaine d'orientation le jour de son anniversaire. Les parents de Jack vinrent pour la fête et pour souhaiter bon voyage à Jill avant qu'elle parte pour son école. Il y eut beaucoup de larmes durant les au revoirs à la maison lorsque Jack, Andi et Jill se mirent en route pour Providence dans deux voitures chargées à bloc des affaires de Jill.

« Merci encore pour tout ça, Andi, » dit Jill plus tard dans l'après-midi.

Andi avait créé un sanctuaire pour Jill pour lui rappeler la maison, en utilisant ses couleurs préférées : le citron vert, le violet et le bleu.

« Tout le plaisir est pour moi, ma chérie. Tu vas nous manquer à la maison. Andi fit un dernier câlin à Jill. Elle dit à Jack, Je t'attends en bas, d'accord ?

— J'arrive tout de suite. Il apprécia qu'elle comprenne son besoin de passer un dernier moment seul avec sa fille. Tu es sûre que tu as assez d'argent et tout le reste ? demanda-t-il à Jill une troisième fois.

— J'en suis sûre, Papa. J'ai tout ce qu'il faut. Tu n'as pas besoin de t'inquiéter pour moi.

— Moi, m'inquiéter ? Aucune chance, dit-il avec un sourire. Tu as ton portable et ton chargeur, hein ?

— Oui, et je m'en servirai pour t'appeler — souvent.

— J'attendrai. Il l'embrassa. Je veux que tu profites de chaque minute de tout ça, mais fais preuve de bon sens et tiens-toi à l'écart des choses que tu sais que tu ne devrais pas faire. Il y aura beaucoup de tentations—

— Tu n'as pas à t'inquiéter. Je ne ferai jamais rien pour te décevoir. »

Il l'embrassa à nouveau. « Je t'aime. » Sa gorge se serra d'émotion, mais il continua à sourire, pour elle. En un instant, il la revit a cinq ans danser en tutu rose, traverser le pont des Girl Scouts, dévalant le terrain de lacrosse avec ses longs cheveux en queue de cheval, plongeant du bateau dans l'eau froide et bleue, et traversant l'estrade, trépidante, dans sa coiffe et sa toge. Tout cela était passé si vite.

« Je t'aime aussi. Tu peux rentrer. Je te promets que ça va aller. »

Avec un au revoir de la main faussement jovial, il la quitta finalement.

Andi l'attendait à la place du chauffeur de sa voiture.

Il monta à côté d'elle et s'abandonna à son embrassade pleine de tendresse, tout en s'efforçant de garder sa contenance. « Tu sais ce que je ne peux pas m'empêcher de penser ? demanda-t-il après plusieurs minutes silencieuses.

— Non, quoi ?

— Que je dois refaire ça l'année prochaine. »

Andi se mit à rire. « Oui, c'est vrai. Pourquoi on n'irait pas faire un bon dîner, et je t'achèterai une bonne bouteille de vin pour que tu puisses noyer ton chagrin ?

— J'aime ta façon de penser. » Il était d'accord pour tout ce qui retarderait son retour à une maison où Jill ne vivait plus.

Ils allèrent à un restaurant italien situé dans le quartier de la ville appelé Federal Hill, où il fit de son mieux pour terminer une bouteille de vin, mais plutôt que de l'aider à oublier, elle le rendit encore plus triste. Ils se tinrent la main pendant qu'Andi conduisit sur le chemin du retour.

« Merci pour toute ton aide aujourd'hui. Il tourna son regard vers elle. La chambre de Jill est fantastique. Elle va faire des jaloux.

— Je suis contente que ça lui plaise. C'était très amusant à faire.

— Nous avons tous de la chance de t'avoir. » Ils se pencha pour embrasser sa joue et se reposa contre elle quand ils traversèrent le pont de Newport.

Jack s'arrangea pour que les enfants passent la nuit chez Frannie et Jamie le 24 août — le premier anniversaire du jour où il avait rencontré Andi. Organiser une nuit spéciale pour eux l'avait aidé à arrêter de penser au départ de Jill, et il avait dit à Andi d'être prête à dix-huit heures.

« Prête à y aller, chérie ?

— Oui, oui. On y va quand tu veux.

— Tu es si belle. Il la prit contre lui et lui donna un long baiser. Joyeux anniversaire. »

Andi enroula ses bras autour de son cou. « Toi de même. Avec le départ de Jill et tout le reste, je me demandais si tu allais te rappeler.

— Bien sûr que je m'en suis souvenu. »

Elle rit. « J'aurais dû le savoir. »

Son bras autour de son épaule, il la conduisit à sa voiture. « Oui, tu aurais dû.

— Où allons-nous?

— Je me suis dit que nous pourrions passer la nuit sur le bateau comme nous l'avons fait le weekend où tu es venue en visite, dit-il en prenant la route de la marina.

— Il n'y a rien d'autre que je préférerais faire ce soir, mais je n'ai rien apporté pour pouvoir rester. »

Il lui embrassa la main. « Je m'en suis occupé. »

Elle soupira. « Je ne m'habituerai jamais à être avec un homme qui pense à tout.

— Tu ferais mieux de t'y habituer. Tu ne vas pas te débarrasser de moi comme ça.

— Non, je ne vais pas me débarrasser de toi, dit-elle en souriant. Encore heureux. »

Il s'était rendu au bateau plus tôt dans la journée, et tout était prêt pour eux quand ils arrivèrent.

Ils allèrent vers la baie pour voir les progrès de l'hôtel depuis l'eau. L'extérieur était presque entièrement recouvert de bardeaux, le toit était installé et les ouvriers montaient les murs intérieurs. La météo leur avait été favorable toute l'année, ce qui avait gardé les choses dans les temps.

« Ça a l'air fantastique, Jack. J'ai du mal à croire que cela semble presque fini vu d'ici. »

Ils s'attardèrent un peu plus longtemps pour regarder l'hôtel qui les avait amenés l'un à l'autre. Puis il dirigea le bateau à travers la baie pour jeter l'ancre dans Mackerel Cove pour la nuit.

Le même CD de Sinatra qu'ils avaient écouté la dernière fois jouait sur la stéréo quand ils commencèrent à manger le dîner qu'il avait apporté.

Lorsqu'Andi finit le dernier brownie, elle dit, « Je suis rassasiée, et pourtant je continue à manger.

— Je ne peux plus bouger, » gémit-il en s'affalant de l'autre côté du confortable cockpit arrière du bateau. L'air du soir était lourd d'humidité, et l'eau léchait gentiment la coque.

Elle admirait le spectacle extraordinaire des étoiles. « Quelle belle soirée. »

Il se tourna pour la regarder. « Quelle belle année. »

Elle baissa ses yeux des cieux pour rencontrer les siens. « La plus belle année de toutes.

— Pas de regrets ?

— Est-ce que tu t'attends à ce que j'aie des regrets, Jack ?

— J'ai bon espoir que tu n'en auras pas.

— Je n'en aurai pas. Pas aujourd'hui, pas demain, jamais, alors ne perds pas une minute à t'inquiéter pour ça.

— Tu me connais tellement bien — mieux que quiconque ne m'a jamais connu. »

La gravité de cette affirmation flotta dans l'air entre eux.

« Je me sens déloyal envers Clare de dire cela, mais c'est la vérité.

— Jack, soupira-t-elle. Je déteste la douleur terrible que je vois encore dans tes yeux de temps en temps.

— C'est mieux qu'avant, mais cela m'arrive encore de temps à autre.

— C'est normal. »

Quand ce fut le tour de leur chanson il se redressa et tendit une main vers elle. « Tu danses avec moi ? »

Elle se leva pour prendre sa main.

« Il va nous falloir une nouvelle chanson, murmura-t-il en la blottissant contre lui.

— Comment ça ?

— Puisque nous sommes ensemble chaque jour maintenant, je n'ai pas à me souvenir de « The Way You Look Tonight » pour me réconforter durant mes moments de solitude.

— Je me souviens de ce que j'ai ressenti la dernière fois où nous étions ici même, sachant que je devais partir dans quelques jours, et à quel point tout semblait désespéré. Nous ne serions pas ici maintenant si tu n'avais pas eu suffisamment d'espoir pour nous deux.

— L'espoir était la seule chose qui me restait alors. Je ne veux même pas penser à comment les choses auraient pu être différentes si tu n'avais pas eu le courage de vouloir essayer. »

Elle s'approcha pour l'embrasser. « Je suis tellement heureuse de l'avoir fait.

— Moi aussi. »

Jack se réveilla le lendemain matin aux vibrations de son portable sur la table où il l'avait laissé la nuit dernière. Il sauta du lit pour l'attraper.

« Papa !

— Kate, qu'est-ce qu'il y a ? Que se passe-t-il ?

— Frannie a eu les bébés ! J'ai essayé de t'appeler toute la nuit.

— J'avais mis mon portable sur vibreur. Je ne l'ai pas entendu. Tout va bien ?

« — Maintenant oui, mais elle a eu une césarienne. Je crois qu'il y avait une hémorragie ou quelque chose comme ça.

— Tu es sûre que Frannie va bien ? demanda-t-il en allant réveiller Andi.

— J'en suis sûre. Oncle Jamie vient d'appeler il y a quelques minutes. Ils ont eu un garçon et une fille. Owen et Olivia.

— Je ne peux pas croire que nous ayons dormi pendant toute cette excitation.

— Rentrez ! On veut aller à l'hôpital.

— On arrive. »

Maggie Harrington pensait que l'arrivée d'Olivia et d'Owen était la chose la plus excitante qui se soit jamais produite. Elle n'avait jamais vu de doigts et d'orteils aussi minuscules que quand elle les regarda dans leurs berceaux.

De l'autre côté de la pièce, Éric fit des signes à sa mère, « Elle les aime plus que moi maintenant. Il regarda Maggie observer les jumeaux.

— Oh, non, mon ange, elle est juste excitée par les nouveaux bébés. Elle ne t'oubliera pas, lui assura Andi.

— J'espère que non, signa-t-il en jetant un autre regard inquiet à Maggie.

— Nous allons bientôt rentrer à la maison, » lui dit Andi.

Les nouveaux parents observaient le chaos du lit d'hôpital de Frannie.

« Es-tu fatiguée, ma chérie ? demanda Jamie à son épouse.

— Je commence. Tu pourras les faire sortir dans quelques minutes. »

Neil se pencha pour jeter un autre coup d'œil sur ses premiers petits-enfants. Il avait donné des cigares roses et bleus à tous les gens qu'il avait rencontrés depuis qu'il avait quitté Palm Beach ce matin-là.

Jack arriva dans la pièce avec une pizza pour Jamie et trouva ses filles tenant leurs nouveaux petits cousins dans leurs bras. Jill était passée plus tôt pour une courte visite avant de retourner à l'école.

« Dis-donc, Kate, tu devrais penser à ramener les enfants à la maison, non ? Il se fait tard.

— Encore cinq minutes, Papa, » dit Maggie, tenant Olivia dans ses bras.

Une fois les enfants partis, Jack s'approcha du lit de Frannie. « Comment te sens-tu, Fran ?

— Comme si un train m'était passé sur le corps. » Elle changea de position, essayant de trouver une position confortable.

Jack fit une grimace. « Ça n'a pas dû être drôle.

— C'était plutôt effrayant, mais regarde ces bébés.

— Ils sont très beaux, dit Jack. Ils avaient sur la tête un duvet des cheveux auburn de Frannie, et Jamie avait dit en plaisantant plus tôt qu'il serait prisonnier dans une maison pleine de rouquins au fort caractère. J'aime aussi leurs noms, ajouta-t-il.

— Merci. Je ne peux toujours pas croire que je sois finalement une mère.

— Ça deviendra réel à trois heures du matin quand ils seront tous les deux éveillés et affamés. »

Elle grimaça. « J'ai hâte. Nous aimerions qu'Andi et toi soyez leur parrain et marraine. »

Il embrassa son front. « Ce serait un honneur. On va y aller pour que tu puisses te reposer. Appelle si tu as besoin de quoi que ce soit. »

Jack et Andi quittèrent la nouvelle famille et allèrent à sa voiture. La chaleur étouffante de cette journée de fin août était encore imprégnée dans le toit noir.

« Quelle journée, dit Jack tenant la portière de la voiture ouverte pour Andi. Est-ce que nous nous sommes vraiment réveillés sur le bateau, ou était-ce il y a un mois ? »

Elle se mit à rire. « Les bébés sont adorables. Ils ont bien de la chance d'en avoir un de chaque sexe.

— Une famille toute faite. Ils veulent que nous soyons parrain et marraine.

— Frannie m'a dit. C'est tellement gentil à eux de m'inclure.

— Tu y penses parfois, à avoir d'autres enfants ? »

Stupéfaite par la question elle se tourna vers lui. « Et toi ?

— Pas vraiment, mais j'en ai trois. Tu n'en as qu'un et tu es plus jeune que moi.

— De sept ans seulement.

— Je ne serais pas opposé à en avoir un de plus si tu en avais vraiment envie.

— Avec tes enfants si près d'être élevés ?

— Éric n'a que six ans, alors il nous reste beaucoup d'années à être parents. Un peu plus, un peu moins. »

Elle secoua la tête. « Tu n'arrêtes jamais de m'étonner, Jack. Juste quand je pensais te connaître... »

Il jeta un coup d'œil vers elle. « Alors qu'est-ce que tu en penses ? Tu veux en avoir un de nous deux ? »

Elle y réfléchit un moment. « J'aimerais avoir un enfant avec toi, mais notre famille est très belle telle qu'elle est pour l'instant, et avec les jumeaux entrant dans nos vies, je pense que nous aurons notre compte d'enfants. Nous pourrons toujours les emprunter lorsque nous sentirons venir une envie de bébés.

— Tu es sûre ? »

Elle se pencha pour embrasser sa joue. « J'en suis sûre. Mais le fait que tu me le demandes me fait t'aimer encore plus. »

« Je t'aime aussi. » Il lui tint la main en les reconduisant à la maison.

CHAPITRE 23

Mis à part un voyage rapide à Chicago fin septembre pour qu'Éric puisse voir sa grand-mère, Jack et Andi étaient occupés à finir l'hôtel à temps pour l'ouverture en décembre. Vers la mi-octobre la construction était presque terminée, et l'équipe de décoration d'intérieur basée à Chicago arriva pour mettre les suites et les chambres en place. Andi s'installa dans son bureau à l'hôtel fin octobre et était occupée à embaucher et former le personnel tout en faisant les derniers préparatifs pour le gala d'ouverture le 20 décembre.

Éric passa en sixième à l'école où allaient les filles et se débrouillait bien avec son assistant pour le langage des signes.

Jack et Andi avaient parlé d'embaucher une nourrice pour aider avec les enfants l'après-midi, mais Kate leur dit qu'elle s'en occuperait et ils se mirent d'accord pour la payer. Elle avait l'habitude de préparer le dîner pour la famille et d'aider les deux plus jeunes enfants avec leurs devoirs.

Le joli arrangement connut une fin horrible la semaine après Thanksgiving quand Jack rentra du travail de bonne heure et attrapa Kate et son petit ami, Ryan, en train de s'embrasser passionnément.

« Tu te fous de moi, Kate ? demanda Jack après avoir mis Ryan à la porte. Avec deux enfants à la maison lesquels, j'aimerais te rappeler, nous te *payons* pour garder ? Tu sais que tu n'as pas le droit d'avoir des garçons à la maison quand nous ne sommes pas là. »

Elle ne lui répondit pas, ce qui le mit davantage en colère. « Tu es punie. Pas de Ryan, pas de voiture, pas de portable, pas de quoi que ce soit pendant un mois.

— Tu ne peux pas faire ça !

— Je peux et je l'ai fait. Tu as trahi ma confiance et celle d'Andi. Nous comptions sur toi pour garder Maggie et Éric, et c'est ça que tu fais ? Je peux à peine y croire, Kate. Je suis tellement déçu.

— Maggie et Éric allaient bien. Ils regardaient un film ! Tu ne peux pas m'empêcher de voir Ryan ! Je l'aime.

— Tu crois peut-être l'aimer, mais je ne resterai pas là à te regarder gâcher ton avenir pour un garçon. Tu es punie, point final. »

Elle traversa la cuisine en toute vitesse en se rendant à l'escalier.

Andi était arrivée à la maison au milieu de l'échange de cris et l'attendait dans la cuisine. « Que se passe-t-il ? Je ne t'ai jamais entendu hurler comme ça.

— Je suis rentré plus tôt que prévu et j'ai trouvé Kate et Ryan en plein ébats amoureux. Si je n'étais pas rentré quand je l'ai fait, je pense qu'ils auraient fait l'amour juste là, dans le bureau.

— Elle ne ferait pas ça.

— Tu n'as pas vu ce que j'ai vu. J'ai encore du mal à le croire. »

Andi resta à la maison le matin suivant pour prendre part à une conférence téléphonique avec Chicago sans les bruits de l'hôtel. Après la réunion, elle était dans la cuisine à faire du café lorsque Kate entra, encore en pyjama.

« Pourquoi n'es-tu pas à l'école ?

— Journée de formation des professeurs, marmonna Kate.

— Est-ce que ça va, Kate ? »

Kate haussa les épaules et se versa une tasse de café. Avec précipitation elle dit, « Papa ne comprend rien du tout.

— Il est fâché de savoir que Ryan était ici alors que nous n'étions pas à la maison. Nous comptons vraiment sur toi, particulièrement le mois prochain.

— Je suis désolée. Je n'ai jamais voulu décevoir personne. Je m'occupe bien des enfants, et c'est la première fois que Ryan vient ici pendant que vous n'êtes pas à la maison. Il s'est arrêté pour me rapporter des livres que j'avais laissés dans sa voiture. Je sais que tu ne me crois pas.

— Je te crois. Tu n'es pas une menteuse, Kate. »

Cela sembla l'égayer un peu. « Est-ce que je peux te demander quelque chose ?

— Bien sûr. Andi s'assit à côté d'elle à la table.

— Quel âge avais-tu, la première fois que tu, tu sais, es allée jusqu'au bout ? » Les joues de Kate se colorèrent d'embarras.

Surprise pas la question, Andi laissa échapper un long souffle saccadé. « Eh bien, voyons, j'étais à l'université, alors je devais avoir dix-neuf ou vingt ans. Pourquoi ? »

Kate étudiait sa tasse de café. « Je me demandais, comme ça.

— Est-ce que tu y penses avec Ryan ?

— Papa ne me croit pas, mais je l'aime et je sais qu'il m'aime, lui aussi. »

Andi lutta pour garder son calme tandis que son cœur s'emballa et que ses paumes devinrent moites. Tout cela la dépassait. « J'en suis sûre, mais vous êtes tous les deux encore tellement jeunes. Tu iras à l'université l'année prochaine, et qui sait si vous serez à la même école ? Es-tu sûre de vouloir que les choses deviennent aussi sérieuses que ça ?

— Je ne vais pas aller à l'université.

— *Quoi* ? Jack allait *baliser* en l'entendant. Qu'est-ce que tu veux dire ? Bien sûr que tu vas aller à l'université.

— Je vais continuer ma musique. Je ne vais pas perdre quatre ans à l'université. Ce n'est pas pour moi. Je ne suis pas bonne élève comme Jill.

— Tu n'as pas à être comme Jill. Personne ne s'attend à cela.

— Papa, si.

— Il sait que vous avez toutes des talents différents. Il faut que tu lui en parles.

— Mais il va être dans tous ses états. Je le sais.

— Il faut néanmoins que tu lui en parles. Tu ne peux pas juste lâcher ça sur lui plus tard.

— Tu ne lui diras pas pour le reste, non ? »

Andi y pensa un moment. « J'espère juste que tu y réfléchiras bien avant de franchir un cap pour lequel tu peux ne pas être prête. Et as-tu de quoi te protéger ? As-tu pensé à cela ?

— Je vais sûrement prendre la pilule, juste au cas où. »

Andi expira encore longuement. Il valait mieux ne pas penser à ce que Jack aurait dit de cela. « La pilule ne te protègera pas des maladies, lui rappela Andi, se demandant où était passée la Kate qui était habituellement calme et réservée.

— Il ne l'a jamais encore fait lui non plus, alors nous sommes tous les deux tranquilles.

— On dirait que tu y as réfléchi sérieusement. J'espère que tu sais ce que tu fais. Le sexe change une relation — pas toujours pour le mieux.

— Ça n'arrivera pas ce mois-ci, parce que je n'ai même pas le droit de le voir. Kate tourna ses magnifiques yeux bleus vers Andi. Mais si je voulais être protégée, au cas où, m'aiderais-tu ? À prendre la pilule, je veux dire. »

Andi y réfléchit, et elle en eut le vertige. « Il n'y a presque rien que je ne ferai pas pour toi, Kate, mais tu ne peux pas me demander de faire quelque chose comme ça derrière le dos de ton père. Je ne lui ferai pas cela. Mais je te propose un marché. Si tu arrives à le faire accepter, je t'amènerai. »

Kate leva les yeux au ciel. « Comme si ça allait *jamais* arriver. Il s'est presqu'évanoui quand il m'a vu *embrasser* Ryan.

— Tu ne le sauras jamais si tu ne lui en parles pas, dit Andi, même si elle n'était pas trop optimiste elle-même.

— Tu ne vas rien dire ? »

Andi secoua la tête, bien qu'ayant de sérieuses réserves quant à faire une telle promesse.

« S'il te plaît, ne me déçois pas en faisant quelque chose de stupide. Parle à ton père. Elle se leva, embrassa le front de la jeune fille, et alla mettre sa tasse à café dans le lave-vaisselle. Tu t'es organisée pour prendre les enfants à quinze heures aujourd'hui ?

— J'y serai, dit Kate. Andi ? »

Andi s'arrêta en chemin pour le garage. « Oui ?

— Merci.

— Pas de problème. »

Andi ne pouvait pas se concentrer sur la montagne de tâches sur son bureau au travail tant elle ruminait sur la conversation avec Kate. Elle ne pouvait penser qu'à la colère de Jack quand il entendrait que Kate ne voulait pas aller à l'université, sans mentionner qu'elle pensait à avoir une relation sexuelle avec son petit-ami de lycée et voulait prendre la pilule. Imaginant la scène, Andi frémit.

Jack apparut à la porte de son bureau, son casque à la main. Il portait un jean, une chemise thermale et des bottes de travail. Ses joues étaient rouges d'avoir été dehors dans le froid toute la matinée avec les maçons qui construisaient la terrasse sud. Elle ne savait pas comment, mais il parvenait à paraître aussi sexy en vêtements de travail qu'en smoking. Il lui avait dit que ce serait sa dernière semaine de travail à l'hôtel, ce qui la rendait triste. Sa présence pendant la journée allait lui manquer.

« T'étais sur quelle planète ? demanda-t-il. Tu étais à des millions de kilomètres d'ici. »

Andi caressa son visage froid lorsqu'il se pencha pour l'embrasser. « Je faisais juste un petit voyage sur Pluton, mais je suis de retour maintenant.

— À quoi penses-tu ? »

Elle mourrait d'envie de lui dire tout ce que Kate lui avait dit. « Rien de spécial. Est-ce que ta journée se passe bien ? »

L'air épuisé et perturbé, il s'affala sur une chaise. « Les mecs qui travaillent la pierre ne parlent pas un mot d'anglais, alors il semblerait que mon boulot est de me mettre en retrait et de les laisser faire ce qu'ils veulent. Puisque la terrasse n'est qu'un tout petit peu différente de mon plan, j'ai choisi de ne pas me bagarrer avec eux. Pour l'instant.

— Je suis sûre que ça va aller, dit-elle en le dévisageant.

— Je ne peux pas non plus m'empêcher de penser à ce qui s'est passé avec Kate hier soir.

— Tu devrais lui parler — quand tu ne seras plus en colère.

— Tu penses que j'ai été trop dur avec elle ?

— Pas du tout. Elle sait qu'elle n'a pas le droit d'amener des garçons à la maison quand nous ne sommes pas là. Tu as tout à fait bien agi.

— Merci, c'est d'une grande aide. Je suis en terrain inconnu dans cette situation avec Ryan. Elle dit qu'elle l'aime, mais qu'est-ce qu'elle connaît de l'amour ? Ce n'est qu'une gamine.

— Jack, réfléchis. Tu m'as dit que les garçons lui font des avances depuis des années et elle les a toujours rejetés jusqu'à maintenant. Pour quelle raison, à ton avis ? Elle l'aime probablement et tu ne peux pas simplement l'ignorer et te dire que ce n'est pas vrai. Andi espérait qu'il prendrait l'initiative de parler à Kate — et bientôt. Elle n'aimait pas lui cacher des choses.

— Tu as raison, et je lui parlerai. Bon, je ferai mieux de te remettre au travail et moi, d'aller voir à quel point ils ont massacré mon plan. Se penchant pour lui donner un autre baiser, il dit, Je te verrai à la maison.

— Il se peut que je sois un peu en retard.

— Prends ton temps. » Il lui fit au revoir de la main en sortant.

Andi avait mal pour lui, sachant qu'il n'allait pas aimer ce que Kate avait à lui dire. Prenant une longue respiration pour se vider l'esprit, elle s'efforça de se remettre au travail. Elle prit le téléphone pour appeler la ligne directe de Bill à Chicago afin de mettre la personne qui la remplaçait à jour sur les progrès. Comme elle avait été grandement impliquée dans la planification initiale de la propriété de Newport, elle avait supervisé une grande partie du travail d'installation elle-même.

Jen Brooks, son ancienne assistante, répondit à la ligne de Bill.
« Bonjour Andi, comment vas-tu ? Est-ce que c'est la folie là-bas ?

— C'est un vrai champ de bataille. J'ai du mal à imaginer que nous
serons prêts d'ici vingt-cinq jours. Mon bureau est encore plein de
cartons, et tout ce que je fais, c'est passer mon temps dans des entre-
tiens d'embauche et des réunions, mais, bon, j'aime ça. Comment
vas-tu ?

— Bien, je suppose.

— Ça n'a pas l'air d'aller. Qu'est-ce qui ne va pas ? Cela te plaît de
travailler avec Bill ?

— Il est très bien — pas aussi bien que toi, bien sûr. »
Andi se mit à rire. « Bien sûr. Alors que se passe-t-il ? Tu sembles
si abattue.

— Mark et moi nous sommes séparés il y a deux semaines.

— Oh, non! Que s'est-il passé ? Andi savait que Jen avait espéré
épouser le bel avocat avec qui elle sortait depuis près de deux ans.

— Tu sais que nous parlions mariage, mais il disait toujours qu'il
ne voulait pas d'enfant. J'espérais qu'il changerait d'avis, mais non. Je
ne peux pas m'imaginer ne jamais avoir d'enfant.

— Je suis désolée Jen. Je sais à quel point tu étais heureuse avec lui.

— Mis à part ce gros point de désaccord.

— Tu as pris la bonne décision. Tu ne veux pas rater la chance
d'être mère un jour, si c'est si important pour toi.

— Je déteste tout simplement être là. Je suis constamment inquiète
à l'idée de le croiser dans la ville. Nous avons les mêmes amis. C'est
éprouvant.

— J'ai une idée.

— Quoi ?

— Aimerais-tu venir ici et être mon assistante de direction ? Ce
serait une grosse promotion pour toi, et nous travaillerions ensemble
à nouveau. Tu as besoin de changer de décor. J'ai besoin d'aide—

— C'est d'accord.

— Es-tu sûre ? Est-ce que tu es déjà venue ici ?

— Non, mais j'ai hâte de quitter cette ville, et j'aimerais retravailler
avec toi.

— Nous pourrions essayer pendant un an, et si tu voulais rentrer après cela, je comprendrais tout à fait.

— Quand est-ce que je commence ?

— Quand peux-tu être là ? Nous payerons ton déménagement, et je t'aiderai à trouver un appartement fabuleux. Ça va te plaire ici. C'est le plus bel endroit pour vivre.

— Je serai là dans une semaine. Je peux revenir après l'ouverture pour déménager pour de bon.

— Bill va me tuer. »

Jen éclata de rire. « Oui, sûrement, mais tu m'as rendue heureuse, Andi. Merci beaucoup.

— Merci à toi. Tu me sauves la vie. Bon, où est-il ?

— En réunion. Veux-tu que je lui dise de t'appeler ?

— Oui, s'il te plaît, et envoie-moi les détails de ton vol. Je viendrai te chercher à l'aéroport.

— D'accord. Merci encore. »

Andi arriva juste après dix-neuf heures, et l'odeur de quelque chose lui mit l'eau à la bouche. « Qu'est-ce que tu cuisines, Jack ? »

Il touillait le contenu d'une casserole d'une main et la serra contre lui de l'autre. « Pesto, mais je ne peux pas accepter les éloges. »

Elle l'embrassa sur la joue et jeta un coup d'œil dans la casserole.

« Kate l'a fait. Je suis juste en train de remuer.

— Je suis impressionnée et affamée. Où sont-ils ?

— Kate a des devoirs à terminer. Maggie et Éric sont dans la chambre de Maggie. Ils ont rendu visite aux jumeaux cet après-midi.

— Il faut qu'on aille les voir, nous aussi. Cela fait trois jours que je ne les ai pas vus. Tu as trouvé le temps de parler à Kate ?

— Pas encore, mais je le ferai après le dîner. » Il embrassa le bout de son nez et alla appeler les enfants à table.

Le pesto était aussi bon que son odeur et le repas de Kate fut un grand succès.

« Je vais débarrasser, les gars, proposa Andi. Maggie, tu veux bien faire couler le bain d'Éric, s'il te plaît ?

— Bien sûr, viens Éric, signa Maggie.

— Kate, est-ce que je peux te parler dans le bureau ? demanda Jack.

— Oui. En suivant son père Kate jeta un regard nerveux vers Andi.

— Parle lui, » murmura Andi en mordillant l'ongle de son pouce, inquiète de la façon dont Jack prendrait ce qu'il était sur le point d'entendre.

« J'espère que tu comprends pourquoi j'étais furieux l'autre soir, dit Jack, s'efforçant de contrôler ses émotions et le ton de sa voix.

— Je n'aurais pas dû laisser Ryan entrer mais il est venu me rapporter des affaires que j'avais laissées dans sa voiture—

— Tu as raison — tu n'aurais pas dû le laisser entrer. Je sais que tu es censée, et je n'ai jamais eu de raison de remettre ça en question jusqu'à maintenant. C'est très important que je puisse te faire confiance — particulièrement lorsque tu es supposée surveiller Maggie et Éric.

— Tu peux me faire confiance, Papa.

— Je dois m'excuser pour une chose que j'ai dite hier soir.

— Vraiment ? dit-elle, l'air étonné.

— Je n'aurais pas dû être aussi dédaigneux lorsque tu as dit que tu aimais Ryan. Peut-être que tu l'aimes. Je ne le sais pas, mais ce n'est pas juste de ma part de te dire ce que tu ressens.

— Je l'aime. Je sais que nous sommes jeunes et tout ça, mais nous nous aimons. »

Il savait qu'il devait demander, mais, grand Dieu, il ne voulait vraiment pas. « Dis-moi que tu n'as pas, tu sais… »

Elle le regarda droit dans les yeux. « Fait l'amour avec lui ? »

Son cœur s'arrêta. « L'as-tu fait ?

— J'y pense.

— Tu es trop jeune ne serait-ce que pour y penser.

— La moitié des filles de ma classe l'ont déjà fait. »

Choqué d'entendre cela il s'efforça de se concentrer sur sa fille. « Bon, admettons que tu l'aimes. Tu dois voir les choses clairement. Et si tu tombais enceinte ? Tu ne peux pas aller à l'université si tu es enceinte ou si tu as à t'occuper d'un bébé.

— Andi m'a dit la même chose et je lui ai dit que je n'irai pas à l'université.

— Qu'est-ce que tu veux dire, tu n'iras pas à l'université ? Tu en as parlé avec Andi ? Quand ?

— Ce matin. Je veux faire carrière dans la musique. Pourquoi est-ce que je dois m'asseoir sur un banc pendant quatre années à l'université pour faire ça ? »

Il leva une main pour l'arrêter. « C'est de la folie. Tu vas aller à l'université. C'est sans discussion.

— Je n'irai pas. Et autant que tu le saches, je veux prendre la pilule. Elle avala sa salive. Juste au cas où. »

La tête de Jack allait exploser. D'une seconde à l'autre maintenant… « Est-ce que Ryan fait pression sur toi à ce sujet ?

— Pas du tout, dit-elle, l'air offensé. Je sais que tu ne peux pas t'imaginer que je puisse le vouloir. Je veux prendre mes précautions. J'aimerais que tu puisses comprendre ça. Andi l'a compris.

— Ah, oui ? Il ne pouvait pas croire qu'Andi lui avait caché cela.

— Tu sais ce que je ressens, et j'ai été honnête avec toi sur ce que je veux faire. J'espère que tu respecteras cela. » Elle se leva et quitta la pièce.

Il resta assis là, furibond, pendant plusieurs minutes avant d'aller trouver Andi.

CHAPITRE 24

« *T*u as gardé ça pour toi toute la journée sans rien dire ? J'étais dans ton bureau pour l'amour de Dieu !

— Elle s'est confiée à moi, Jack. Je ne pouvais pas juste courir te voir. »

Il la suivit dans leur salle de bains. « Elle songe à avoir des rapports sexuels ! Tu aurais dû me le dire.

— Non, je n'aurais pas dû. Cela fait presqu'un an que je marche sur des œufs ici, avec Kate et Jill en particulier. Ne vois-tu pas que c'était important qu'elle soit venue à moi ? Je lui ai dit de te parler, et je t'ai poussé à lui parler. C'est tout ce que je pouvais faire. Je ne pouvais pas la trahir.

— Au lieu de cela, tu me trahis, moi. » Il quitta la salle de bains en trombe, en claquant la porte, ayant besoin de sortir de là avant qu'il ne dise autre chose qu'il regretterait plus tard.

Comme il faisait trop nuit pour courir sur la plage, Jack resta dans une rue calme, faisant attention aux plaques de glace. Courant sans musique et sans destination, il ne pouvait pas croire qu'Andi lui ait caché quelque chose d'aussi important, même pendant quelques heures.

Au bout d'un moment, il se rendit compte qu'il avait couru cinq kilomètres et qu'il approchait de la nouvelle maison de Frannie et Jamie, une contemporaine que Jamie avait conçue et construite devant l'eau. Il avait dessiné les plans de la maison il y a des années et les avait mis de côté lorsqu'il sembla qu'il ne fonderait pas une famille. Jack vit que la lumière était encore allumée, alors il décida de s'arrêter les voir. Il entra et trouva Frannie en boule sur le canapé en train de nourrir un des bébés.

« Salut, dit-il. Je ne voulais pas sonner et réveiller quelqu'un.

— Tu n'as pas besoin de sonner ici. Tu le sais bien. Qu'est-ce que tu fais dehors si tard ?

— Juste un footing. Qui as-tu là ? demanda-t-il en essuyant la sueur de son visage d'une main gantée.

— Owen. Il est insatiable. » Elle sourit quand le bébé enroula ses doigts minuscules autour des siens pendant qu'il prit le sein sous une couverture légère.

Jack s'affala sur la chaise faisant face à Frannie et enleva ses gants. « Profites-en pendant qu'ils ont cet âge.

— Qu'est-ce qu'il y a ? »

Il lui dit avoir trouvé Kate avec Ryan et lui parla de la dispute qu'il avait eue avec elle. « Elle veut prendre la pilule, et elle ne veut pas aller à l'université. À part ça, tout va super bien.

— Waouh, elle a mis cartes sur table, hein ? Mais tu ne veux pas qu'elle prenne la pilule si les choses avec lui sont aussi sérieuses ? »

Il s'efforça de ne pas lever la voix comme le bébé s'endormait sur l'épaule de Frannie. « Non, je ne veux pas qu'elle prenne la pilule. Je ne lui donne pas l'autorisation d'avoir des rapports sexuels.

— Jack, elle a dix-sept ans. Elle n'a pas besoin de ta permission. Si elle veut le faire, elle le fera.

Ne serait-ce pas mieux de t'assurer qu'elle ne tombe pas enceinte ?

— Je ne peux pas croire que nous sommes en train d'avoir cette conversation. Oh, et écoute ça : Kate a parlé à Andi de tout ça plus tôt, qui ne m'en a pas soufflé mot. Allons, ma fille parle d'avoir des *rapports sexuels*, et Andi pense que je n'ai pas besoin de le savoir ?

— Alors tu attends d'Andi qu'elle te dise tout ce que les filles lui confient ?

— Les choses comme ça, oui.

— Moi, je ne l'ai pas fait.

— Qu'est-ce que tu veux dire ?

— Il y a plein de fois où les filles m'ont dit des choses en me faisant promettre de ne pas te les répéter parce que c'était embarrassant ou c'étaient des trucs de filles. Quelquefois je te les disais et d'autres fois, non. Cela dépendait de ce que c'était. Ne penses-tu pas que ce soit bien que Kate soit allée vers Andi avec ça ? Cela montre à quel point elle a réussi à gagner la confiance des filles. Si Andi était venue à toi et avait ouvert la bouche, Kate ne lui dirait plus jamais rien. »

Jack détestait devoir admettre que Frannie avait raison. « Andi aurait pu me le faire comprendre pour que je ne tombe pas des nues.

— Je sais que c'est dur de voir les filles grandir. C'est dur pour moi et je ne suis que leur tante.

— Tu es bien plus que ça pour elles, et tu le sais.

— Laisse-la prendre la pilule comme ça dans un an tu ne regretteras pas de ne pas l'avoir fait.

— Je vais y penser, mais je déteste l'idée.

— Compare-la à comment tu te sentirais si tu étais grand-père, et elle passera beaucoup mieux, » dit-elle avec un sourire.

Jack grimaça au mot grand-père. « Qu'est-ce que tu feras quand Olivia te dira, à dix-sept ans, qu'elle veut prendre la pilule ?

— Olivia n'aura pas le droit de sortir avec un garçon avant qu'elle ait trente ans. C'est là où tu as fait une erreur — quand tu as commencé à la laisser sortir avec lui. »

Il sourit. « J'espère que je serai là pour voir la bagarre avec ta fille.

— Et Kate dit qu'elle n'ira pas à l'université ? C'est quoi, cette idée ?

— Elle veut se consacrer à la musique, et dit « pourquoi devrais-je gâcher quatre années à l'école ? »

— Qui est-ce qui gâche quatre années à l'école ? demanda Jamie en entrant dans la pièce.

— Kate. Elle a en tête de faire carrière dans la musique. » Jack leva les yeux au ciel.

Jamie se pencha pour prendre Owen qui dormait des bras de Frannie. « Elle est assez douée pour y arriver.

— Ah, bah, tu n'as qu'à lui dire ça, tiens, dit Jack sèchement. Tu aiderais vraiment ma position.

— Non, mais elle l'est, insista Jamie. Elle a un réel talent. Peut-être que tu devrais la laisser voir où ça la mène.

— Clare péterait les plombs. Elle leur a rabâché le besoin d'aller à l'université depuis le jour où elles étaient assez grandes pour savoir ce qu'était l'école. Elle n'accepterait jamais ça.

— Ne fais-tu pas à Kate la même chose que ton père a fait avec toi ? En parlant, Jamie caressait le dos d'Owen. Est-ce que tu veux que Kate t'en veuille comme tu lui en as voulu à lui de ne pas t'avoir suffisamment bien compris pour te laisser faire ce que tu voulais ?

— Alors je lui dis juste « bonne chance ma chérie, j'espère que ça marchera. Appelle à la maison de temps en temps » ?

— Peut-être, oui, dit Frannie doucement. Si c'est ce qu'il faut faire pour éviter que ce qui s'est passé entre toi et Papa ne se reproduise pas, peut-être que c'est exactement ce que tu dois faire. »

Jack secoua la tête et se leva. « Je ne peux pas me résoudre à faire ça, Fran. Je suis désolé d'être arrivé à l'improviste comme ça chez vous. Merci de m'avoir laissé pousser une gueulante. » Il donna à Owen une petite tape sur ses fesses bien rembourrées.

« Il fait trop froid pour sortir les bébés, alors nous sommes toujours à la maison ces temps-ci, dit Frannie.

— Passe quand tu veux, ajouta Jamie. On aime avoir de la compagnie. »

Jack rentra en faisant son jogging et en pensant à ce que Frannie et Jamie avaient dit. Il savait qu'ils avaient probablement raison, mais il n'avait aucune idée de comment laisser Kate poursuivre son rêve et la garder en sécurité en même temps.

Il prit une douche et resta allongé près d'Andi pendant un long moment. Alors qu'il ruminait à propos de Kate, il se mit soudain à désirer la présence de Clare. Elle saurait exactement quoi faire.

Jack se réveilla pour trouver un mot d'Andi, lui demandant de venir la voir quand il arriverait à l'hôtel. Il déposa Maggie et Éric à l'école et arriva à l'hôtel vers neuf heures. Manquant de sommeil et de mauvaise humeur, il en prit tout de suite plein la tête avec une foule de problèmes nouveaux avec les maçons têtus. Il finit par exploser contre le chef de l'équipe portugaise, le seul qui parlât anglais.

« Faites comme sur le plan, ou je trouverai quelqu'un d'autre qui le fera ! » Jack laissa l'homme sans voix, se précipita dans l'hôtel, alla dans le bureau d'Andi, et claqua la porte.

« Qu'est-ce qui ne va pas ? demanda-t-elle.

— Ils font un sacré bordel de cette terrasse couverte. Il passa une main dans ses cheveux, de frustration. Je leur donne une dernière chance de suivre les plans, ou je les remplace.

— On n'a pas le temps de trouver une nouvelle équipe. J'ai moi-même eu un désastre après l'autre depuis que je suis arrivée à sept heures, et je n'ai pas la patience pour un autre.

— Si tu t'en fiches si c'est mal fait, alors moi aussi. C'est toi le client. »

Elle se leva et fit le tour du bureau pour lui faire face. « Est-ce que c'est ce que je suis maintenant, Jack ? Le client ?

— Tu sais ce que je veux dire.

— Tu es fâché que je ne t'aie rien dit au sujet de Kate, mais je ferais la même chose si j'avais à le refaire.

— J'aurais juste voulu que tu me préviennes ou dises quelque chose.

— Ça l'aurait rendu plus facile à entendre ? Tout ça ?

— Probablement pas, mais je ne veux pas que nous cachions des choses l'un de l'autre. Je ne procède pas comme ça, et je ne pensais pas que toi, si.

— Tu es très injuste et je ne le mérite pas. Ses yeux marrons habituellement doux s'enflammèrent de fureur. Je vis dans la maison de ta femme, je mange dans sa vaisselle, et j'utilise ses serviettes de toilette tout en essayant d'être l'amie de ses filles. Je fais de mon mieux. *Pour l'amour de Dieu, Jack, qu'est-ce que tu veux de plus de moi ?*

— Andi— » dit-il, stupéfait par son éclat.

Elle leva une main pour l'arrêter. « Laisse tomber. Je n'ai pas de temps pour ça maintenant. Je vais être là jusqu'à vingt-deux heures à ce train-là. Merci d'avoir conduit Éric ce matin et de t'en occuper pendant que je suis si surchargée.

— Tu n'as pas à me remercier. Je suis heureux de m'occuper de lui.

— Je te vois ce soir. »

Il retourna au travail, un nœud à l'estomac.

Ils ne se virent pas beaucoup durant les semaines qui suivirent car Andi travaillait tard et la plupart du temps s'enfilait dans le lit bien après minuit.

Deux jours avant l'ouverture, le comité de direction de Chicago compléta son inspection et déclara l'hôtel prêt à ouvrir. Le directeur des réservations d'Andi lui dit qu'ils étaient complets pour le premier mois et le responsable de la réception l'informa que son équipe était prête à recevoir les personnalités importantes invitées au gala d'ouverture.

Andi avait supervisé le gala jusque dans les moindres détails et était occupée à la préparation finale le jour avant l'ouverture quand elle traversa le hall d'entrée où les employés étaient en train de décorer un immense arbre de Noël.

La première chose que les clients verraient en entrant par la porte principale était un énorme escalier avec la réception d'un côté et les postes du concierge et du bagagiste de l'autre.

L'escalier divisait les deux côtés de l'hôtel et était le cœur symbolique de l'immeuble.

Les clients choisissant de prendre l'escalier seraient récompensés en haut par la vue de la pelouse et de la baie qu'offrait une vitre faisant toute la longueur du palier. Andi aimait particulièrement la vue la nuit où elle pouvait admirer au loin le pont de Newport tout illuminé.

Jen Brooks était arrivée deux semaines plus tôt et était déjà indispensable à Andi. Jen avait pris en charge le personnel de l'entretien et de la restauration. Louis Jacard, le chef exécutif qu'Andi avait embauché d'un des meilleurs restaurants de New York, était capricieux, mais Jen assura Andi qu'elle savait s'y prendre avec lui.

« Tout est merveilleux, Andi, dit Bill, son collègue, alors qu'ils faisaient la visite des suites et de l'aile ouest. C'est un résultat magnifique.

— Ça l'est vraiment, approuva Andi.

— Et les peintures sont superbes. Frannie Booth a fait un travail incroyable. Il faudra que nous l'utilisions à nouveau.

— Elle est occupée avec les jumeaux pour l'instant, mais elle voudra peut-être travailler un peu dans quelque temps. »

Il fronça les sourcils. « Je ne devrais même pas te parler après la manière dont tu m'as chipé Jen. »

Andi se mit à rire. « C'était vraiment affreux de ma part, mais il fallait que je le fasse. Je n'aurais jamais rien fini à temps si elle n'était pas venue à ce moment-là.

— Je l'ai vue se bagarrer avec Louis plus tôt, et elle se défendait. C'était un bon changement pour elle. Elle était mal en point après avoir rompu avec Mark.

— Elle a déjà l'air d'aller mieux après juste quelques semaines. Je suis ravie de l'avoir avec moi, mais je suis désolée de te l'avoir volée, dit Andi, faisant semblant d'avoir plein de remords.

— Tu ne l'es pas ! » dit-il, et ils rirent ensemble.

Ils étaient dans la suite de l'America's Cup lorsque Jack apparut à la porte.

« Ça va, toi ? » Andi fut surprise — et ravie — de le voir. Il s'était fait plus rare autour de l'hôtel depuis qu'ils s'étaient disputés à propos de Kate. Se raccommoder était sa principale priorité après l'ouverture.

Jack serra la main de Bill. « Bonjour, Bill. Comment vas-tu ?

— Content de te voir. Vous avez fait un travail admirable, les gars.

— Toi, aussi. Les suites sont incroyables.

— C'est Andi qui mérite la plupart des compliments pour ça. Pouvez-vous m'excuser, tous les deux ? Il faut que j'aille à l'aile est où le reste de mon équipe est en train de mettre les dernières touches au décor.

— Je te vois plus tard, Bill. Ce soir-là, Andi organisait un dîner pour ses anciens collègues afin de les remercier pour leur travail acharné au cours des derniers mois.

— Comment te sens-tu ? demanda Jack en l'observant. Tu as l'air fatigué.

— Je serai contente quand demain sera passé. Est-ce que tout le monde est prêt à venir ?

— Nous avons hâte. J'ai acheté un smoking à Éric hier. Attends de voir comme il est mignon. »

Il paraissait enchanté, et elle sentit son cœur s'adoucir envers lui pour la première fois depuis bien trop longtemps. « J'ai hâte, moi aussi. Merci de l'avoir amené à la boutique.

— C'était amusant. »

Elle leva les yeux vers lui et son cœur se serra. « Tu me manques.

— Tu me manques aussi. » Il lui tendit les bras.

Faisant un pas pour le rencontrer à mi-chemin, elle laissa échapper un long soupir de soulagement d'être de retour dans ses bras et enveloppée de son odeur familière. « J'ai peur Jack. Je n'aurais jamais pensé que nous pourrions nous éloigner autant l'un de l'autre si rapidement.

— Nous allons y travailler, ma chérie. Après l'ouverture, nous devrions partir quelques jours. Juste nous deux.

— J'aimerais cela. » Elle s'approcha pour l'embrasser et s'attarda plus longtemps qu'elle avait prévu lorsque, comme avant, un frisson la traversa dès que leurs lèvres se touchèrent.

Il sembla réticent à la laisser partir. « Je vais organiser ça pour nous. Tu as des préférences ?

— Surprends-moi. Elle l'embrassa de nouveau. Il faut que je redescende. Jen et Louis n'y allaient pas de main morte. Je dois aller vérifier qu'ils ne se sont pas tués l'un, l'autre.

— Tu vas t'amuser. » Il l'embrassa une dernière fois avant de descendre avec elle au hall d'entrée.

Elle le raccompagna jusqu'à la porte et alla trouver Jen.

Andi ne rentra pas à la maison avant presque deux heures le matin suivant. Elle régla la sonnerie du réveil pour six heures afin d'avoir le temps d'emballer ce qu'il lui fallait pour rester à l'hôtel après le gala. Quand elle se mit au lit, Jack se retourna et la tira à lui dans son sommeil.

Elle sourit dans l'obscurité. Cela faisait des semaines qu'elle n'avait pas dormi dans ses bras, et elle espérait qu'ils avaient fait un petit pas l'un vers l'autre pour se retrouver.

ndi n'aurait pas changé la moindre chose dans l'ouverture de l'hôtel Infinity de Newport, du Maire présentant la clef de la ville à David, à la nourriture, en passant par la musique et le décor féerique.

Le point culminant pour elle fut lorsque Jack et Éric arrivèrent dans leur smoking. Éric aimait son costume chic, et Andi put danser avec lui plusieurs fois avant que les parents de Jack le ramènent, avec Maggie, à la maison. Frannie et Jamie apprécièrent leur première sortie depuis la naissance des jumeaux, mais ils rentrèrent tôt pour aller retrouver les bébés.

Andi chercha Kate parmi les invités et la trouva assise avec Jill à la table réservée à la famille.

« Vous vous amusez bien les filles ? demanda Andi. Elle portait une robe de velours bleu nuit et avait attaché ses cheveux en un chignon.

— C'est super, et l'hôtel est magnifique, dit Jill. Ayant terminé son premier semestre, elle était à la maison pour un mois.

— Le cabinet de votre père a fait un travail merveilleux, dit Andi. Kate, puis-je te parler une minute ?

— Bien sûr. » Kate se leva et se rendit au bar avec Andi.

Andi commanda un verre de vin pour elle et un soda pour Kate. «

Je suis désolée de ne pas avoir eu l'opportunité jusqu'à maintenant de discuter avec toi. Comment est-ce que ça va ? Tu as reparlé à ton père ?

— Brièvement. Il m'a dit que si j'éprouvais le besoin de prendre la pilule, il ne s'y opposerait pas, mais il n'approuve pas. Il veut que j'attende et il pense que je le regretterai autrement.

— Cela me parait juste. N'oublie pas que je t'ai promis de t'amener chez le docteur, si tu veux.

— Je ne suis plus trop sûre. Ryan et moi ne nous sommes pas trop vus depuis que j'ai été punie. Il était vraiment embarrassé quand Papa nous a surpris, tu sais… Ses joues rougirent. Je ne sais pas s'il m'aime encore. »

Andi glissa un bras autour de Kate. « Je suis désolée. Cela n'en a pas l'air maintenant, mais tu as tellement de choses devant toi et tellement de gens à rencontrer.

— Je sais. Je me suis faite à l'idée.

— C'est bien. Andi l'embrassa. Tu sais où me trouver s'il y a du changement.

— Merci, Andi. Je sais que Papa était en colère après toi, et j'en suis désolée, mais j'apprécie que tu aies gardé mes secrets.

— Ne t'en inquiète pas. Viens me voir n'importe quand, d'accord ?

— D'accord, » dit-elle en étreignant Andi à son tour.

La bande de Chicago était occupée à distraire Jack quand Andi demanda si elle pouvait l'emprunter.

« Qu'est-ce qui se passe ? demanda-t-il lorsqu'elle l'emmena avec lui.

— Je suis sur le point de m'écrouler. Suis-je autorisée à quitter ma propre soirée avant qu'elle soit terminée ?

— Je ne vois pas ce qui t'en empêche. Attends ici. Je vais prévenir les filles que nous partons, et je dirai à David et à Jen qu'ils sont responsables pour le reste de la soirée. »

David embrassa Andi et lui dit de prendre un repos bien mérité.

Elle et Jack souhaitèrent bonne nuit à Jill et Kate, et gravirent les escaliers du hall d'entrée.

Andi l'arrêta en haut. « C'est mon endroit préféré de l'hôtel. »

Il passa un bras autour d'elle. « Je vais te confier un secret.

— Lequel ?

— J'ai ajouté cette fenêtre aux plans la semaine où je t'ai rencontrée. Ils avaient mis un mur avec des souvenirs de Newport ici. Je l'ai supprimé et j'ai opté pour la vue.

— Bonne décision. Elle lui sourit. T'ai-je déjà dit combien tu es sexy dans un smoking ? »

Il fronça un sourcil amusé. « Est-ce que tu me dragues ? demanda-t-il, soulagé de sentir un peu de complicité revenir entre eux. Lui aussi s'était demandé avec inquiétude depuis un mois s'ils n'avaient pas franchi un point de non-retour. Je croyais que tu étais fatiguée.

— Oui, mais pas à ce point-là. »

Faisant courir sa main de haut en bas de son dos, il posa un léger baiser sur ses lèvres. « Dans ce cas, t'ai-je dit à quel point tu es sexy dans du velours ?

— Eh, oh ! Tu as volé ma phrase d'accroche ! » Elle ouvrit la porte de la suite Kennedy qui était dominée par une peinture de Frannie représentant Hammersmith Farm et une autre d'un fringant jeune président à la barre de son bateau.

Jack étudiait le portrait lorsqu'Andi, s'étant débarrassée de ses hauts talons, lui demanda de l'aider avec sa fermeture Eclair. Il la défit, libéra ses cheveux attachés, et lorsqu'il eut fini, l'embrassa dans le cou.

Se retournant pour lui enlever son nœud papillon, elle hocha la tête vers le tableau d'Hammersmith Farm. « Je suis tombée amoureuse de toi ce jour-là Jack, et je t'ai aimé chaque jour depuis.

— Même les jours où je ne le méritais pas ? »

Elle leva les yeux vers lui avec surprise.

« J'ai eu le temps de réfléchir à tout ce qui s'est passé, et je vois maintenant que tu as fait ce qu'il fallait pour Kate. Il lui prit les mains. Cela ne veut pas dire que j'aime rester dans l'ignorance, mais elle avait besoin de l'avis d'une femme. Je suis reconnaissant qu'elle se soit tournée vers toi et encore plus reconnaissant que tu aies été là pour elle. Je suis désolé d'avoir réagi comme un tel imbécile. Il se pencha pour l'embrasser. Je t'ai aimée dès le premier instant où je t'ai vue et je t'aimerai toujours. »

En soupirant, elle l'enlaça.

« Ce que tu as dit ce jour-là à propos de vivre dans la maison de Clare… Il recula pour la regarder. J'ai beaucoup pensé à cela aussi.

— Je ne sais pas pourquoi je l'ai dit. Honnêtement, je n'y pensais pas. Mets ça sur le compte de la pression du moment.

— On peut faire quelques changements à la maison.

— Nous n'avons pas à le faire.

— Mais peut-être que nous le devrions.

— Peut-être. Attends, j'ai une nouvelle qui va te faire très plaisir, dit-elle, en défaisant les boutons d'onyx de sa chemise de smoking.

— Quoi donc ?

— Il y a de l'eau dans le gaz entre Kate et Ryan. »

Ses yeux brillèrent de joie. « C'est la meilleure nouvelle qu'on m'ait donnée depuis des semaines.

— Tu l'as échappé belle cette fois ci, mais tu n'as fait que de repousser l'inévitable.

— Je n'ai pas à y penser maintenant. Il la souleva de terre, la fit tourner et la déposa sur le lit, une expression sérieuse sur le visage. Pour l'instant, je ne pense qu'à toi.

— Vraiment ? Elle passa ses doigts dans ses cheveux épais et foncés. Et que penses-tu à propos de moi ?

— Que j'ai l'impression de ne pas avoir fait l'amour avec toi depuis bien longtemps.

— C'est parce que c'est le cas, dit-elle avec une moue enjouée.

— Et si on remédiait à cela immédiatement, qu'en dirais-tu ?

— Je dirais dépêche-toi de te mettre à poil. »

En riant, il lui obéit et glissa dans le lit à ses côtés, soupirant de soulagement au contact de sa peau douce.

Andi se blottit contre lui, et posa ses lèvres sur sa gorge.

« Ne laissons pas cela se reproduire, Andi. Quoi qu'il arrive.

— J'ai détesté me sentir brouillée avec toi.

— J'ai détesté, moi aussi. » Il fit sa bouche prisonnière d'un profond baiser avide tout en prenant son sein dans la paume de sa main et faisant rouler son téton entre ses doigts. Enivré par le parfum de son corps qui l'obsédait depuis le jour où il l'avait rencontrée, Jack en emplit ses poumons. Il n'avait pas réalisé la force de son désir pour elle, jusqu'au moment où elle était revenue dans ses bras.

Un frisson la secoua, et elle bascula sur le dos, l'amenant avec elle.

« Maintenant, Jack. J'ai tellement envie de toi.

— Mm, je suis là. Il baissa la tête pour l'embrasser tout en la pénétrant lentement. Tu es tout pour moi. J'espère que tu le sais. »

En haletant, elle souleva ses hanches pour aller à la rencontre de sa poussée. « Oui. Je le sais. Tu es tout pour moi, aussi. »

Rempli d'amour et de soulagement, il la tint serrée contre lui et les mena tous les deux vers une fin explosive.

Jack se réveilla avant l'aube et fut incapable de se rendormir. Comme Andi dormait encore, il bougea avec précaution afin de ne pas la déranger. Il ferma la porte de la chambre en espérant qu'elle dormirait un peu plus longtemps. Tout ce qu'elle avait planifié et le personnel qu'elle avait embauché allaient entrer en action aujourd'hui quand l'hôtel ouvrirait au public.

Il appela le service de chambre pour commander le petit-déjeuner, leur demandant d'apporter du café et un journal tout de suite, et le reste dans une heure. En regardant la pièce élégante, il fut profondément satisfait de la qualité de l'hôtel — il était tout ce qu'ils avaient espéré et bien plus encore.

Lorsqu'il apporta le petit-déjeuner à Andi, il avait déjà fini un petit pot de café, lu le journal, et appelé la maison pour savoir comment les enfants allaient.

Il se baissa pour la réveiller d'un baiser. « Bonjour.

— Coucou, dit-elle à moitié endormie. Quelle heure est-il ?

— Presque dix heures. »

Elle se redressa d'un bond. « Ce n'est pas vrai ! Il faut que j'aille travailler.

— Tu peux prendre une heure de plus, mon cœur. C'est toi, la patronne. Mange ton petit-déjeuner. Il lui versa une tasse de café, sortit une enveloppe de derrière son dos et la lui donna.

— Qu'est-ce que c'est ?

— Ouvre-la. »

Son visage rayonna de plaisir quand elle produisit deux billets d'avion pour les îles Vierges et une brochure pour un hôtel sur Saint-Jean.

« Tout est inclus, alors nous pouvons manger, dormir et prendre le soleil.

— C'est tout ? demanda-t-elle avec un sourire sexy.

— Bon, peut-être qu'on pourra aussi faire d'autres choses, dit-il, en se penchant pour lui mordiller la lèvre inférieure.

— C'est exactement ce dont on a besoin. On part quand ?

— J'ai laissé les billets open pour que tu puisses vérifier ton emploi du temps, mais j'espérais partir en février car on aura un autre anniversaire à célébrer.

— Oui, c'est vrai. J'ai du mal à croire qu'on vit ensemble depuis presqu'un an. Elle l'embrassa et se rallongea, s'enfonçant dans les oreillers. Merci, dit-elle, caressant son visage. Je ne sais pas si je peux attendre jusqu'au mois de février pour passer une semaine seule avec toi. »

Il embrassa la paume de sa main. « Je me suis dit que tu voudrais un peu de temps pour t'assurer que tout se déroule bien ici avant de partir.

— Tu as raison. Elle mordit dans un toast et tendit ses bras pour ramener Jack au lit avec elle. Je travaille juste quelques heures aujourd'hui et ensuite tu sais ce que nous allons être *obligés* de faire ?

— J'ai presque peur de demander…

— Les courses de Noël. Je n'ai encore rien acheté pour qui que ce soit. »

Il grogna. « On est vraiment obligés ? Les magasins vont être bondés aujourd'hui.

— Oui, on est obligés. »

Ils rentrèrent lessivés mais ayant terminé leurs courses. Le premier jour à l'hôtel s'était déroulé calmement et Jen était en charge pour le weekend avec la consigne d'appeler Andi si quelque chose arrivait qu'elle ne pouvait résoudre.

Andi se traîna en haut pendant que Jack alla faire un footing. Tout ce qu'elle voulait était un long bain dans le Jacuzzi et huit heures de sommeil. Elle se débarrassa de ses vêtements, ouvrit l'armoire à pharmacie et attrapa sa pilule contraceptive. Ouvrant la boîte elle y regarda à deux fois. Le paquet était presque plein.

Quand est-ce que je me suis rappelée de la prendre la dernière fois ?

Ahurie, elle enfila un peignoir et s'assit sur le bord de la grande baignoire avec le paquet de pilules dans sa main, essayant frénétiquement de se remémorer les semaines passées. À en juger par les pilules encore dans le paquet, cela faisait plus de deux semaines qu'elle n'en avait pas prise. Elle n'avait jamais manqué un jour, encore moins deux semaines.

« Oh mon Dieu, s'exclama-t-elle quand elle se souvint d'avoir fait l'amour avec Jack deux fois le soir d'avant et encore ce matin après des semaines sans presque se voir. Mon *Dieu,* » gémit-elle en faisant un calcul rapide.

Le moment était idéal.

Consciente qu'elle ne devrait pas les prendre s'il y avait une chance qu'elle soit enceinte, elle se leva pour remettre les pilules dans l'armoire à pharmacie.

« Enceinte. »

Elle dut dire le mot à voix haute pour le comprendre, tout en essayant de calculer combien de temps il lui faudrait attendre avant de faire un test.

Andi réussit à se concentrer sur Noël en s'efforçant de ne pas penser à ce qu'elle puisse être enceinte. Les enfants étaient en vacances et Jack et Jamie avaient fermé HBA pour la semaine des fêtes en remercie-ment aux employés qui avaient travaillé dur sur l'hôtel. Andi et Jen travaillaient un jour sur deux afin que chacune puisse avoir un peu de temps libre durant les fêtes.

Le matin du réveillon du Jour de l'An, Andi se décida finalement à faire le test de grossesse. Ensuite, elle fixa la croix rose pendant un long moment avant de sortir de la salle de bains et de se remettre au lit. Tout à coup glacée, elle commença à trembler lorsque le choc s'installa.

« Tout va bien, chérie ? demanda Jack.

— Je pensais que tu dormais encore.

— Je suis programmé pour me lever pour aller au travail. Il passa un bras autour d'elle. Tu trembles de froid. Viens-là. Il la rapprocha pour la réchauffer. Ça va mieux ? »

Elle ferma les yeux très fort et une larme s'en échappa. « Beaucoup mieux. »

Il embrassa sa joue et y découvrit de la moiteur. « Eh ! Qu'est-ce qui ne va pas ? »

Prenant un moment pour se ressaisir, elle se tourna vers lui. « Quel est ton sentiment sur les siennes, le sien, et le nôtre ?

— Je ne comprends pas.

— Nous avons les tiennes, nous avons le mien, et maintenant il semblerait que nous allons avoir le nôtre. Elle regarda la compréhen-sion éclairer son visage.

— Vraiment ? »

Elle hocha la tête.

Il la serra très fort. « Andi, murmura-t-il.

— Je suis une telle idiote. Pendant le chaos avec l'hôtel, j'ai arrêté de prendre la pilule, et je m'en suis rendu compte après l'ouverture. On s'était mis d'accord de ne pas—

— Mais on s'en fiche de ce qu'on avait dit.

— J'ai du mal à croire que j'ai été aussi stupide. »

Il rit et lui prit le menton. « Je suis tellement content que tu aies été stupide. »

Elle le dévisagea. « Et si…

— Si quoi, ma chérie ?

— Et si, le bébé était sourd, lui aussi ? » L'inquiétude était présente dans son esprit depuis des jours.

Jack se redressa sur un coude et caressa son visage. « Si cela arrive, nous y ferons face ensemble, et nous l'aimerons, il ou elle, autant que nous aimons tous les autres. Je ne te laisserai jamais seule comme il l'a fait.

— Je le sais.

— La seule chose dont tu as à t'inquiéter, c'est de prendre soin de toi et du bébé. Il embrassa sa joue et puis ses lèvres. Je t'aime et j'aimerai notre bébé. Tu peux y compter. »

Elle sentit la dernière de ses réserves s'évaporer lorsqu'il la tint serrée contre lui.

« Un bébé ! dit-il. Quelle bonne façon de finir l'année ! J'ai hâte.

— Cela prend quelques mois, tu sais, dit-elle, amusée par sa joie.

— Quand est-ce que je peux l'annoncer à tout le monde ?

— Est-ce qu'on peut garder ça pour nous pendant quelque temps ? Je suis superstitieuse.

— *Je suis obligé ?*

— Tu vas y arriver.

— Je vais le faire pour toi, dit-il en l'embrassant, mais ce ne sera pas facile. »

CHAPITRE 26

Jamie leur fit la surprise d'un repas de homard pour célébrer le réveillon du Nouvel An et son premier anniversaire de mariage avec Frannie. Jack et Andi avaient proposé de s'occuper des bébés afin qu'ils puissent sortir pour leur célébration, mais ils avaient préféré rester à la maison avec les nourrissons.

Après le dîner les enfants allèrent regarder un film en attendant les festivités de minuit. Jack suivit Jamie en haut pour jeter un coup d'œil sur les jumeaux qui dormaient, tandis qu'Andi aida Frannie à nettoyer après le dîner.

« Pas de vin pour toi ce soir, Andi ? demanda Frannie.

— Je n'en avais pas trop envie. Andi évita le regard interrogateur de Frannie tout en jetant les carapaces de homard à la poubelle. Cela faisait plus d'une semaine qu'elle n'avait pas bu de vin, mais avec l'excitation des fêtes personne n'avait remarqué.

— Depuis quand tu n'as pas envie de vin, toi ?

— J'étais barbouillée plus tôt.

— Un peu comme j'étais barbouillée moi, le jour chez toi, quand tu pensais à la même chose que moi maintenant ? »

Le cœur d'Andi se mit à battre plus vite. « C'est-à-dire ?

— Tu es enceinte, n'est-ce pas ?

— Qui est enceinte ? » demanda Jamie en revenant, avec Jack sur ses talons.

Jack éclata de rire. « Je n'y crois pas ! Tu n'as même pas tenu une journée ! »

Andi se demanda comment elle avait jamais pu s'attendre à garder un secret dans ce groupe.

« Et tu pensais que je serais le maillon faible, ajouta Jack.

— Je n'ai pas dit un mot. Andi jeta un regard à Frannie. Elle a deviné. »

Frannie applaudit. « Je le savais. »

Andi lui fit signe de se taire. « Je ne suis enceinte que depuis cinq minutes, alors on ne dit rien pour le moment… Enfin, on n'allait rien dire. »

Frannie l'embrassa. « On ne dira rien, d'accord, Jamie ? Je suis tellement heureuse que nos enfants auront un cousin presque du même âge. Félicitations, Jack, dit-elle en embrassant son frère.

— Une petite surprise, hein, le vieux ? demanda Jamie à Jack.

— Juste une petite, mais une bonne. Jack mit son bras autour d'Andi. Le meilleur genre de surprise.

— Bon sang, j'espère que tu ne seras pas malade comme je l'ai été, dit Frannie avec un frisson.

— Je ne l'ai pas été avec Éric, alors je ne le serai probablement pas cette fois-ci non plus. »

Cela ne se passa pas du tout comme ça. Un jour, Andi était si malade que Jack n'alla pas au travail et resta à la maison, de peur de la laisser seule. Il appela Jen pour lui faire savoir qu'Andi n'irait pas travailler. Ils n'eurent pas d'autre choix que de la mettre dans la confidence. Heureusement, son assistante était heureuse de la remplacer. Ils avaient dit aux enfants qu'elle avait l'estomac en vrac, mais allaient être obligés de leur dire la vérité si elle continuait à être malade.

Jack passa une serviette mouillée sur son visage une fois qu'elle avait vomi à nouveau. « Laisse-moi appeler le docteur.

— Non. Même sa voix était faible. Je ne veux pas finir à l'hôpital.

— Mais tu ne peux rien garder dans l'estomac. Je n'en peux plus. Ça ne peut pas être bon pour toi, ni pour le bébé. »

Elle commença à se lever d'où elle se trouvait sur le sol de la salle de bains. « Ça s'est arrêté maintenant. Je veux retourner au lit.

— Attends. » La soulevant, il fut alarmé de constater à quel point elle était légère. Il la remit au lit et la borda avec une couverture supplémentaire puisqu'elle tremblait. Elle s'endormit l'instant où sa tête toucha l'oreiller, et il pria pour que les vomissements soient finis — pour le moment. Mis à part Frannie, il n'avait jamais entendu parler d'une grossesse qui avait rendu quelqu'un aussi malade qu'Andi l'était depuis des semaines maintenant. Clare n'avait jamais été malade avec les filles, et Andi ne l'avait pas été avec Éric, non plus. Pendant qu'elle dormait il descendit appeler Frannie.

« Comment va-t-elle ? demanda Frannie.

— Pas trop bien. Je ne sais pas combien de temps cela peut encore durer.

— Des mois, j'en ai bien peur. »

Jack grogna. « J'ai du mal à imaginer ça.

— Essaie de la faire manger — n'importe quoi. Juste quelques craquelins et du canada dry ou quelque chose comme ça. J'ai trouvé que cela aide de se nourrir, aussi bizarre que cela paraisse.

— Je ne pense pas qu'elle le garde dans l'estomac.

— Il est peut-être temps d'appeler la doctoresse Abbott.

— Elle a peur de se retrouver à l'hôpital.

— Je me suis sentie mieux après. Peut-être que tu devrais l'appeler quand même.

— Je crois que c'est ce que je vais faire.

— Fais-moi savoir si tu as besoin de quelque chose. Je sais à quel point c'est pénible.

— Merci, Fran. »

Il raccrocha et fixa le téléphone du regard pendant une minute avant de le reprendre pour appeler le médecin. Andi ne serait pas contente, mais il n'allait pas prendre de risque avec elle ou avec le bébé.

❧

Jack remonta en haut et la trouva éveillée mais encore au lit. Il balaya ses cheveux de son visage. « Comment vas-tu ?

— Je ne suis pas au top.

— J'ai appelé la doctoresse. »

Elle gémit. « Je t'avais dit de ne pas le faire.

— Je suis inquiet, Andi. Tu dois être déshydratée maintenant. La docteure Abbott veut que je t'emmène la voir. »

Elle commença à pleurer. « Je ne veux pas.

— Ma chérie, pense au bébé. Frannie allait beaucoup mieux après avoir été à l'hôpital. Laisse-les t'aider. *S'il te plaît*. Je ne supporte pas de te voir malade. Ça me fait peur. »

Un sanglot la secoua. « D'accord. »

Jack l'habilla et la mit dans la voiture sans qu'elle n'ait rien à faire, ce qui était aussi bien car elle en aurait été incapable.

La docteure Abbott jeta un regard sur Andi et prescrit de la mettre sous perfusion.

Frannie avait recommandé la doctoresse à Andi qui était maintenant presque à la fin de sa sixième semaine. Ils avaient retardé leur voyage aux îles Vierges jusqu'à ce qu'elle se sente mieux, et l'anniversaire du jour de son déménagement avec Jack était passé sans fanfare plus tôt dans le mois.

« Pas trop en forme, Andi ? demanda la doctoresse Abbott après que les infirmières avaient installé Andi dans un lit.

— Non, dit Andi.

— Nous ferons ce que nous pourrons pour vous aider, mais vous aurez encore quelques semaines à tenir avant de commencer à vous sentir beaucoup mieux. »

Andi gémit.

« Des *semaines* ? demanda Jack.

— J'en ai bien peur. Les mères qui sont autant malades le restent souvent tout au cours du premier trimestre. Mais nous vous donnerons des liquides pour vous aider à reprendre vos forces. Je veux aussi faire une rapide échographie pour vérifier la condition de votre petit. Pas de quoi vous inquiéter, cependant. Je reviens tout de suite. »

Andi attrapa la main de Jack. « J'espère que la petite ou le petit va bien.

— Je suis sûr qu'il va bien.

— Tu as l'air bien sûr que c'est un garçon.

— C'est impossible que ce soit une autre fille.

— En fait, il y a 50% de chance.

—Tant que ça ? Il porta leurs mains jointes à ses lèvres. Je suis désolé, ma chérie, que tu sois obligée de subir tout ça.

— C'est bien fait pour moi, pour avoir été stupide. »

Il rit alors qu'une infirmière roulait la machine à ultrasons dans la pièce.

La doctoresse revint quelques minutes plus tard pour jeter un coup d'œil. Elle pencha la tête et se rapprocha de l'écran.

Jack n'avait jamais vu quelque chose ressemblant à un bébé sur ces écrans, et cette fois c'était pareil, mais il pouvait discerner un fort battement de cœur. Et puis il en vit un autre. Il regarda la doctoresse en même temps qu'elle posa les yeux sur lui.

« Alors, Frannie m'a dit que les jumeaux, ça tient de famille chez vous, dit-elle avec un sourire.

— C'est ce que dit ma mère, balbutia Jack.

— Elle doit avoir raison. La doctoresse montra du doigt l'écran afin qu'Andi puisse voir. Un cœur là, un autre ici. »

Andi laissa échapper un cri et serra la main de Jack plus fort. « *Deux ?* »

Amusée par leur surprise, la doctoresse leva deux doigts en l'air. « Cependant s'ils sont identiques, c'est un coup de chance, et non pas l'hérédité. »

Jack relâcha une longue respiration qu'il n'avait pas eu conscience de retenir.

Les yeux d'Andi étaient rivés sur l'écran. « Pouvez-vous dire s'ils sont garçons ou filles ?

— C'est encore trop tôt ; vous n'êtes qu'à six semaines. Celui la pourrait être un garçon. Elle montra sur l'écran. Mais n'achetez rien de bleu encore. Ils ont l'air superbes. Leurs battements de cœur sont très forts, et ils grandissent malgré le fait que Maman soit si malade. Cela veut dire que nous devons nous assurer que vous preniez ce dont vous avez besoin, Andi, parce qu'ils prendront tout ce qu'il leur faut de vous.

— Elle ne peut rien garder dans l'estomac, dit Jack encore en train d'essayer de comprendre qu'il y avait deux bébés.

— Nous ferons tout ce que nous pourrons pour vous pendant que vous êtes ici. Dans à peu près quatre ou cinq semaines vous devriez commencer à vous sentir beaucoup mieux.

— Je l'espère, dit Andi, ses yeux toujours collés à l'écran.

— Sera-t-elle capable de porter des jumeaux ? Jack s'inquiétait que la minceur du corps d'Andi ne lui permettrait pas de supporter le poids de deux bébés.

— Les deux derniers mois seront pénibles, mais tout ira bien. »

La doctoresse les laissa, et Andi se tourna vers Jack, les yeux écarquillés d'incrédulité. « D'abord Jamie et Frannie et maintenant nous, dit-elle émerveillée. Quelles sont les chances que cela arrive ?

— C'est incroyable. Nous n'avions aucune idée d'à quel point les gènes de jumeaux étaient forts dans notre famille.

— Oh mon Dieu, Jack ! Nous allons avoir *six* enfants !

— Deux sont pratiquement adultes, lui rappela-t-il. J'étais prêt à en avoir cinq. Qu'est-ce qu'un de plus ?

— Cela a dû arriver le soir du gala.

— Ce qui est tout à fait approprié, puisque l'hôtel nous a menés l'un à l'autre, et maintenant il nous amène les jumeaux. »

Ils annoncèrent la nouvelle aux enfants quand Andi se retrouva à l'hôpital plusieurs jours pour traiter la déshydratation. Comme Frannie, Andi se sentit beaucoup mieux après sa sortie d'hôpital et peu après franchit un cap lorsqu'elle n'était malade que le matin mais se sentait mieux vers midi. Arrivé au mois d'avril elle se sentit finalement suffisamment bien pour faire leur voyage, longtemps reporté, aux îles Vierges.

Le soir d'avant leur départ, Andi appela sa mère pour lui annoncer la nouvelle à propos des jumeaux.

« Des *jumeaux* ?

— C'est ce qu'ils m'ont dit, Maman. Apparemment, cela vient de la famille de Jack. Tu te souviens l'été dernier quand sa sœur a eu des jumeaux ? Les nôtres naîtront à peu près un an après les leurs.

— Tu auras vraiment de quoi t'occuper.

— J'espère que tu viendras y prendre part. J'aurai besoin de ton aide.

— Je serai là, Andi et j'amènerai Tante Lou avec moi. Est-ce que tu vas toujours nous envoyer Éric cet été ?

— Jack l'amènera probablement. Je serai déçue de ne pas pouvoir te voir, mais je ne m'éloignerai pas de la maison à ce moment-là. Éric avait projeté de passer deux semaines avec sa grand-mère en juillet, et Andi lui avait promis qu'il serait de retour bien avant que les bébés naissent fin septembre — si elle allait aussi loin dans sa grossesse.

— On a hâte.

— Lui, aussi. Bon, je ferais mieux d'y aller. Jack et moi partons demain pour une semaine dans les îles Vierges que nous avons prévue depuis décembre. J'ai été tellement malade avec cette grossesse que nous n'avons pu partir jusqu'à maintenant. Elle n'avait pas dit à sa mère qu'elle était restée à l'hôpital, sachant combien elle se serait inquiétée. Mais je vais beaucoup mieux maintenant et j'ai hâte de me dorer la pilule au soleil.

— Envoie-moi une carte postale, ma chérie. Amuse-toi bien.

— Je n'y manquerai pas. Prends soin de toi, Maman. Embrasse Tante Lou pour moi, dit Andi en terminant l'appel.

— Comment l'a-t-elle pris ? demanda Jack.

— Incroyablement bien. Je pense qu'elle est totalement surprise. »

Se tenant derrière Andi, il passa les bras autour d'elle et caressa son ventre, lequel avait commencé à se remarquer. « Ces deux-là ont été une grosse surprise pour nous tous.

— J'ai besoin d'aller au lit si nous voulons attraper ce vol. Ils devaient s'envoler de Boston à midi, et comme l'aéroport était à presque deux heures de route, une limousine devait passer les prendre à huit heures. Les parents de Jack étaient venus en voiture du Connecticut plus tôt dans la journée pour rester avec les enfants pendant qu'ils seraient partis.

— Allons-y. » Il la prit dans ses bras et la porta à travers la maison, faisant semblant de trébucher sous son poids.

« Tu ferais mieux d'arrêter, mon pote. Ça ne sera plus du tout drôle dans quelques mois.

— Il faudra que tu trouves quelqu'un d'autre pour te porter, d'ici là. » Il essaya de l'embrasser, mais elle ne le laissa pas faire après cette blague-là.

~

Ils volèrent jusqu'à Saint-Thomas et firent un court trajet en ferry pour traverser le bras de mer jusqu'à Saint-Jean. Leur lieu de séjour avait tous les services imaginables, mais ils étaient contents de ne rien faire après l'activité incessante depuis leurs dernières vacances sur Block Island l'été d'avant.

Andi sirotait une pina colada sans alcool, tard un après-midi, alors qu'ils étaient allongés sur une double chaise longue à la plage. Heureusement, il n'y avait pas eu de nausée ou de vomissement pendant leurs vacances. « Je suis au paradis, dit-elle.

— Moi aussi. Nous devrions venir vivre ici. Il étudia l'élégant maillot de bain noir une pièce qui couvrait la bosse sur son ventre autrefois plat. Sa poitrine débordait du haut.

— Oui, d'accord, je vois ça d'ici — vivant avec nos *six* enfants sur la plage. Elle regarda dans sa direction et le surprit en train d'examiner ses nouvelles formes voluptueuses. Arrête de me mater, Jack ! » Elle tira sur le haut de son maillot.

Il rit. « Pourquoi est-ce que je ne peux pas apprécier le meilleur côté de t'avoir mise enceinte ? »

Elle roula ses yeux. « Ne t'habitue pas trop à eux. Ils sont temporaires.

— Cela ne veut pas dire que je ne peux pas les apprécier tant qu'ils sont là, non ?

— Mais tu ne penses jamais à autre chose ?

— Pas dernièrement. Il s'étira et bâilla. En fait, je tombe de sommeil. J'ai besoin que tu me ramènes pour faire la sieste.

— Tu viens juste de faire la sieste, lui rappela-t-elle.

— Il y a des heures de ça, et j'ai besoin de mon repos. Il se leva pour aller lui tendre une main. En plus, je commence à avoir des taches de soleil à m'exposer comme ça. »

Elle renifla en riant et le laissa la relever. « On ne peut pas tolérer ça, n'est-ce pas ? »

Dès qu'ils furent dans leur chambre, Jack repoussa les bretelles du maillot de bain de ses épaules.

Quand ses seins jaillirent, Andi plia ses bras sur sa poitrine, mal à l'aise.

Il les écarta. « Non. Je veux te voir.

— Ils sont ridicules, dit-elle, son visage rouge d'embarras.

— Non, ils ne le sont pas. Il fit glisser son maillot sur ses hanches et posa une main et puis ses lèvres sur son ventre. Je ne pensais pas que tu puisses être encore plus belle, mais de te voir enceinte avec mes bébés…Tu es incroyablement sexy, et je te veux tout le temps. Il la fit s'asseoir au bord du lit et s'agenouilla devant elle. Enroulant ses mains autour de ses seins, il coinça un téton hyper sensible entre ses lèvres et l'effleura de sa langue.

Elle renversa sa tête en arrière en agrippant ses cheveux et gémit.

Il la laissa basculer lentement afin qu'elle s'allonge, tout en continuant de tirer, sucer et lécher jusqu'à ce qu'elle se tortille sous lui. Ses lèvres étaient chaudes sur son ventre lorsqu'il naviguait la bosse pour descendre ensuite plus bas. Calant ses jambes au bord du lit, il la poussa doucement de sa tête et la taquina de sa langue. Ses doigts la trouvèrent humide et prête pour lui, et quand il les glissa délicatement en elle, il amena sa langue avec force contre l'endroit qui pulsait de désir.

Andi cria quand l'orgasme explosa en elle. Elle venait encore lorsqu'il fit tomber son maillot de bain et la pénétra. Ayant du mal à l'accueillir, Andi écarta ses jambes davantage pour qu'il entre plus profondément en elle.

Il faisait attention de ne pas mettre trop de poids sur elle. « Il faut que je te garde enceinte à partir de maintenant, » murmura-t-il contre ses lèvres.

Elle serra ses bras autour de lui. « Ah, vraiment ?

— Je ne pensais pas qu'il puisse y avoir davantage entre nous, mais dernièrement…

— Mm, je sais. Elle se cambra contre sa poussée. Jack…

— Quoi, ma chérie ? »

Elle ferma les yeux en clignant des paupières. « Je crois que je vais… encore… »

Il toucha l'endroit où leurs corps étaient joints et l'envoya aux anges.

Resserrant son sexe fermement autour du sien, elle emmena Jack avec elle.

Ils prirent le vol du retour bronzés, reposés et détendus après une semaine à Saint-Jean. Le printemps était arrivé en leur absence et les buissons de forsythia d'un jaune éclatant étaient en pleine floraison quand ils arrivèrent tard le dimanche après-midi.

La voiture les déposa à la maison, et Jack rassembla leurs bagages. Il ne laisserait Andi porter rien de plus lourd que son sac à main.

Ils furent surpris lorsque Jamie sortit de la maison pour les aider avec leurs sacs. « Salut, les gars. Comment c'était ?

— Fabuleux, dit Jack. On n'est revenus que parce que la loi nous oblige à nous occuper de nos enfants. Qu'est-ce que tu fais ici ?

— Entre et je te le dirai. »

Jack jeta à Andi un regard interrogateur.

Elle haussa les épaules.

« Que se passe-t-il ? demanda Jack commençant à sentir que quelque chose n'allait pas. Où sont-ils tous ?

— Jack, Clare est à l'hôpital. Elle a développé une infection. Ils l'ont mise sous une forte dose d'antibiotiques, mais elle ne va pas trop bien. »

Andi tendit le bras vers Jack.

« Quel genre d'infection ? demanda Jack, la gorge nouée. Depuis combien de temps elle y est ?

— Ils pensent que c'est une infection du sang. Sa température est montée très haut hier et ils l'ont admise la nuit dernière.

— Pourquoi ne m'avez-vous pas appelé ? Je serais rentré.

— On s'est dit que tu ne serais probablement pas rentré beaucoup plus tôt si on t'avait appelé hier soir.

— Il faut que j'aille là-bas. »

Andi le serra dans ses bras. « Bien sûr, Jack, tu devrais aller auprès d'elle.

— Ça va aller pour toi ?

— Je vais très bien. Vas-y. Jamie, peux-tu l'amener ?

— Ouais. Je suis resté ici avec Éric pendant que les parents de Jack ont amené les filles à l'hôpital. Il est en haut en train de jouer dans sa chambre, mais il t'attend.

— Merci Jamie, dit Andi.

— Je t'appellerai, » dit Jack. Il lui donna un baiser distrait sur la joue et suivit Jamie dehors.

Les parents de Jack ramenèrent les filles juste après minuit.

« Comment va-t-elle ? demanda Andi à Madeline une fois que les filles étaient montées se coucher.

— Pas bien. La fièvre n'est pas descendue malgré des doses massives d'antibiotiques. Les épaules de Madeline s'affaissèrent. J'ai bien peur que nous soyons en train de la perdre.

— Je suis désolée. Andi prit la femme âgée dans ses bras. Est-ce que je peux faire quelque chose pour vous ?

— Je ne pense pas, mon chou. J'ai besoin d'aller au lit, et vous aussi. Il vous faut votre repos.

— J'espérais avoir des nouvelles de Jack. Comment prend-il cela ?

— Il est dévasté mais résigné. Il sait que Clare serait mieux morte que de vivre comme elle l'a fait ces trois dernières années.

— Est-ce qu'il y a quelqu'un avec lui ?

— Frannie était la plus tôt et elle a emmené la mère de Clare à la maison avec elle, mais Jamie est resté. Il ne quittera pas Jack, mon chou. Ne t'inquiète pas. Pourquoi n'allez-vous pas dormir ?

— Je vais essayer, » promit Andi en embrassant Madeline pour lui souhaiter une bonne nuit.

Jack ne rentra pas à la maison cette nuit-là et elle ne le revit pas avant vingt-deux heures le soir suivant, lorsqu'il entra en donnant l'impression qu'il allait s'écrouler.

« Salut. Elle sortit du lit pour aller vers lui.

— Ça va ? Il la prit dans ses bras et lui donna un baiser sur la joue. Ne t'approche pas trop. J'ai besoin d'une douche. Il portait encore les mêmes vêtements qu'il avait portés durant le retour de Saint-Jean.

— Cela m'est égal. Elle le garda dans ses bras pendant un long moment. Pourquoi ne me laisserais-tu pas te faire couler un bain ?

— Ce serait parfait, merci. » Il s'assit sur le lit pour enlever ses chaussures.

Elle fit couler l'eau dans le Jacuzzi, revint s'asseoir près de lui et balaya les cheveux de son front bronzé. Saint-Jean semblait déjà bien loin. « As-tu faim ? »

Il secoua la tête. « Jamie m'a forcé à manger quelque chose plus tôt. Il est resté avec moi tout le temps. J'ai bien essayé de lui dire de rentrer à la maison, mais il n'a pas voulu. »

Andi n'avait jamais vu Jack l'air aussi épuisé. « Je suis contente qu'il soit resté. Comment va-t-elle ?

— Toujours pareille. Ils n'arrivent pas à comprendre pourquoi elle ne répond pas aux antibiotiques. Il posa sa tête sur son épaule et passa sa main sur son ventre. Comment vas-tu, ma chérie ?

— Je vais bien Jack. Ne t'inquiète pas pour moi.

— Si, je m'inquiète pour toi. Et pour eux. » Il se baissa pour déposer un baiser sur son ventre.

Elle passa ses doigts dans ses cheveux, son cœur serré par la douleur qu'elle sentait en lui. « Nous allons bien, mon ange.

— Je vais prendre un petit bain.

— Je suis là, tout près.

— C'est bien. » Il l'embrassa et alla dans la salle de bains.

La fièvre de Clare dura douze jours. Au moment où Jack fut certain qu'il allait la perdre pour de bon cette fois, elle ouvrit les yeux et le regarda.

IVÈME PARTIE

Le dos crawlé : nager vers l'avant tout en donnant l'impression d'aller à reculons.

CHAPITRE 27

Lorsque Clare ouvrit les yeux et le fixa du regard, Jack fit un bond. Il vit tout de suite que le regard vide qu'elle avait eu pendant les trois dernières années était parti, et elle était alerte.

« Clare ? Oh mon Dieu ! Tu m'entends ?

— Mm. »

Il courut à la porte et appela un docteur en hurlant.

« Que se passe-t-il ? murmura-t-elle lorsqu'il revint à son chevet et prit sa main. Pourquoi suis-je là ? » Sa voix était faible et sèche, mais c'était Clare. Jusque là, il n'avait pas réalisé à quel point le son de sa voix lui avait manqué.

Il se pencha par-dessus la barrière du lit pour embrasser son front. « Tu as eu une mauvaise poussée de fièvre. Il laissa les larmes couler librement sur son visage.

— Pourquoi es-tu tellement bouleversé ? Est-ce que j'ai été malade longtemps ?

— Oui, dit-il d'une voix rauque.

— J'ai soif. »

Le docteur entra, suivi par deux des infirmières qui s'étaient occupées d'elle à l'hôpital.

Jack demanda à l'une d'elles d'aller chercher Kate, Maggie, Anna la mère de Clare et son aide-soignante Sally, dans la cafétéria.

« Clare, comment vous sentez-vous ? demanda le docteur.

— Faible, répondit-elle dans un murmure rauque. Et assoiffée.

— Elle peut prendre un peu d'eau, » dit le docteur à l'infirmière.

La porte s'ouvrit, et Kate se précipita dans la pièce devant toutes les autres qui étaient juste derrière elle. Dès que son regard se posa sur sa mère, elle éclata en sanglots.

Clare essaya de tendre une main faible vers sa deuxième fille. « Kate, ma chérie, viens ici. »

Kate s'écroula en larmes sur la poitrine de sa mère.

Clare lutta pour lever sa main afin de réconforter Kate, mais des années d'inactivité avaient rendu ses muscles inutiles, malgré la rééducation qu'elle avait reçue presque chaque jour.

Maggie resta figée sur place.

Pleurant doucement, Anna se déplaça de l'autre côté du lit et embrassa le front de sa fille. « C'est si bon d'entendre ta voix. »

Alors que la scène irréelle se déroulait devant lui, Jack ne pouvait croire que ce qu'ils avaient espéré pendant trois ans était finalement arrivé. Puis il se souvint qu'il devait appeler Jill à son école, et il alla dans le couloir.

« Bonjour Papa, quoi de neuf ?

— Chérie…

— Est-ce que Maman est morte ? demanda-t-elle d'une toute petite voix.

— C'est tout le contraire. Elle est éveillée. Vraiment éveillée.

— *Quoi ?*

— Je veux que tu viennes à la maison, mais si tu ne penses pas pouvoir te concentrer sur la conduite, trouve quelqu'un pour t'amener. Tu m'entends ?

— Je pars tout de suite. Je ferai attention, lui assura-t-elle. Elle est réellement éveillée ?

— Je te le jure.

— Je ne peux pas y croire. J'arrive.

— À bientôt, ma chérie. »

Il termina l'appel, retourna dans la chambre de Clare et s'adressa à Maggie. « Ma puce, est-ce que tu veux voir Maman ? »

Maggie avait le regard vide avec le choc, et Jack jeta un regard inquiet sur Sally qui avait gardé un bras autour d'elle.

« Ma chérie ? » Il prit la main de Maggie pour la conduire au chevet de Clare.

Clare inspira brusquement. « Maggie ! Tu es *si grande* ! Ça fait combien de temps que je suis ici Jack ? Je ne me souviens pas d'avoir été malade. »

Maggie regardait sa mère fixement tandis que Kate pleurait en silence.

« Est-ce que vous tous pouvez me donner cinq minutes avec Maman ? demanda Jack. Juste quelques minutes et je vous fais rentrer aussitôt, d'accord ? Il aida Kate à se redresser et lui donna la main de Maggie. Pouvez-vous appeler Frannie et Jamie ? »

Kate essuya son visage et hocha la tête.

Anna guida ses petites filles dans le couloir.

Quand ils furent seuls, Jack reprit la main de Clare et se percha au bord du lit.

Il n'avait aucune idée de comment lui annoncer ce qu'elle avait besoin d'entendre.

« Jack, qu'est-ce que j'ai qui ne va pas ? Pourquoi tout le monde est si bouleversé ? »

Il posa son front sur leurs mains jointes un instant, en essayant de se concentrer, et puis leva les yeux vers elle. « Il y a presque trois ans, tu as été renversée par une voiture. »

Sa respiration devint haletante lorsqu'il lui dit la date. « Trois ans ?

— Tu as souffert d'une énorme blessure à la tête, et ils ont dit que tu ne t'en remettrais probablement pas. Mais tu es là, et c'est un miracle.

— C'est impossible. J'étais avec les filles…

— C'est arrivé sur le parking du centre commercial. Est-ce que tu te souviens de quelque chose ?

— Non, rien. Elle détourna son regard pour enregistrer ce qu'il venait de dire. Où est Jill ?

— À Brown, l'université. Elle était ici, mais elle a dû y retourner hier. »

Elle se tourna vers lui, les yeux grands ouverts. « Elle est à *l'université* ? Oh, mon Dieu.

— Je l'ai appelée. Elle sera bientôt ici. Il fut submergé à nouveau d'émotions et sa voix se brisa. Tant de choses se sont passées, Clare. Pour la première fois depuis une heure, il pensa à Andi à la maison, enceinte de ses bébés, tandis qu'il parlait à sa femme qu'il pensait avoir perdue à jamais. L'ampleur de tout cela eut l'effet d'un bloc de glace dans ses entrailles.

— Les filles ont tellement grandi.

— Tu aurais été si fière d'elles. Nous sommes venus te voir souvent.

— Où étais-je ? »

Il poussa le bouton du lit pour l'aider à s'asseoir un peu. « Nous t'avons gardée à la maison avec nous pendant plus d'un an. Au bout d'un moment, quand nous nous sommes résignés au fait que tu n'allais pas nous revenir — du moins, nous le pensions — j'ai acheté un endroit pour toi. J'ai engagé des infirmières pour s'occuper de toi. Je ne savais pas quoi faire d'autre. »

Elle était suspendue à ses lèvres.

« Je vais te dire autre chose qui est nouveau, dit-il avec un sourire. Frannie a épousé Jamie il y a plus d'un an, et ils ont eu des jumeaux l'été dernier. »

Elle s'étouffa. « Tu plaisantes. »

Comme si on leur avait fait signe, ils entrèrent dans la chambre. Frannie mit sa main sur sa bouche et secoua la tête d'incrédulité lorsqu'elle entendit Clare parler.

« Oh, c'est vrai ! s'exclama-t-elle en s'approchant du lit de Clare. Oh, merci mon Dieu.

— Vous êtes *mariés* tous les deux ? »

Retenant ses larmes, Jamie montra son alliance à Clare. « Mariés avec des jumeaux de huit mois, Owen et Olivia. » Il sortit une photo de son portefeuille et la tint pour elle.

Lorsqu'elle regarda la photo des bébés, des larmes coulèrent des yeux de Clare.

« Frannie m'a sauvé la vie, dit Jack. Elle a vécu avec nous les premiers dix-huit mois et s'est occupée des filles. Je ne sais pas ce que j'aurais fait sans elle.

— Merci, » murmura Clare à Frannie qui attrapa sa main.

Kate passa la tête par la porte. « Papa ? Est-ce que nous pouvons revenir ?

— Bien sûr. »

Maggie paraissait encore sous le choc, mais cette fois elle alla droit au chevet de sa mère.

« Tout va bien, Maggie, murmura Clare.

— Est-ce que tu vas t'en aller encore ? »

Affligé pour elle, Jack passa un bras autour de sa fille.

« Pas si je peux l'éviter, » dit Clare.

Maggie prit la main de sa mère. « Tu m'as tellement manqué.

— Je suis désolée mon bébé. Je suis terriblement désolée. »

La porte s'ouvrit à nouveau et Jill entra précipitamment, s'arrêtant net lorsqu'elle vit sa mère parlant avec Maggie.

« Jill, murmura Clare. Oh, tu es adulte ! Viens ici que je puisse te voir. »

Jill fit quelques pas en avant, et Jack se poussa pour la laisser passer. Elle se pencha pour embrasser la joue de sa mère et éclata en sanglots.

Jack passa sa main dans le dos de Jill.

Le docteur de garde revint avec le neurologue qui s'était occupé de Clare depuis le début.

« M. Harrington, je suis le docteur Blake. Je me suis occupé du cas de votre femme. »

Se rappelant leur triste réunion quelques semaines après l'accident, Jack lui serra la main. « Je m'en souviens.

— C'est un sacré progrès. Le docteur Blake sourit en montrant Clare de la tête, qui était absorbée par l'excitation des filles. Ce n'est rien de moins qu'un miracle.

— Tout à fait, dit Jack, l'estomac serré par les implications.

— Comme vous pouvez l'imaginer, nous avons hâte de pouvoir faire un examen complet, dit le docteur Blake. Mais je vois que ce n'est pas le bon moment.

— Elle a subi bien des épreuves, particulièrement les douze derniers jours, ajouta le médecin traitant. Nous ne voulons pas l'épuiser.

— Je vais renvoyer les filles bientôt et nous autres partirons aussi, pour qu'elle puisse se reposer, » assura Jack aux docteurs.

Il laissa les filles avec leur mère encore une demi-heure avant de les envoyer à la maison.

Frannie et Jamie emmenèrent Anna passer la nuit chez eux, et ils promirent de revenir le lendemain.

Une fois que tout le monde était parti, Jack ramena son attention sur Clare. « Es-tu fatiguée ? »

Elle hocha la tête et ses yeux se remplirent à nouveau de larmes. « Je ne peux pas supporter d'avoir raté trois ans de leur vie, de notre vie.

— Je ne peux pas m'imaginer comment tu dois te sentir. Il s'arrêta et pesa le pour et le contre, n'étant pas sur s'il n'était pas trop tôt… Clare, il y a eu quelque chose d'un peu étrange à propos de ton accident.

— Comment ça ? »

Il hésita encore, mais trois ans d'une horrible incertitude l'emportèrent sur son bon sens. « Quand la voiture t'a heurtée, il semblerait que tu n'aies pas vraiment essayé de l'éviter.

— Je ne comprends pas.

— Les filles ont dit que tu as eu l'air de laisser la voiture te renverser. Je ne pensais pas que tu puisses faire une chose pareille jusqu'à ce que je voie la vidéo —

— Quelle vidéo ?

— Celle de la sécurité du centre commercial.

— Je veux la voir.

— Ce n'est pas une bonne idée. C'est très bouleversant.

— Je veux la voir, » insista-t-elle.

Réticent, il dit, « Je l'apporterai demain. »

Elle avait une expression lointaine sur le visage, tentant de se rappeler. « Je me souviens avoir fait des courses avec les filles, mais rien d'autre de ce moment-là. Tout est flou.

— Ne t'en inquiète pas trop cette nuit, d'accord ? D'un geste, il balaya ses cheveux blonds de son visage et l'embrassa sur le front. Nous allons résoudre tout ça. Tu as besoin de repos. Il se leva et attrapa sa veste. Je reviendrai demain matin.

— Jack ? »

Il se tourna vers elle.

« Qu'ai-je manqué d'autre ? » demanda-t-elle, ses sourcils froncés d'inquiétude.

Avalant sa salive, il dit, « Rien qui ne puisse attendre jusqu'à demain. »

En montant dans sa chambre, Jack passa voir chacune des filles qui étaient euphoriques d'avoir retrouvé leur mère, mais il voyait qu'elles étaient encore en train de tout digérer, comme il le faisait lui-même. Il grimpa l'escalier en colimaçon et trouva Andi en train de remplir un petit sac. Éric était assis sur le lit avec son sac à dos près de lui. Il avait les yeux rouges d'avoir pleuré.

« Qu'est-ce que tu fais ? » demanda Jack.

Andi garda la tête baissée. « Je prends ce dont j'ai besoin pour quelques jours. J'enverrai quelqu'un pour le reste plus tard. »

Il mit ses mains sur elle pour l'arrêter. « Quelques jours ? Où vas-tu ? »

Éric les regardait avec intensité.

« À l'hôtel jusqu'à ce que nous trouvions quelque chose de plus permanent, » dit Andi. Elle ne l'avait toujours pas regardé.

« Tu ne vas pas partir, Andi. C'est ridicule. Tu es enceinte. C'est ta maison ici, dit-il avec désespoir. Il signa vers Éric, lui demandant gentiment de prendre son sac et d'aller les attendre dans sa chambre. Tout va bien, mon petit. Je descends dans une minute, d'accord ? »

Éric hocha la tête et fit ce que Jack lui demandait.

Jack se retourna vers Andi alors qu'elle fermait le petit sac noir. Il prit sa main et la tira près de lui sur le lit.

« Regarde-moi. Il posa ses doigts sur son menton pour la forcer à croiser son regard. Ses yeux étaient ravagés, et il ne voulait rien d'autre que de la prendre dans ses bras. Je ne veux pas que tu partes.

— C'est sa maison et elle voudra la reprendre maintenant. Elle m'était prêtée, tout comme tu l'étais, toi aussi.

— *Non*, Andi. Je n'ai jamais été prêté. *Je t'aime.* Je veux que tu restes. Il essaya de l'embrasser mais elle se poussa, se mettant hors de sa portée. J'ai besoin de toi.

— Tu es marié, Jack. Ma mère avait raison depuis le début. »

Quand elle se leva, il saisit son bras.

« Ta femme aura besoin de toi, et elle ne voudra pas te partager. S'il te plaît ne rend pas cela plus dur que ça ne l'est déjà. Elle tira sur son bras pour se libérer et prit son sac.

— Alors ça y est ? Tu pars, comme ça ? Et Éric ? Et nos bébés ?

— Éric voudra te voir, mais cela dépendra de toi. Nous arrangerons quelque chose lorsque les bébés naîtront. S'il te plaît, Jack. Laisse-moi m'en aller maintenant. »

L'effleurant au passage, elle prit son sac et descendit dans la chambre d'Éric, où elle lui mit son sac sur le dos et glissa sa main dans la sienne.

« Chérie, écoute-moi, dit Jack. Parlons de tout cela. Nous n'avons pas à décider de quoi que ce soit ce soir. Il la suivit à travers la maison, dans l'obscurité, jusqu'à la porte d'entrée. Il la rattrapa et mit sa main sur la porte pour l'empêcher de l'ouvrir. S'il te plaît. »

Elle tendit le bras pour atteindre la poignée, et lorsqu'elle tira pour ouvrir, il retira sa main pour la laisser partir.

Éric regarda Jack avec ses grands yeux bleus. « Je t'aime, signa-t-il.

— Je t'aime aussi. Et je t'aimerai toujours. » Lorsqu'ils marchèrent à la voiture, Jack eut l'impression qu'on lui avait arraché le cœur.

Andi ouvrit la porte arrière pour Éric, l'aida à s'installer dans son siège et monta à la place du conducteur.

Jack avança vers la porte avant qu'elle puisse la fermer. « Andi, ma chérie. Je t'en prie, ne pars pas. Je t'aime tellement.

— Au revoir, Jack. » Elle ferma la porte et démarra sans se retourner.

Il regarda les feux arrière disparaître et puis se mit à courir. Il courut pendant des kilomètres sans prêter attention à où il était ni à où il allait, sortant de son hébétement pour réaliser qu'il était sur la plage. Épuisé, il tomba à genoux sur le sable et se mit à crier, l'agonie et la joie en guerre en lui.

Quand il eut crié au point d'en perdre la voix, il pleura.

Andi mit Éric au lit et tenta encore d'expliquer pourquoi il fallait qu'ils quittent la maison de Jack.

« Il t'aime, lui rappela-t-elle en essuyant les larmes des joues de son fils. Il te contactera. Je sais qu'il le fera.

— Ce ne sera pas comme quand nous vivions là-bas.

— Non, mon chéri, ce ne le sera pas. »

Une fois qu'il s'était assoupi, pleurant encore dans son sommeil, elle le borda et sortit de la pièce. Essuyant ses nouvelles larmes à elle, elle se dit qu'elle était à blâmer pour la tristesse d'Éric. Elle l'avait laissé aimer un homme et une famille qui ne leur appartenaient pas.

Ils restaient dans la suite qu'Infinity fournissait à chacun des manageurs de ses propriétés afin qu'ils puissent vivre à l'hôtel s'ils le désiraient. Comme elle n'avait pas eu besoin de la suite jusqu'à maintenant, elle était disponible pour les clients. Heureusement elle n'était pas réservée cette nuit-là. Ils pourraient y rester aussi longtemps qu'ils en auraient besoin, mais elle espérait trouver un vrai domicile pour Éric et les bébés lorsqu'elle aurait repris son souffle.

Andi s'assit sur le canapé et mit ses pieds sur la table de salon, cherchant à soulager ses chevilles enflées. Quand elle passa la main sur sa taille en plein épanouissement elle sentit d'abord un flottement et le reconnut comme un mouvement de bébé. À cet instant le barrage céda, et ses pleurs qui la prenaient aux tripes auraient réveillé Éric s'il avait pu les entendre. Elle pleura jusqu'à ce qu'il n'y ait plus rien en elle et puis s'endormit sur le canapé, rêvant de Jack. Mais lorsqu'elle essaya de le toucher dans son sommeil, elle ne put arriver jusqu'à lui. Se réveillant en sursaut, et forcée de subir le coup une fois de plus, elle se traîna au lit et tomba à nouveau dans un sommeil agité. Cette fois, elle rêva de deux beaux bébés aux cheveux foncés et aux yeux gris.

~

Jack passa une nuit blanche à s'inquiéter pour Clare aussi bien que pour Andi et Éric. Le matin, lorsqu'il essaya de joindre Andi à l'hôtel, elle refusa de prendre son appel.

Malgré leurs protestations, il envoya les filles à l'école. Elles avaient manqué suffisamment de jours depuis que Clare avait été à l'hôpital et il leur promit qu'elles pourraient voir leur mère tout de suite après l'école. Jill se demanda comment elle allait bien pouvoir se concentrer sur ses cours, mais il l'encouragea à essayer.

« Où sont Andi et Éric ? demanda Maggie pendant le petit déjeuner.

— Ils sont allés à l'hôtel pour quelques jours.

— Ils ne peuvent plus vivre avec nous, c'est ça ? » demanda-t-elle tristement.

La douleur dut se voir sur son visage, car Kate intervint.

« Allons-y Maggie, dit Kate. Je la déposerai, Papa.

— Merci. Il les embrassa. Je vous verrai après l'école. »

Ayant la sensation d'être embourbé dans des sables mouvants, Jack entra dans l'hôpital et prit l'ascenseur jusqu'au 7ème étage, où Clare avait été transférée de l'unité de soins intensifs après que sa fièvre fut tombée.

Assise dans le lit, elle s'égaya lorsqu'il entra.

« Bonjour. Tu as bien dormi ? » Il l'embrassa sur la joue et mit une douzaine de roses jaunes sur la table dans un vase en cristal. Ses magnifiques yeux bleus étaient remplis de vie, exactement comme il se les rappelait, et une fois de plus, il était tellement reconnaissant de l'avoir à nouveau. Mais lorsqu'il pensa à ce qu'il devait lui dire, son estomac se noua et son cœur s'emballa.

« Les fleurs sont superbes. Tu as l'air épuisé. Est-ce que tu as dormi ?

— Je vais bien. Est-ce que les docteurs sont déjà venus ?

— J'ai parlé au neurologue, mais je ne pouvais pas lui dire grand-chose. Sa voix avait déjà plus de force que le jour d'avant. Le psychiatre sera là plus tard ce matin pour parler de l'accident.

— Et la rééducation ?

— Ils sont en train de prendre des dispositions pour que j'aille dans un centre, ici à l'hôpital, pour m'aider à retrouver ma mobilité. Je vais probablement devoir rester ici pendant un moment, peut-être même six mois. Et c'est encore possible que je ne remarche jamais. Elle baissa les yeux vers ses mains. Je dois tout réapprendre, de la plus simple des tâches à la plus compliquée, elle continua. Ils ont dit que ce n'est que parce que tu m'as fait faire de la kiné que j'ai une chance de guérir complètement.

— Ils m'ont dit cela au tout début, c'est pourquoi j'ai toujours insisté pour que tu reçoives des soins comme si ta condition était temporaire. Maintenant, je suis content de l'avoir fait.

— Tu as gardé espoir, Jack. Même dans ce qui semblait être une situation désespérée.

— Pas toujours. Il s'affala sur la chaise près du lit. La première année, oui. Après, il m'a fallu arrêter d'espérer. Les filles étaient un désastre ambulant. J'étais un désastre ambulant. Il m'a fallu me remettre à m'occuper d'elles. Je ne pouvais plus compter sur Frannie pour prendre ma place.

— Je ne peux pas m'imaginer ce que cela a dû être pour toi.

— C'était la pire chose qui me soit jamais arrivée, Clare. Il n'y a pas de mot pour décrire à quel point j'étais désemparé. » Il s'était senti presqu'aussi désemparé la nuit d'avant en regardant Andi partir avec Éric et les bébés.

Clare essaya de bouger sa main pour prendre la sienne. « Je suis désolée. »

Il tendit le bras pour lui faciliter la tâche. « Ne sois pas désolée. Rien de tout cela n'est de ta faute.

— As-tu apporté la vidéo ?

« — Je l'ai, mais es-tu sûre de vouloir la voir ? Elle m'a hanté pendant des mois après que je l'ai vu pour la première fois. Je ne suis pas certain que te la montrer soit la bonne chose à faire. Peut-être que nous devrions demander au psychiatre.

— Je veux la voir. S'il te plaît. »

Il se leva et mit le DVD dans le lecteur intégré au téléviseur de l'hôpital. Après l'avoir mis en marche, il revint s'asseoir au chevet de Clare et lui prit la main. Tout s'était passé rapidement, mais on ne pouvait nier qu'elle aurait eu le temps de s'écarter.

« Rejoue-la.

— Clare—

— S'il te plaît, j'ai besoin de la revoir. »

Jack lâcha sa main et se leva pour la rejouer.

Ses yeux étaient rivés sur l'écran jusqu'au moment du choc quand elle fut forcée de détourner le regard. « Est-ce que j'ai eu d'autre blessures ? demanda-t-elle d'une petite voix.

— Tu as eu le bras et la jambe gauches cassés, le foie lacéré et il a fallu qu'on t'enlève la rate.

— Je ne comprends pas. Pourquoi est-ce que je n'ai pas bougé ?

— Je ne sais pas, chérie. Je me suis moi-même posé cette question maintes fois pendant trois ans.

— À quoi pouvais-je bien penser, bon sang ? Les filles ont dû être traumatisées.

— Je leur ai obtenu de l'aide psychologique dès que j'ai vu la vidéo. J'avais des remords parce que je ne les ai pas crues au début, quand elles m'ont dit comment ça s'était passé.

— Je n'ai aucun souvenir de tout ça. Je me suis creusé la tête à essayer de penser à une raison pour laquelle j'aurais fait quelque chose d'aussi insensé.

— Je suis sûr que tu t'en souviendras un jour. Il prit une respiration profonde, conscient qu'il ne pouvait plus reporter cela. Écoute, il y a… euh… d'autres choses que j'ai besoin de te dire — des choses que je ne veux pas que tu entendes de quelqu'un d'autre.

— Quelles choses ? »

Il eut du mal à trouver les mots pour lui parler de sa vie sans elle, des choix qu'il avait faits, et de l'autre femme qu'il aimait. « Après t'avoir gardée à la maison pendant un an, Frannie m'a parlé. Elle m'a fait comprendre que t'avoir à la maison dans cette condition faisait du mal aux filles, et à moi aussi. Le lit d'hôpital, l'équipement, les allées et venues des infirmières. Notre maison était comme un hôpital. Nous ne pouvions plus continuer comme ça. Alors nous t'avons transférée dans un endroit à toi. Cela a été le fond du gouffre pour moi. J'avais la sensation de t'avoir complètement trahie. Se battant contre les émotions accablantes qui venaient en revisitant le moment le plus sombre de sa vie, il regarda le sol.

— Jack, dit-elle doucement. Tu ne m'as pas trahie.

— Frannie et Jamie m'ont vraiment beaucoup aidé, et je leur en suis tellement reconnaissant. Je suppose qu'en m'aidant ils se sont trouvés l'un, l'autre, après toutes ces années à être amis. D'une certaine façon, c'est un peu grâce à toi qu'ils se sont mariés.

— C'est une chose dont j'ai encore du mal à me remettre.

— Quelquefois je ne peux toujours pas y croire moi-même, et j'étais là. Il sourit et se força à continuer. Je suis finalement retourné travailler. Ça faisait quatorze mois que j'étais parti à ce moment-là. T'imagines ?

— Tu n'as même jamais voulu prendre deux semaines de vacances d'un coup.

— J'ai prouvé que je suis totalement remplaçable.

— T'es-tu senti mieux après être retourné au travail ?

— Cela m'a fait du bien de retrouver un semblant de normalité. Nous avons été embauchés pour dessiner et construire un hôtel Infinity sur Ocean Drive. J'ai pris le projet en main et cela m'a donné quelque chose de positif sur lequel me concentrer. Bien sûr, j'avais aussi les filles, et elles m'ont donné une raison de me lever et de continuer à avancer chaque jour. Il hésita et dut sembler triste, car elle se rendit aussitôt compte de sa consternation.

— Qu'est-ce qu'il y a ? »

Son cœur se mit à battre frénétiquement et ses mains devinrent tout à coup moites. « Le projet de l'hôtel est allé de l'avant et par notre travail avec Infinity, j'ai rencontré quelqu'un, Clare.

— Qu'est-ce que tu veux dire ?

— J'ai rencontré une femme à leur bureau de Chicago, et nous… je suis tombé amoureux d'elle. »

Clare ferma les yeux et prit une forte et profonde inspiration.

Jack dut se forcer à continuer. « Je ne sortais pas avec des femmes, ni rien comme ça, donc ce n'était pas une chose que je cherchais à trouver. Cela m'est tombé dessus, et j'ai lutté contre, crois-moi. Tout le monde me poussait à recommencer ma vie. Ils me disaient que je devais vivre, que tu voudrais que je sois heureux.

— Cette femme, dit Clare avec hésitation.

— Son nom est Andi.

— Est-ce que tu l'aimes encore ?

— Oui. »

Clare se détourna. « Où est-elle maintenant ?

— Elle et son fils ont vécu avec nous pendant plus d'un an. »

Son regard se retourna d'un coup vers lui. « Dans ma maison ? Tu l'as amené dans *ma* maison ? La maison que tu as construite pour *moi* ? »

Il dut se rappeler que pour elle seules cinq minutes s'étaient écoulées, pas trois ans.

« J'ai pensé à déménager lorsqu'ils sont venus vivre avec nous, mais nous ne pensions pas que cela serait bon pour les filles de perdre leur maison après qu'elles t'avaient perdue. Alors nous sommes restés là.

— Sommes-nous divorcés ?

— Non. Il leva la main où il portait encore son alliance. Cela ne m'a jamais traversé l'esprit, Clare. Je n'aurais jamais fait ça. Jamais.

— Donc mon retour à la vie après avoir été si proche de la mort n'a pas dû être une surprise entièrement plaisante pour toi, dit-elle d'une voix amère.

— Ce n'est pas vrai ! Je suis ravi que tu sois revenue, et les filles aussi. C'est ce que nous avons voulu pendant trois longues années. Mais il nous a fallu arrêter d'espérer chaque jour que cela arriverait et trouver une façon de vivre sans toi.

— Prévoit-elle de continuer à vivre dans ma maison quand je rentrerai de l'hôpital ?

— Elle est partie hier soir.

— Pas étonnant que tu aies l'air si dévasté et épuisé, » dit-elle d'un ton accusateur.

Il ne pouvait pas le nier, alors il ne dit rien.

« Y-a-t-il autre chose que le reste du monde sait déjà ? »

L'expression sur son visage dut lui dire qu'il y avait plus — bien plus.

Elle poussa un cri. « As-tu des enfants avec elle ?

— Son fils compte pour moi. Et nous attendons des jumeaux en septembre. Il la regarda dans les yeux en le lui disant. Il refusait d'avoir honte de sa liaison avec Andi et des enfants qu'ils allaient avoir ensemble.

— S'il te plaît, va-t'en.

— Clare…

— Je t'en prie. Laisse-moi seule. Elle se tourna pour regarder par la fenêtre.

— Il faut qu'on en parle.

— Pas aujourd'hui. »

Jack resta planté là pendant un long moment avant de faire demi-tour et quitter la pièce.

CHAPITRE 28

Frannie sortit de l'ascenseur du 7ème étage et trouva son frère dans la salle d'attente, recroquevillé, les coudes sur ses genoux.

« Jack ? Qu'est-ce qui ne va pas ?

— Salut, Frannie.

— Pourquoi tu n'es pas à l'intérieur avec Clare ?

— Elle m'a demandé de sortir. »

Elle s'assit à côté de lui. « Oh. Tu lui as dit.

— Je n'arrête pas de me dire que pour elle tout est comme c'était il y a trois ans. C'est comme si le temps s'était arrêté pour elle. Mais il ne s'est pas arrêté pour nous.

— Laisse-moi lui parler. Pourquoi tu ne te tires pas un peu d'ici ? Maman et Papa sont avec les jumeaux, mais ils veulent venir plus tard voir Clare, alors il y aura quelqu'un ici.

— Les filles seront là aussi après l'école.

— Tu peux passer un peu de temps avec Andi. Elle prend ça comment ?

— Elle est partie, dit-il, ne pouvant pas encore croire tout ce qui s'était passé.

— Où ça ?

— À l'hôtel, pour l'instant du moins. Il soupira. Elle ne veut pas me voir, ne prend pas mes appels.

— Oh, putain.

— Exactement.

— Qu'est-ce que tu vas faire maintenant ?

— Aller au travail, je suppose. Je ne veux pas être à la maison sans Andi, et je ne suis pas le bienvenu ici pour l'instant. Je reviendrai plus tard. Espérons que Clare se calme.

— Je lui parlerai, et ensuite je ferai un saut pour voir Andi, juste pour m'assurer qu'elle va bien. »

Il se ranima un peu. « Ah, c'est bien. Merci, Fran.

— Vas-y. Tout va s'arranger. Ne t'inquiète pas.

— Je n'en suis pas si sûr. C'est un sacré bordel, et je n'ai personne d'autre à blâmer que moi-même. »

Elle posa une main sur son bras. « Ne fais pas ça. Tu as fait de ton mieux à chaque étape de cette histoire. Tu n'as jamais fait de promesse à quiconque que tu ne pouvais pas tenir, spécialement à Andi.

— Je lui ai promis que je ne la laisserai jamais seule avec les bébés.

— Et tu ne la laisseras pas. Ne deviens pas fou à questionner chaque décision que tu as prise ces trois dernières années. Je sais que ça parait affreux maintenant, mais tu vas trouver une
solution.

— J'aimerais pouvoir être aussi optimiste.

— Je t'appelle plus tard. » Elle l'embrassa sur la joue et le poussa vers l'ascenseur.

En entrant dans la chambre de Clare et voyant que sa belle-sœur avait pleuré, Frannie n'était pas sûre elle non plus d'être la bienvenue. « Bonjour.

— Salut.

— J'ai entendu dire que tu as eu une rude journée. »

Clare haussa les épaules et tortilla ses doigts mais ne regarda pas Frannie.

Frannie s'assit à côté du lit de Clare. « Puis-je te dire quelque chose ? Et tu m'écouteras comme on écoute quelqu'un qui nous aime ?

— Je suppose.

— Je n'ai jamais vu personne souffrir de la façon dont mon frère a souffert après ton accident. Il y a eu des moments où nous craignions qu'il meure de chagrin. C'était une épave, pendant très, très longtemps. Même après que tous les docteurs lui avaient dit qu'il n'y avait rien qu'ils puissent faire pour toi, il a continué d'espérer. Ce n'est que quand il a finalement arrêté d'espérer qu'il a pleuré ta perte, et c'est alors que j'ai eu peur de le perdre, lui aussi.

— Je peux comprendre que ce soit un homme avec des besoins, et trois ans, c'est une longue période, mais il fallait qu'il l'amène vivre dans *ma* maison ? Avec *mes* enfants ? Quelle sorte de femme emménage dans la maison d'une autre femme et avec sa famille comme ça ?

— Une femme des plus adorables, dit Frannie avec un soupir. Elle était gentille avec tes filles, elle s'est occupée d'elles de son mieux, et pas une seule fois n'a essayé de prendre ta place auprès d'elles. Elle a tout laissé dans ta maison exactement comme tu l'avais arrangé, excepté pour la chambre qu'elle partageait avec Jack.

— C'est *ma* chambre ! Je vois que tu l'aimes, et je suppose que je vais devoir écouter mes propres enfants me dire qu'ils l'aiment aussi. Tu dis qu'elle n'a pas cherché à me remplacer auprès d'eux, mais elle a probablement réussi à faire du bon travail avec ça quoiqu'il en soit.

— Tu te trompes vraiment et tu es terriblement injuste envers Jack.

— Injuste envers *Jack* ? Pendant que j'étais couchée dans un lit d'hôpital, il refaisait sa vie avec quelqu'un d'autre, et c'est *moi* qui suis injuste ?

— Oui, Clare, tu l'es, dit Anna de l'embrasure de la porte.

— Même ma propre mère ne voit pas le mal qu'il y a dans tout ça ? Mon mari a une autre famille ! Une autre famille avec une autre femme !

— Je t'aime, Clare, et je suis tellement contente que tu nous sois revenue, dit Frannie. Mais c'est mon frère et je l'aime aussi. Je ne peux pas rester là à t'écouter parler de lui ainsi après avoir été témoin de la façon dont il a souffert de t'avoir perdue. J'espère que tu vas réfléchir longtemps et bien avant de le juger trop durement pour des choix qu'il a faits dans une situation intenable. Tu sais qu'il ne t'aurait jamais blessée intentionnellement. Jamais de la vie. »

Frannie serra le bras d'Anna en se dirigeant vers la porte.

Anna s'approcha du lit de sa fille. « Elle a raison, tu sais. Tu ne peux pas t'imaginer comment cela a été pour lui. Où est-il, au fait ? »

Clare se détourna de sa mère. « Je lui ai demandé de partir.

— Tu fais une grave erreur, Clare. Il veut être ici avec toi. Il a à peine quitté ton chevet pendant les deux semaines durant lesquelles tu avais cette terrible fièvre.

— Tu l'as rencontrée ? demanda Clare se tournant pour regarder sa mère.

— Une fois ou deux.

— Et tu es restée tranquille, comme ça, pendant qu'il amenait une autre femme dans ma maison, la maison qu'il a construite pour moi, et tu n'as rien dit ?

— Ce n'était pas à moi de lui dire comment vivre sa vie, Clare. Il avait fait tout ce qu'il pouvait pour te trouver de l'aide et pour s'assurer que l'on s'occuperait bien de toi. Quand il m'a parlé d'elle, j'ai été presque soulagée de le voir se remettre à vivre. Il avait tellement souffert. C'était dur à voir, pour nous tous. Elle prit la main de Clare. Il n'a jamais oublié qu'il avait une femme. Il venait tout le temps te voir, et si tu ne me crois pas, demande à Sally. Elle a été ton infirmière pendant des années. Elle te le dira. »

Clare continua de regarder par la fenêtre.

« Je sais que c'est un choc terrible, mais c'est juste impossible pour toi de savoir comment c'était pour lui, pour moi, pour tout le monde.

— Il a une autre famille, Maman. La voix de Clare se brisa. Mon Jack a quelqu'un d'autre.

— Je suis vraiment désolée, ma chérie. Anna étreignit sa fille. J'aimerais pouvoir dire autre chose. »

Secouée par la scène dans la chambre de Clare, Frannie quitta l'hôpital. Elle essaya de se mettre à la place de Clare pour comprendre quel choc ce serait de se réveiller après trois ans pour trouver que le monde entier avait continué sans vous. Mais cela ne lui donnait pas le droit de parler si durement de Jack.

En route pour l'hôtel, Frannie décida qu'elle passerait voir Jack une fois qu'elle aurait parlé à Andi. Elle se gara à l'hôtel, espérant que cette visite se passerait mieux que la dernière.

Frannie aperçut Jen Brooks de l'autre côté du hall d'entrée et alla vers elle.

« Bonjour, Jen, je ne suis pas sûre que vous vous souveniez de moi. Je suis la sœur de Jack Harrington, Frannie Booth. Nous nous sommes rencontrées au gala. »

Jen serra la main tendue de Frannie. « Contente de vous revoir. Savez-vous ce qui se passe avec Andi ? Elle et Éric restent ici et elle m'a demandé d'amener le petit à l'école à sa place aujourd'hui. Elle l'a envoyé à ma rencontre, mais elle, je ne l'ai pas vue.

— Elle a quitté Jack hier soir.

— Pourquoi ? demanda Jen, bouche-bée.

— Sa femme s'est remise. »

Jen en eut la respiration coupée. « C'est incroyable. Mais, mon Dieu, Andi…

— Puis-je la voir ?

— Elle est dans l'appartement réservé aux cadres. J'ai essayé de lui parler il y a environ une heure, mais elle n'a pas répondu. Peut-être aurez-vous plus de chance. Jen lui montra la direction.

— Merci, Jen. »

Frannie traversa le hall d'entrée et monta à l'appartement des cadres au bout de l'aile est. Elle frappa à la porte. « Andi, c'est Frannie. Ouvre la porte, ma chérie. » Elle frappa encore, et lorsque finalement la porte s'ouvrit, Frannie fut choquée par l'expression brisée d'Andi.

« Qu'est-ce que tu fais ici ? Andi resserra son peignoir en soie autour de son ventre rond.

— Je voulais prendre de tes nouvelles. Je peux entrer ? »

Andi recula pour la laisser passer.

« Est-ce que tu vas bien ?

— Ça ira.

— Jack est inquiet pour toi.

— Il a besoin de se concentrer sur sa famille pour l'instant.

— Tu es sa famille aussi, Andi. Toi, Éric et les bébés.

— Sa femme a besoin de lui. Sa voix, tout comme ses yeux, était morne et sans vie. C'est sa place.

— Qu'est-ce que tu vas faire ?

— Je vais rester ici, travailler et m'occuper d'Éric en attendant les bébés.

— Est-ce que je peux faire quelque chose pour toi ? Quoi que ce soit ?

— Tu as été une si bonne amie pour moi, Frannie. Il y a une chose dont j'ai besoin.

— Tout ce que tu voudras.

— Je ne peux pas te voir. Je ne peux voir aucun d'entre vous. Je dois faire une cassure nette pour y arriver. S'il te plaît, dis-le aussi aux filles. Je les aime, mais je ne peux pas les voir. Essaie de leur faire comprendre. Elles ont besoin de penser à leur mère, et elles n'ont pas besoin de s'inquiéter pour moi.

— Et les bébés ? Et Eric ?

— Je n'empêcherai jamais les bébés de voir leur père, et Éric compte bien voir Jack. Mais pas moi. S'il te plaît, dis-le-lui. Je ne le verrai pas, et je ne répondrai pas à ses coups de fil. Pas maintenant. Je le contacterai après la naissance des bébés.

— Tu ne peux pas simplement couper les ponts comme ça.

— Je n'ai aucun droit sur lui. Je n'en ai probablement jamais eu. Sa femme ne comprendrait pas qu'il ait une autre famille dans les coulisses, alors je simplifie les choses pour lui — et pour elle. »

Frannie ne pouvait pas croire à quel point Andi avait résumé les sentiments précis de Clare.

« S'il te plaît demande-lui, demande-leur à tous, de respecter mes sentiments.

— Si tu es sûre que c'est ce que tu veux.

— Je le suis. »

Rien dans le ton ferme d'Andi n'avait trahi la douleur terrible qu'elle avait dû ressentir en disant ces mots, mais Frannie la vit dans ses yeux. « Je suis désolée. Je sais que cela doit être affreux pour toi.

— Je ne suis pas désolée que ces filles magnifiques aient à nouveau leur mère avec elles, ou que Clare ait retrouvé la vie. Et je ne serai jamais désolée pour le temps que j'ai passé à aimer ton frère et à vivre avec lui. Cela a été le plus beau moment de ma vie. » Finalement, sa voix se brisa.

Frannie fit un pas vers elle, voulant lui offrir du réconfort, mais Andi leva une main pour l'arrêter.

« Non, s'il te plaît. J'apprécie que tu sois venue Frannie, mais il faut que tu partes maintenant. »

Frannie ouvrit la porte. « Nous vous aimons énormément, Éric et toi. Tu n'as qu'à appeler si tu as jamais besoin de moi. »

Les larmes aux yeux, Andi hocha la tête, mais ne dit rien de plus alors Frannie laissa la porte se refermer doucement derrière elle.

CHAPITRE 29

Clare fut transférée au centre de réhabilitation de l'hôpital de Newport, et les docteurs s'émerveillèrent de la rapidité de ses progrès. Elle mangeait des aliments solides et commençait à récupérer un peu de la force qu'elle avait perdue, mais des mois s'écouleraient avant qu'ils sachent avec certitude si elle avait un handicap. Jusque-là elle serait confinée à une chaise roulante et travaillerait des heures, chaque jour, avec des rééducateurs physiques et des ergothérapeutes.

Les filles passaient tout le temps qu'elles pouvaient avec elle et prenaient même part à ses séances. Clare permit à Jack de lui rendre visite avec les filles, car elles étaient tellement ravies d'avoir leur famille à nouveau rassemblée, mais elle ne lui avait pas encore reparlé d'Andi. En attendant, elle essayait de faire face au fait qu'il avait amené une autre femme dans sa vie et attendait deux enfants avec elle.

Elle eut plusieurs sessions avec son psychiatre et discuta avec lui de quelques-uns de ses sentiments envers son mari. Bien que sensible à sa situation, le docteur l'empressa de se souvenir de combien de choses peuvent arriver sur une période de trois ans.

Le psychiatre voulait essayer l'hypnose pour raviver sa mémoire de l'accident et des mois qui l'avaient précédé, dans l'espoir de trouver

310

pourquoi elle aurait refusé d'agir sur le plus humain des réflexes
— celui de se mettre à l'abri d'un danger imminent. Clare promit d'y
réfléchir, mais pour une raison quelconque, l'idée l'effrayait.

Après quelques semaines en réhabilitation, elle demanda à voir Jill
et Kate seules, et elles vinrent ensemble un dimanche après-midi
— son seul jour de repos des séances de physiothérapie éprouvantes.

« Pourquoi est-ce que tu voulais nous voir, Maman ? demanda-Jill.

— Je veux en savoir davantage sur ce qui s'est passé quand j'étais…
malade. Je ne sais pas à qui d'autre demander, alors je m'adresse à
vous. »

Kate et Jill échangèrent un regard.

« Je veux savoir à propos d'Andi. »

Kate se tortilla sur son siège. « Quoi à propos d'elle ? »

Clare se sentait coupable de leur infliger cela, mais il lui fallait
savoir. « Comment est-elle ?

— Euh, elle est grande et a de longs cheveux foncés et ondulés, et
des yeux marrons. Jill décrivit une femme qui était physiquement l'opposé de sa mère, de toute les façons possibles.

— Elle doit être très jolie.

— Elle l'est, dit Kate. Et elle est gentille, aussi. Elle était gentille
avec nous.

— Je suis sûre qu'elle l'était. Elle voulait votre père, et vous trois
faisiez partie du lot, dit Clare d'un ton amer qui surprit ses filles.

— Ce n'était pas comme ça, murmura Kate.

— Comment étais-ce, alors ?

— Je ne sais pas trop ce que tu veux qu'on dise, dit Jill en regardant
sa sœur. On l'aimait bien. Elle était gentille avec nous, elle était bonne
avec Papa, et son fils est adorable. Il est sourd, et on a appris le langage
des signes pour pouvoir lui parler. »

Le cœur de Clare se brisa à nouveau en écoutant Jill décrire la
famille qu'ils avaient créée — avec quelqu'un d'autre dans le rôle
principal. « Où sont-ils maintenant ?

— On ne les a pas vus, dit Kate. Andi a déménagé à l'hôtel. C'est la
directrice là-bas, et elle a dit à Frannie qu'elle ne voulait pas nous voir.

— Elle a dit ça ? demanda Clare, stupéfaite par le culot de l'autre femme. Tout d'abord elle emménage avec ses enfants et ensuite elle les rejette ?

— Elle veut qu'on se concentre sur toi, dit Jill. Elle n'a jamais pris ta place, Maman. On ne l'aurait pas laissée faire, et en plus, elle n'a jamais essayé.

— Elle a pris ma place avec Papa, dit Clare tristement. Est-ce qu'il l'aime ? Est-ce qu'il l'aime vraiment ? »

Une fois de plus les filles échangèrent un regard nerveux, et Clare réalisa qu'elle les avait mises dans une position affreuse. Elle voyait aussi la réponse à sa question sur leurs visages.

« Ça ne fait rien. Ne répondez pas. »

Jack entra dans la chambre et fut surpris de voir les filles. Il avait espéré trouver Clare seule. Il n'avait pas eu l'opportunité de lui parler en tête à tête depuis le jour où elle lui avait demandé de quitter la pièce. Elle n'avait été courtoise avec lui depuis lors qu'à cause des filles.

« Salut, » dit-il alors que les filles s'étaient levées pour partir. Il remarqua à quel point elles semblaient inconfortables en embrassant leur mère et en lui disant à lui qu'elles le verraient plus tard à la maison.

« J'ai l'impression d'avoir interrompu quelque chose, dit-il à Clare lorsqu'ils furent seuls.

— Nous ne faisions que parler. Que fais-tu ici ?

— Je suis venu voir ma femme. Je peux ? »

Elle haussa les épaules. « C'est un pays libre. »

Il soupira. « Nous allons faire ça pendant combien de temps ?

— Bon, voyons, ta maîtresse n'a pas encore eu tes jumeaux, et tu auras dix-huit ans pour les élever, peut-être qu'alors je me serais faite à l'idée.

— Je ne l'ai pas vue et je ne lui ai pas parlé depuis des semaines.

— Où se trouve ton cœur, Jack ? Est-il ici avec ta femme malade et meurtrie ? Où est-il avec ta belle maîtresse qui est enceinte de tes jumeaux ? »

Elle le prit au dépourvu avec la question, et il se trouva sans réponse. Comment pouvait-il expliquer que son cœur était aux deux endroits ?

« Je peux dire rien qu'à te regarder où se trouve ton cœur, et il n'est pas ici. Pourquoi ne vas-tu pas à elle et ne me laisses-tu pas tranquille ? Je suis désolée d'avoir ruiné tous tes projets en me réveillant. »

Jack lutta pour contrôler la colère ardente qui explosa en lui. « Je ferais tout pour changer ce qui t'est arrivé, mais je ne le peux pas. Je ne le pouvais pas alors, et je ne le peux pas maintenant. J'ai attendu des années pour que tu me reviennes. Je suis ici avec toi parce que c'est ici que je veux être, ma place est ici. Mais je n'y resterai pas longtemps si tu continues comme ça.

— Tu t'en tirerais facilement comme ça, n'est-ce pas ? Tu pourrais dire aux gens que ta femme était différente après son long coma. Qu'elle ne voulait plus de toi.

— On ne dirait vraiment pas que tu veuilles encore de moi, Clare. Andi est partie. Elle a déménagé de notre maison. Il s'arrêta un instant pour absorber l'explosion de douleur qui accompagna cette déclaration. Je serai présent dans la vie de son fils et de nos bébés quand ils naîtront. Si tu peux accepter cela, nous avons une chance d'avancer ensemble. Je ne veux pas jeter vingt ans de mariage par la fenêtre comme si ça ne représentait rien pour moi, parce que ça a compté. Tu sais que ça a compté.

— Est-ce que ça compte encore ?

— Bien sûr. Mais tu dois décider si tu peux vivre avec quelque chose qui est arrivé pendant que tu étais malade et le fait que ces trois enfants sont dans ma vie à jamais, quoi qu'il arrive.

— Je ne sais pas si je peux faire cela. Je ne sais vraiment pas si je peux.

— N'oublie pas de me le faire savoir quand tu auras décidé.

— Retournerais-tu vers elle si les choses ne marchaient pas entre nous ?

— Je ne sais pas si elle me reprendrait.

— Mais tu essaierais ?

— Je ne pense pas à cela pour l'instant. Je me concentre sur t'aider à aller mieux et à essayer de sauver notre mariage.

— J'ai besoin d'un peu de temps pour digérer tout cela. »

Les mains sur les hanches, il l'observait. « Je suis tellement désolé de t'avoir blessée, Clare. Je voudrais trouver une façon de te faire comprendre à quel point j'étais perdu sans toi.

— Jusqu'à ce que tu la rencontres.

— Même là… Tu n'as jamais cessé de me manquer, je pensais toujours à toi ou à comment tu savais bien t'y prendre avec nos filles.

— J'ai beaucoup de choses auxquelles réfléchir.

— Quoi qu'il arrive entre nous, nous avons trois enfants incroyables à prendre en considération. Je comprends que tu sois en colère contre moi et blessée par les choix que j'ai faits, mais elles en ont tellement souffert. Peut-on, s'il te plaît, être courtois l'un envers l'autre pour leur bien ?

— Oui, dit-elle doucement. Bien sûr.

— Quand tu seras prête à parler de ce qui viendra pour nous par la suite, je serai là.

— D'accord. »

Andi se concentra sur son travail et Éric. Elle s'infligeait des journées longues et occupées afin de tomber épuisée dans son lit chaque soir. La plupart du temps, cependant, le chagrin qu'elle avait fui toute la journée la rattrapait la nuit lorsque son désir pour Jack lui coupait le souffle.

Comme elle arrivait à son sixième mois de grossesse, les bébés étaient plus actifs que jamais et elle savait qu'elle devait se ménager. Mais elle ne pouvait imaginer avoir tout ce temps de libre pour penser à la façon malheureuse dont sa vie avait déraillé. Alors elle maintint ce rythme frénétique. Elle avait aussi besoin de trouver un endroit permanent où vivre, mais elle et Éric s'étaient installés dans une routine à l'hôtel, et elle était trop fatiguée à la fin de chaque jour pour ne serait-ce que penser à chercher un logement.

Éric vivait pour les visites hebdomadaires de Jack. Andi avait mis en place les visites par mail et s'arrangeait pour qu'elle n'ait pas à voir Jack lorsqu'il prenait Éric ou le déposait. Jusqu'à ce qu'un jour, à peu près un mois après qu'elle était partie, elle s'aventura en haut à la fenêtre de sa suite pour regarder le parking quand elle savait que Jack partirait de là avec Éric. Elle mourait d'envie de le voir ne serait-ce qu'un instant, et son cœur s'emballa lorsqu'elle le vit tenant la main de son fils et marchant vers la voiture.

Jack ouvrit la portière côté passager pour Éric et l'aida à monter dans son siège. Il referma la portière et regarda vers le haut, comme attiré par la fenêtre.

Elle poussa un cri quand il la surprit à le regarder. Pétrifiée elle ne put faire le moindre mouvement et fut surprise de sentir le lien irrésistible avec lui, même à distance. La douleur de le perdre lui coupa le souffle, aussi forte que le jour où elle l'avait quitté. Incapable de supporter la tristesse qu'elle vit sur son visage, elle s'écarta de la fenêtre et laissa retomber le rideau.

Encore bouleversée par la rencontre, elle retourna à son bureau près du hall d'entrée. Elle marchait vite sans prêter attention à quoi que ce soit autour d'elle lorsqu'elle entendit son nom. Elle se retourna et étouffa un grognement lorsqu'elle vit sa mère et Tante Lou.

« Maman ! Tata Lou ! Que faites-vous ici ? *Oh, mon Dieu.* Elle n'avait pas dit à sa mère qu'elle avait quitté Jack et tout ce qui était arrivé.

— Nous avons décidé de te faire une surprise, dit Betty.

— Eh bien, c'est réussi. » Andi se força d'être enjouée en les prenant dans ses bras et en les embrassant.

Betty se recula pour tapoter le gros ventre d'Andi. « Laisse-moi te regarder. Tu es si grosse !

— Bon d'accord, merci, dit Andi avec un rire grinçant. Il y en a deux tu sais.

— Devrais-tu encore travailler ? demanda Lou voyant l'agitation du foyer bondé de l'hôtel.

— Cela ira très bien pour encore un mois au moins. Pourquoi ne viendriez-vous pas dans mon bureau pour bavarder un peu ? » L'estomac d'Andi se retourna. *Comment pourrais-je jamais lui dire qu'elle avait raison depuis le début ?*

Elles la suivirent dans son bureau où elle leur offrit du café ou des sodas. Elles choisirent toutes deux des sodas light et Andi les ouvrit pour elles. « Je ne peux pas croire que vous soyez ici toutes les deux.

— Nous voulions voir où tu vis, ma belle, dit Betty. J'espère que ça ne te gêne pas.

— Bien sûr que non. Vous restez ici, j'espère ?

— Oui, oui, dit Lou. On voulait aussi voir ton nouvel hôtel. C'est tellement beau.

— Où est Éric ? demanda Betty.

— Avec Jack. Andi ressentit une douleur au son de son nom qui roulait si facilement de sa langue, comme si tout était normal. Il le déposera ici dans un moment. Elle fit une pause avant d'ajouter, Il y a quelque chose qu'il faut que je te dise…

— Quelque chose ne va pas, ma chérie ? demanda Betty. Je savais que tu n'avais pas l'air bien. Est-ce que ce sont les bébés ?

— Tout va bien avec les bébés. Elle prit un moment pour rassembler le courage de dire la vérité à sa mère. Je ne suis plus avec Jack. » Cela fit mal de prononcer les mots.

Betty en resta bouche bée. « Depuis quand ? Mais pourquoi ?

— La situation médicale de sa femme s'est améliorée. En réalité, elle se remet. J'ai déménagé il y a un mois, en fait.

— Oh, ma chérie. Oh mon Dieu, je suis désolée — pas que sa femme aille mieux, mais pour ce que ça signifie pour toi…

— Tu as essayé de me prévenir, dit Andi avec un haussement d'épaules qui ne dévoila pas ses vrais sentiments. Je ne t'ai pas écoutée.

— Tu as écouté ton cœur. »

Andi regarda sa mère avec surprise.

« Je dois te féliciter pour cela. Mais qu'est-ce que tu vas faire ? Tu vas avoir trois enfants !

— Je continuerai à faire ce que j'ai toujours fait. Je travaillerai et m'occuperai de mes enfants et ferai de mon mieux. C'est tout ce que je peux faire. Elle trouvait cela encore difficile à croire qu'elle allait tout faire sans Jack et les filles. Elles lui manquaient presque autant que Jack.

— Tu reviendras vivre à la maison à Chicago ? » demanda Lou.

Andi secoua la tête. « Le père de mes enfants est ici, et il voudra s'occuper d'eux — d'eux tous.

— Il voit toujours Éric ? demanda Betty.

— Toutes les semaines. Il ne laissera pas tomber Éric, et ne laissera pas tomber ces enfants-là non plus. Andi passa une main sur son ventre de femme enceinte. C'est la seule chose dont je suis sûre. »

Betty caressa le visage d'Andi. « Et *toi*, ça va, ma chérie ? »

Le geste affectueux noua la gorge d'Andi. « Je vais mieux qu'avant. Ils me manquent tous tellement. Mais parfois je pense que je vais mourir de ne pas le voir. » Des larmes coulèrent sur ses joues, et elle les essuya, refusant de s'abandonner à nouveau au chagrin impuissant.

Betty étreignit sa fille. « Je suis tellement désolée.

— C'est un tel désastre, et tu m'avais dit que ça le serait.

— Pas un mot de plus là-dessus, dit Betty. On s'en sortira ensemble. Ne t'inquiète pas. »

Andi passa une agréable semaine avec sa mère et sa tante. Éric fut ravi de les voir. Elles le gâtèrent beaucoup trop et insistèrent pour choyer Andi aussi.

Elles partirent en promettant de revenir pour aider quand les bébés arriveraient. Andi apprécia que sa mère n'offrît que son soutien et ne dît jamais « Je t'avais prévenue », ni de loin, ni de près, même si Andi ne l'en aurait pas blâmée. Qui aurait pu prévoir à quel point elle se trouverait dans le pétrin ?

Andi travaillait dans son bureau le lendemain du départ de sa mère et de sa tante pour Chicago, quand la réception appela pour dire qu'elle avait une visite. Elle se rendit dans le hall d'entrée et fut surprise et ravie de trouver Kate qui l'attendait.

« Qu'est-ce que tu fais ici ? » demanda Andi en embrassant la jeune fille.

Kate resta bouche bée en voyant la grosse bosse ronde sous la robe noire d'Andi.

Andi rit de sa réaction. « Je sais. Je suis en train d'exploser. Les bébés semblaient grandir chaque jour un peu plus, et elle se trouvait fréquemment à bout de souffle car ils pressaient contre ses poumons. Viens à l'arrière.

— Je sais que tu as dit à Frannie que tu ne veux pas nous voir, dit Kate en suivant Andi vers son bureau.

— Oh, ma chérie, ce n'est pas que je ne veux pas vous voir. Je pense juste que c'est mieux pour vous de vous concentrer sur votre mère. Mais je suis tellement heureuse que tu sois là. Andi donna une tape sur le canape. Viens, assis-toi.

— Je suis contente d'être venue. Tu m'as manqué. À nous tous.

— Tu m'as manqué aussi. Mais je suis tellement heureuse pour vous les filles, que votre mère aille mieux. Vous devez être ravies de l'avoir de retour parmi vous.

— Je suppose, dit Kate avec un haussement d'épaules. Je veux dire, nous le sommes, ne te méprends pas. C'est juste qu'elle… bon… Elle est différente. Elle semble être furieuse tout le temps.

— Je suis sûre qu'elle est très en colère d'avoir perdu autant de temps avec vous tous. Je ne peux pas m'imaginer comment on doit se sentir. Andi ne fit pas mention de la raison la plus évidente de la colère de Clare.

— Je voulais te dire que Papa a accepté de me donner une année pour poursuivre ma musique. Il va même payer pour que j'aie un appartement à Nashville. Je dois attendre d'avoir mes dix-huit ans en novembre, et ensuite j'aurai un an pour obtenir un contrat d'enregistrement. Si je ne peux pas le faire dans les délais, je serai obligée d'aller à l'université. »

Andi était fière de Jack et savait combien il avait dû se plier pour atteindre un tel compromis avec Kate. Il n'aurait jamais, avec sa fille, l'animosité dont il avait fait l'expérience avec son propre père. « Cela me semble très équitable. Es-tu heureuse comme ça ?

— C'était dur pour lui, je le comprends, mais je peux y arriver, je sais que je le peux.

— Je n'en doute pas. Tu as le talent nécessaire, c'est sûr. Qu'est-ce que tu feras jusqu'au mois de novembre ?

— C'est ce dont je voulais te parler. Je me demandais si je pourrais travailler ici.

Je sais que vous prévoyez d'avoir des musiciens à l'extérieur cet été, et cela me permettrait de pratiquer devant un public et d'essayer quelques-unes de mes propres chansons.

— Tu en as parlé à ton père ? »

Kate hocha la tête. « Il a dit qu'il fallait que je te le demande, que c'est ta décision. »

Alors il a mis la balle dans mon camp, pensa Andi. Kate serait une attraction fantastique sur les terrasses, chacune ayant un bar dehors tout l'été. Elle décida de l'engager pendant la journée quand les clients du bar avaient moins tendance à être chahuteurs, puisque Kate n'avait que dix-sept ans. Cependant, Andi voulait que Kate croie en son talent et ne considère pas le travail comme une faveur.

« Ma directrice adjointe, Jen Brooks, est chargée du recrutement des musiciens. Il faut que tu fasses un essai avec elle. Cela te va ? »

Kate ouvrit de grands yeux. « Maintenant ? J'ai ma guitare dans la voiture.

— Est-ce que tu as quelque chose de prêt ?

— J'ai travaillé sur quelques nouvelles choses — enfin, ce sont en fait de vieilles choses, mais tu sais combien j'aime les vieux morceaux. »

Souriant de l'enthousiasme de Kate, Andi fit le tour de son bureau et ouvrit la porte. « Je vais aller trouver Jen et voir si elle peut faire ça maintenant. Va chercher ta guitare et retrouve-moi ici. »

Kate surprit Andi en la prenant dans ses bras. « Merci, Andi. »

Elle alla chercher sa guitare, laissant Andi époustouflée pendant un instant de l'intense nostalgie qu'elle éprouvait pour Kate, ses sœurs, et leur père. Elle se ressaisit et alla chercher Jen, qui était heureuse de faire partie du plan d'Andi d'embaucher Kate en lui faisant croire que c'était la décision de Jen.

« Attends de l'entendre, dit Andi. La décision sera toute faite. »

Ils escortèrent Kate dans le salon déserté du hall qui ne serait pas ouvert avant encore une heure. Kate installa sa guitare et la brancha à l'amplificateur sur la petite scène tandis que Jen alluma le courant pour le micro.

En regardant Kate accorder sa guitare et faire un rapide essayage de son, Andi fut frappée par son professionnalisme. Elle espéra que Jack était prêt pour le succès de sa fille.

« Cela a été fait à l'origine par Carole King, » leur dit Kate.

Lorsque Kate commença à jouer, Jen regarda vers Andi comme pour confirmer qu'elle avait eu raison à propos du talent évident de la jeune fille. Elle joua « Now and Forever », une chanson sur un amour parfait qui s'était échappé et les souvenirs qu'il en restait.

Lorsque Kate joua la dernière note de la chanson, Andi se leva, marmonna une excuse, et se précipita vers la porte. Malgré sa détermination farouche, la chanson s'était frayé un chemin jusqu'à son cœur brisé, et l'avait transpercé, car elle résumait exactement ce qu'Andi ressentait sans Jack.

Elle courut à travers le hall bondé où un employé après l'autre tenta de l'appeler, concerné par son état. Poussant les grandes doubles portes menant à l'une des terrasses en pierre de Jack, elle se dépêcha de traverser la pelouse. Andi savait qu'elle n'était pas supposée courir dans son état mais elle fut incapable de s'arrêter jusqu'à ce que l'herbe rencontre le rivage rocheux. Elle s'écroula sur le gazon et pleura.

C'est là que Kate la trouva.

Elle s'assit à côté d'Andi. « Je suis vraiment désolée. Je n'ai même pas réfléchi avant de jouer cette chanson. J'étais si excitée d'avoir la chance de faire un essai. »

Andi tendit les bras pour l'étreindre. « Je suis désolée d'avoir réagi de cette façon. Au moins tu n'as pas à te demander si ta musique touche les gens. »

Riant doucement, Kate dit, « Si cela peut t'aider, je ne pense pas que mon père aille bien mieux. »

Curieusement réconfortée de l'entendre, Andi blottit Kate contre elle encore un peu. « Le travail est à toi. »

Les yeux de Kate s'illuminèrent. « Je l'ai ?

— Tu vas les éblouir, Kate, ici et partout où tu iras. Je n'en doute pas. Un jour quand tu seras riche et célèbre, souviens-toi de qui t'a donné ton premier emploi.

— Je ne l'oublierai jamais, dit Kate doucement. Je n'oublierai jamais rien de tout ça.

— Moi non plus. Il importait peu combien de temps cela avait duré, ils avaient été une famille et aucune d'entre elles ne l'oublierait jamais.

— Tu peux commencer dimanche à quatorze heures. Porte les vêtements que tu veux, du moment qu'ils sont confortables. »

Kate l'embrassa à nouveau. « Merci mille fois, Andi. Je te raccompagne à l'intérieur ?

— Je crois que je vais rester ici encore quelques minutes. Andi regarda au loin les éclatantes eaux bleues de la baie où quelques plaisanciers appréciaient la chaleur des premiers jours du printemps. Je te verrai bientôt. »

Après que Kate fut partie, Andi s'allongea sur l'herbe et laissa le soleil réchauffer son visage. Les bébés bougeaient sans relâche, lui rappelant que la vie continuait même lorsqu'il semblait que le monde s'était écroulé.

CHAPITRE 30

Le cœur de Clare battait vite, si vite qu'elle ne pouvait reprendre sa respiration. Il l'attrapa et elle se mit à crier.

La voiture fonçait vers elle, offrant un soulagement, un soulagement béni.

Grand, blond, beau garçon, vicieux. Il allait lui faire du mal. Puis elle était sur le sol. Il était sur elle, déchirant ses vêtements.

Clare hurla lorsqu'il la pénétra de force, mais il n'y avait personne ici pour l'entendre. Cela dura une éternité, ou c'est ce qu'il lui sembla. La douleur ardente qui la déchirait lui coupa la respiration. Et puis il eut fini. Néanmoins, il réussit à recommencer, mais cette fois elle s'évanouit quand son poids écrasant ôta l'air de ses poumons.

La voiture venait vers elle — une berline bleue, le conducteur penché sur le volant. *Emmène-moi ailleurs. Mets fin à tout cela.*

Le monstre la traîna pour qu'elle se lève, lui ordonna de s'habiller. Ses vêtements étaient déchirés mais elle les mit malgré cela. Il l'obligea à le conduire pour se faire déposer à sa voiture. Avant de sortir il attrapa une poignée de ses cheveux et la tira si près de lui qu'elle sentit ses postillons sur le visage. « Si tu parles à *qui que ce soit*, je tuerai une de tes enfants. Tu ne sauras pas quand, et cela me sera égal laquelle, mais je le ferai. Souffle un mot de tout ça à qui que ce soit et une de tes filles est morte, tu as pigé ? »

Muette de choc et de peur, Clare acquiesça de la tête.

« Essaie de me faire enfermer, continua le monstre, son visage, un temps charmant, maintenant tordu et laid, et je trouverai quelqu'un pour le faire. N'essaie pas de me baiser la gueule. »

Clare hocha à nouveau la tête, voulant désespérément se débarrasser de lui.

Il la relâcha brusquement et disparut.

La voiture venait vers elle plus vite maintenant. *Pas devant les filles. Ne leur fais pas cela. Je suis tellement fatiguée. Je ne peux plus bouger. Il ne pourra pas leur faire du mal si je suis morte. Emmène-moi. Emmène-moi ailleurs. Fais tout disparaître.* Elle vit le beau visage souriant de Jack, et puis l'obscurité — le néant, paisible et magnifique.

Clare se réveilla en criant et en pleurant.

Les infirmières se précipitèrent dans sa chambre.

« Clare, mon chou, qu'y-a-t-il ? » demanda l'une d'elles, balayant les cheveux de son front trempé de sueur.

Au bord de l'hystérie, Clare luttait pour prendre chaque souffle.

« Je vais chercher la docteure, dit l'autre infirmière. Elle vous donnera quelque chose pour vous calmer.

— *Non !* hurla Clare. Je veux me souvenir. Elle avait déjà fait ce rêve. La voiture était quelque chose de nouveau, mais elle se souvenait d'avoir rêvé de l'attaque pendant des mois après. Elle en avait été hantée mais avait souffert même le cauchemar en silence pour protéger ses enfants.

— De quoi vous souvenez-vous, Clare ? » demanda la docteure.

Clare se força à respirer profondément pour tenter de se calmer mais ne put arrêter le tremblement de ses mains ou le violent, implacable battement de son cœur. « Je veux Jack, murmura-t-elle. Pouvez-vous appeler mon mari ? »

～

Jack courut à travers le parking obscur de l'hôpital. Sa première pensée lorsque le téléphone avait sonné en plein milieu de la nuit était qu'Andi était sur le point d'accoucher avant terme.

Les infirmières l'attendaient lorsqu'il atteignit l'étage de Clare dans le centre de rééducation.

« Que s'est-il passé ?

— Elle a fait un cauchemar et s'est réveillée en criant et en pleurant. Elle a demandé à vous voir. »

Il courut à la chambre de Clare. Elle pleurait silencieusement alors qu'une des infirmières tenait sa main et essayait de la réconforter. Lorsque Jack entra, l'infirmière se leva et quitta la chambre.

« Clare, chérie, qu'est-ce qui ne va pas ? demanda-t-il prenant la main que l'infirmière avait tenue.

— Je me souviens, murmura-t-elle. La voiture… je l'ai fait exprès.

— Non. Tu n'aurais pas fait ça aux filles.

— J'aurais dû te le dire à l'époque. Elle secoua la tête alors que de nouvelles larmes coulaient sur ses joues. Peut-être que rien de tout cela ne serait arrivé si je l'avais fait. »

Confus, il dit, « Me dire quoi, chérie ?

— J'ai été violée. Par un client dans une maison vide que je lui montrais. »

Ébahi, Jack la fixa du regard.

« Je n'ai rien dit ni à toi, ni à personne parce qu'il m'a promis qu'il tuerait une des filles si je le faisais. Je l'ai cru. Elle éclata en sanglots. Son nom est Sam Turner, et toutes les filles à mon bureau étaient jalouses parce qu'il était si beau et que c'est moi qui travaillais avec lui. »

Jack s'approcha du lit et glissa ses bras autour d'elle. « Je l'aurais tué, Clare. Avant qu'il puisse faire du mal à quelqu'un d'autre de ma famille. Il lutta pour contenir la rage qui menaçait de le consumer. Je l'aurais tué.

— Je voulais tellement te le dire, murmura-t-elle contre son torse. C'était la première fois qu'elle le laissait la prendre dans ses bras depuis toutes ces semaines qu'elle leur était revenue. Mais je ne pensais qu'à une chose, jour après jour : que ferais-je sans l'une de mes filles ? Un jour je m'imaginais que Maggie n'était plus. Le jour suivant c'était Jill et puis Kate. La manière dont il l'a dit, je sais qu'il l'aurait fait.

— Je n'aurais jamais laissé cela se produire.

— J'avais tellement peur, Jack. Ce jour-là sur le parking quand la voiture est venue vers moi, tout ce que j'ai vu, c'était une issue.

— Clare… Il s'étrangla, stupéfait par son aveu. Mais les filles, elles étaient juste à côté de toi. Comment as-tu pu leur faire ça ?

— J'ai pensé à elles. J'ai pensé à toi. Mais je n'arrivais pas à bouger. Je savais juste que si je n'étais plus là, elles seraient en sécurité. Elles seraient toutes en sécurité.

— Y avais-tu songé ? Il choisit soigneusement ses mots. À te donner la mort ?

— Cela ne m'avait jamais traversé l'esprit jusqu'à ce que cette voiture fonce sur moi.

— Je ne sais pas quoi faire pour toi. Qu'est-ce que tu veux que je fasse ?

— Appelle la police, Jack. Je veux déclarer un viol.

— Es-tu sûre ? »

Elle fit oui de la tête. Ses larmes avaient disparu et à leur place se trouvaient colère et détermination.

Jack demanda le sergent Curtis, l'officier de police qui avait enquêté sur l'accident, et ce dernier arriva trente minutes plus tard.

« Content de vous voir, Jack. Curtis lui serra la main. J'étais ravi d'entendre que votre femme s'était remise. »

Jack le présenta à Clare et elle lui raconta son histoire, donna une description de l'homme et l'adresse approximative de la maison où l'attaque avait eu lieu. Elle lui dit que son bureau répertoriait les rendez-vous des agents et qu'il aurait l'adresse exacte et serait capable de confirmer les dates auxquelles elle avait travaillé avec Sam Turner.

« Je vais être honnête avec vous, Clare, dit l'officier de police. Je vous crois. Je crois votre histoire. Je veux que vous sachiez cela. Il fit une pause avant d'ajouter, Mais il n'y a aucune preuve physique pour le rattacher au crime. »

Curtis avait fait une grimace lorsqu'elle avait dit qu'elle avait jeté les vêtements qu'elle portait. « Le lieu du crime a été compromis il y a longtemps. *Si* — et c'est un très grand *si* — nous étions capables un jour produire en justice ce cas, ce serait votre parole contre la sienne. Un cas basé entièrement sur des preuves indirectes. »

Jack le regarda, incrédule. « Alors vous me dites que ce type peut violer ma femme, la terroriser en menaçant la vie de nos enfants, et qu'il pourrait s'en *sortir* ?

— Nous allons faire de notre mieux pour vous, dit Curtis. Je vais voir si son nom apparaît dans nos bases de données, et espérer le trouver quelque part dans le système. Si on peut l'épingler, Clare, nous le ferons.

— Merci, sergent, dit Clare en s'accrochant à la main de Jack.

— Je veux que vous garantissiez que mes filles seront en sécurité, dit Jack lui faisant remarquer que Jill était à Brown. S'il découvre que nous avons informé la police—

— Nous aurons des officiers partout où elles iront. Je contacterai également la police de l'université de Brown. Il ne leur arrivera rien, » Curtis leur assura comme il se levait pour partir. Il promit de les tenir au courant.

Après son départ, le psychiatre de Clare, le docteur Baker, entra pour lui parler. Clare raconta son histoire une fois de plus, et lorsqu'elle eut fini, elle n'eut qu'une question pour le docteur.

« Est-ce que j'ai essayé de me suicider ? demanda-t-elle d'une petite voix.

— Je pense que cela a été plutôt une réaction de stress post-traumatique. »

Clare fut soulagée de l'entendre.

« Il va nous falloir beaucoup de temps pour en parler, dit le docteur Baker. Mais pour le moment, vous avez surtout besoin de repos. Je reviendrai vous voir plus tard. »

Quand ils furent seuls, Jack dit, « Je vais devoir parler aux filles pour leur expliquer pourquoi la police est là.

— Je devrais le leur dire moi-même, dit Clare.

— Je m'en occuperai. Je ne veux pas que tu t'inquiètes pour quoi que ce soit.

— Merci d'être venu quand elles t'ont appelé. J'en suis reconnaissante. »

Jack se rassit sur le lit et prit sa main. « Bien sûr que je suis venu. Il n'y a rien que je ne ferais pas pour toi.

— Je n'ai pas été très agréable avec toi et j'en suis désolée. Elle caressa son visage. Jamie est venu l'autre jour. Est-ce que tu le savais ? »

Surpris par le geste d'affection, Jack secoua la tête. Jamie ne le lui avait pas dit.

« Nous avons eu une longue conversation. Il a dit beaucoup des mêmes choses que les autres, mais il m'a aussi dit à quel point tu étais inquiet que les gens pensent que tu m'aies oubliée si tu poursuivais une relation avec Andi. Cela fait du bien de savoir que tu pensais à moi.

— Je n'ai jamais arrêté de penser à toi.

— Mais tu avais une vie avec elle, dit Clare tristement. Tu l'aimes. Je ne sais pas où se trouve ma place là-dedans.

— On n'a pas besoin d'en parler maintenant. Tu as eu une nuit éprouvante. Pourquoi n'essaies-tu pas de dormir un peu pendant que je vais parler aux filles au sujet de la police ? Il tira les couvertures sur elle et se pencha pour l'embrasser. Je reviens. »

« Elle a été *violée* ? » Quand il en eut les jambes en coton, Jamie s'affala sur une chaise. Jack s'était arrêté chez Frannie et Jamie sur le trajet du retour, après avoir vu Jill à Providence. Les filles avaient été sidérées d'entendre ce qui était arrivé à leur mère. Il avait passé quelques détails pour les empêcher d'être terrifiées. Même si cela lui avait fait de la peine, il avait été obligé de leur dire qu'elles avaient été menacées, pour qu'elles restent vigilantes et demandent de l'aide si elles en avaient besoin. Maggie avait encore peur que le méchant monsieur mette sa menace à exécution, mais une fois que Jack lui montra la voiture de police dans l'allée, elle se sentit mieux.

« Pourquoi est-ce que Clare n'a rien dit ? demanda Frannie, choquée par la nouvelle.

— Il a menacé les filles. Jack les informa de la menace de Turner.

— *Fils de pute*, » jura Jamie entre ses dents.

Jack leur transmit ce que le sergent Curtis avait dit à propos du manque de preuves et comment ils devaient être préparés à ce que Turner s'en sorte malgré ce qu'il avait fait à Clare.

« Pas question, dit Frannie. Il est hors de question que nous laissions cela arriver. Toute la douleur et le chagrin… Il ne peut pas s'en sortir comme ça.

— Je n'arrête pas de me demander, où étais-je quand cela lui est arrivé ? s'interrogea Jack. Qu'est-ce que je faisais ?

— Quinn pourrait te le dire si tu voulais vraiment le savoir, répondit prudemment Jamie.

— Il vaut peut-être mieux ne pas savoir, » dit Frannie.

Jack passait ses mains dans ses cheveux, faisant les cent pas dans la pièce, la rage qu'il avait contrôlée toute la matinée commençant à bouillir. « Je n'aurais jamais pensé être capable de tuer quelqu'un, mais si tu le mettais dans cette pièce à l'instant—

— Je t'aiderais, » dit Jamie.

Le sergent Curtis était dans la chambre de Clare quand Jack arriva le lendemain matin.

« L'avez-vous trouvé ? demanda Jack en s'asseyant près de Clare et en prenant sa main.

— Il est en prison en Californie. Apparemment, il a refait presque la même chose. Il a été condamné pour avoir violé une conseillère immobilière à San Diego à peu près un an après qu'il vous a attaquée. Le cas est incroyablement similaire à ce que vous avez décrit hier, Clare.

— Au moins il est incarcéré, dit Jack soulagé.

— Il purge une peine à perpétuité, sans possibilité de libération pour bonne conduite, pour agression à main armée et agression sexuelle au premier degré. » Curtis expliqua qu'ayant été condamné pour deux crimes précédents en Californie, Turner avait été incarcéré à vie en vertu de la loi de l'État sur la limite des trois coups. Il avait été en liberté conditionnelle et en train de fuire la justice lorsqu'il avait violé Clare. Nous pouvons déposer de nouvelles accusations pour votre cas, et nous aurions de meilleures chances d'obtenir une condamnation puisque nous avons affaire à un récidiviste.

— Pourquoi est-ce que je sens arriver un « mais » ? » demanda Clare.

Curtis fit une pause avant de continuer, ayant l'air de choisir ses mots avec prudence.

« Votre famille a déjà vécu un vrai calvaire. Un procès serait moche. Vous auriez à raconter l'agression devant un tribunal, et son avocat ferait un cirque avec le fait que vous vous en êtes souvenue dans un rêve. Il est en prison à vie, et il ne sera jamais libéré. Vous devez vous poser la question de savoir si ajouter une autre condamnation à sa longue liste vaut le prix que vous et votre famille devrez payer.

— Ça ne le vaut pas, dit-elle sans hésiter. Il est en prison, et il n'en sortira pas, donc il lui est impossible de faire ça à quelqu'un d'autre. Si je porte plainte, j'aurais à m'inquiéter qu'il tienne sa parole et trouve quelqu'un pour faire du mal à mes enfants. Je ne prendrai pas ce risque.

— Si vous en êtes sûre, dit Curtis.

— J'en suis sûre, dit Clare, serrant plus fort la main de Jack.

— Si vous voulez mon avis, je pense que vous faites le bon choix. La victime d'un viol est bien souvent mise en jugement elle-même, et j'aurais horreur de voir ça vous arriver alors que vous avez déjà tellement souffert.

— Merci, sergent, d'avoir cru à mon histoire hier, d'avoir agi si rapidement pour protéger ma famille, et d'avoir trouvé Turner, dit Clare. J'en suis reconnaissante.

— Je suis juste content que nous ayons pu le trouver.

— Pourriez-vous ne pas en parler aux journaux ? Ma famille a suffisamment souffert et n'a pas besoin de voir tout ça étalé partout dans la presse. Nous le dirons à ceux que nous voulons.

— Vous pouvez compter sur moi, dit Curtis en se levant pour partir. J'admire votre courage, Clare. Bonne chance à vous deux. »

Jack se leva pour serrer la main de l'inspecteur. Quand Curtis était parti, Jack se tourna vers elle. « Je suis fier de toi. Je suis sûr que tu veux ta propre justice, mais tu as pris la bonne décision.

— Il m'a suffisamment pris — à moi, à nous tous. Je suis prête à retourner à la vie. Je ne pourrai jamais le faire avec un procès et ses menaces qui planent au-dessus de ma tête. Je veux mettre tout ça derrière moi.

— Alors c'est ce que nous ferons. » Jack serra sa main et embrassa sa joue, en espérant pouvoir faire cela pour elle.

Andi gémit et roula, laissant tomber ses pieds pour se projeter hors du lit. À présent dans son septième mois, elle ne pouvait imaginer être plus grosse qu'elle ne l'était déjà. *Cela va s'empirer avant que ce soit fini,* se dit-elle. Son dos criait sous le poids des bébés, et la docteure Abbott avait menacé de l'aliter si elle ne prenait pas du repos d'elle-même. Elle n'avait pas vu Jack depuis trois mois et trouvait encore que l'activité constante était la seule chose qui empêchait son esprit de vagabonder vers le passé.

Éric était à Chicago pour un séjour plus long que prévu, puisqu'Andi était soit en train de travailler, soit épuisée, et était presque trop grosse pour se glisser derrière le volant de sa voiture pour l'emmener où que ce soit.

Betty avait pris un vol pour le Rhode Island juste après la fin de l'école et avait emmené son petit-fils avec elle pour un séjour d'un mois. Andi s'était dit que c'était la meilleure chance qu'avait Éric de s'amuser cet été, et elle était reconnaissante à sa mère de son aide.

Kate avait été un grand succès depuis son premier jour à l'hôtel et le gérant du bar avait signalé qu'il y avait maintenant des habitués qui venaient les jours où elle travaillait juste pour l'écouter jouer.

Andi appréciait sa présence, et Kate passait habituellement la voir avant de commencer à jouer.

Andi se dandina en bas après un court repos, sachant que Kate arriverait bientôt. Elle venait juste d'arriver à son bureau lorsque Kate entra, faisant très adulte dans un chemisier blanc, une jupe noire et des sandales à talons.

« Salut, comment ça va ? » Kate l'étudia avec préoccupation.

Andi savait que son visage était probablement dépourvu de couleur et, comme d'habitude, elle était essoufflée.

« Je viens juste de faire une petite sieste pour arriver à tenir l'après-midi. Comment vas-tu ?

— Bien. Kate jeta un regard nerveux par-dessus son épaule. Euh, écoute, ma voiture est au garage, j'y fais installer la nouvelle stéréo, alors mon père m'a amenée au travail aujourd'hui. Il se demandait s'il pouvait te parler. Juste une minute… »

Le cœur d'Andi palpita. « Je ne pense pas que ce soit une très bonne idée.

— S'il te plaît Andi, il a besoin de voir de lui-même que tu vas bien. »

Andi n'avait pas la force de discuter. « Bon. Fais-le venir. Je te verrai plus tard ?

— Je passerai avant de partir. » Kate alla chercher son père.

Le cœur d'Andi passa de palpiter à marteler lorsqu'elle s'assit derrière son bureau pour l'attendre. Quand il entra, elle ressentit l'élan d'amour familier qui l'avait laissée sans souffle longtemps avant que les bébés ne pressent tout l'air de ses poumons.

Il s'appuya contre l'encadrure de la porte comme s'il avait peur d'entrer. « Bonjour. »

Elle buvait des yeux cette vision, assoiffée, prenant tout ce qu'elle pouvait. « Bonjour.

— Merci de me recevoir. Comment vas-tu ? »

Elle se poussa de son bureau afin qu'il puisse voir son ventre énorme. « Je suis immense et je deviens plus grosse de jour en jour. »

Ses yeux sortirent presque de leurs orbites. « Est-ce que cela fait *mal* ? »

Elle sourit de sa réaction. « Juste mon dos, qui me tue, et j'ai les poumons de quelqu'un qui fume trois paquets par jour depuis que ceux-là prennent toute la place. » Elle tapota son ventre et lui dit que la docteure l'avait informée que tout allait parfaitement bien à son dernier rendez-vous. Elle n'ajouta pas qu'elle avait choisi de ne pas connaître le sexe des bébés, parce qu'elle ne supporterait pas d'entendre cette nouvelle sans qu'il soit avec elle.

« Tu n'as jamais été plus belle. Tu es lumineuse.

— Comme un réacteur nucléaire, » dit-elle avec un gloussement sec.

Il rit.

« Veux-tu t'asseoir une minute ? Elle montra une chaise près de son bureau, et il entra, apportant avec lui sa familière odeur dont elle se languissait. Comment ça va ? Quelque chose en lui était différent, mais elle ne pouvait pas dire quoi.

— Je m'accroche. Il lui parla de ce dont Clare s'était souvenue.

— Oh, Jack. Mon Dieu… Je suis vraiment désolée. Pauvre Clare. Quel terrible fardeau elle a porté toute seule.

— Elle avait trop peur d'en parler à quiconque, même à moi. Je me suis senti tellement impuissant et furieux quand je l'ai appris que j'ai réalisé que je pourrais le tuer si j'en avais l'opportunité. »

Le soupçon de rage qu'elle avait vu dans ses yeux était ce qu'il y avait de différent. « Je n'en doute pas. Elle voulait tellement être près de lui qu'il lui fallut toute sa volonté pour résister à l'envie. Comment va-t-elle maintenant ?

— Elle travaille très dur sur ses thérapies — de toutes sortes. Le fait de savoir ce qui s'est passé semble lui avoir donné le désir d'aller mieux et de ne pas le laisser gagner.

— Tant mieux. Kate m'a dit que Clare a pu assister à sa remise de diplômes.

— C'était la première fois qu'elle sortait de l'hôpital. La classe de Kate lui a demandé de chanter et Clare avait du mal à croire à quel point elle était douée.

— Kate m'a aussi montré sa voiture, » dit Andi avec un sourire. Kate avait reçu une Coccinelle jaune.

Il rigola. « Maggie a passé une commande pour une rouge pour quand son heure viendra.

— Kate est devenue une vedette par ici. Les clients l'adorent.

— Elle y prend tellement plaisir. Merci de lui avoir donné l'opportunité.

— C'est moi qui devrais la remercier. Mes revenus du bar ont grimpé en flèche depuis qu'elle a commencé. Andi mit ses coudes sur le bureau pour enlever un peu de pression de son dos. Elle m'a parlé de ce que tu avais accepté qu'elle fasse. C'est une décision sage, Jack.

— Je l'espère. Tout cela me rend encore nerveux, mais je suppose que je dois la laisser tenter le coup. Il a aussi fallu que je trouve la force d'annoncer à Clare que Kate n'allait pas aller à l'université.

— Si elle a entendu Kate chanter, je suis sûre qu'elle a dû comprendre. »

Après un silence gênant, il la regarda avec ses puissants yeux gris.

« Qu'allons-nous faire avec les bébés, Andi ? Je ne pense qu'à cela. Je t'ai promis que je ne te laisserai jamais seule, et maintenant… »

Son expression tourmentée décontenança presque Andi. « Peut-on en parler plus tard ? Je ne peux pas penser à ça maintenant. Cela l'accablait de s'imaginer seule avec trois enfants. Même si elle savait qu'il l'aiderait autant qu'il le pourrait, ce ne serait pas comme ils l'avaient projeté.

— Tu me manques tellement. »

Ses mots et l'émotion qu'ils portaient transpercèrent son cœur. « Ne fais pas ça, dit-elle doucement. Tu ferais mieux d'y aller. »

Il se leva pour partir. « Tu me promets de m'appeler si tu as besoin de quelque chose ? Tu as tous mes numéros.

— Je te le promets. » Elle lui dit ce qu'il avait besoin d'entendre mais savait qu'elle ne ferait jamais.

CHAPITRE 31

*A*ndi révisait les plans définitifs de l'organisation d'un mariage qui se ferait bientôt à l'hôtel lorsque le téléphone sonna. « Andrea Walsh, répondit-elle tout en examinant le menu que la mariée avait choisi.

— Oui, bonjour, c'est Clare Harrington. »

Le contrat s'échappa des doigts d'Andi et atterrit sur le bureau. « Bonjour, dit-elle quand elle reprit ses esprits.

— Je suis désolée de vous appeler ainsi à l'improviste, mais je me demandais, pourriez-vous peut-être passer ici pour me voir ? Je pourrais venir là-bas, mais ils ne me laissent pas encore m'aventurer dehors toute seule. »

Le cœur battant à cent à l'heure, Andi hésita. « Bien sûr. Quand voulez-vous que je vienne ?

— Les sadiques qu'ils appellent thérapeutes en ont fini avec moi vers quinze heures. Est-ce que seize heures vous conviendrait ?

— Absolument, c'est bon. Je serai là.

— Merci, » dit Clare et elle mit fin à l'appel.

Andi se cala sur sa chaise et se demanda pourquoi la femme de Jack voulait la voir, elle, de toutes les personnes au monde.

« Je suppose que je le saurai suffisamment tôt, » dit-elle et

334

retourna au contrat, mais elle abandonna quelques minutes plus tard après avoir lu la même phrase pour la quatrième fois.

Andi fit appel à un des chauffeurs de l'hôtel pour l'amener en ville. Elle avait arrêté de conduire quand il lui fut impossible de reculer le siège davantage et de quand même toucher les pédales.

Le chauffeur avança jusqu'à la porte d'entrée du centre de rééducation et promit de l'attendre sur le parking.

« Merci, Tom. »

Il lui tint la portière et l'aida à sortir de la voiture. « Tout le plaisir est pour moi, Mme Walsh. Prenez bien votre temps.

— Ce n'est pas comme si j'avais le choix. »

À l'intérieur elle demanda Clare à la réception.

L'infirmière lui indiqua un long couloir. « La dernière chambre à droite.

— Comme par hasard, » murmura Andi se dandinant vers la chambre et frappant à la porte.

Clare lui cria d'entrer.

Au premier coup d'œil, Andi décida que Clare était pareille que sur les photos d'elle autour de la maison, sauf qu'elle paraissait plus fragile après tout ce qu'elle avait enduré. Ses cheveux étaient plus longs que sur les photos et encore d'un blond soutenu. Mais ce furent ses yeux qui attirèrent l'attention d'Andi. Ils étaient du même bleu éblouissant que ceux de Maggie et de Kate. Et de la même manière qu'Andi avait été surprise par la ressemblance frappante de Jill avec Jack, elle voyait aussi clairement Kate dans sa mère.

« Merci d'être venue, » dit Clare.

En s'asseyant face à Clare, Andi espéra qu'elle serait capable de se relever de la chaise basse. « Cela a été simple.

— En fait, j'en doute. »

Andi rit malgré la tension dans la pièce. « Je suis comme une montgolfière ces temps-ci.

— Quand devez-vous accoucher ?

— Le 20 septembre. Encore deux mois à tenir.

— Je suis désolée de vous arracher à votre travail, mais je voulais vous rencontrer. J'avais besoin de vous rencontrer. Clare baissa la tête pour regarder ses mains comme si elle était anxieuse d'avoir fait venir l'autre femme dans la vie de son mari.

— Je comprends.

— Mes filles ne disent que du bien de vous.

— Ce sont des filles merveilleuses. Vous devez être très fière d'elles.

— Maggie m'a fait une démonstration de son langage des signes. C'est impressionnant. »

Andi acquiesça. « Elle en connaît autant que moi. Elle a été merveilleuse avec mon fils Éric. Elles l'ont toutes été.

— Ma guérison vous a mise dans une position affreuse, et j'en suis désolée. »

Abasourdie par la générosité de Clare, Andi dit, « Vous n'avez à vous excuser de rien, Clare. J'ai entendu ce qui vous est arrivé. Je ne peux pas m'imaginer quelqu'un menacer mon fils ainsi. Je suis contente de voir que vous allez bien maintenant.

— Je me suis mise debout avec des béquilles plus tôt aujourd'hui, et j'ai même fait quelques pas.

— C'est fantastique. Andi fit une pause afin de choisir soigneusement ses mots. Je sais que cela a dû être incroyablement difficile d'entendre parler de moi et du fait que j'allais avoir des bébés. Je veux que vous sachiez que vous n'avez rien à redouter de moi. Je ne me mêlerai pas de votre famille.

— Jack voudra voir les bébés et votre fils.

— Je ne me suis jamais opposée à cela, mais je ne traînerai pas dans les parages. »

Clare fronça un sourcil. « Vraiment ?

— J'ai peur de ne pas comprendre.

— Il vous porte dans son cœur, Andi. Je peux le voir dans son expression affligée chaque fois que votre nom est prononcé. Vous ne serez pas dans les parages. Vous serez au beau milieu de nos vies. »

Clare avait parlé franchement et apparemment sans malice.

« Je ne l'ai vu qu'une fois en trois mois, et ce n'était que pour dix minutes. Il voulait savoir comment j'allais. Je ne lui ai pas parlé autrement que pour coordonner ses visites avec Éric. Je suis loin d'être au centre de sa vie.

— Vous le sous estimez si vous pensez qu'il peut tourner le dos à vos enfants et vous, et reprendre la vie que nous avions ensemble comme si vous n'aviez jamais été là. Ce n'est pas qui il est, mais je n'ai certainement pas besoin de vous le dire. D'ailleurs, la vie que nous avions n'existe plus, de toute façon.

— Vous ne le savez pas encore. Vous devez patienter un peu. Votre famille a tant souffert. Andi ne savait pas pourquoi elle essayait de convaincre Clare de donner une chance à son mariage. Cela semblait être la chose équitable à faire.

— Je pourrais essayer jusqu'à la nuit des temps, mais il ne cessera pas de vous aimer, et chaque fois qu'il quittera ma maison pour aller voir vos enfants, j'aurai à me demander s'il revient vers moi parce qu'il le veut ou parce qu'il le doit. Je ne veux pas d'un mari qui soit si loyal qu'il passera le reste de sa vie avec moi parce qu'il l'a promis alors qu'il aime quelqu'un d'autre. Après tout ce qui m'est arrivé je veux que le reste de ma vie soit plus que cela. »

Le cœur d'Andi qui jusque-là avait battu la chamade ralentit brusquement. « Qu'êtes-vous en train de dire, Clare ?

— Je veux ce que j'avais. Mais puisque je ne peux plus l'avoir, je vais laisser partir Jack. Peut-être que vous deux, vous arriverez à faire en sorte que ça marche entre vous. Peut-être que non. Clare haussa les épaules. Je sors d'ici dans un mois ou deux et je rentrerai à la maison. J'ai mes filles, et peut-être qu'un jour je retournerai travailler. Je ne sais pas. Mais ça ira pour moi.

— Je ne sais pas quoi dire, dit Andi, sidérée.

— Je suis contente que vous soyez venue et que nous ayons eu la chance de nous rencontrer.

— Moi aussi. Andi se leva avec difficulté, bouleversée par leur conversation et la force de Clare. J'aurais souhaité que nous nous soyons rencontrées en d'autres circonstances. Nous aurions pu être amies. »

Elle tendit la main à Clare.

Clare prit sa main et la serra fort avant de la relâcher. « Peut-être qu'un jour nous le serons.

— Prenez soin de vous, Clare.

— Vous aussi. Bonne chance avec l'accouchement. J'espère que tout se passera bien pour vous.

— Merci. » Andi lui fit au revoir de la main et repensa longuement à leur conversation en retournant à sa voiture. La générosité de Clare était stupéfiante. Andi s'était attendue à ce que Clare insiste qu'elle ne revoie jamais Jack, et elle aurait compris cela. La seule chose qu'elle n'aurait jamais pu imaginer était que la femme de Jack se retire. Le cœur d'Andi s'emballa de joie à la pensée qu'il y avait peut-être encore une chance pour elle et Jack après tout. Peut-être bien.

Clare travaillait sur un modèle de broderie que l'ergothérapeute lui avait donné quand Jack entra dans la chambre. Il resta près de la porte pendant une minute à l'observer. « Regarde comme tu te la donnes, dit-il finalement.

— Oh, bonjour, entre. C'est un tel désastre, ça. L'air frustré, Clare mit son ouvrage de côté.

— Tu vas te faire à nouveau la main.

— Je me suis mise debout avec des béquilles aujourd'hui.

— C'est fantastique. Je ne peux pas croire les progrès que tu as faits en si peu de temps.

— Je le sens dans chaque muscle, crois-moi.

— J'en suis sûr. J'ai reçu ton message. Je suis désolé de ne pas avoir pu venir plus tôt. Je travaillais à Boston aujourd'hui et j'ai été pris dans les embouteillages en rentrant à la maison. Tu as dit que tu voulais me voir ? Il passait la voir pratiquement chaque soir dernièrement, mais elle avait appelé pour s'assurer qu'il viendrait ce soir-là.

— Assieds-toi. Elle l'invita à s'asseoir près d'elle sur le petit divan et attrapa sa main. J'ai une théorie, dit-elle en souriant.

— Ah oui, c'est quoi ? Il était soulagé de voir que la Clare qu'il avait connue auparavant revenait petit à petit.

— Sais-tu pourquoi nous sommes restés ensemble toutes ces années alors qu'il semblait que tous les gens que nous connaissions se séparaient ?

— J'ai toujours pensé que c'était parce que nous nous aimions, dit-il sans savoir où elle voulait en venir.

— Oui, mais c'était aussi parce que ni l'un, ni l'autre ne voulait quelqu'un ou quelque chose d'autre. Nous étions complètement satisfaits l'un de l'autre. Ce n'est plus le cas, n'est-ce pas ? »

En réalisant le sens de ses mots, il regarda le sol. Il ne pouvait nier que lorsqu'il ne réussissait pas à dormir, nuit après nuit, ce n'était pas sa femme qu'il désirait mais la beauté aux longs cheveux foncés qui avait volé son cœur la toute première fois qu'il l'avait vue.

— Je l'ai rencontrée aujourd'hui. »

Son regard percuta celui de Clare. « Tu l'as *rencontrée* ? Comment ça ?

— Je l'ai appelée et lui ai demandé de venir me voir. Je la trouve sympathique. Je ne voulais pas, mais c'est comme ça. »

Alors qu'il essayait d'imaginer Andi et Clare engagées dans une conversation polie, il se souvint de Jill qui une fois avait dit presque la même chose en parlant d'Andi.

Clare respira profondément. « C'est fini entre nous, Jack.

— Mais— »

Elle leva une main pour qu'il se taise. « Tu n'es pas à blâmer, et elle non plus. L'homme qui m'a attaquée est celui qu'il faut blâmer. Je comprends cela maintenant. Mais nous ne pouvons pas changer la simple vérité que tu aimes quelqu'un d'autre, et puisque je ne te demanderai pas de choisir, je prends la décision pour nous deux. J'ai déjà contacté Coop et lui ai demandé de commencer la procédure, dit-elle, faisant référence à leur ami et avocat. C'est moi qui ferai la demande afin que personne ne t'accuse un jour de m'avoir quittée pour elle. Je ne laisserai personne dénigrer ce que nous avons eu ensemble en te traînant dans la boue.

— Eh bien, tu t'es donnée à faire pendant que j'étais à Boston, dit-il, abasourdi. Alors ça y est ? C'est aussi simple que ça ?

— Ce n'est pas simple du tout. Cela fait très mal, mais c'est la seule chose que je puisse faire. Je ne peux pas passer le reste de ma vie avec quelqu'un qui veut être avec une autre, même si tu passerais chaque jour à faire semblant qu'il en est autrement, par souci de justice. Je sais que tu ne me quitteras jamais, alors c'est moi qui te quitte.

— Sans même me donner une chance ?

— Cela changerait quoi ? Dans un an, tes sentiments seront-ils différents pour elle ? »

Il secoua la tête en réalisant que sa décision était prise. « Qu'est-ce que nous dirons aux filles ?

— La vérité : que trop de temps s'est écoulé, que trop de choses sont arrivées, et que nous ne pouvions plus retourner en arrière. Elles comprendront. Elles l'ont vécu.

— Je m'occuperai de toi. Tu le sais, n'est-ce pas ?

— Oui, je le sais. Tout ce que je veux c'est la maison et suffisamment pour payer les factures jusqu'à ce que je puisse retourner travailler. Jill et Kate seront à l'université. Nous pouvons nous arranger pour que Maggie partage son temps entre nous deux.

— Il n'y a aucun problème là-dessus, mais à propos de Kate et de l'université… Il avait différé cette conversation suffisamment longtemps. Elle n'y va pas cette année.

— Qu'est-ce que tu veux dire ? Bien sûr qu'elle y va.

— Je lui ai donné un an pour se concentrer sur sa musique. Elle a énormément de talent. Tu as pu le constater lors de la remise des diplômes. Elle a un an à partir de son dix-huitième anniversaire pour obtenir un contrat d'enregistrement. Si elle n'y arrive pas, elle doit rentrer à la maison et aller à l'université.

— Rentrer à la maison d'où ?

— De Nashville.

— Je ne peux pas croire que tu aies dit oui ! Tu sais à quel point je tiens à ce qu'elles aillent à l'université !

— C'est pourquoi je me suis tout d'abord battu contre. Puis Jamie m'a rappelé ce qui avait été la cause du grand fossé qui s'était creusé entre mon père et moi. Je ne lui ai pas parlé pendant des années parce qu'il n'avait pas compris que j'avais besoin de suivre ma propre route.

Je ne pouvais pas laisser l'histoire se répéter. Je n'aurais pas été capable de supporter ça avec l'un de nos enfants. Tu n'étais pas là, et il a fallu que je prenne une décision. J'espère que tu respecteras ma décision. Elle n'a envoyé d'application nulle part, alors c'est de toute façon trop tard pour septembre.

— Je suppose que nous pouvons lui donner une année, dit-elle, le surprenant. Cela ne m'enchante pas, mais je me souviens de combien ton père t'a blessé. Je ne veux cela pour nos enfants pas plus que toi.

— J'en suis reconnaissant et je sais qu'elle le sera aussi.

— Il faut que tu saches que quand j'ai parlé à Coop aujourd'hui, je lui ai tout raconté — à propos de Sam Turner, et d'Andi et des bébés. Alors que je me fiche des autres, je voulais que lui comprenne pourquoi je fais cela et pourquoi je veux que ce soit fait rapidement. Elle fit une pause avant de lever les yeux vers lui. Tu devrais l'épouser avant que les bébés soient nés.

— Clare— »

Elle lui prit à nouveau la main. « Merci de tout ce que tu as fait pour moi pendant que j'étais malade : de t'être assuré que je reçoive la thérapie qui m'a donné une chance de reprendre en main ma vie, de m'avoir rendu visite et apporté des fleurs, et de toutes les fois que tu as amené mes filles me voir. »

De toute évidence elle avait parlé à Sally et aux autres infirmières qui prenaient soin d'elle.

« Merci pour toutes les années merveilleuses que nous avons passées ensemble. N'ayons aucun regret. Nous avons fait un bon bout de chemin ensemble, mais c'est fini maintenant. »

N'éprouvant que des regrets, il secoua la tête. « Je n'ai jamais voulu qu'on en arrive à ça, Clare.

— Je le sais. »

Il se pencha pour la serrer dans ses bras. « Nous parlerons aux filles ensemble demain ? »

Elle hocha la tête.

« Je te verrai demain. Il se leva pour partir. Tu sais où me trouver si tu as besoin de quoi que ce soit ? Pour toute la vie, d'accord ?

— Oui. »

S'attardant à la porte, il ne put se décider à partir.

« Tout va bien, Jack, dit-elle tendrement. Tu peux y aller. »

Lorsqu'ils se rassemblèrent dans la chambre de Clare le jour suivant pour annoncer la nouvelle aux filles, Maggie était triste, mais Jill et Kate étaient résignées. Elles étaient suffisamment grandes pour comprendre que beaucoup de choses s'étaient passées pendant que leur mère était malade et voyaient bien qu'il était pratiquement impossible pour leurs parents de retrouver ce qu'ils avaient perdu.

« Est-ce que tu vas te marier avec Andi, Papa ? demanda Maggie, et tous les yeux se tournèrent vers lui.

— Cela te dérangerait si je le faisais ?

— Et *toi*, Maman, cela te dérangerait ? demanda Kate.

— Si c'est ce que ton père veut, je ne m'y opposerai pas, ma chérie. La chose importante dont il faut vous rappeler, c'est que même après ce que notre famille a subi, et maintenant que Papa et moi n'allons plus vivre ensemble, nous vous aimerons toujours. Rien ne pourra jamais changer cela.

— Où est-ce que je vais habiter ? demanda Maggie d'une petite voix.

— Toi et moi vivrons encore dans notre maison, et je suis sûre que tu passeras beaucoup de temps aussi à la maison de Papa, dit Clare.

— Où est-ce que tu vas vivre, Papa ? demanda Jill.

— Je ne sais pas encore, mais où que j'aille il y aura plein de place pour vous toutes, » leur assura-t-il, et elles furent satisfaites.

Epuisé par cette conversation émouvante, Jack retourna au bureau tandis que les filles restèrent avec leur mère afin de l'aider pendant sa séance de physiothérapie de l'après-midi.

Jamie et Frannie revenaient de déjeuner quand il arriva sur le parking d'HBA.

« Vous avez une minutes les gars ? J'ai besoin de votre aide avec quelque chose, dit Jack en entrant avec eux.

— Bien sûr, dit Frannie. Les parents de Jamie sont avec les

jumeaux, alors j'ai la journée de libre.

— Impeccable, merci, dit Jack. Je dois passer un coup de fil, et je viendrai vous retrouver dans le bureau de Jamie. »

Après avoir demandé à Quinn de les rejoindre, il alla dans son bureau et ferma la porte. Il composa le numéro de Cooper Hayes.

« Jack, comment vas-tu ?

— Je m'accroche, Coop. Et toi ? La famille va bien ?

— Nous allons tous très bien. Nous sommes tellement heureux d'entendre que Clare est en train de se remettre.

— Elle fait des progrès incroyables. Elle m'a dit qu'elle t'avait appelé hier.

— Oui, et c'est sacrément dommage. Je suis désolé pour vous deux. Ce qui lui est arrivé… je suppose que je n'ai pas besoin de te dire ce que j'en pense.

— Non, alors. Jack avait encore du mal à y penser, mais la rage incandescente qu'il avait initialement ressentie s'était quelque peu apaisée car il essayait de suivre l'exemple de Clare en mettant cela derrière lui.

— J'étais à l'hôpital ce matin, et elle a entamé la procédure, dit Coop. Ça m'a l'air assez simple. Elle demande la maison, un soutien temporaire du conjoint, une pension alimentaire pour les enfants et la garde alternée pour Maggie et Kate, jusqu'à ce que Kate atteigne ses dix-huit ans en novembre. C'est à peu près tout.

— Pas de problème. J'aimerais aussi faire un règlement en espèces pour garantir son indépendance financière. Jack mentionna un montant à sept chiffres qui suscita un léger sifflement de Coop.

— C'est très généreux. Je commencerai les papiers aujourd'hui. J'ai cru comprendre qu'il y avait urgence.

— Oui, dit Jack, mais il n'élabora pas, sachant que Clare lui avait déjà raconté toute l'histoire.

— J'aimerais avoir les papiers pour le dix. Est-ce que trois semaines, ça te donne assez de temps ?

— Oui, sans problème. Je mets ça en route pour toi.

— Merci, Coop. Avant que je te laisse, peux-tu recommander un bon détective privé ? »

Andi se réveilla tôt le 24 août et bougea pour soulager la pression sur son dos lancinant. La douleur dans le bas de son dos était devenue presque insupportable durant la nuit, mais ce n'était rien comparé à la douleur dans son cœur maintenant qu'elle attendait depuis des semaines sans un mot de Jack.

Clare lui avait forcément dit maintenant qu'elle le quittait. Avait-elle changé d'avis ? Était-ce lui qui avait changé le sien ? Pourquoi n'était-il pas venu vers elle ? Andi sursautait chaque fois que le téléphone sonnait, avait la tête qui tournait chaque fois qu'elle entendait frapper à la porte, et passait la plupart du temps à regarder par la fenêtre, à attendre de voir sa voiture entrer sur le parking. Cela lui demandait toute sa volonté pour ne pas quémander des informations auprès de Kate lors de leurs visites habituelles, mais elle n'en laissait jamais rien paraître.

Les longues journées d'été se suivirent les unes après les autres, et Andi commença à accepter qu'il ne viendrait pas. Elle eut la sensation de l'avoir perdu une fois de plus. Maintenant c'était le grand jour, le 24 août, et elle était seule pour marquer le deuxième anniversaire du jour où ils s'étaient rencontrés, ses bébés bougeant à l'intérieur d'elle le seul rappel qu'ils avaient jamais été ensemble.

Éric sortit de sa chambre et jeta un coup d'œil sur elle. Même s'il avait hâte d'être un grand frère, elle savait qu'il était dégouté par la taille de son ventre. Il lui avait dit qu'il espérait que les bébés viendraient bientôt pour qu'elle puisse arrêter d'être si grosse.

D'un doigt, elle lui fit signe d'entrer.

Il sauta sur le lit avec elle.

Elle leva les couvertures et le serra contre elle. Ils durent s'assoupir, car la chose suivante dont elle se rendit compte était le téléphone qui sonnait, et elle fut surprise de voir qu'il était neuf heures passées. Elle prit le téléphone.

« Bonjour, dit Jen. Comment te sens-tu aujourd'hui ?

— Comme si j'étais enceinte de huit mois et que j'avais trop dormi, grommela Andi.

— Pourquoi ne resterais-tu pas là un peu plus longtemps ? Je vais faire monter un petit déjeuner pour toi et Éric. Je peux te remplacer ce matin. Prends du repos, Andi.

— Je vais peut-être accepter ton offre. Le dos me brûle. » Elle le frotta un peu. La douleur dans son dos avait empiré depuis hier, qui avait été une journée chaotique à l'hôtel.

Au milieu de quelques désastres mineurs, Jen avait fermé la terrasse côté sud après que des fissures aient été découvertes dans le patio encore neuf. Jen s'était arrangée pour le faire réparer, et Andi avait laissé l'affaire entre ses mains compétentes.

« N'oublie pas, tu as un rendez-vous avec ce distributeur à midi, mais autrement je peux m'occuper de tout le reste, dit Jen. Amène Éric avec toi quand tu descendras. Il peut rester avec moi pendant que tu es à ta réunion. »

Le représentant du producteur de boissons alcoolisées avait laissé tellement de messages qu'Andi avait fini par accepter que Jen prenne rendez-vous pour discuter de la possibilité de mettre ses produits à l'Infinity de Newport.

« C'est une bonne idée, merci, dit Andi avant de raccrocher. Eh bien, mon pote, on dirait qu'on a du temps pour traîner et nous détendre, » signa-t-elle à Éric.

Il sourit. « Bien. »

~

Juste avant midi, Andi et Éric traversèrent main dans la main le hall d'entrée en direction de son bureau où Jen les attendait.

Cette dernière leva la tête de derrière le bureau d'Andi. « Salut les gars. » Jen signa pour inclure Éric. Elle avait insisté pour que sa patronne ralentisse ces dernières semaines et avait pris en charge bon nombre des fonctions d'Andi.

« Merci encore pour la grasse matinée. Cela a fait des merveilles pour mon humeur, dit Andi avec un sourire. Est-ce que le gars des alcools est déjà là ?

— Il est arrivé il y a quelques minutes. Pour une raison quelconque, il veut te rencontrer à l'étage, alors je vais t'accompagner là-haut et puis j'emmènerai ce petit gars dehors pendant un moment, » dit Jen tout en tendant le bras pour ébouriffer les cheveux d'Éric.

Il évita sa main avec un pouffement de rire.

« Pourquoi en haut ? demanda Andi, agacée par ce vendeur ennuyeux. Nous avons une salle de réunion parfaitement adéquate en bas.

— Je ne sais pas, dit Jen haussant les épaules. Il a juste dit qu'il serait là-haut quand tu seras prête, alors allons-y. »

Comme Andi évitait les escaliers ces derniers temps, ils prirent l'ascenseur jusqu'au premier étage. Jen et Éric la devancèrent, et lorsqu'Andi sortit de l'ascenseur, Jack l'attendait.

Elle en eut le souffle coupé, et le dévora des yeux. Il portait un polo bleu marine avec un short kaki et bien que paraissant fatigué, il n'avait jamais été plus séduisant. « Qu'est-ce que tu fais ici ? »

Il tendit une main vers elle et l'autre vers Éric tandis que Jen reprit l'ascenseur pour les laisser seuls.

Andi se retourna pour voir les portes de l'ascenseur se fermer. « Que se passe-t-il ?

— Viens avec moi. » Jack les conduisit en haut de l'escalier, à l'endroit qu'une fois elle lui avait dit être son coin préféré dans l'hôtel, et lui fit signe de s'asseoir sur la chaise qu'il avait apportée pour elle.

Debout à côté d'elle, Éric passa un bras autour de ses épaules.

Jack s'agenouilla devant elle pour poser son visage contre son ventre et fut récompensé par un rude coup de pied dans la joue de la part d'un des bébés. Il rit alors que ses yeux rencontrèrent les siens.

L'expression sur le visage de Jack fit s'arrêter les battements de son cœur.

« Andrea, il y a deux ans aujourd'hui tu es entrée dans ma vie et l'as changée à jamais. » Jack signa car il parlait pour inclure Éric.

Andi baissa les yeux vers Jack, choquée de le voir et pas encore sûre de pourquoi il était là. « J'ai demandé de toi un énorme acte de confiance pour que tu viennes dans ma vie, et tu l'as fait si volontiers. Beaucoup de choses se sont passées depuis, mais une d'entre elles n'a jamais changé. Je t'ai aimée depuis l'instant où je t'ai vue, et je t'aimerai toujours. Je suis ici aujourd'hui parce que pour la première fois depuis que nous nous sommes rencontrés il y a deux ans, je suis complètement libre de t'aimer, libre de faire ma vie avec toi et nos enfants, et libre de t'épouser si tu veux bien de moi. » Il lui tendit une grosse bague de diamant.

Andi couvrit vite sa bouche de ses mains. Les larmes coulèrent sur son visage quand elle absorba ses mots et comprit finalement exactement ce qu'il était en train de faire.

Il glissa la bague sur sa main gauche. « Andi, veux-tu s'il te plaît, *s'il te plaît* m'épouser ? »

Incapable de sortir le moindre mot tant sa gorge était nouée, elle hocha la tête et jeta un coup d'œil à Éric, qui lui n'avait pas l'air aussi surpris qu'elle par tout cela. Elle tendit les bras vers Jack, et il blottit Éric et elle contre lui. Andi s'enivra de l'odeur qu'elle aurait reconnue n'importe où comme celle de Jack.

Il les tint tous les deux pendant un long moment avant de se redresser pour embrasser Andi et essuyer les larmes de ses joues.

« Je pensais que tu ne viendrais pas, murmura-t-elle quand elle fut capable de parler à nouveau.

— Je n'allais pas venir avant de pouvoir tout t'offrir. » La lassitude qu'elle vit en lui, lui dit combien cela lui avait coûté de garder ses distances.

Plongeant sa main dans sa poche, il en ressortit deux feuilles de papier pliées. La première qu'il lui tendit était un certificat de non-opposition au mariage.

Elle prit une profonde inspiration lorsqu'elle vit la date. *« Aujourd'hui ? »*

Il sourit et signa. « Il fallait que ce soit aujourd'hui. Et tu penses vraiment qu'il y a des fissures sur *ma* terrasse ? »

Éric rigola à la tête qu'elle fit quand elle réalisa qu'elle avait été dupée.

« Est-ce que tu étais dans le coup ? » signa-t-elle à son fils.

Éric hocha la tête avec joie.

« Il m'a donné sa permission de t'épouser il y a une semaine et a été un très grand garçon pour garder le secret. J'ai quelque chose pour toi aussi, Éric. » Jack donna la deuxième feuille au garçon.

Éric la déplia et la passa à sa mère car il ne comprenait pas ce qu'elle disait.

« C'est une pétition pour adoption, signa Andi pour Éric. Par sa signature, Alec Walsh renonçait à tous ses droits sur son fils. Eberluée, elle leva les yeux vers Jack. Comment as-tu fait cela ?

— J'ai engagé un détective privé pour le trouver, et il a signé il y a deux jours, dit Jack, mais il ne dit pas cette partie en langage des signes pour épargner Éric.

— Il n'aurait pas fait cela sans qu'il y ait quelque chose pour lui à la clef, dit Andi doucement.

— Ne t'inquiète pas pour ça.

— Il reviendra à la charge.

— Non, il ne reviendra pas. »

Éric parut confus, et Jack se tourna vers lui.

« Je t'aime Éric, et je veux que tu sois mon fils, signa-t-il. Je veux plus que juste t'avoir à vivre dans ma maison. Je veux aussi que tu portes mon nom. J'aimerais t'adopter et c'est ce que dit ce papier. Veux-tu me prendre pour père, Éric Harrington ? »

Éric acquiesça avec joie. « Est-ce que je peux t'appeler Papa maintenant ?

— Oui, mon gars, » signa Jack, sa voix rauque d'émotion.

Il les embrassa tous les deux alors que des cris de joie éclatèrent en bas.

Leurs familles et amis montaient les escaliers, habillés pour un mariage en ce mardi après-midi.

Jill, Kate et Maggie étaient les premières. La mère d'Andi et tante Lou suivaient les filles.

David, Lauren et leurs filles étaient là, ainsi que Frannie, Jamie et les jumeaux, les parents de Jack et les parents de Jamie. Debout derrière eux se trouvaient les anciens collègues d'Andi de Chicago, les collègues de Jack d'HBA, et la plupart du personnel d'Infinity Newport.

Jen et Quinn échangèrent des sourires ravis et se félicitèrent d'avoir réussi à mener à bien la meilleure surprise de Jack.

Jack prit la main d'Andi pour l'aider à se lever et accueillir leurs invités.

« Nous devons aller à un mariage, dit-il.

— Je ne peux pas y aller comme ça. D'un geste elle montra sa robe d'été décontractée pendant que les filles la prenaient dans leurs bras. Voyant Jill et Maggie pour la première fois depuis des mois lui fit à nouveau monter les larmes aux yeux.

— Ne t'inquiète pas, Andi, je me suis occupée de toi. Frannie donna Olivia à Jamie. Allons-y. Il nous donne trente minutes, pas une de plus.

— Ne sois pas en retard, » dit Jack, la regardant se faire enlever par Frannie et les filles.

Ayant presque peur de s'éloigner, Andi lui jeta un regard. Et si elle avait imaginé tout cela ? « Comment a-t-il réussi à faire tout ça ? murmura-t-elle à Frannie.

— Il nous a tous recrutés pour organiser un mariage en un temps record. J'espère que cela ne te dérange pas que je me sois désignée moi-même comme ta demoiselle d'honneur, dit Frannie en la dépêchant d'entrer dans la suite qui avait été réservée pour qu'elle se prépare.

— Bien sûr que non. Tu aurais été mon premier choix. Mais Frannie, comment a-t-il divorcé si vite ? Je ne comprends pas. Elle parlait à voix basse afin que les filles ne puissent l'entendre.

— Il est allé en République dominicaine. »

Andi avait entendu parler de la rapidité des divorces dominicains mais n'avait jamais rencontré quelqu'un qui l'avait fait.

« Il est divorcé depuis plus d'une semaine, mais il attendait pour que le problème d'adoption soit résolu et puis, bien sûr, la date d'aujourd'hui était très importante.

— Je ne peux toujours pas y croire. Andi baissa les yeux vers sa magnifique bague de fiançailles. À son autre main, elle portait encore le saphir qu'il lui avait offert lors de leur premier Noël ensemble.

— Il ne voulait pas que les bébés viennent au monde sans que leur père soit marié à leur mère. Quand c'est devenu possible pour lui d'empêcher cela, il l'a fait. Il était comme un chat sur un toit brûlant à espérer que tu n'accoucherais pas plus tôt que prévu. »

Andi sourit à cette image, sachant que la patience n'était pas le fort de Jack.

« On n'aura pas assez de temps si on continue à bavarder. Il faut t'habiller et te préparer. »

Andi posa une main sur le bras de sa future belle-sœur. « Je n'ai aucun doute que tu as remué ciel et terre pour l'aider, comme tu le fais toujours. Merci pour tout.

— Tout le plaisir était pour moi. Viens voir la robe que je t'ai trouvée — ils ne verront même pas que tu es enceinte. »

Andi éclata de rire.

Elle flotta comme dans un rêve en épousant Jack sur la terrasse côté sud, qui avait été transformée en une scène magique pour le mariage. Jamie fut une fois de plus le témoin de Jack, et Frannie se tint aux côtés d'Andi. Avant de dire leurs vœux, ils demandèrent aux filles de venir se tenir près d'Andi, et Jack tendit la main à Éric, qui avait mis une cravate pour l'occasion. La seule chose qui empêcha la journée d'être vraiment spectaculaire fut la douleur lancinante dans le dos d'Andi, qui devint de plus en plus difficile à ignorer.

Après la cérémonie, le groupe que Jack avait engagé appela Kate pour chanter avec eux. Jack s'assit avec un bras autour d'Andi pour regarder Kate jouer avec le groupe en direct. Elle chanta « Bless the Broken Road, » et venait à peine d'atteindre le refrain que les mariés avaient fondu en larmes.

Tous les invités acclamèrent les musiciens quand ils jouèrent la dernière note de la chanson. Kate sembla tellement distinguée et professionnelle lorsqu'elle se retourna pour applaudir l'orchestre qu'Andi serra fort la main de Jack en le voyant la regarder avec étonnement.

Il avait dit à Andi qu'il ne demanderait qu'une seule danse ce jour-là, et il chanta sur « The Way You Look Tonight » en changeant « tonight » en « today ».

Lorsqu'elle s'approcha pour l'embrasser, un afflux d'humidité entre ses jambes la paralysa.

« Chérie, qu'y-a-t-il ?

— Je crois que j'ai perdu les eaux.

— Tu es sûre ? »

Elle regarda la flaque autour de ses pieds et releva ses yeux vers lui, hochant la tête.

« Bon, allons-y, je vais dire à Jamie de faire en sorte que tout continue ici. Pas besoin d'arrêter la réception, » dit Jack en l'emmenant de la piste de danse.

Mais avant qu'ils puissent faire leur sortie, Andi fut pliée en deux par une contraction qui la laissa incapable de bouger ou de respirer. Elle avait à peine fini d'avoir celle-là qu'une autre arriva.

« Jack, dit-elle haletante, retenant déjà le besoin de pousser, je ne crois pas que nous ayons le temps d'arriver à l'hôpital. »

Frannie aida Jack à amener Andi en haut alors que Jamie demanda à tous de continuer à profiter de la fête.

« Il semblerait que nous allons offrir deux évènements pour le prix d'un aujourd'hui, dit Jamie au milieu des rires nerveux des invités.

— Oh mon Dieu, j'ai besoin de pousser, » dit Andi, submergée par la sensation.

Jack lança à Frannie un regard paniqué.

« Peut-être qu'il y a un docteur dans l'hôtel, » dit Frannie.

L'instant où ils mirent Andi dans un lit, Jack appela la réception et leur demanda d'essayer de trouver un médecin. Il appela également la docteure Abbott qui lui assura être en route mais précisa que cela lui prendrait trente minutes ou plus.

« Faites vite, » dit Jack et il revint près d'Andi qui cria quand une nouvelle contraction la transperça. Entre les contractions, Jack et Frannie l'aidèrent à passer de sa robe de mariée à une chemise de nuit.

« Je suis tellement désolée, Jack, dit Andi en retenant ses larmes. J'ai ruiné notre mariage.

— Ne sois pas désolée, ma chérie. Je suis juste content que nous nous soyons occupés de la première partie à temps. » Il l'embrassa au moment où elle eut une autre contraction.

Elle retint encore le besoin de pousser. « Je ne peux plus attendre. »

On frappa à la porte et Frannie se précipita à travers la pièce. Elle revint avec un jeune couple. « C'est notre jour de chance. Frannie présenta Mark et Julie Patterson.

— Je suis résident en cardiologie et mon épouse est infirmière en gynécologie et obstétrique, dit Mark en serrant la main de Jack, qui en eut les jambes en coton tellement il était soulagé de recevoir de l'aide qualifiée. Nous sommes ici en lune de miel et avons entendu qu'un coup de main vous ferait du bien. »

Andi accepta lorsque Julie demanda si elle pouvait l'examiner.

« Vous êtes dilatée Andi. Êtes-vous prête à pousser ?

— Je me retiens depuis une demi-heure. Il faut que je vous dise que j'ai eu une césarienne il y a sept ans.

— On dirait que nous n'avons pas de temps pour autre chose que la bonne vieille méthode, alors à la prochaine contraction il va falloir pousser. » Julie donna à Frannie et Jack des instructions sur ce qu'ils pouvaient faire pour aider.

John Joseph Harrington IV vint au monde dix minutes plus tard, suivi huit minutes après par son vrai frère jumeau, Robert Franklin Harrington. Ils nommèrent les garçons d'après leur père et grand-père mais les appelleraient Johnny et Robby.

Les deux bébés poussèrent de vigoureux cris, et Julie estima leur poids à trois bons kilos chacun, bien qu'ils soient arrivés avec un mois d'avance.

La docteure Abbott se précipita dans la chambre cinq minutes après la naissance de Robby, surprise de voir que les bébés étaient déjà là et que tous semblaient bien aller. « J'ai tout raté ?

— Nous travaillons vite par ici, » dit Jack en serrant Andi et essuyant des larmes.

Mark et Julie partirent, en promettant de prendre des nouvelles de la famille plus tard. Jack et Andi les remercièrent vivement de leur aide, et Andi promit de s'occuper des frais de leur séjour à l'hôtel.

Lorsque la docteure Abbott fit sortir tout le monde de la chambre pour examiner Andi, Jack amena les bébés dans le couloir, où un groupe de grands-parents et de frères et sœurs anxieux attendait de rencontrer les nouveaux membres de la famille.

Quelques minutes plus tard, la docteure Abbott sortit pour dire à Jack qu'il pouvait rapporter les bébés à leur mère.

Andi reposait contre une pile d'oreillers, ses yeux brillant d'excitation.

Jack s'assit à côté d'elle, lui passa Johnny et garda Robby pour lui.

« La docteure Abbott a dit que j'ai probablement eu des contractions toute la nuit et ne m'en suis pas rendu compte parce que j'avais mal au dos, dit-elle d'un air timide. La douleur dans le dos n'était pas nouvelle alors je l'ai ignorée.

— Pas surprenant que ce soit arrivé si vite. Mais je suis heureux de ne pas avoir eu le temps de t'emmener à l'hôpital et que nos fils soient nés dans *notre* hôtel, lequel, dois-je ajouter, va être notre petit chez nous jusqu'à ce que nous trouvions une maison pour notre portée. Il se pencha pour l'embrasser. Tu as été incroyable Andi, je suis tellement fier de toi. »

Elle caressa son visage, remplie de soulagement qu'il était de retour pour de bon et qu'il était à elle.

Elle avait deux nouvelles bagues à sa main gauche et deux nouveaux nés comme preuve.

« Je me suis réveillé aujourd'hui avec trois enfants, et maintenant j'en ai *six*, » dit-il, baissant les yeux vers Robby.

Les deux bébés avaient le crâne couvert de cheveux noirs et brillants.

« J'en avais *un*, et maintenant j'en ai *six*.

— D'accord, tu gagnes, dit-il, et ils éclatèrent de rire. J'ai des *fils*.

— Trois en tout. Te souviens-tu de ce que la docteure Abbott disait à propos des vrais jumeaux ?

— Un vrai coup de chance, se souvint-il. Vous entendez ça les garçons ? Vous êtes un vrai coup de chance — tout comme votre mère pour moi. »

Elle le tira assez près pour l'embrasser. « Je t'aime, Jack.

— Je t'aime aussi, mais j'ai une question pour toi, dit-il avec une lueur espiègle dans les yeux.

— Quoi donc ? demanda-t-elle amusée par son air.

— Comment allons-nous expliquer à ces garçons qu'ils sont nés le jour de notre mariage ?

— Dès que je comprendrai comment tout est arrivé, je ne manquerai pas de te le faire savoir. »

Ils se mirent à rire, les bébés endormis dans leurs bras.

Newsletter list
BookBub
Facebook
Instagram
Book+Main
Website

Autres livres de Marie Force

La série Rester à Flot

Livre 1: Rester à Flot
Livre 2: Marquer le pas
Livre 3: Tout recommencer

L'ile de Gansett
Livre 1: Quand on est fait pour l'amour
(Maddie & Mac)
Livre 2: Quand on est fou d'amour
(Joe & Janey)
Livre 3: Quand on est prêt pour l'amour
(Luke & Sydney)
Livre 4: Quand on rencontre l'amour
(Grant & Stephanie)
Livre 5: Quand on espère l'amour
(Evan & Grace)
Livre 6: Quand vient la saison de l'amour
(Owen & Laura)
Livre 7: Quand on aspire à l'amour
(Blaine & Tiffany)
Livre 8: Quand on attend l'amour
(Adam & Abby)
Livre 9: Quand Vient le Temps de l'Amour
(Daisy & David)
Livre 10: Quand on est Destiné à l'Amour
(Jenny & Alex)
Livre 10.5: Quand Surgit L'Amour
(Jared & Lizzie)
Livre 11: Gansett à la tombée de la nuit
(Owen & Laura)

La Série Quantum
Livre 1: Virtuous
(Flynn & Natalie)
Livre 2: Valorous
(Flynn & Natalie)

Livre 3: Victorious
(*Flynn & Natalie*)
Livre 4: Rapturous
(*Addie & Hayden*)
Livre 5: Ravenous
(*Jasper & Ellie*)
Livre 6: Delirious
(*Kristian & Aileen*)
Livre 7: Outrageous
(*Emmett & Leah*)
Livre 8: Famous
(*Marlowe*)

Titres Uniques
Cinq Ans Sans Lui
Un An Plus Tard

A PROPOS DE L'AUTEUR

Marie Force est l'auteur de plus de 70 romances contemporaines parmi les meilleures ventes du New York Times, y compris la série Fatal publiée par les Éditions Harlequin et la série de l'Ile de Gansett. Elle est également l'auteur des séries Butler, Vermont, et La Montagne Verte ainsi que de la série de romance érotique  Quantum. En tout, ses livres se sont vendus à plus de 9 millions d'exemplaires dans le monde!

Ses buts dans la vie sont simples — finir d'élever deux jeunes adultes heureux, en bonne santé et productifs, continuer à écrire des livres aussi longtemps qu'elle le pourra et ne jamais prendre un vol qui fera la une des journaux.

Adhérez à la liste de diffusion de Marie pour recevoir des nouvelles sur ses nouveaux livres et sa venue prochaine dans votre région. Suivez-la sur Facebook et sur Instagram. Joignez un des nombreux groupes de lecteurs de Marie. Contactez Marie à l'adresse mail *marie@marieforce.com*.